ro
ro
ro

D1151163

ro
ro
ro
ro

Nina gilt als Schneekönigin. Kein Freund, keine Af-
fären – keiner ihrer Kollegen kann bei der süßen,
aber spröden Buchprüferin landen. Zwei Männer
versuchen es trotzdem. Der wohlhabende, einflussreiche Andrew führt sie nicht nur in seinen
griechischen Reeder-Familienclan ein, wo sie am
eigenen Leib das aufregende, erschreckende Zu-
sammenspiel von Sex und Macht erfährt, sondern
auch in die Gesellschaft eines Privatclubs in Soho.
Im Vexierbild ihrer Rollenspiele entdeckt die junge
Frau aber nicht nur prickelnde, ungewohnte Abbil-
der ihres eigenen Ich, sondern auch die abgründig
gefährliche Seite ihres Freundes.

Die ungezügelten Fantasien einer faszinierenden
Frau, ausgelebt im wilden Rhythmus der Weltme-
tropole London.

Laura Hamilton

Die Schamlose

Erotischer Roman

Deutsch von Ulrich Georg

Rowohlt Taschenbuch Verlag

Die Originalausgabe erschien 2000 unter dem Titel
«Fire and Ice» bei Virgin Books Ltd., London

3. Auflage Januar 2008

Veröffentlicht im Rowohlt Taschenbuch Verlag,
Reinbek bei Hamburg, Februar 2007
Copyright © 2007 by Rowohlt Verlag GmbH,
Reinbek bei Hamburg
«Fire and Ice» Copyright © 2000 by Laura Hamilton
Published by Arrangement with VIRGIN BOOKS LTD.,
London, England
Umschlaggestaltung any.way, Andreas Pufal
(Abbildung: mauritius images / Nonstock)
Satz Poppl-Pontifex PostScript, InDesign,
bei Pinkuin Satz und Datentechnik, Berlin
Druck und Bindung Clausen & Bosse, Leck
Printed in Germany
ISBN 978 3 499 24423 0

Kapitel 1

«Viel Glück, Schätzchen», sagte der Taxifahrer, als Nina ihn vor dem Hotel bezahlte.

«Danke, Mann.»

Kann ich gebrauchen, fügte sie in Gedanken hinzu.

Eigentlich war Belgravia nicht gerade ihre Gegend. Das alte Gebäude aus rotem Backstein wirkte mit seinem diskreten Schild so ganz anders als die größeren, eher protzigen Hotels, die sie von den Cocktailpartys der Kunden und den jährlichen Firmenessen kannte. Es war schöner, dachte Nina, aber auch nicht so hip wie zum Beispiel das Portobello in Notting Hill oder so schick wie das Blake's.

Sie war nicht sicher, welches Hotel ihr am passendsten erschien, sich eine Nutte für den Nachmittag zu bestellen.

Innerhalb eines Wochenendes von der Buchprüferin zum Freudenmädchen war ein ziemlich radikaler Schritt. Aber es sollte ja nur dies eine Mal sein.

Es sei denn, es gefällt mir, neckte Nina sich selbst.

Der Portier begrüßte sie mit einem respektvollen «Guten Tag» und hielt ihr die Tür auf. Die Besucherin holte tief Luft, spazierte selbstbewusst in die Eingangshalle und fragte nach Andrew.

Die Empfangsdame zuckte nicht mit der Wimper, als sie die junge Frau auf Zimmer 404 schickte. Wieso sollte sie auch? Nina hatte eine schicke Nadelstreifenkombination an, die sie auch oft bei der Arbeit trug. Sicher, der Rock war kurz, durch das Jackett konnte man ein wenig von ihrem Ausschnitt erkennen, und ihr Schuhwerk bestand aus unbequem hohen Stilettos. Doch es gab keinerlei Hinweis, dass sie etwas anderes war als eine Geschäftsfrau, unterwegs zu einem ganz normalen Meeting.

Die Empfangsdame wusste natürlich nicht, dass Nina unter dem anonymen Aufzug ein schwarzes Bustier trug – trägerlos, um ihre cremefarbenen Schultern zu betonen – und dass die Körbchen ihres BHs nur ganz knapp die Brustwarzen bedeckten. Sie wusste auch nicht, dass Ninas Beine in spitzenbesetzten Strümpfen steckten, die von Strapsen gehalten wurden. Und dass der Seidenfetzen, der als Höschen diente, kaum mehr als ein G-String war.

Nina fühlte sich ausgesprochen gut. Der Kontrast zwischen ihrer Kleidung und dem, was sie darunter trug, machte sie total an. Allein die Tatsache, dass sie Strümpfe mit Strapsen anhatte, war erregend.

Ganz zu schweigen von den vierhundert Pfund, die sie in den nächsten vier Stunden verdienen sollte.

Geld ist Macht, rief sie sich in Erinnerung.

Der mit Spiegeln ausgestattete Aufzug gab ihr die Gelegenheit, sich noch einmal näher zu betrachten. Sie hatte ein wenig mehr Make-up als sonst aufgelegt, sah aber nicht vulgär aus. Schließlich sollte sie die Rolle einer Edelhure spielen und nicht die einer billigen Nutte.

Ihre blaugrauen Augen waren mit Kajal umrandet und die Wimpern mit schwarzer Mascara getuscht. Eine Grundierung benutzte sie nie, und sie hatte wie immer lediglich eine leicht getönte Tagescreme auf ihre beigeblasse Haut aufgetragen. Ein Hauch von rotbraunem Rouge auf den Wangenknochen und ein terrakottafarbener Lippenstift vervollständigten den Look.

Die Hotelbesucherin hatte noch erwogen, ihr glänzendes

haselnussbraunes Haar zu einem französischen Dutt aufzustecken, trug es dann aber doch offen. Komplizierte Frisuren passten nicht zu ihr. Außerdem fand sie, dass der stumpf geschnittene, kinnlange Bob mit dem schweren Pony irgendwie Klasse hatte.

Als der Aufzug im vierten Stock haltmachte, richtete Nina ihr Jackett und zog es fest nach unten, um so viel Ausschnitt wie möglich zu zeigen. Dann machte sie sich mit so zügigem Schritt, wie die Schuhe es eben erlaubten, auf den Weg zu Zimmer 404.

Andrew zählte das Geld ab. «... 360, 380, 400.» Er reichte ihr ein zusammengerolltes Bündel Banknoten. «Es sind alles Zwanziger. Ich dachte mir, dass du bestimmt gern was Dickes in der Hand hältst.»

«Ja, allerdings», erwiderte Nina trocken, wanderte mit den Augen zu seinem Schritt und wieder hoch, um seinen Blick zu erwidern.

Er lächelte und brachte damit die hinreißenden Fältchen ins Spiel, die von den Augenwinkeln über das ganze Gesicht liefen. Nina brauchte ihn nur anzusehen, und ihr Puls ging schneller.

Dabei konnte man ihn nicht mal attraktiv nennen. Seine Nase war anscheinend schon mal gebrochen gewesen und hatte in der Mitte einen Höcker. Aber mit seinem dichten dunkelbraunen Haar und den ungewöhnlich mandelförmigen hellbraunen Augen war er als ausdrucksvoll zu beschreiben, wenn auch nicht auf konventionelle Weise gutaussehend.

Das Beste an ihm war allerdings sein Mund. Er hätte zu einer griechischen Götterstatue gehören können, denn die Lippen schienen eher aus Marmor geformt und nicht aus Fleisch und Blut zu sein.

«Ich weiß allerdings nicht, ob ich all das Geld in meinen Ausschnitt bekomme», sagte sie und nahm ihre Bezahlung entgegen.

«Da gehört es ja auch nicht hin. Ich will, dass du dich ausziehst!», befahl er ihr. «Leg das Geld weg.»

Nina stopfte die Banknoten in ihre Handtasche. «Soll ich alles ausziehen oder nur das Kleid?»

Andrew zog eine seiner buschigen Augenbrauen hoch. «Keine Sorge, ich werd dir schon sagen, wann du aufhören sollst. Lass dir nur Zeit. Mach mich so richtig scharf.»

Er zog seine Jacke aus, ging zum Bett und legte sich mit hinter dem Kopf verschränkten Armen hin. Als die vermeintliche Prostituierte anfing, sich unter den prüfenden Blicken ihres Kunden auszuziehen, stieg auf einmal ein Anflug von Unsicherheit in ihr auf. Ihre Finger zitterten, als sie ihre Knöpfe öffnete.

«Hilft das vielleicht?» Er stellte das Radio an. «Tanz für mich, Nina. Leg einen Strip hin.»

Zu ihrem eigenen Missfallen errötete Nina, und die Unsicherheit verstärkte sich. Sie fing an, sich in den Hüften zu wiegen, kam sich dabei aber völlig lächerlich vor. «Ich glaube nicht, dass ich im Strippen besonders gut bin», entschuldigte sie sich.

«Verdammt nochmal! Für 400 Pfund wäre das aber schon angebracht», sagte er barsch. «Das ist hier nicht nur ein Spiel, Nina. Bring mich dazu, dass ich dich mehr begehre als je eine Frau zuvor. Tanz für mich und mach es wieder gut.» *Das ist hier nicht nur ein Spiel …* Seine Stimme war während dieser Worte ganz kalt geworden. Was, um Himmels willen, tue ich hier?, dachte sie bei sich, leicht panisch.

Im Aufzug hatte die junge Frau sich noch für ihren Mut und ihre Power gelobt. Doch jetzt, nur ein paar Minuten später, wurde sie wieder zum Feigling.

Mach den Job anständig, ermahnte sie sich immer wieder. Schließlich hatte sie sich schon oft genug zu ihrem Privatvergnügen zu Hause vor dem Spiegel in verführerische Posen geworfen. Da würde sie es doch wohl auch für Andrew hinkriegen.

Die Musik war irgendein alter Song aus den Sechzigern. Carole King, dachte sie bei sich. Das Stück war ziemlich langsam, aber rhythmisch. Nina konzentrierte sich und fing an, ihre Hüften im Takt hin und her zu bewegen. Dabei glitt sie mit den Händen immer wieder über ihren Körper. Schließlich nahm sie ihr Haar mit den Händen hinter dem Kopf zusammen, drehte sich mit dem Rücken zum Bett und ließ es langsam zurück über ihre Schultern gleiten, während sie Andrew ihr schwingendes Hinterteil zeigte. Vor ihr stand ein Spiegel, und Nina konnte sehen, dass sie ihre Sache gut machte. Jetzt hatte sie keine Angst mehr, sich zu blamieren, und tanzte wie bei einem Kurs im Tanzstudio.

Sie ließ ihre Hüften kreisen und schob ihr Haar noch einmal nach oben. Auch er beobachtete sie im Spiegel. Während sie langsam ihr Jackett aufknöpfte, drehte sie sich wieder zu ihm um. Sie öffnete die Jacke und gewährte ihm einen ersten Blick auf die schwarze Spitze ihres Bustiers und ihr üppiges blasses Dekolleté. Ihre Nippel waren bereits hart. Ob er es wohl bemerkte? Sie tanzte ein paar Schritte näher zum Bett. Er starrte sie nur an und nickte, doch Nina konnte deutlich sehen, dass er erregt war. Die Nasenlöcher waren leicht geweitet, und sein Atem ging flacher.

Doch er war nicht der Einzige – auch Nina selbst wurde durch ihren Tanz langsam scharf. Während sie das Jackett auszog, drehte sie sich so kunstvoll lässig um, dass er einen Blick auf die helle Haut ihres Rückens erhaschen konnte. Als sie sich ihm wieder zuwandte, ließ sie die Finger langsam über ihre Brüste gleiten und genoss die Oberweite, die ihr der geschickt gearbeitete BH verlieh. Schließlich ließ sie ihre Hände nach unten wandern und hob den Rock gerade so hoch, dass er die spitzenbesetzten Strümpfe und die Strapse erkennen konnte.

«Komm her!», befahl er mit leiser Stimme. Sie tanzte mit provozierenden Schritten auf ihn zu, die Hände auf den Hüften. Nina hatte ihr Selbstvertrauen wiedergefunden. Andrew war erregt und damit ganz in ihrer Hand. Sie konnte ihn kommen lassen, wann sie wollte – oder ihn warten lassen, solange sie wollte.

Ihr Kunde saß jetzt auf der Bettkante. Als sie dicht vor ihm stand, hob sie erneut den Rock. Diesmal so weit, dass über den Strümpfen und Strapsen das winzige Spitzenhöschen für einen kurzen Moment aufblitzte, das von den hellbraunen Locken ihres Schamhaars eingerahmt wurde. Nina stand nur ein paar Zentimeter von ihm entfernt und ließ weiter die Hüften kreisen.

Andrew sagte nichts. Seine haselnussbraunen Augen waren ganz auf ihren Schritt fixiert. Als Nina kurz nach unten schaute, konnte sie bereits die Beule zwischen seinen Beinen erkennen. Ja, sie leistete gute Arbeit. Und das nicht nur für ihn. Sie fragte sich, ob er wohl die Säfte bemerkte, die langsam ihr Höschen durchfeuchteten.

Nachdem sie wieder ein paar Schritte zurückgetänzelt war, drehte sie sich um, zog den Reißverschluss ihres Rockes auf und wand sich dann so lange, bis das enge Teil langsam zu Boden fiel. Als sie ihm entstieg, erhitzte das ihre eigene Erregung um ein paar Grad. Nina fühlte sich nicht wie eine gewöhnliche Stripperin – und auch nicht wie eine gewöhnliche Prostituierte. Als sie, bis auf das Bustier mit den Strapsen und Strümpfen, nackt vor ihm stand, fühlte sie sich als die aufregendste Frau der Welt.

Mit dem Nadelstreifen-Outfit hatte sie auch die letzten Hemmungen abgelegt. Als die Musik etwas schneller wurde, verlor Nina sich ganz in den Drehungen ihres Tanzes. Sie bewegte ihren Körper jetzt genau so, wie sie es auf der Tanzfläche in einem Club niemals hinkriegte.

Doch sie bewegte ihn nicht nur, sie streichelte ihn auch, hob ihre Brüste an, leckte sich über die Schultern, liebkoste ihre Nippel und verwöhnte sich selbst. Nachdem sie Andrew wieder den Rücken zugewandt hatte, bückte sie sich und wackelte mit ihrem Po, der bis auf den dünnen String ihres Tangas unbedeckt war. Da stand ihr Bewunderer auf und packte sie.

«Ich will dich jetzt ficken!», murmelte er, öffnete seinen Reißverschluss und ließ die Hose zu Boden fallen. «Du gehörst auf die Bühne, Nina. Hast du dir noch nie vorgestellt, in einem Club zu strippen und dabei von völlig Fremden beobachtet und begehrt zu werden?»

Bei diesen Worten schob er seine Hand in den winzigen Spitzenslip und fühlte ihre Feuchtigkeit.

«Ich hab's gewusst. Du hast dich selbst genauso aufgegeilt wie mich», flüsterte er. «Bück dich! Ich will dich von hinten!»

Als sie hörte, wie er eine Kondompackung aufriss, machte sie Anstalten, ihren Slip auszuziehen, doch Andrew hielt sie zurück.

«Behalt ihn an», sagte er, schob den String zur Seite und zog ihren Po zu sich heran. Seine Eichel rieb sich an ihrer Ritze. Nina spreizte die Beine und beugte sich weiter nach vorn. Schwankend hielt sie sich am Nachttisch fest, während sein Schwanz in voller Länge und ohne jeden Widerstand ganz in sie hineinfuhr.

Er begann, sie langsam zu ficken, die Hände auf ihren Hüften. Wenn sie nach unten schaute, konnte Nina sehen, wie ihre Brüste fast aus den Körbchen des Bustiers sprangen und sich ihre bestrumpften Beine von der Höhe ihrer Stilettos nach oben spannten. Sie stellte sich vor, wie sie wohl von hinten aussähe, was er vor Augen hätte, während er in sie hineinstieß. Ihre ohnehin wohlgeformten Waden, die durch die hohen Absätze noch aufreizender wirkten. Ihre runden, festen Arschbacken, geteilt von dem Spitzenband, das er eben zur Seite geschoben hatte.

Sie fühlte sich seltsam losgelöst von ihm, spürte nur seinen Schwanz und seine Hände. Wenn sie es vorher miteinander getrieben hatten, hatte Andrew immer mit ihr gesprochen, doch jetzt war er still – abgesehen von seinem schnellen, rhythmischen Keuchen.

Plötzlich baute sich in ihrer Fantasie das Bild auf, von einem völlig Fremden gebumst zu werden oder vielleicht sogar von mehreren. Ihr wurde befohlen, sich nach vorn zu beugen und nach unten zu schauen, während sie in sie eindrangen und sie ganz egoistisch und unpersönlich fickten. Nina war nur ein Objekt ihrer Lust, dessen eigene Gefühle völlig unwichtig waren.

Die Vorstellung verstärkte ihre Erregung, während Andrew tief in sie eindrang. Sie wackelte mit dem Hintern und bewegte sich für ihn in kleinen Kreisen.

«Du denkst doch gerade an was anderes, oder?», fragte er auf einmal. «Was geht in dir vor?»

«Ich dachte gerade, du könntest auch irgendwer sein», murmelte Nina. «Du könntest ein völlig Fremder sein, der mich und meinen Körper einfach nur als Mittel zu seiner Befriedigung benutzt. Und danach würde schon der Nächste warten. Vielleicht nicht mal Fremde, sondern Männer, die ich kenne. Aber ich könnte nicht mal sagen, wer mich da gerade fickt.»

Andrews Atem ging immer schneller, und sie spürte seine warme Brust mit den lockigen Haaren auf ihrem Rücken. Er hatte sich so über sie gebeugt, dass er jetzt sogar noch tiefer in ihr Loch eindringen konnte. Er schob seine Hände nach vorne und umfasste ihre Brüste.

«Würdest du das gern mal erleben? Ich kann das für dich möglich machen, wenn du möchtest. Ich kenne Männer, die da bestimmt gern mitmachen würden. Einer von ihnen wäre natürlich ich – aber du würdest nicht wissen, welcher. Wollen wir es ausprobieren? Wir könnten es sogar noch aufregender machen. Du könntest gefesselt sein, damit du nicht wegkannst. Oder wir könnten dir die Augen verbinden und es dir sogar von vorn besorgen. Keiner dieser Männer würde sich darum scheren, ob du kommst oder nicht. Sie würden einfach ihre Schwänze in dich reinschieben, ob du nun bereit bist oder nicht. Sie würden dich so schnell oder so langsam ficken, wie es ihnen passt, und so lange, wie sie wollen. Du wärst ihnen egal, und ob es dir gefällt oder nicht. Aber das würde es, oder? Du würdest es genießen. Selbst wenn du noch nicht bereit wärst, würde es sowieso nicht lange dauern, bis du klitschnass bist. Und es würde auch nicht lang dauern, bis du kommst. Du bist doch jetzt schon fast so weit, oder?» Er hatte ganz recht. Die Kombination seiner Worte mit seinem stoßenden Schwanz hatten sie bereits an den Rand des Orgasmus gebracht. Andrew ließ seine Hand zu ihrem Kitzler wandern und rieb ihn mit leichten und sicheren Bewegungen. Es dauerte nur Sekunden, und sie spürte dieses erste Zucken in ihrer Möse, diese intensive Steigerung, und sie wusste, dass es ihr gleich kommen würde, und nichts könnte das mehr aufhalten, nichts.

«Jetzt, Nina?» Sie nahm kaum wahr, dass Andrew auch schon ganz außer Atem war und selbst gleich kommen würde. Doch genau wie die Männer, die sie sich eben vorgestellt hatte, wollte sie jetzt nur eins: ihr eigenes Vergnügen.

«Jetzt, Nina!», wiederholte er wie aus weiter Ferne, während sich ihr ganzer Körper heiß und wie angeschwollen anfühlte. Die Lippen lustvoll geöffnet und die Augen halb geschlossen, war sie bereit für die gigantische Lustwelle, die sie überrollte. Unwillkürlich zuckte ihre Fotze rhythmisch, und sie fühlte sich, als wäre in diesem Moment die Mitte ihres Seins genau und nur dort.

Als Andrew sich aus ihr zurückzog, schwankte sie und ließ sich auf das Bett fallen. Sie sah ihn mit einem leisen Lächeln an, als er sich neben sie auf den Bauch legte.

«Haben Sie Ihren Spaß gehabt, Sir?», fragte sie in Erinnerung an ihre Rolle.

«Oh, ja», antwortete er mit sanfter Stimme. Zärtlich strich er ihr übers Gesicht. «Und du?»

«Und ob ich meinen Spaß gehabt habe! Sie sind ein toller Hengst!»

«Ich wette, das sagst du zu all deinen Kunden.»

Sie lachten beide. Irgendwann drehte Andrew sich mit zufriedenem Grinsen auf den Rücken. Als Nina sich an ihn kuschelte, merkte sie, dass er immer noch fast ganz angezogen war.

«Wenn man bedenkt, dass du mich für weitere – lass sehen – dreieinviertel Stunden gebucht hast, solltest du besser ein paar Sachen ausziehen», neckte sie ihn.

«Vier Stunden waren vielleicht ein wenig zu optimistisch», erwiderte er ahnungsvoll. «Dieses Tempo kann ich unmöglich den ganzen Rest des Nachmittags durchhalten. Ich glaube, wir machen lieber mal eine kleine Pause. Wie wär's mit einem Drink?»

«Bitte! Ich sterbe vor Durst! Was trinkt man denn in meinem Job?»

Andrew lachte. «Edelnutten trinken eigentlich nur Champagner. Wie wär's, wenn ich ihn aus dir schlürfe?»

«Kommt nicht in Frage! Das wäre viel zu kalt!»

«Das solltest du eigentlich noch nicht herausfinden», sagte er mit gespielter Enttäuschung. «Die Vorstellung, dir einen richtig schönen Schock zu verpassen, indem ich eiskalten Champagner in dich hineingieße, hätte mir so gut gefallen.»

«Sadist!»

«Na ja – vielleicht habe ich eine gewisse Tendenz in diese Richtung. Aber mehr auch nicht», entgegnete er mit trockenem Lächeln. «Jedenfalls nicht so, dass du dich jemals darüber beschweren wirst.»

Während er mit dem Zimmerservice telefonierte, sah Nina sich im Zimmer um. Es war in gedämpften Blautönen gehalten und hatte eine zurückhaltende Blumentapete. Die schweren Vorhänge und die Tagesdecke gaben dem Ganzen einen eher zeitgenössischen Look. Am einen Ende des Raumes standen ein Schreibtisch mit Lederauflage und ein Kapitänsstuhl. Gegenüber war ein blaues Samtsofa mit Lehnstuhl gruppiert. Der Teppich hatte einen dicken dunkelblauen Flor, und an den Wänden hingen hochwertige Druckgraphiken. Der Raum strahlte einen zurückhaltenden Luxus aus, und der Zimmerpreis stand ihrer Bezahlung sicher in nichts nach.

«Und, wie hat es dir gefallen?», fragte Andrew plötzlich. «Wie fandest du dieses erste Ausleben deiner Fantasie?»

«Fantastisch. Schon allein in ein Taxi zu steigen und dem Fahrer die Adresse eines Hotels zu geben, in dem ich bezahlten Sex haben sollte, hat mich echt scharf gemacht», gab sie zu. «Als ich dann in die Eingangshalle kam und am Empfang nach deiner Zimmernummer fragte, war das auch toll. Ich fühlte mich wirklich wie eine echte Prostituierte.»

Er lächelte. «Und was für ein Glück, wenn du dann als Kunden so einen Hengst wie mich hast.»

«Ja, ja. Aber ich glaube trotzdem nicht, dass ich damit meinen Lebensunterhalt verdienen könnte.»

«Kann ich verstehen. Wenn du eine echte Nutte wärst, hätte ich vielleicht von Zeit zu Zeit mal Lust auf dich, aber eine echte Beziehung könnte ich mir dann kaum vorstellen.»

Nina lachte. «Das Strippen hat mir auch gefallen – als ich erst mal ein bisschen in Fahrt war.»

Er nickte anerkennend. «Ja, du warst ziemlich scharf. Am Anfang allerdings warst du erst mal ziemlich daneben.»

«Erinner mich nicht! Aber als ich dann in den Spiegel schaute, dachte ich fast, ich wäre bei einem Jazztanz-Kurs. Und dann gab es irgendwie kein Halten mehr.»

«Ja. Du bist eine tolle Tänzerin.»

Andrew streichelte über ihre Brust, oberhalb ihres jetzt im Bustier verborgenen Busens.

«Wie viele Fantasien hast du denn noch in deinem Kopf, Nina? Ich meine, wenn du schon während der Nuttenfantasien davon träumst, von gesichtslosen Fremden gefickt und erniedrigt zu werden: Wie viele dieser Abenteuer willst du denn ausleben?»

«Weißt du eigentlich, wie man mich bei der Arbeit nennt? Die Schneekönigin. Aber ich glaube, das kann man den Kollegen kaum vorwerfen. Schließlich bin ich schon seit eineinhalb Jahren dort und hatte noch nie eine Beziehung. Oder wenigstens einen One-Night-Stand.»

Eigentlich war es sogar schon fast zwei Jahre her, seit Nina das letzte Mal Sex gehabt hatte. Zwar bekam sie als Buchprüferin einer großen Firma in der City jede Menge Angebote von Kollegen und Kunden, aber bisher hatte sie immer abgelehnt. Sie war nett und höflich geblieben, hatte dadurch aber dennoch einen gewissen Ruf. Und zwar nicht den von den meisten Frauen gefürchteten Ruf des Leicht-zu-haben-Seins, sondern genau das Gegenteil.

Als sie einmal am Fotokopierer vor der Teeküche stand, hatte sie zwei Männer über sie reden hören.

«Das ist doch die reinste Schneekönigin!», höhnte John Daly. «Ich habe noch nie gehört, dass sie mal mit jemandem ausgegangen ist. Und zwar weder mit Männern von hier noch mit irgendwelchen anderen.»

«Unten in der Personalabteilung hörte ich, dass sie 'ne Lesbe ist», kicherte Mike Thatcher.

«Quatsch! Die ist einfach nur frigide. Eine Schneekönigin eben. Was die braucht, ist mal ein ordentlicher Fick!»

Als Nina an den beiden Männern vorbeiging, spürte sie sowohl Wut als auch eine gewisse Amüsiertheit. Am liebsten wäre sie zu ihnen gegangen und hätte den Männern ihre Meinung gesagt. «Ja, ich brauche tatsächlich einen guten Fick. Aber ich habe noch nie einen Mann getroffen, der es mir gut besorgen konnte. Und ich wette hundert zu eins, dass ihr beiden da keine Ausnahme seid.» John Daly, der seine Libido zusammen mit seinen Haaren verloren hatte, pflegte durchs Büro zu laufen und dabei «Setz dich auf mein Gesicht und sag bloß nicht, du liebst mich nicht» zu singen, bis ihn jemand aufforderte, den Mund zu halten oder rauszugehen. Und über Mike Thatcher wusste jeder, dass seine Frau seit Jahren eine Affäre hatte.

Okay, wenn's das war, was die Kollegen über sie dachten, war ihr das wirklich egal. Nina hielt sowieso nichts davon, Arbeit und Sex zu vermischen. Und wenn sie jemals einen guten Fick erleben sollte, dann bestimmt nicht mit jemandem aus dem Büro.

Andrew unterbrach ihre Grübeleien. «Und woher wissen die, dass du nicht ein Doppelleben führst?»

Sie lachte. «Nun, jetzt habe ich ja tatsächlich eins. Es war übrigens ein zusätzlicher Reiz, denen zu erzählen, dass ich heute freihaben wollte, und dabei zu wissen, wie unglaublich schockiert sie alle wären, wenn sie herausfänden, was ich vorhatte.»

Andrew schüttelte den Kopf und strich sanft über ihr Gesicht. «Ich kann immer noch nicht ganz glauben, dass solche Sachen völlig neu für dich sind. Du bist wirklich unglaublich sexy, aber mit den paar Erfahrungen, die du hast, könntest du glatt noch als Jungfrau durchgehen.» Er sah sie eindringlich an. «Wenn du es mir erlaubst, möchte ich dir helfen, so viele deiner Fantasien auszuleben wie möglich. Natürlich nur, solange es dir Spaß macht.»

«Willst du mich auf den Arm nehmen? Es kommt mir vor, als

wäre ich gerade aus einem ewigen Schlaf erwacht – wie Dornröschen. All die Jahre habe ich nichts erlebt, und ich muss eine Menge nachholen. Es fällt mir also nicht im Traum ein, dich zurückzuweisen.»

Nina lachte. «Mann, ich klinge wie ein kleines Mädchen, das sich im Märchenland verirrt hat. ‹Schneekönigin›, ‹Dornröschen› …»

Andrew lächelte sie an. «Ich weiß noch, als ich dir bei unserer ersten Nummer gesagt habe, dass du total heiß bist. Schwer vorstellbar, dass dich jemand für eiskalt hält. Ich möchte dir gern ermöglichen, jede Menge Erfahrungen zu machen und alles zu tun, was du dir jemals erträumt hast. Was hältst du von Sex mit einer Frau, zum Beispiel?»

Er stützte sich auf einen Ellenbogen und sah sie an. «Vielleicht gefällt dir das ja sogar besser als der Sex mit einem Mann.»

Nina schüttelte den Kopf. «Niemals. Die Vorstellung gefällt mir zwar ganz gut, aber ich glaube, mittlerweile hätte ich gemerkt, wenn ich eine Lesbe wäre. Könnte sogar sein, dass ich es ganz schrecklich finde.»

Andrew lachte. «Es gibt nur eine Möglichkeit, das herauszufinden. Träume sind doch dazu da, dass man sie in die Realität umsetzt. Du weißt ja, man lebt nur einmal. Aber es liegt natürlich bei dir. Ich kann dir jedenfalls helfen, deine Fantasiewelt real werden zu lassen – wenn du es denn wirklich willst. Ich kann dich durch das Labyrinth der Leidenschaft führen, bis zum Ausgang.»

Ninas Kopf schwirrte, und sie fragte sich, wie wörtlich sie Andrews Versprechen wohl nehmen konnte. Wie weit würde er sich wirklich auf ihre Fantasien einlassen? Sie spürte eine gewisse Angst in sich aufsteigen – aber nur ein wenig. Sicher würde er sie zu nichts zwingen, was gegen ihren Willen wäre. Doch was genau würde er wohl mit ihr anstellen? Was würde er dafür von ihr verlangen?

Für den Bruchteil einer Sekunde war Nina versucht, sein Angebot abzulehnen und die ganze Sache zu vergessen. Sicherer wäre es jedenfalls.

Genauso sicher wie der Pfad der Enthaltsamkeit, auf dem sie die letzten Jahre gewandelt war. Hätte sie Andrew nicht getroffen, sondern so weitergemacht wie bisher, hätte sie nie erfahren, was richtiger Sex bedeutet. Und jetzt, wo sie einen Vorgeschmack darauf bekommen hatte, wollte sie mehr.

Allein der Gedanke an ihre Fantasiewelt erfüllte sie mit einer sexuellen Energie, die ihr bisher völlig unbekannt gewesen war.

Sie lächelte und küsste Andrews Gesicht.

«Natürlich möchte ich es. Ich möchte, dass du mich zu den Orten meiner Träume führst.» Ihr Lächeln wurde breiter. «Und bisher machst du dich ziemlich gut.»

«Danke.» Seine Finger wanderten ihr Bustier hinab zu dem von Liebessaft feuchten Schritt ihres Höschens.

«Ich glaube, du kannst deinen Slip jetzt ebenso gut ausziehen. Ist sowieso nur noch ein nasser Lappen.»

Nina lachte. «Und was ist mit dem Rest? Willst du mich ganz nackt?»

«Machst du Witze? Das sieht wunderschön so aus. Macht es dich geil, dich schön anzuziehen?»

Nina wusste noch genau, wie erregt sie gewesen war, als sie nach ihrem Bummel durch diverse Dessousläden zu Hause ihre Einkäufe anprobiert hatte. Und zwar so erregt, dass sie sich schließlich aufs Bett legen und es sich durch die blaue Seide hindurch selbst machen musste. Aber das brauchte sie Andrew ja nicht unbedingt zu erzählen.

«Klar, das tut es. Aber das wusstest du doch auch so, oder?»

Nina stand auf, wand sich aus ihrem Slip und warf ihn Andrew zu. Er schnupperte daran.

«Mmmmh. Würzig. Gott, ist der feucht!»

«Das ist allein deine Schuld!», protestierte die junge Frau.

«Unsinn! Du hast dich mit deinem Striptease selbst geil gemacht. Hab ich recht?»

«Schon, aber wessen Idee war es denn? Ich glaube, ich werde mich jetzt mal für die nächste Runde frisch machen.»

Sie warf ihm einen Kuss zu und verschwand im Badezimmer. Bald würde sicher der Champagner kommen, und Nina war froh um die Ausrede, den Raum kurz verlassen zu können.

Nachdem sie die Toilette benutzt hatte, ließ sie heißes Wasser laufen, um sich unter den Armen zu waschen und den Gummigeruch von ihrer Möse zu entfernen.

Während sie sich einseifte, musste sie über die eigene Erregung lachen, die sie in ihrer Rolle empfand. Nina konnte immer noch nicht recht fassen, wie sehr ihr Leben sich dank Andrew veränderte. Endlich konnte sie ihr bisheriges Sexleben, das nur aus Masturbieren bestanden hatte, gegen echte Orgasmusfreuden mit einem Mann eintauschen. Hinzu kam jetzt noch die Möglichkeit, ihre wilden Fantasien endlich in die Tat umzusetzen.

Sex zu haben war für Nina nie etwas Besonderes gewesen. Jedes einzelne Mal hatte sie gedacht, dass es diesmal schon okay sein würde, doch das schweigende Geknutsche und Gefummle hatte immer nur zu einer kurzen und für sie ausgesprochen unbefriedigenden Penetration geführt.

Erst nachdem sie Andrew kennengelernt hatte, wurde Nina klar, dass das wahrscheinlich zum Teil an ihr lag. Für sie war Sex immer so etwas wie ein heiliger Ritus gewesen, bei dem man nicht sprechen durfte, und eigentlich war sie nie über pubertäre Fummeleien hinausgekommen. Nie hatte sie einem Mann gesagt, dass er es richtig oder falsch machte. Dass er aufhören oder weitermachen sollte, verdammt nochmal. Zärtlicher, härter oder schneller sein sollte.

Voller Wut und Frustration hatte sie immer ungeduldig darauf gewartet, dass ihr jeweiliger Partner ging, damit sie sich mit einer ihrer Fantasien selbst zum Höhepunkt reiben konnte. Wenn sie sich dann berührte und dabei im Spiegel ihre dunklen Nippel hart werden sah und spürte, wie ihr Kitzler geradezu gierig auf die eigenen Finger reagierte, träumte sie von einem Mann, der ihr dieselben Gefühle bescheren würde wie diese Fantasien.

Andrew hatte sie um ein Date gebeten, nachdem Nina und ihr Kollege Max die Buchprüfung seiner Reederei abgeschlossen hatten. Sie war überrascht gewesen, denn bis dahin hatte sie fast nur mit dem Buchhalter der Firma zu tun gehabt.

Eigentlich war Andrew ein bisschen zu alt für sie. Vielleicht so um die 38. Nina stufte ihn sofort als jemanden ein, der eine bessere Schule besucht hatte. Er sprach recht eigentümlich – fast wie ein Ausländer, der die Sprache zwar perfekt beherrschte, aber immer noch einen leichten Akzent hatte.

Sicher, er war ein bisschen zu glatt, aber im Vergleich zu den meisten Männern, die sie kannte und denen es nicht schaden würde, mal ihre rauen Kanten abgestoßen zu bekommen, war er der reinste Genuss.

Und er schien immer gute Laune zu haben. Seine Ausdrucksweise war oft leicht ironisch. Das amüsierte Nina. Außerdem gab er ihr nicht wie andere Kunden das Gefühl, lästig zu sein, wenn sie geschäftlich Klartext mit ihm reden musste. So war die junge Frau fast ein wenig traurig gewesen, als der Auftrag beendet war. Doch an ihrem letzten gemeinsamen Tag fragte Andrew sie endlich, ob sie mit ihm ausgehen wollte.

Ihr erstes Rendezvous bot jede Menge Anlässe, katastrophal zu enden. Nina suchte einen Film aus, von dem auch sie hinterher zugeben musste, dass er total langweilig war. Andrew gestand, dass er von Anfang an vermutet hatte, er sei schlecht, wollte sie aber nicht enttäuschen.

Als sie aus dem Kino kamen, regnete es so sehr, dass sie auf dem Weg in die nächstgelegene Tapas-Bar klitschnass wurden. Das Restaurant erwies sich dann als laut und verqualmt, sodass sie sich anschreien mussten, als sie über die Arbeit und seine Firma sprachen. Ihre Tapas spülten die beiden mit zwei Flaschen Rioja hinunter, der die Umgebung schließlich ein klein wenig angenehmer wirken ließ.

Als er sie am nächsten Tag anrief, lachten sie über den miesen Film, das miese Wetter und das miese Restaurant. Doch nicht nur das – sie lachten auch über die Tatsache, dass es ihnen dennoch gelungen war, sich großartig zu amüsieren.

Beim nächsten Mal wählte Andrew ein Stück im National Theatre aus, das ihnen beiden gefiel. Als sie danach in einem Schnellrestaurant American Pizza aßen, unterhielten sie sich über ihre kulturellen Vorlieben. Über Ninas Vorliebe für Musik, die Andrew als «Mainstream-Mist» bezeichnete, moderne Literatur, Liebesromane und Fernsehserien wie *EastEnders* oder *Friends*. Andrew war eher ein Fan von Theater, Blues und zeitgenössischer Klassik – eine Musik, die für Nina ein Buch mit sieben Siegeln darstellte. Er mochte französische Filme und moderne Kunst, während Nina sich im Kino nur die neuesten Kassenschlager anschaute. Und ihre Vorstellung von Kunst ging eher in Richtung Monet als Jackson Pollock.

Kurz: Sie hatten praktisch nichts gemein. Trotzdem verstanden sie sich sogar besser als beim letzten Mal.

Es war ganz klar, dass sie Andrew an jenem Abend noch auf einen Drink hochbitten musste, als sie sich bei dem Italiener in der Nähe ihrer Wohnung in Clapham trafen. Innerlich hatte Nina sich längst auf die übliche Enttäuschung vorbereitet. Doch es sollte anders kommen. Er hatte sie ganz langsam entkleidet und dabei jeden Teil ihres Körpers liebkost. Statt der stummen, feierlichen Miene, die sie sonst von ihren Liebhabern kannte, flüsterte er ihr ständig kleine Komplimente ins Ohr.

Als er beispielsweise über die Innenseite ihrer Schenkel strich, schwärmte er von der samtenen Zartheit ihrer Haut. Auch die Spalte zwischen Ninas Pobacken und die erregte Härte ihrer Brustwarzen wurden von Andrew mit lustvollen Kommentaren bedacht. Langsam näherte sich seine Hand der roten Fleischknospe zwischen ihren Beinen, die von seinen Zärtlichkeiten bereits angeschwollen war.

«Ich wette, das ist es, was du willst, Nina. Willst du, dass ich dich dort streichele?», murmelte er. «Ein bisschen mehr Feuchtigkeit vielleicht …»

Seine Finger fuhren nach unten, tiefer und in ihre Möse.

«Du bist ja klitschnass, Nina. Ich hab's doch geahnt. Ich habe genau gemerkt, wie heiß du bist. Der reinste Brandherd.»

Andrew glitt mit seinen nassen Fingern immer wieder über ihren Kitzler. So erregt war Nina noch nie gewesen, wenn sie sich selbst berührt hatte. Das Zentrum ihres Seins konzentrierte sich jetzt ganz auf den kleinen Lustpunkt, der mittlerweile so unerträglich heiß geworden war, dass es sich fast schon wie eine kalte Taubheit anfühlte. Kalt wie Eis, aber paradoxerweise gleichzeitig heiß wie Feuer.

Seine Worte trieben sie immer schneller auf den Höhepunkt zu. Nina wusste genau, dass sie kurz vorm Orgasmus stand – zum allerersten Mal mit einem Mann!

«Du liebst Sex, nicht wahr, Nina? Wie viele Männer hast du schon gehabt? Haben viele so mit dir gesprochen wie ich? Du magst es, wenn man dir dabei was erzählt, oder? Was ist deine Lieblingsstellung? Wie kann ich dich schnell zum Kommen bringen?»

«Ich komme jeden Moment», keuchte Nina.

«Jetzt schon! Du bist ja wie eine läufige Hündin, Nina. All die schicken Klamotten, die Ausbildung, die Karriere – alles nur die Maskerade einer Frau, die gefickt werden will. So ist es doch, nicht wahr, Nina?»

«Ja! O ja, sag's mir! Hör nicht auf zu reden!»

«Du willst, dass ich weiterspreche? Macht dich das so geil? Du würdest alles für einen Orgasmus geben, hab ich recht? Und wenn ich meinen Finger nun wegnehme?»

Ganz abrupt hörte er auf und sah von oben auf sie herab. Nina war den Tränen nahe.

«Oh, um Gottes willen! Bitte, Andrew! Hör nicht auf!»

Er runzelte die Stirn. «Ich glaube, das solltest du doch besser hinkriegen. Bitte, Andrew», äffte er sie mit hoher Stimme nach.

Nina sah ihn an. Um seinen Mund spielte ein Lächeln, doch mit Spott in den haselnussbraunen Augen erwartete er ihre Antwort.

«Bitte! Was soll ich sagen?»

Andrew legte den Kopf zur Seite. «Rate.»

Nina seufzte. «Ich flehe dich an, Andrew! Ist es das, was du hören willst?»

Er nickte. «Ja. Nochmal.»

«Ich flehe dich an, bitte mach weiter», bettelte Nina mit brüchiger Stimme.

«Versprichst du mir, alles zu tun, was ich von dir verlange, nachdem ich es dir besorgt habe?»

«Ja. Alles!»

«Okay. Dann nochmal. Und lass es so klingen, als ob du es auch meinst.»

«Bitte. Ich flehe dich an! Ich flehe dich an, berühr mich!»

«Okay.» Als er sein Streicheln fortsetzte, seufzte Nina und lehnte sich in neu entflammter Erregung zurück. «Ich glaube, die Dinge, die ich von dir will, willst du selber auch. Ich denke, du brauchst mehr als einen guten Fick. Ich glaube, dir steht der Sinn nach Dingen, die ein bisschen ausgefallener sind. Es gibt sicher Sachen, von denen du schon geträumt hast und die du in die Tat umsetzen solltest.»

«Ja, allerdings.»

«Hast du oft Fantasien?»

«Ja, andauernd.»

«Was denn für welche? Würdest du gern mal von zwei Männern auf einmal rangenommen werden? Möchtest du wissen, wie andere Frauen schmecken? Willst du vielleicht mal ein bisschen Schmerz kosten?»

Nina hörte nicht mehr viel. Zusammen mit den Worten brachten seine streichelnden Finger sie schließlich zum Höhepunkt. Sie kam wie eine Rakete. Ihr Körper erzitterte wieder und wieder, bis sie nicht mehr konnte und Andrews Hände wegschieben musste.

Schließlich war sein Schwanz ohne jede Mühe in sie eingedrungen – das erste Mal, dass Nina keinen Schmerzlaut unterdrücken musste, weil sie nicht feucht genug war. Andrew bewegte sich schnell und geilte sich an seinen eigenen Worten auf.

Ihr Fötzchen hatte sich ihm instinktiv entgegengeschoben – dankbar mit jeder Faser, endlich einen Mann in sich zu spüren, der ihr Freude und keinen Schmerz oder Unwohlsein bereitete. Während er immer gieriger in sie hineinstieß, war es an ihr, ihm Dinge ins Ohr zu flüstern. Dass er ihr den besten Orgasmus ihres Lebens beschert hatte und dass sie die nächsten gar nicht abwarten könne. Die nächsten, die er ihr nicht nur mit seinen Fingern, sondern auch mit seinem langen Riemen und seinem herrlichen Mund machen würde. Und dass sie wollte, dass dieser Höhepunkt auch für ihn perfekt würde und nur der erste von vielen sein sollte.

Nachdem er gekommen war, hielten sie sich engumschlungen in den Armen und redeten. Nina gestand ihrem Liebhaber, dass sie bei ihm zum ersten Mal mit einem Mann zum Orgasmus gekommen war. Andrew lachte ungläubig. Dass jemand erst 28 Jahre alt werden musste, um durch etwas anderes als

Masturbation zum Höhepunkt zu kommen, erschien ihm geradezu absurd. Daraufhin erzählte die junge Frau ihm zögernd von ihrem geheimen Leben und den Fantasien, die es ihr leichter erscheinen ließen, sich selbst anzufassen, und die für sie den Gipfel ihres Sexlebens darstellten – bis jetzt.

Stundenlang hatten die beiden dagesessen und sich unterhalten. Im Gespräch hatte Andrew ihr viele ihrer Fantasien entlockt. Irgendwann machte sein ungläubiges Staunen über ihr ungelebtes Sexualleben einer neuen Zärtlichkeit Platz. Niemals hätte er geahnt, wie verletzlich und unerfahren sie war, gestand er ihr. Nina hatte sich etwas geschämt, als sie von ihren Gedanken berichtete. Doch nicht nur das. Die Schilderung ihrer Wichsfantasien hatte sie erneut in Brand gesetzt. Er spürte ihre Erregung und fing wieder an, sie anzufassen. Es dauerte nicht lange, und sie liebten sich erneut. Diesmal ganz langsam und zärtlich. Andrew bescherte ihr durch sein süßes, geduldiges und zartfühlendes Eindringen einen weiteren Orgasmus, der von erregenden Berührungen und Worten begleitet wurde.

Seitdem hatten sie noch ein paarmal miteinander geschlafen, und jedes Mal war so gut wie ihre erste Begegnung. Dann schließlich hatte ihr Geliebter vorgeschlagen, eine von Ninas Fantasien wahr werden zu lassen. Als sie ihm darauf berichtete, dass sie schon immer mal eine Prostituierte spielen wollte, hatte er ihr eine Geschichte ins Ohr geflüstert, in der sie für Sex bezahlt wird, und sie dabei bis zum Höhepunkt gestreichelt.

«Lass uns gleich einen Termin machen», hatte er ihr vorgeschlagen, als er am Morgen aufbrach. «Wir nehmen uns ein Hotelzimmer. Wie viel verlangst du?»

Nina hatte gelacht. «Ich weiß nicht. Was ist denn der übliche Preis? Wie lange willst du mich denn?»

Er strich über ihre Wange. «Wir können doch gleich einen ganzen Nachmittag draus machen. Sagen wir vier Stunden und hundert Pfund die Stunde. Wie klingt das?»

«Sehr großzügig. Aber mal ernsthaft, so viel Geld könnte ich unmöglich von dir annehmen.»

«Aber darum geht's doch, Nina», erwiderte Andrew ungeduldig. Sein Blick verdunkelte sich. «Dies ist ein Geschäft, und ich bin Geschäftsmann. Ich will, dass du nächsten Montag um dreizehn Uhr ins *Belvedere Chase Hotel* in Belgravia kommst. Kennst du das?»

«Ich werde es schon finden», versprach Nina mit leiser Stimme. «Mist! Ich bin nicht besonders gut bei diesem Spiel. Schließlich machst du es meinet- und nicht deinetwegen …»

Andrews Blick heiterte sich wieder auf, und er lachte. «Na ja, ein bisschen werde ich ja wohl hoffentlich auch davon haben. Besonders bei dem Preis!»

Er legte beide Hände auf ihre Schultern. «Wenn du eine Hure sein willst, musst du dich auch bezahlen lassen. Klar?»

«Ja, sicher. Wenn du meinst.» Sie küsste ihn erst auf die Wange und dann auf die Lippen.

«Gut.» Er holte ein Bündel Scheine aus seiner Hosentasche.

«Nicht jetzt bezahlen!», wehrte sie bestürzt ab. «Es ist Teil der Fantasie, dass ich das Geld erst zähle, bevor ich dich ranlasse.»

«Halt doch mal für zwei Sekunden den Mund!», unterbrach er sie. «Das Geld ist nicht für deine Dienste, sondern für aufregende Dessous. Nimm's mir nicht übel, aber wenn du eine Fantasie ausleben willst, brauchst du unbedingt auch ein Fantasie-Outfit.»

Einen kurzen Moment lang war Nina entsetzt gewesen, hatte aber sofort erkannt, dass ihr normaler weißer BH und der praktische Slip mit Beinansatz nicht unbedingt zu einer Prostituierten passten – nicht mal, wenn sie die Rolle nur einen Nachmittag lang spielte.

Nachdem Andrew gegangen war, betrachtete sie die Scheine, die er ihr gegeben hatte. Er wollte ganz offensichtlich, dass sie nicht nur Wäsche für den kommenden Montag, sondern gleich mehrere Stücke für kommende Fantasien einkaufte. Nina hatte sich daraufhin in einer Einkaufsorgie verloren, die sie in diverse Kaufhäuser, eine Spezialboutique in Chelsea, einen Sexshop, ja sogar in einige Kettenläden führte. Schließlich hatte sie vier Kombinationen beisammen, die für ein paar Fantasien sicher ausreichen würden.

Als Nina wieder in der Gegenwart angekommen war, hörte sie vom Bad aus plötzlich die Tür des Hotelzimmers gehen. Sie trocknete sich eilig ab, strich ihr Haar glatt und cremte sich die Hände ein. Dann öffnete sie mit einem letzten Blick in den Spiegel die Badezimmertür. Doch als sie sich umdrehte, stellte sie überrascht fest, dass Andrew nicht mehr allein war.

«Nina! Du hast dir aber Zeit gelassen. Darf ich dir meinen – im wahrsten Sinne des Wortes – ältesten Freund vorstellen: Costas.»

Andrew kam mit eiligen Schritten auf sie zu und umklammerte augenblicklich ihre Handgelenke, damit sie nicht zurück ins Badezimmer flüchtete. Dann zog er sie in Richtung eines kleinen, faltigen, sehr alten Mannes, der auf dem Sofa saß und eine Zigarre rauchte.

Als Nina vor ihm stand, erhob und verbeugte er sich. Er war klein, wahrscheinlich nicht mal 1,75 Meter groß, und trug einen teuren, maßgeschneiderten Anzug. Doch selbst die beste Schneiderei in der Londoner Savile Row hätte nicht verbergen können, wie unglaublich alt er war – der älteste Mann, den Nina jemals kennengelernt hatte.

Sein kahler Kopf war mit braunen Flecken übersät. Die große Nase hatte einen Höcker; und die Lippen waren sehr wulstig. Seine Augen wurden von dicken Brillengläsern vergrößert, deren brauner Rand über die Jahre grau geworden war. Seine Blick war starr auf Nina gerichtet, und sie konnte sehen, dass trotz seines Alters ein wacher Geist in ihm steckte. Eine scharfsinnige, prüfende Intelligenz, in der vielleicht auch ein wenig Boshaftigkeit lag.

«Charmant! Sehr charmant. Setz dich doch neben mich, meine Liebe», sagte der alte Mann mit einem breiten ausländischen Akzent.

«Costas kommt aus Griechenland, Nina. Er ist der älteste Reeder der Welt. Er hat mir alles beigebracht, was ich übers Geschäft wissen muss.»

Andrew strahlte Nina an. «Ich nenne ihn gern meinen Paten. Costas war immer mehr als ein Vater für mich.»

Der Grieche sagte etwas in seiner Muttersprache zu Andrew, was Nina nicht verstand. Der jüngere Mann lachte und antworte ihm ebenfalls auf Griechisch. Der alte Herr grinste mit breiten, aber nicht geöffneten Lippen und blinzelte hinter seinen Brillengläsern hervor.

Nina lächelte ihn an. «Freut mich, Sie kennenzulernen», sagte sie und kam sich ganz merkwürdig vor, wie sie sich da mit einem völlig Fremden unterhielt – mit nichts weiter an als einem Bustier und Strapsen. «Ich habe zwar die Tür gehört, dachte aber eigentlich, es wäre nur der Zimmerservice. Ich werde mir schnell etwas überziehen.»

Andrew schlug sich kurz mit der Hand an die Stirn. «Gott, wo bin ich nur mit meinen Gedanken? Ich habe ganz vergessen, dass wir den Zimmerservice bestellt hatten. Und ich habe noch nicht mal gefragt, ob du etwas möchtest, Costas. Wir trinken Champagner. Möchtest du auch welchen? Und Nina, du bleibst so, wie du bist. Ich bin sicher, dass Costas diesen Anblick ebenso genießt wie ich.»

Als Nina peinlich berührt neben dem alten Mann auf dem Sofarand hin und her rutschte, spürte sie, wie der samtene Stoff des Bezugs über ihre nackten Pobacken glitt.

«Ich hätte gern einen Brandy, Andrew», erklärte der Grieche.

«Etwas anderes trinke ich nicht mehr. Es ist schon schlimm genug, dass ich die hier rauche», sagte er und wedelte dabei mit seiner Zigarre in der Luft umher, «da muss ich mich nicht auch noch mit Alkohol vergiften. Als ich noch jünger war, hab ich nichts ausgelassen», fuhr er fort und drehte sich zu Nina, während Andrew zum Telefon ging, um die Bestellung zu ergänzen. «Wein, Brandy, Zigaretten, Frauen. Aber in meinem Alter muss ich vorsichtig sein. Ich werde dir nicht verraten, wie alt ich bin. Je älter die Menschen werden, desto mehr geben sie damit an – als ob es eine Leistung wäre.» Er kicherte spöttisch. «Das Alter ist etwas, was früher oder später ganz von selbst kommt. Ich interessiere mich mehr für die Dinge, die ich aus eigener Kraft erziele. Ich habe Vermögen gemacht und sie wieder verloren. Doch das Schicksal hat es gut genug mit mir gemeint und mir genug gelassen für mein Alter.»

Plötzlich bewegte er seine faltige Hand und zog eine Wellenlinie auf Ninas Haut bis hin zu ihrem Dekolleté. Ihr Körper verspannte sich sofort, und sie musste einige Willenskraft aufbringen, um nicht erschaudernd zurückzuschrecken. Wie viel Geld er auch hatte, es war einfach ausgeschlossen, bei seiner Berührung etwas anderes als Ekel zu empfinden. Andrews Blick allerdings brachte sie dazu, sich nichts weiter anmerken zu lassen.

«Jedenfalls habe ich genug Geld, um für schöne Frauen wie dich zu bezahlen», sagte er. «Zwischen meinen Beinen regt sich zwar nur noch selten etwas, aber mit ein wenig Hilfe schaffe ich es ab und zu noch.»

Nina wurde regelrecht übel. Okay, sie hatte es sich selbst ausgesucht, die Prostituierte zu spielen. Aber für Andrew. Sie konnte es einfach nicht fassen, dass er sie beim Wort genommen hatte und jetzt erwartete, auch für diesen Greis die Rolle der Nutte zu geben.

Die überrumpelte Frau versuchte noch, mit ihren Augen zu

signalisieren, was sie von der Sache hielt, doch Andrew schaute nur milde in Richtung des alten Mannes.

Irgendwann drehte er sich zu ihr um – fast als hätte er ihren Blick doch gespürt –, und auch wenn er vielleicht wusste, was sie von ihm wollte, ignorierte er sie trotzdem.

«Ist sie nicht hübsch, Costas? Bist du mit ihr zufrieden?»

«Sie ist hinreißend, Andrew. Deine Haut ist so weich, meine Liebe.»

Seine Hände fuhren über die Schwellung ihrer Brüste, die von dem Bustier hochgedrückt wurden. Seine trockenen, wächsernen Finger fühlten sich wie Sandpapier auf ihrer zarten Haut an. Sie meinte fast, jenes raspelnde Geräusch zu hören, das die Berührungen ganz sicher erzeugten. Seine knöchernen Hände schoben ein Körbchen ihres Oberteils herunter und entblößten eine Brustwarze, an der er sofort kräftig zu ziehen begann.

«Ja … Herrlich …»

Plötzlich klopfte es an der Tür. Nina war sofort auf dem Sprung, um ins Badezimmer zurückzurennen und sich dort zu verstecken. Doch Costas drückte noch immer an ihren Nippeln herum.

«Bleib da!», wies Andrew sie an, als wäre sie ein Hund. «Herein», rief er dem Zimmerservice mit lauter Stimme zu.

Nina erstarrte.

Die Tür öffnete sich, und ein junger Kellner trat ein. Auf dem Wagen, den er vor sich herschob, stand ein Tablett mit gekühltem Champagner, zwei Gläsern und einem großen Brandy-Schwenker. Als er Nina und Costas auf dem Sofa sitzen sah, hielt er abrupt inne.

«Hier rüber», wies Andrew ihn brüsk an und zeigte auf den Sofatisch, der vor Nina stand. Der Kellner wurde rot. Er war jung, hatte noch einige Pubertätspickel und war ganz offensichtlich noch nie Zeuge einer derartigen Szenerie geworden.

Nina merkte deutlich, wie peinlich ihm das Ganze war, denn er nahm in aller Eile das Tablett vom Wagen und stellte es nervös vor ihr auf den Tisch. Doch sie sah auch, wie er während seiner Tätigkeit einen kurzen Blick riskierte und seine Augen blitzschnell von den schwarzen Strümpfen über ihr lockiges Schamhaardreieck bis hin zu den Körbchen ihres geschnürten Bustiers wanderten, wo Costas immer noch ihre Brustwarzen zwirbelte. Doch trotz der Bewunderung und der Lust in seinen Augen war nicht zu übersehen, wie verlegen ihn das Geschehen machte.

«Ein hübsches Mädchen. Nicht wahr, junger Mann?», schnarrte Costas.

«Ja, Sir», stammelte der Kellner und wischte die Gläser übertrieben sorgfältig mit einem weißen Tuch aus.

Der Grieche lachte. «Wie alt bist du, Junge?»

«Achtzehn, Sir.»

«Und dies ist dein erster Job?»

«Ja, Sir. Ich bin erst seit ein paar Wochen hier.»

«Du wirst dich schon noch daran gewöhnen, in deinem Beruf viele hübsche Frauen zu sehen. Aber vielleicht nicht solche wie die hier.»

«Ja, Sir.» Der Kellner nahm die Champagnerflasche und nestelte am Korken herum, doch seine nervösen Hände ließen ihn viel zu schnell herausploppen. Sofort schoss der Schaum aus der Flasche, und der junge Mann versuchte hastig, die hervorsprudelnde Flüssigkeit in eines der Gläser zu gießen.

«Danke. Ich werde selbst eingießen», erklärte Andrew und drückte dem Kellner einen Schein in die Hand. «Sie können gehen.»

«Danke, Sir», murmelte der erstarrte Jüngling und schob den Wagen, so schnell es ging, Richtung Tür.

«Du hast ihn in Verlegenheit gebracht, Costas», lachte Andrew. «Oder lag es vielleicht an dir, meine Schöne?»

Nina wurde genauso rot wie der Kellner. In ihrem Kopf tobte das Chaos, und jede Menge widerstreitender Emotionen durchzuckten sie.

Da war zunächst die Demütigung, von so einem hässlichen, alten Mann betatscht und wie eine preisgekrönte Kuh einem pickligen Kellner vorgeführt zu werden.

Hinzu kam Angst. Angst vor dem, was Costas wohl mit ihr tun mochte. Er würde sie doch wohl sicher nicht ficken? Nina konnte sich nicht vorstellen, dass er das in seinem Alter noch fertigbrachte.

Und wenn doch – was würde er wohl für einen schlappen, kleinen Schwanz haben? Wer wusste, was sie für Tricks auffahren musste, um ihn wenigstens ein wenig aufzugeilen? Und wenn es ihr nun gar nicht gelingen wollte?

Doch zu der Demütigung und der Angst kam die Scham darüber, dass eine drängende Erregung in ihren Körper schoss. Die beiden ersten Gefühle hatten sie extrem geil gemacht. Nina schloss die Augen und spürte, wie ihr Fötzchen sich vor Lust zusammenzog. Es war keine Lust auf Costas. Das war ausgeschlossen. Das Gefühl entstand eher aus der Erniedrigung heraus, von einem so widerlich aussehenden Mann befummelt und dann auch noch vor einem Kellner zur Schau gestellt zu werden, als ob sie eine der Fensternutten aus dem Amsterdamer Rotlichtviertel wäre.

Der junge Mann konnte sie doch unmöglich für etwas anderes als eine Nutte gehalten haben. Keine Frau würde sich von so einem alten Mann begrapschen lassen, wenn sie kein Geld dafür bekäme.

Costas schob jetzt auch das andere Körbchen so runter, dass beide Brustwarzen voller Stolz über den Rand des Bustiers ragten.

«So ist es schon besser, meine Kleine. Deine Nippel sind ja schon steinhart. Gut zu wissen, dass ich immer noch in der

Lage bin, ein schönes Mädchen zu erregen und es zum Erröten zu bringen.»

Andrew hatte mittlerweile den Champagner eingeschenkt. Er reichte Nina eines der Gläser und drückte Costas den Schwenker in die Hand.

«Auf uns alle», verkündete er und hob sein Glas. «Auf einen angenehmen Nachmittag. Und natürlich auf weitere geschäftliche Erfolge für uns, Costas.»

Nach der kurzen Stille, die durch das Trinken entstanden war, drehte Costas sich zu Nina um.

«Komm und setz dich auf meinen Schoß. Ich will dich anfassen.»

Der Grieche gab ihr zu verstehen, dass sie sich quer auf ihn setzen sollte, mit dem Kopf auf den Armlehnen des Sofas ruhend. Andrew hatte sich bereits einen Lehnstuhl herangezogen und saß den beiden gegenüber. Nina hatte nicht die geringste Ahnung, was jetzt wohl passieren würde. Da schob der alte Mann ihr plötzlich mit einer schnellen, aber nicht unsanften Bewegung einen Finger in die Muschi und zog ihn fast ebenso eilig wieder zurück. Die überraschte Frau stöhnte auf.

«Sieh an. Darf ich das als Kompliment verstehen, meine Liebe?» Costas zeigte seine Hand, die von dem Lustsaft ihrer Demütigung und ihrer Erregung glänzte.

Der alte Mann hob die Finger zum Mund und leckte sie ab.

«Fast so gut wie griechischer Honig! Hast du schon mal griechischen Honig probiert, Nina?»

«Nein», antwortete sie mit leiser Stimme. Daraufhin hielt Costas seine Hand vor ihren Mund.

«Na los! Probier mal!», forderte er sie auf. Nina leckte mit der Zungenspitze über seine Finger, schmeckte durch den feuchten Film aber nichts weiter als Zigarre und teures Aftershave. Dennoch lächelte sie und nickte höflich.

«Alles ablecken», befahl er mit einem subtilen Lächeln auf den Lippen.

Auch diese Erniedrigung brachte die Muskeln in ihrem Fötzchen zum Zucken, und sie leckte den Rest ihres eigenen Saftes von seinen zitternden Händen.

Danach griff Costas nach seinem Brandy.

«Das hier schmeckt mir allerdings besser», meinte er, und nachdem er einen Zug von seiner Zigarre genommen hatte: «Die schmeckt zwar nicht besser – aber anders.»

Sein Lächeln ließ das faltige Gesicht noch zerfurchter erscheinen. «Magst du Zigarren, meine Liebe?»

Nina schüttelte den Kopf. «Nein, ich habe das Rauchen aufgegeben.»

Er lächelte erneut. «So schmecken sie dir vielleicht.» Während dieser Worte ließ er die Zigarre langsam in Richtung ihrer Möse gleiten. Nina stöhnte laut auf, als er das Ende erst unsanft über ihren Kitzler rieb, um es kurz darauf über ihre feuchten Schamlippen gleiten zu lassen.

«Wirklich, Costas, ich wusste ja schon immer, dass du das Zeug zum Präsidenten hast», witzelte Andrew und drehte seinen Stuhl, um einen besseren Blick auf das Geschehen zu haben.

Nina lag völlig still da, als ihr der Alte die Zigarre schließlich weiter in die Muschi steckte und sie dort langsam kreisen ließ. Je tiefer er diesen merkwürdigen Dildoersatz in ihre Mitte trieb, desto lauter wurde ihr Stöhnen. Bei dem Gedanken, er könnte das ganze Ding inklusive der brennenden Spitze in sie hineinschieben, wurde die junge Frau von zitternder Angst gepackt.

Wieder und wieder versenkte er den zweckentfremdeten Gegenstand in ihrer Möse, bis auch er spürte, wie ihr Geschlecht vor Geilheit zuckte. Costas sah sie mit amüsiertem Blick an und stieß noch einmal zu. Dann zog er die Zigarre plötzlich weg und führte sie erneut zu seinem Mund.

«Dein süßer Saft auf einer Zigarre – das ist das Allergrößte», verkündete er. «Ich glaube, du magst Zigarren doch ganz gern. Hab ich recht?»

Nina lächelte. Ihr Körper sehnte sich danach, die jetzt leere Öffnung wieder gestopft zu bekommen. Als ihr Unterleib unwillkürlich nach vorne drängte und sie den Mann süffisant lächeln sah, schämte sie sich.

Ihr war klar, dass der faltige alte Kerl, der sie eigentlich so anwiderte, nun die Oberhand hatte. Nina hatte ihm instinktiv gezeigt, dass sie sich nach seiner Berührung sehnte, und ihm so Macht über sich gegeben.

Costas nahm einen tiefen Zug und pustete ihr einen Rauchring ins Gesicht.

Der Qualm brannte in ihren Augen. Er tat genauso weh wie die Demütigung, die sie empfand. Sie zog den Kopf zurück und hustete.

«Du willst es doch, Nina», sagte er mit ruhiger Stimme. «Und das, wo du mich vor einer Minute noch für einen widerlichen alten Mann gehalten hast. Stimmt's?!»

Sie spürte, wie ihre Wangen vor Scham erröteten, und wagte kaum, ihm zu antworten.

«Stimmt's?», wiederholte er mit einer Stimme, die mittlerweile so unfreundlich klang, dass Nina plötzlich Angst bekam.

«Ja. Es tut mir leid», flüsterte sie.

Der Grieche lachte und klopfte ihr jovial auf den Schenkel. «Keine Angst, meine Liebe. Das bin ich gewohnt. Die Frauen, die mich kennen, tun so, als ob sie mich mögen, sind aber in Wirklichkeit nur scharf auf mein Geld. Und die Frauen, die mich nicht kennen, kriegen das Zittern, wenn ein alter Knacker wie ich sie anfasst. Aber wir Griechen lieben den Sex, Nina. Und wir wissen, wie man eine Frau alles vergessen lässt und sie dazu bringt, nur noch an ihre körperlichen Begierden und deren Befriedigung zu denken – egal durch wen.»

Schweigend nahm er einen großen Schluck Brandy. Nina, immer noch leicht errötet vor Verlegenheit und Lust, beobachtete durch halbgeöffnete Augenlider, wie er seine Zigarre in den Drink tauchte und danach wieder daran zog. Nachdem er sie noch einmal in das Glas gehalten hatte, ließ er sie erneut zu ihrer Möse wandern und rieb damit über ihre Lustknospe, die mittlerweile genauso hart war wie die Zigarre selbst. Nina spürte genau, dass er für ihren Geschmack viel zu grob war, doch schon bald hielt er mit dem Reiben über ihren Kitzler inne, ließ die Zigarre ein paarmal über ihre feuchte Spalte gleiten und steckte sie dann mühelos in ihre Möse. Doch gerade als sie sich an den Gegenstand in ihrer Ritze gewöhnen wollte, zog er den dunklen Stab wieder heraus und wandte sich erneut ihrem Lustknöpfchen zu.

Doch diesmal fühlte die Zigarre sich weitaus angenehmer auf ihrem Kitzler an. Sie war jetzt ganz feucht – nicht von dem Brandy, sondern von ihrem eigenen zähflüssigen Liebessaft. Zunächst waren seine Bewegungen noch langsam, wurden nach kurzer Zeit aber immer schneller.

Nina spürte, wie die Spannung in ihrem Körper wuchs. Costas schob die Zigarre in Variationen immer wieder tief in ihr wartendes Loch. Rein und raus ging es, bis Nina sich schließlich ganz dem Gefühl der Geilheit hingab und keinen weiteren Gedanken mehr daran verschwendete, wie alt oder hässlich Costas war, und auch völlig vergaß, dass Andrew die ganze Zeit zuschaute. Alles, was für sie jetzt noch zählte, war das herrliche Gefühl in ihrem Kitzler und ihrer Pussy, die beide nach der nächsten Berührung lechzten.

Dass die Männer unterdessen ihr Gespräch fortsetzten, erregte sie zusätzlich. Es war fast, als würde der Grieche das Spiel mit ihr als reine Routine betrachten, während er sich ansonsten ganz auf das Gespräch mit Andrew konzentrierte. Nina war zu abgelenkt, um einen Zusammenhang zwischen den Worten herzustellen, die sie hörte. Es fiel mehrfach der Name «Bill Clinton», über den der Grieche laut lachte. Ob sie sich dabei über Costas' Spiele mit der Zigarre oder über Politik unterhielten, war für Nina nicht zu erkennen. Die beiden Männer hätten sich ebenso auf Griechisch unterhalten können, sie hätte es nicht mehr unterscheiden können. Und es war ihr auch völlig egal.

Plötzlich hörte die Stimulierung durch die Zigarre auf. Nina öffnete voller Widerwillen die Augen und schaute den alten Mann an.

«Du weißt, was du sagen musst.» Es war Andrew, der ihr diese Aufforderung mit nüchterner Stimme zuraunte. Sie sah ihn an, konnte seinen Gesichtsausdruck allerdings nicht deuten.

«Bitte», flüsterte sie schließlich, die Augen immer noch auf Andrew gerichtet.

Der saß einfach nur wartend und gleichgültig da. Nur seine angespannte Gesichtsmuskulatur verriet, dass er nicht so unbeteiligt war, wie er vorzugeben versuchte.

«Ich bitte Sie, Costas! Machen Sie weiter!»

Andrews Gesicht entspannte sich, doch seine Augen waren immer noch voller Kälte.

Die Zigarre stieß jetzt wieder schneller in sie hinein, während die andere Hand des Griechen ihren Kitzler rieb. Die Spannung in ihrem Körper erreichte ein fast unerträgliches Maß, sodass sie das Gefühl hatte, ihr Inneres würde jeden Moment explodieren. Und dann war es endlich so weit. Nina stand am Rand eines Abgrunds, der sie jeden Moment verschlucken würde, und stürzte sich schließlich in einen fantastischen, allumfassenden Ausbruch der Lust. Dass dabei kleine, wimmernde Laute aus ihrer Kehle drangen, merkte sie erst, als der Orgasmus schon langsam wieder abebbte. Ihr leises Stöhnen passte sich dem Rhythmus ihres keuchenden Atems und ihrer pulsierenden Möse an. Es war sowieso zu spät, sich Gedanken über ihr

Benehmen zu machen. Also konzentrierte sie sich ganz darauf, auch noch den letzten Rest ihrer Geilheit zu genießen. Costas führte die Zigarre jetzt sanfter und ließ gleichzeitig seine Finger von dem heißen Gipfel ihres Kitzlers zu dem Hügel darüber gleiten. Seine Berührungen waren weich, aber entschlossen, sodass sie jede Sekunde ihres abklingenden Höhepunktes genießen konnte. Ganz langsam verringerte er den Druck, so als ob er genau wusste, wann Nina den letzten Tropfen ihrer Lust getrunken hatte.

Nachdem sie wieder einigermaßen klar sehen konnte, bemerkte sie, wie er auf ihre Brüste starrte, deren Heben und Senken sich nach und nach normalisierte. Schließlich zog er die Zigarre weg, untersuchte sie gründlich und führte sie dann zu ihrem Mund.

«Du hast sie völlig ruiniert, Nina! Aber du hast deinen Spaß damit gehabt, nicht wahr?»

Sie nickte. «Das war fantastisch!»

Nina konnte nur raten, worauf die beiden Männer jetzt warteten. «Danke schön», sagte sie schließlich.

Beide Männer lachten.

«So mag ich das, Andrew. Eine Lady, die sich bedankt. Aber keine Sorge, Nina, in einer Minute kannst du dich richtig bei mir bedanken.

Zumindest kannst du es versuchen», fügte er hinzu. «Je älter man wird, desto schlechter funktioniert der Körper. Aber du bist so wunderschön, und es hat mir so viel Spaß gemacht, deine Lust zu beobachten. Leider ist Zusehen das Aufregendste, was man in meinem Alter noch bewerkstelligen kann. Aber es ist besser als nichts. Andrew sieht auch gerne zu – wie dir vielleicht aufgefallen ist. Wenn du Nina zuerst nehmen willst, könnte das die Sache für mich etwas erleichtern, Andrew.»

Andrew runzelte die Stirn.

«Herrje, das wäre ja, als würde ich es vor meinem Vater treiben. Das kann doch unmöglich dein Ernst sein! Außerdem hast du gerade selbst gesagt, dass ich auch gerne zuschaue.»

Der Grieche zuckte mit den Schultern. «Es gibt da noch etwas anderes, das mich erregen kann. Das Geschäft. Ich glaube, wir müssen ein paar Änderungen in die Wege leiten, um unsere gemeinsame Unternehmung zu sichern. Am besten gleich.»

Mit etwas Mühe befreite er sich von Nina und legte ihre Beine dabei mit altmodischer Zuvorkommenheit auf das Sofa, während er sich langsam erhob.

«Bleib liegen, Nina. Setzen wir uns doch an den Schreibtisch, Andrew. Dann können wir uns die Unterlagen in Ruhe ansehen. Ich werde mich auf diese Seite setzen. So habe ich unsere Schönheit im Blickfeld, wenn ich aufschaue.»

Nina beobachtete müde, wie Costas seinen Aktenkoffer öffnete und einen Stapel Papiere herauszog. Dem Gespräch der beiden Männer hörte sie aber schon nicht mehr zu. Sie fühlte sich so übersättigt, dass sie für nichts mehr Interesse aufbringen konnte. Sie kreiste innerlich nur um ihren Körper und die Lust, die sie gerade aus einer überaus merkwürdigen Quelle geschöpft hatte.

Nina langte über den Couchtisch und griff nach dem noch fast vollen Champagnerglas. Ihre Kehle und ihr Mund fühlten sich auf einmal so knochentrocken an, dass sie das Getränk gierig in sich hineinschüttete. Als sie sich schließlich aufgesetzt hatte, um sich ein weiteres Glas einzuschenken, dachte sie an die Veränderung, die in ihr stattgefunden hatte, seit sie vor zwei Stunden in diesem Hotel eingetroffen war.

Vorhin schien die Aussicht, mit ihrem Freund die Rolle einer Prostituierten zu spielen, noch sehr verlockend, denn trotz der zweifelhaften Assoziationen war es doch nur ein unschuldiges Abenteuer gewesen.

Als allerdings Costas auf der Bildfläche erschien, hatte sich jede Unschuld verflüchtigt.

Du solltest dich schämen, flüsterte eine leise Stimme in ihrem Inneren. Du bist widerlich!

Aber Nina schämte sich nicht. Sie fühlte sich sexy, mutig und völlig ungehemmt. Obwohl sie keinerlei Kontrolle über die Geschehnisse gehabt hatte, meinte sie doch, dass irgendetwas in ihr gerade befreit worden war.

Obwohl die junge Frau nur eine Marionette im Machtspiel des alten Mannes gewesen war, fühlte sie sich auf merkwürdige Weise stärker als zuvor. Zufrieden sah sie an ihrem Körper hinunter und zog die Kurven ihrer Brüste mit den Fingern nach.

Als sie wieder aufschaute, bemerkte sie, wie Costas sie mit einem stillen Lächeln ansah. Da geschah es, dass sie ihn zum ersten Mal spontan anlächelte. Doch es war nicht einfach ein freundliches Grinsen, sondern ein träges, sinnliches und wissendes Lächeln. Eines, das ihm mitteilen sollte, dass Nina alles versuchen würde, um ihm ebensolche Freuden zu bereiten, wie er sie ihr bereitet hatte.

Der Grieche hatte sich längst wieder seinen Papieren zugewandt und diskutierte mit Andrew. Das war auch ganz in Ordnung so. Nina hatte etwas Ruhe verdient. Sie legte sich auf dem Sofa zurück und machte es sich bequem. Als ihr einfiel, wie gerne Costas sie immer wieder mal anschaute, legte sie den Kopf auf einen ihrer Arme und zog ein Bein an, sodass er deutlich erkennen konnte, wie feucht sie dank ihm immer noch war.

Kapitel 2

Während sie an ihrem Champagner nippte, rief Nina sich die vergangenen sexuellen Erlebnisse in Erinnerung. Sie hatte mittlerweile das Gefühl, mit lustvoller Amüsiertheit darüber nachdenken zu können und nicht mit dem Abscheu und der Verlegenheit, die sie zuvor empfunden hatte.

In ein paar kurzen Wochen hatte sie sich von einer verschlossenen Frau, deren Sexleben lediglich aus geheimen Fantasien bestand, zu denen sie sich selbst befriedigte, in ein echtes Sexobjekt verwandelt.

Sexobjekt. Das Wort ließ sie plötzlich erstarren. War es denn nicht genau das, wozu sie langsam wurde – und war sie nicht eigentlich etwas Besseres?

Sicher, die Vorstellung, ein lüsternes Objekt der Begierde anderer zu sein und als anonymes Opfer der Befriedigung benutzt zu werden, war schon lange eine ihrer Lieblingsfantasien gewesen. Doch das Wort selbst stimmte sie nachdenklich, ob sie ihre Beziehung zu Andrew darüber definieren wollte – oder auch jede andere Beziehung.

Verdammt! Das, was Costas da mit ihr angestellt hatte, diente schließlich nicht nur seiner eigenen Befriedigung. Er hatte selbst gesagt, dass ihm die Rolle des Voyeurs in seinem Alter die meiste Freude bereitete. Jedenfalls hatte er ihr den unglaublichsten Höhepunkt bereitet, den sie jemals ohne Andrew erlebt hatte, und ihren Genuss mit ihr gemeinsam zelebriert.

Nina hatte das Gefühl gehabt, dass ihm ihre Erregung ebenso wichtig war wie seine eigene.

Andererseits hatte er auch seine Macht über sie zelebriert. Seine Fähigkeit, ihren Körper so zu manipulieren, dass jede Vernunft völlig ausgeschaltet und sie in hilflose Verzückung gezwungen wurde. Das war echte Macht. Nina wusste noch genau, wie Andrew sie bei ihrer ersten Nummer hatte betteln lassen, sie endlich zum Höhepunkt zu bringen. Im Geschäftsleben waren beide Männer daran gewöhnt, Macht über andere Menschen zu haben. Es konnte gut möglich sein, dass diese Tatsache auch andere Lebensbereiche bestimmte und sich auch auf ihr Sexleben bezog. Ja, vielleicht war sie im Vergleich zu ihnen wirklich ein hilfloses Sexobjekt.

Na und?, mischte sich ihr neues lustvolles Ich ein. Was gibt es schon Besseres als diese lüsternen Freuden und das Gefühl völliger Hingabe?

Nina dachte daran, wie der Sex mit ihrem alten Ich abgelaufen war. Ihr erstes Mal hatte sie als Schülerin mit ihrem Freund Peter erlebt, den sie schon seit der ersten Klasse kannte. Sie gingen miteinander. Das hieß, dass sie zu einer Clique gehörten, in der sich eher zufällige Paarungen ergeben hatten. Man ging zusammen in die Disco oder hing in den Schulferien im Park rum. Die jungen Leute lebten in einer Welt von Insiderwitzen, dummen Sprüchen, Gelächter und Neckereien. Man kannte sich einfach zu gut. Und wahrscheinlich war der Sex mit Peter genau deswegen so grottenschlecht gewesen.

Nach dem Schulabschluss verstreute die Gruppe sich auf verschiedene Colleges in ganz England. Nina war nach London gegangen, um sich zur Buchhalterin ausbilden zu lassen, und Peter war im St. Andrews College in Schottland gelandet – sehr weit voneinander entfernt. Trotzdem vermisste Nina eher ihre Freundinnen. Sie verbrachte Stunden damit, ihnen in Briefen den neuesten Klatsch zu berichten und begierig ihre Antworten zu lesen. Zunächst fühlte sie sich sehr einsam auf dem College und war daher begeistert, in den ersten Weihnachtsferien auch Peter wiederzusehen.

Nina tat sich in London sehr schwer. Das College war zwar im Zentrum, doch die Studenten wohnten alle außerhalb, und sie kannte niemanden in ihrer näheren Umgebung.

Auch in den Seminaren fiel es ihr schwer, Freundschaften zu schließen. Ihre scheinbar unbeschwerte Fröhlichkeit überdeckte die Tatsache, dass es Nina in dieser neuen Umgebung an jedem Selbstbewusstsein mangelte.

Dabei gab es viele Studenten, die schüchtern waren und sich keiner Gruppe anschlossen. Doch für sie fanden sich immer nette Menschen, die sich Mühe gaben, auch diese Problemfälle in die Gemeinschaft einzubeziehen. Da Nina aber so selbstsicher wirkte, gingen die anderen davon aus, sie wollte einfach keine Freundschaften schließen und wäre genauso selbstgenügsam, wie sie wirkte.

Die besagten Weihnachtsferien verbrachten allerdings nicht alle Mitglieder der Clique zu Hause, sodass Nina und Peter sich häufiger allein trafen als jemals zuvor. Es fiel den beiden nicht schwer, wieder auf ihre alte Ebene der Witzeleien und Sprüche einzusteigen, und Nina war so glücklich wie seit Beginn des Studiums nicht mehr.

Vielleicht waren der Trost und die Vertrautheit, die ihr das Zusammensein mit Peter vermittelte, der Grund, wieso sie ihn an diesem Weihnachtstag nicht abwies. Zwar hatten sie vorher schon öfter gefummelt, waren aber nie bis zum Äußersten gegangen.

Wie immer saßen sie beim schwachen Licht der Nachttischlampe zusammen und hörten gerade so laut Musik, dass Peters Mutter nicht gestört wurde. Sie sprachen über Weihnachten, fragten sich, was die anderen Freunde wohl so trieben, und freuten sich auf den Silvesterabend, den sie mit ein paar anderen Leuten aus der Clique feiern wollten.

Dann lief die übliche Nummer ab. Sie küssten sich, seine Hände wanderten zu ihren Brüsten, er zog ihren Pullover hoch und die Körbchen des BHs nach unten. Schließlich befummelte er ziemlich grob ihre Brustwarzen. Nina hatte ihm nie gesagt, dass er ihr wehtat und doch etwas zärtlicher sein sollte.

Nach einer gewissen Zeit bahnte er sich einen Weg über ihre Schenkel bis hin zur verbotenen Zone ihrer Scham.

Es war das erste Mal, dass Nina seine Hand nicht wegstieß. Obwohl sie seine Berührung durch den dicken Stoff der Jeans kaum spürte, erregte das Ganze sie mehr als erwartet. Atemlos fragte sie sich, ob er wohl noch weiter gehen würde und ob sie das überhaupt wollte.

Peter schien zu zögern, als er so gar keinen Widerstand von ihrer Seite spürte. Er zog den Reißverschluss ihrer Jeans auf, streichelte über ihren Bauch und versuchte dann, in ihr Höschen zu kommen. Er schien die ganze Zeit auf Gegenwehr zu warten, doch Nina wartete einfach nur ab, was er wohl als Nächstes tun würde.

Als der Jüngling an ihrer Jeans herumzerrte, hob Nina den Po, sodass er sie über die Schenkel ziehen konnte. Das grobe Ziehen an ihrer Hose verriet Nina, dass Peter langsam geil wurde. Er schaffte es, sie bis zu den Knöcheln runterzuschieben, machte sich aber nicht die Mühe, sie ganz auszuziehen. Ihr blieb also nichts anderes übrig, als unelegant mit den Beinen zu strampeln, um die enge Hose loszuwerden. Peter schnaufte, als er schließlich ihr Höschen über die Schenkel schob. Dann fasste er zwischen ihre Beine und suchte ungeschickt nach der Öffnung ihrer Möse. Als er sie fand, gab er eine Art Knurren von sich, denn Nina war bereits feucht. Voller Grobheit rieb er erst über ihren Venushügel und führte dann zögerlich einen Finger in sie ein. Nina war nur an das Gefühl ihrer eigenen

Hände oder höchstens das eines eindringenden Tampons gewöhnt und empfand seinen Finger als groß und grob. Er stöhnte erneut auf, steckte einen zweiten Finger in ihr Loch und begann, die Eindringlinge wie wild rein- und rauszuschieben.

Zwar war es nicht gerade das, was Nina sich für das erste Mal erträumt hatte, erregt war sie aber dennoch. Sie wusste, dass es jetzt passieren würde, und als Peter seine Finger aus ihr rauszog, sich seine eigene Jeans und den Slip runterriss, zog auch sie ihr Höschen über die Knie. Doch noch ehe sie es über die Füße schieben konnte, warf Peter sich auch schon ungestüm auf sie drauf und presste seinen steifen Schwanz gegen ihren Körper. Er war härter und größer, als Nina es sich vorgestellt hatte. Peter trug immer noch sein dickes, kariertes Holzfällerhemd, das sich auf ihrem entblößten Bauch unangenehm rau anfühlte.

«Bist du bereit für mich, Nina?» Das waren die einzigen Worte, die das junge Mädchen hörte, bevor sie seine Hände an ihrer feuchten Muschi spürte und er kurz darauf seinen Schwanz in sie hineinschob.

Bevor der Schmerz einsetzte, spürte Nina für den Bruchteil einer Sekunde so etwas wie Unwillen in sich aufflackern. Sollte er sie vorher nicht wenigstens ein bisschen verführen? Wie sie jetzt dalag – den Pullover über den Kopf gezogen, die Brüste aus den Körbchen ihres BHs raushängend und den Slip um die Knöchel wedelnd –, entsprach jedenfalls nicht ihren Vorstellungen vom ersten Mal. Als Peter dann in sie hineinstieß, wurde sie vom Schmerz überwältigt und vergaß alles andere.

Es kam ihr wie eine Ewigkeit vor, dass Peter sie wie ein Rammbock aufspießte, es ihm aber trotzdem nicht gelang, ihr Jungfernhäutchen zu durchstoßen, das ihn davon abhielt, ganz in sie einzudringen. Zusätzlich zu diesem Schmerz lag Peter wie ein Bleigewicht auf ihr und drückte sie mit dem Gesicht in ihre Schulter gepresst auf das Bett. Er tat ihr weh. Als der Schmerz plötzlich ein wenig nachließ, hörte sie auch schon einen erstickten Schrei von Peter. Er bäumte sich kurz auf, zog dann seinen Schwanz aus ihr raus und warf sich zurück aufs Bett. Ninas Bauch war ganz feucht von seinem Erguss.

So lagen sie ein paar Minuten nebeneinander. Peter atmete heftig, sagte immer mal wieder «O Gott» zu sich selbst, und Nina wünschte sich nur, sie wäre zu Hause geblieben. Sie wusste nicht, was als Nächstes von ihr erwartet wurde, und wollte eigentlich nur seinen widerlichen Saft von ihrem Körper waschen.

Irgendwann hob ihr Gespiele den Kopf und lächelte sie an. Es war ein schreckliches Lächeln – ein bisschen aufmüpfig, aber in erster Linie triumphierend. «Das war ziemlich gut, was?» Nina fehlten die Worte. Sie zog ihren Slip hoch und lief ins Badezimmer.

Als sie die Tür hinter sich geschlossen hatte, riss sie ihr Höschen runter und ließ heißes Wasser ins Becken laufen. Dann wusch sie fast panisch ihren Bauch, um die schleimige, klebrige Masse zu entfernen. Der Geruch widerte sie an – streng wie Putzmittel – und hatte sich scheinbar unauslöschlich an ihren besten Pullover geheftet. Wie die Spur einer gigantischen Schnecke lief der Saft langsam ihren Körper hinab. Dann sah sie das Blut.

Natürlich hatte sie gewusst, was bei einer Entjungferung passiert – es würde wehtun und wahrscheinlich bluten –, aber der Anblick des hellroten Flecks in ihrem Slip rief ihr ins Bewusstsein, was sie da gerade getan hatte.

Der Verlust ihrer Jungfräulichkeit machte ihr nichts aus, doch sie hatte immer angenommen, dass es dabei romantischer zugehen würde. Stattdessen war es ein wirres, schmerzhaftes Rumgefummel gewesen, und sie war sich nicht wie die begehrenswerteste Frau der Welt, sondern eher wie eine Gummipuppe vorgekommen. Peter hatte sie gerade so weit ausgezogen, dass er an die wichtigsten Teile herankam. Nichts ober- oder unterhalb ihrer Brüste und ihrer Möse schien wichtig gewesen zu sein.

Während Nina sich gründlich abseifte, stiegen ihr die Tränen in die Augen. Doch sie wusste, dass sie vernünftig mit dem Erlebnis umgehen musste. Zwar war es nicht romantisch, geschweige denn angenehm gewesen, doch irgendwann musste es einfach besser werden. Sie wischte sich die Tränen ab, putzte ihre Nase, zog sich an und ging zurück ins Schlafzimmer.

Peter hatte sich ebenfalls wieder angezogen – zumindest den Slip und die Hose. Nina nahm sich vor, kein Wort über seine jämmerliche Vorstellung zu verlieren, war dann aber umso verblüffter über seine Begrüßung.

«Sieh dir nur an, was du getan hast, Nina!»

Sie sah ihn fragend an. Peter zeigte auf das grüne Baumwollbettlaken, wo sich ein großer roter Fleck ausgebreitet hatte, der wie eine Rose aussah. Sie kicherte und starrte ihn an, als würde sie das Ganze für einen Scherz halten. Doch Peter meinte es durchaus ernst.

«Wie zum Teufel soll ich das denn meiner Mutter erklären? Sie wird genau wissen, was wir hier getrieben haben!»

An dem Punkt wurde Nina klar, dass er wirklich genervt war. Und zwar genervt von ihr. Er war in sie eingedrungen, hatte ihr fünf Minuten wehgetan, um seinen Spaß zu haben, und jetzt war das alles ihre Schuld!

«Tja, dann wird es wohl mal Zeit, dass du deine Wäsche selbst wäschst, Feigling! Halt das Laken unter kaltes Wasser, so kriegst du das Blut gut raus. Und dann wäschst du es einfach nochmal in der Waschmaschine durch.»

«Halt du es doch unter kaltes Wasser», erwiderte er schmollend.

Obwohl ihr geradezu übel war, warf Nina ihm einen vernichtenden Blick zu.

«Fick dich doch ins Knie», fuhr sie ihn an, «vielleicht kriegst du das ja wenigstens hin. Bei mir hast du jedenfalls auf ganzer Linie versagt.»

Sie ging.

Natürlich hatten die beiden sich noch wiedersehen müssen, als der Rest der Clique nach Hause kam. Während der Silvesterparty versuchte Peter sogar, sein Verhalten wiedergutzumachen. «Ich weiß auch nicht, was da schiefgelaufen ist, Nina. Komm doch morgen nochmal vorbei. Dann werde ich bestimmt besser sein», schlug er ihr vor, als alle sich um Mitternacht küssten.

Doch sie ging nicht zu ihm. Weder am nächsten Tag noch am Tag darauf. Sie trafen sich immer mal wieder innerhalb der Clique, aber damit hatte es sich auch. Ninas Freundinnen fragten wohl, was denn passiert wäre, doch Nina zuckte nur mit den Schultern und sagte, sie hätte in London jemanden kennengelernt. Sie waren nicht allzu neugierig. Das Einzige, worüber die Mädchen reden wollten, waren ihre eigenen Freunde und die verschiedenen Jungs in ihren Vorlesungen, auf die sie scharf waren und von denen sie dachten, dass sie hinter ihnen her waren.

Das war's. Es gab zwar noch andere, die Peters Platz einnahmen, doch es dauerte lange, bis sie mal wieder jemanden mit ins Bett nahm. John war Forschungsstipendiat, fünf Jahre älter als sie und hatte ganz offensichtlich schon öfter mit Frauen geschlafen. Er war also reifer, aber auch nicht besonders rücksichtsvoll. Nina versuchte es ein paarmal, hörte dann aber auf, sich mit ihm zu treffen. Sie freundete sich mit ein paar Kommilitoninnen an und störte sich nicht besonders an ihrem eigenen fehlenden Sexleben. Ab und zu ging sie mal mit einem Jungen aus, und soweit sie wusste, nahmen ihre Freundinnen an, dass sie ebenso häufig Sex hätte wie sie.

So ging es die nächsten Jahre weiter. Auf allen anderen

Ebenen führte Nina ein erfülltes Leben. Beruflich kam sie gut voran. Während ihrer Studienjahre hatte sie London und seine reichhaltige Kultur lieben gelernt und deshalb auch einen Job in der Stadt angenommen. Nina hatte immer gewusst, dass sie kein Genie war, doch sie arbeitete systematisch und genau. So war ihr Aufstieg zwar nicht gerade kometenhaft verlaufen, konnte sich aber dennoch sehen lassen.

Jetzt hatte sie also einen Job, den sie wirklich mochte, und arbeitete für verschiedene Firmen als Buchprüferin. Das hieß in ihrem Fall, dass sie diverse Büros besuchen und die jeweiligen Buchhaltungssysteme prüfen musste – eine Arbeit, bei der sie ständig neue Leute kennenlernte. Irgendwann war es ihr gelungen, die Anzahlung für eine Wohnung in Clapham zusammenzukratzen, und sie hatte mit geschlossenen Augen ihre Seele für eine Hypothek verkauft.

Über die Jahre hatte Nina den Kontakt zu Angie aus dem College und ein paar Kollegen aus ihrem alten Job gehalten. So war ein zwar bescheidener, aber doch ausreichender Freundeskreis entstanden. Doch dieser Freundeskreis hatte ihr keine Beziehungen beschert, die länger als ein paar Tage hielten oder gar nur für eine einmalige sexuelle Begegnung taugten.

Manchmal fragte Nina sich, ob sie sich durch ihre Fantasien jede Chance auf guten Sex versaut hatte. Die Bilder in ihrem Kopf waren einfach um ein Vielfaches aufregender als der Anblick eines Typen, der sich das Hemd vom Leib riss. Es hatte bisher weder Männer gegeben, die sie so zärtlich berühren konnten, wie Nina es selbst tat, noch war einer dabei gewesen, der sie so zum Orgasmus bringen konnte, wie sie es gern hatte. Es war nun mal viel erregender, sich selbst im Spiegel beim Streicheln zu betrachten und sich vielleicht vorzustellen, dass sie von jemandem dazu gezwungen wurde, als tatsächlich mit einem Mann zu schlafen.

Doch dann war Andrew aufgetaucht. Er hatte ihr – genau wie der anonyme Held ihrer Träume – Befehle erteilt und sie sowohl physisch als auch verbal angeheizt. Und er berührte sie genau so, wie sie es selbst tat.

Als Nina plötzlich bemerkte, wie der alte Mann sie anstarrte, versiegte der Strom ihrer Erinnerungen mit einem Mal. Er und Andrew hatten die Arbeit offensichtlich beendet, denn der Grieche packte die Unterlagen bereits wieder in seinen Aktenkoffer. Er lächelte sie an und seufzte.

«Das war anstrengend, Nina. Aber ich glaube, ein wenig Energie habe ich noch in mir. Und ich würde sagen, dass ich jetzt zur Abwechslung mal ein bisschen Befriedigung verdient habe. Das wäre eigentlich nur fair, oder nicht?»

«Natürlich», gab sie zu, war aber immer noch im Zweifel, ob der Mann den tatsächlichen Akt wirklich bewältigen konnte. Nina sah ihn mit festem Blick an und fragte sich gleichzeitig, ob seine Haut überall so reptilienhaft aussah wie die seines Gesichts und seiner Hände. Ob er sich wohl ausziehen und sich auf sie legen würde? Wie würde sich seine Brust wohl auf ihren Titten anfühlen? Wie sah sein Schwanz aus?

Aber Costas ließ sich einfach nur schwer neben ihr auf das Sofa fallen.

«Nimm's nicht persönlich, meine Liebe, aber ich bin zu alt, um dich zu ficken», erklärte er, während er seinen Gürtel öffnete. «Aber vielleicht kannst du es mir ja mit dem Mund besorgen.» Nina war entsetzt, als er schließlich seinen Schwanz zutage förderte. Er war klein, schrumpelig und praktisch schlaff. Der Gedanke, dass er sie ficken würde, hatte die junge Frau noch auf perverse Weise erregt. Doch jetzt wurde sie erneut von Ekel gepackt. Sie hatte immer sorgsam darauf geachtet, was sie so in den Mund nahm, und war immer eher skeptisch gewesen, ob Männerschwänze stets so sauber waren, wie sie es eigentlich sein sollten. Natürlich war Costas ein reicher Mann. Er trug teure Kleidung, roch nach edlem Aftershave, und es konnten kaum Zweifel bestehen, dass er heute Morgen geduscht hatte. Trotzdem war ihr der Gedanke, seinen Schwanz zu schmecken und daran zu saugen, bis es dem Alten kam, mehr als zuwider.

Und wieder spürte sie Andrews auffordernden Blick im Augenwinkel.

Vielleicht würde es ihn ja anmachen, wenn er sah, wie sie seinen alten Mentor befriedigte. Die Vorstellung, dass ihre Vorführung ihn aufgeilen könnte, stimulierte sie. Wenn es Andrew zum Höhepunkt brächte, würde sie ihr Bestes geben, um Costas zum Abspritzen zu bringen. Nina würde einfach in die Rolle des Sklavenmädchens schlüpfen, das die Wünsche ihres Herrn ausführt.

So kniete sie sich wie eine Bittstellerin vor den Alten, der sie durch seine Schlupflider durchdringend anstarrte. Ninas BH-Körbchen waren runtergezogen, sodass ihre milchweißen Brüste mit den erigierten Nippeln hervorschauten. Sie ließ ihre Hand demütig in seinen Schritt gleiten und berührte sein kleines, schlappes Teil.

«Es wäre besser, wenn Sie Ihre Hosen runterziehen würden, Costas», forderte sie ihn mit sanfter Stimme auf. Er lächelte, stand nickend auf und ließ das Beinkleid bis auf seine alten Knöchel runterrutschen. Das schlaffe Fleisch seiner Schenkel war ohne jede Spannung, doch das bemerkte Nina nur am Rande. Jetzt konzentrierte sie sich ganz auf die bevorstehende Darbietung, von der sie hoffte, dass sie weder Costas noch ihren Zuschauer Andrew enttäuschen würde.

Der Ekel, den Nina bei der Vorstellung empfunden hatte, diesen uralten Schwanz in den Mund zu nehmen, war zwar nicht verschwunden, doch sie erlaubte sich nicht das leiseste widerwillige Zittern, als sie sein weiches Fleisch erneut berührte. Costas' Reaktion auf ihre Berührung war ein leichtes Beben. Er griff nach unten und legte ihre Hände sanft auf seinen Sack – ein lose herumrollendes Fleischmonstrum, das seine schrumpeligen Hoden umhüllte.

Nina neigte ganz leicht den Kopf und leckte voller Vorsicht und Zartheit über seine Eichel. Doch Costas' leises Grunzen ermutigte Nina, und so hatte sie seine Schwanzspitze schon bald ganz im Mund. Die Haut war trocken, und sie musste sich schon anstrengen, um genug Spucke für einen reibungslosen Ablauf zu sammeln. Schließlich wusste sie am allerbesten, wie wichtig eine gewisse Feuchtigkeit war. Die junge Frau verteilte ihren Speichel auf seinem gesamten Schwanz und kümmerte sich dabei besonders um die kleine Ader, die direkt zum Auge an seiner Spitze führte. Der Schwanz zuckte jedes einzelne Mal, wenn Nina die Zunge darübergleiten ließ.

Schließlich umfasste sie seine Eier mit der einen Hand und strich mit ihrem Mund darüber, als ob sie diese küssen wollte. Dann bahnte ihre Zunge sich leckend den Weg zurück zum langsam steif werdenden Schaft. Sie verwöhnte ihn mit winzigen, katzengleichen Zungenschlägen und erhöhte deren Stärke erst, als sie wieder bei der kleinen Ader und seiner Eichel angelangt war.

Und das Ganze wieder von vorn. Nina hoffte, durch ihr langsames Vorgehen Costas das Gefühl zu geben, er hätte einen Riesenprügel. In der Tat war er auch schon größer als eben noch und auch hart genug, um ihn in den Mund zu nehmen.

Als Nina ein letztes Mal über seinen Schlitz leckte, spürte sie eine salzige Flüssigkeit in ihrem Mund. Sie blickte mit noch heraushängender Zunge zu Costas auf und leckte sich dann genüsslich die Lippen. Der sehnsuchtsvolle Ausdruck, den sie dabei in ihre Augen legte, ließ Costas lächeln und noch schwerer atmen. Ja, sie machte ihre Sache sehr gut.

Die junge Frau befeuchtete ihre Lippen mit der Zunge und

sah ihn dabei so lange an, bis sie den Kopf wieder senken musste, um den Schwanz ganz in ihrem Mund aufzunehmen. Doch anstatt ihn nur kurz zwischen den Lippen zu behalten, setzte sie ihre kleinen Leckbewegungen fort und arbeitete sich ganz langsam und saugend wieder zu seiner Eichel vor. Sein Keuchen zeigte ihr, dass sie es richtig machte, und als sie dieses Mal an seiner Eichel angekommen war, hatte Costas' Schwanz sich tatsächlich zu voller Größe aufgerichtet.

Während sie seine Schwanzwurzel mit der einen Hand fest umklammert hielt, leckte sie sich ein drittes Mal nach oben und ließ dort ihre Zunge um seine Eichel kreisen. Andrew schaute immer noch zu, und bevor Ninas Mund sich wieder um den Pimmel des alten Mannes legte, leckte sie sich lasziv die Lippen, um in Andrew den Wunsch zu wecken, sie würde dasselbe mit ihm anstellen. In ihrer Vorstellung stieß er Costas aus dem Weg und stürzte sich auf sie. Der Gedanke erregte sie so, dass sie im Rhythmus mit ihrem Lecken und Saugen unwillkürlich über die Schenkel des Griechen strich.

«Ach, da bist du ja. Ich brauche deine Hilfe, junger Mann», sagte Costas auf einmal. Als Nina erschrocken aufschaute, sah sie, dass der junge Kellner mit seinem Wagen den Raum erneut betreten hatte. Hastig drehte sie den Kopf vom Schritt des Alten weg, doch Costas' pergamentene Hand drückte sie sofort wieder zurück.

Der kurze Blick auf den Kellner hatte ihr allerdings gezeigt, dass er knallrot war – fast so rot wie die Pickel in seinem Gesicht.

«Ja, Sir?», erkundigte der Jüngling sich mit tiefer Stimme.

«Ich bin nicht mehr der Jüngste und brauche ein wenig Hilfe, um an meine Befriedigung zu kommen. Hast du schon mal mit einer Frau geschlafen?»

«Ja, Sir.»

«Wärst du dann so freundlich, diese junge Frau für mich zu

ficken? Von hinten, auf allen vieren. In England nennt man das, glaube ich, die Hündchenstellung. Wäre das wohl möglich?»

Der Kellner erwiderte nichts. Nina sah auf. Sein hervorstehender Adamsapfel bewegte sich beim Schlucken wild auf und ab. Er wusste ganz offensichtlich nicht, was er tun sollte.

«Komm schon», forderte Costas ihn ungeduldig auf. «Hier! Reicht das als Aufwandsentschädigung?» Er zog ein paar Scheine aus seiner Tasche und hielt sie dem Kellner hin. «Ich hatte eigentlich gedacht, es würde ausreichen, wenn du als Bezahlung eine wunderschöne Frau ficken darfst. Aber wenn du es so haben willst …»

«Nicht ganz, Sir», keuchte der Jüngling. «Aber natürlich werde ich es tun. Und das Geld könnte ich auch gebrauchen. Aber ist das nicht eine Nutte, Sir?»

«Ja. Na und?»

«Na ja, ich will mir nichts einfangen. Das ist das Geld nicht wert, Sir.» Er stand da, als hätte er Angst vor Costas' Antwort.

Nina war wie erstarrt. Der picklige, hässliche Kellner sprach über sie, als wäre sie ein Straßenmädchen. Eine billige Hure, die für zehn Pfund auf dem Rücksitz eines Autos jeden ranlassen würde. Eine Nutte, die alle möglichen Krankheiten mit sich herumtragen könnte. Er hatte Angst, sich etwas bei ihr wegzuholen, und erwartete sogar eine Bezahlung dafür, dass er sie fickte.

Und wieder fuhren Schmerz und Demütigung durch Ninas Kopf und ihren Körper. Sie schloss die Augen und musste die Tränen zurückhalten.

Dann bemerkte sie, wie Andrew dem Kellner ein Kondom reichte und der junge Mann daraufhin seine Hose auszog.

«Bist du bereit, Kleiner? Sie ist es auf jeden Fall. Du kannst es doch kaum abwarten, hab ich recht, Nina?

Ich könnte einfach aufstehen, mich anziehen und abhauen,

sagte sie zu sich selbst. Sein verdammtes Geld kann ich ihm ja wiedergeben. Was glaubt der denn, wie sehr er mich erniedrigen kann?

Ja, aber wenn du das tust, ist alles vorbei, meldete sich ein anderer Teil von ihr.

Costas hob ihren Kopf und lächelte Nina an. Der spöttische Ausdruck des Triumphes in seinen Augen ließ sie regelrecht zusammenschrumpfen.

Bis zu dieser Sekunde glaubte sie eigentlich, er hätte sich vorhin schon ausreichend gerächt, als er ihr den Zigarrenrauch ins Gesicht blies. Doch er forderte scheinbar alle Vergeltung, die er kriegen konnte.

«Und jetzt, meine Liebe, mach mich mit deinem wundervollen Mund so richtig schön feucht», bat er sie. Nina, regelrecht eingeschüchtert, spuckte ein zweites Mal so viel Speichel, wie sie zusammenbekam, auf seinen mittlerweile voll ausgefahrenen Schwanz.

«Danke. Und wenn du dich jetzt etwas drehen könntest …» Er bugsierte sie an den Schultern so, dass die Liebesdienerin jetzt seitlich vor ihm kniete. «Stütz dich mit der Hand auf dem Boden ab. So ist's gut. Auf alle viere. Ganz genau.»

Während sie auf den Hotelteppich starrte, spürte Nina, wie sich klamme Hände an ihrer Spalte zu schaffen machten. Dann ein dicker, in Gummi gehüllter Schwanz, der sich so lange gegen sie presste, bis er gefunden hatte, wonach er suchte. Als der Kellner schließlich grob in sie hineinstieß, schrie sie fast auf. Er war riesig. Zwar nicht besonders lang, aber so ungemein dick, dass er sie in erheblichem Maße dehnte.

«Bitte nicht so schnell», gebot Costas dem Jüngling Einhalt. «Ich will nicht, dass die Sache in zwei Minuten vorbei ist. Lass deinen Korken nicht so schnell knallen wie bei der Champagnerflasche.»

«Nein, Sir.»

Andrew lachte über die Bemerkung seines Freundes.

Der Kellner verlangsamte sein Tempo sofort. Dabei bauschte sich sein Polyesterhemd über ihrem Rücken auf.

«Nun zieh schon das Hemd aus, um Himmels willen! Ich kann ja gar nichts sehen», hörte man Costas grunzen.

Andrew lachte erneut auf und warf dem Alten einen Satz auf Griechisch zu. Der Kellner steckte immer noch in ihrer Muschi, und sein Hemd strich über ihren Rücken, als er es auszog. Dann setzte er seine Stöße fort.

«Halt sie an den Hüften fest», ordnete Costas an. Nina konnte ihn zwar nicht sehen, nahm aber an, dass er sich mit seinen schuppigen Händen selbst befummelte und seinen Schwanz berührte, der immer noch feucht von ihrem Speichel war. Seine Stimme war immer heiserer geworden. Nina bildete sich sogar ein, seine Hände auf und ab reiben zu hören. «Zieh ihn weiter raus. Nicht ganz, sondern so, dass du gerade noch drinsteckst. Nina, stütz dich auf deine Ellenbogen und leg das Gesicht auf den Boden.»

Die gefickte Frau kam sich wie eine Schauspielerin in einem Pornofilm vor, der man sagte, wie sie sich bewegen musste, damit man den besten Blick auf sie hatte. Als Nina ihren Kopf nach unten senkte, stellte sie sich vor, welchen Anblick sie Costas wohl gerade bot. Ihr hochgereckter Arsch, der immer noch von den schwarzen Strapsen eingerahmt wurde. Die dünnen weißen Hände des Kellners auf ihren Hüften. Und der in ein Gummi verpackte Schwanz, der unablässig in sie hineinstieß. Irgendwann legte sie den Kopf zur Seite, um Costas anzuschauen. Doch der saß jetzt weiter weg auf dem Sofa, sodass er den von ihm bezahlten Fick besser beobachten konnte.

Auch wenn das Ganze gegen ihren Willen geschah: Die Tatsache, dass sie beide eine Rolle verkörperten, um dem Alten etwas für sein Geld zu bieten, jagte immer wieder Schauer der Erregung durch Ninas Körper. Als der Kellner sie nach vorn schubste, wusste sie, dass er das nur tat, damit Costas genau sehen konnte, wie er seinen Schwanz immer wieder fast ganz aus ihr herauszog. Und auch als er sie unmittelbar darauf wieder fest aufbockte, geschah das nur, damit ihr Kunde die Macht spüren konnte, die er über sie hatte.

Doch es war nicht nur die Show der beiden, die sie über alle Maßen erregte. Auch das rhythmische Hämmern des Kellnerschwanzes und der Druck auf ihren G-Punkt sorgten dafür, dass Nina sich in Riesenschritten einem Orgasmus näherte.

Costas' schneller Atem verriet ihr, dass auch er kurz davorstand. Als der Jüngling sich noch einmal fast ganz aus ihr zurückzog, ließ sie die Hüften so kreisen, wie sie es zuvor schon bei Andrew getan hatte. So konnte ihr Liebhaber genau spüren, wie ihre Muschi eine zusätzliche Reibung an seinem Schwanz erzeugte und ihre Pobacken leicht zitterten. Nina fragte sich, ob Andrew wohl bemerkte, dass sie denselben Trick wie bei ihm anwandte – genau wie eine Prostituierte, die für jeden Kunden dieselben Nummern abzog.

Auch der Kellner atmete mittlerweile schwerer. Als er seinen Schwanz wieder einmal fast ganz aus ihrer Möse zog, stieß Nina mit aller Härte zurück, sodass sein Prügel so tief wie nie in ihrem Loch verschwand. Die lüsterne Frau genoss es, von der Dicke seines Schwanzes ausgefüllt, ja geradezu gestopft zu werden. Und auch wenn Costas dachte, dass er die Macht über sie hatte, konnte sie ihm auf diese Weise zeigen, dass sie selbst auch nicht völlig machtlos war. Sie wirbelte den Kopf von einer Seite zur anderen und warf ihr Haar über die Schultern, während sie im Gleichklang mit dem Kellner ihr Becken vor- und zurückschob.

Langsam spürte sie eine Veränderung in ihm. Genau wie sie tat der junge Mann mittlerweile nur noch das, was sich von selbst ergab, und verschwendete keinen Gedanken mehr daran, wer zahlte oder die Anweisungen gab.

«Sieh mich an!», stöhnte Costas. Als Nina ihr Gesicht dem Sofa zuwandte, sah sie, dass der Alte sich so platziert hatte, dass er direkt über ihrem Kopf saß. Die klauenhaften Hände rasten fast verzweifelt an seinem Schwanz auf und ab, bis er Nina schließlich eine große Ladung Sperma ins Gesicht spritzte – mehr Sperma, als so ein alter Sack noch erzeugen sollte. Schon breitete sich in ihrer Nase der altbekannte Geruch aus, und die ganze Sauerei lief ihr die Wange runter. Doch auch das war Nina mittlerweile egal, denn jetzt kam es ihr selbst. Sie schloss die Augen und gab ein tiefes Stöhnen von sich, als ihre Muskeln sich zusammenzogen. Der Kellner erhöhte sein Tempo ein letztes Mal und kam zusammen mit ihr.

Dann brach der erschöpfte Mann über ihr zusammen und zog sie mit sich zu Boden.

«Das reicht! Steh auf», ordnete Costas an. «Du tust ihr ja weh. Gut gemacht, mein Junge. Du kannst dich jetzt sauber machen und dann gehen.»

Immer noch keuchend, kam der Kellner langsam wieder auf die Beine. Jetzt, wo der Moment des Höhepunktes vorüber war, stand wieder der verlegene Teenager vor ihnen, der vorhin den Raum betreten hatte. Er zog sich hastig an, und Nina beobachtete amüsiert, wie er kurz überlegte, ob er das Kondom abziehen und wo er es hinlegen sollte. Schließlich entschied er, dass es wohl einfacher wäre, es über seinen langsam schlaff werdenden Schwanz gerollt zu lassen. Er räumte noch die Flasche und die Gläser weg und schickte sich dann an, den Raum zu verlassen.

«Hey, du hast dein Trinkgeld vergessen!»

Costas nahm das Bündel Scheine, das er vorhin aus seiner Tasche gezogen hatte, um den Kellner anzulocken. Der junge Mann beugte sich mit einem merkwürdigen Blick zu Nina vor und nahm das Geld.

«Danke, Sir.»

«Okay. Das war gute Arbeit. Aber erzähl deinem Chef nicht, was du hier getrieben hast.»

Noch bevor Nina sich die Spermaspritzer vom Gesicht wischen konnte, war der Kellner auch schon verschwunden. Costas sah sie mit ironischem Lächeln an.

«Also für mich war es ganz großartig. Hat es dir auch gefallen, Nina?»

«Ich fand es auch sehr schön», antwortete sie und erwiderte zögernd sein Lächeln. Dabei lag sie immer noch auf dem Fußboden.

«Gut. Und wie steht's mit dir, Andrew?» Er wandte sich dem jüngeren Mann zu. «Hat dir die kleine Szene gefallen?»

«Natürlich!», kam es ohne Zögern. «Ich könnte Nina ständig zuschauen. Aber ganz besonders, wenn sie kommt.»

Er stand über ihr und sah von oben auf sie herab. Nina konnte seinen Gesichtsausdruck nicht deuten.

«Hier wird sie immer ganz rot ...» Er drückte seinen schwarzen Lederschuh gegen die Stellen an ihrer Brust, wo die Rundung ihrer Titten endete. «... und hier.» Diesmal glitt sein Schuh hoch zu ihren Wangenknochen. Nina hielt ganz still und spürte ein plötzliches Angstgefühl in sich aufsteigen.

«Ein anderer Punkt, an dem sie ganz besonders rot wird, ist hier.» Andrew schob mit dem Schuh ihre Schenkel auseinander und rieb mit der Spitze über ihren geschwollenen Kitzler. «Und hier wird sie ganz besonders feucht.» Eine atemlose Sekunde lang flammte in Nina der Gedanke auf, er könnte jetzt seinen Schuh in sie hineinstoßen, doch er rieb damit nur über ihre geschwollenen Schamlippen. Sie schloss die Augen, und ehe sie es sich versah, kniete er neben ihr und strich ihr über das Haar.

«Außerdem hat Nina eine ausgesprochen lebhafte Fantasie, Costas.»

Nina sah ihm in die Augen, in denen jetzt eine ganz offensichtliche Zuneigung geschrieben stand. Sie atmete mit einem mädchenhaften Kichern aus. Auch Andrew lachte und drückte ihr dann einen Kuss auf die Lippen.

«Du schmeckst total nach Sperma!», sagte er mit gespieltem Ekel. «Geh dich erst mal waschen, bevor ich dich das nächste Mal küsse. Da hätte ich dir gleich selbst einen blasen können, Costas.»

«Nein, das ginge nun doch zu weit», schmunzelte der Alte. «Meinen Glückwunsch, Nina. Ich möchte dir ein kleines Geschenk überreichen.» Seine Hand fuhr in die Hosentasche und förderte ein Bündel Geldscheine zutage – genau wie bei dem Kellner. «Ich bin sicher, dass Andrew dich gut bezahlt hat, aber ich möchte dir trotzdem noch etwas geben. Das hast du gut gemacht.» Er beugte sich vor und steckte das Geld in den Ausschnitt ihres Bustiers. Als er sich schließlich erhob, tätschelte er zärtlich, aber ein wenig abwesend ihren Hintern.

«Ich muss jetzt los, Andrew. Wir sehen uns morgen im Büro. Auf Wiedersehen, Nina. Und danke.»

Er gab ihr einen Handkuss und ging dann mit seinem Aktenkoffer Richtung Tür. Andrew folgte ihm, machte dabei einen Termin für ihr Meeting aus, und Nina ging sich erneut waschen.

Während sie das Sperma von ihrem Gesicht und den Gummigeruch von ihrer Möse wusch, war ihr Kopf merkwürdig leer. Was habe ich nur getan?, fragte sie sich selbst. Keine Erwiderung. Das hätte ich niemals tun sollen!, wies sie sich zurecht. Irgendwie aber perlten diese moralischen Einwände an ihr ab.

Ich weiß einfach nicht, was ich denken soll, gestand die ratlose Frau sich schließlich ein, während sie sich abtrocknete. Doch die Gewissheit, in den letzten paar Stunden drei Orgasmen gehabt zu haben, machte alle anderen Gedanken irrelevant.

Schließlich kam Andrew herein und legte den Arm um ihre Taille.

«Wie viele Jahre haben wir heute wohl aufgeholt?», murmelte er. «Nicht viele. Vielleicht eine Woche deiner vergeudeten Jugend. Aber keine Sorge, Nina, wir schaffen das schon. Hast du denn deinen Spaß gehabt?»

Sie sah ihn im Spiegel an und lachte. «Ich bitte dich! Du hast Costas doch gerade selbst gesagt, dass du nur zu gut weißt, wann ich meinen Spaß habe.»

«O ja! Aber ein Orgasmus heißt ja nicht automatisch Spaß. Erzähl mir nicht, dass du es anfänglich nicht widerlich fandest, als Costas dich anfasste!»

«Na klar! Wieso? Wusstest du, dass es mir so gehen würde?»

«Ich hab es mir gedacht. Und ich wette, du fandest es sogar noch ekliger, ihm einen zu blasen.»

«Ja! Und den pickligen Jüngling wollte ich auch nicht in mir haben. Als du ihm sagtest, dass ich es kaum abwarten könnte, wäre ich fast gegangen.»

«Was hat dich aufgehalten?»

Nina zuckte mit den Schultern. «Der Gedanke, dass dann vielleicht alles vorbei gewesen wäre.»

Andrew sah sie nachdenklich an.

«Nichts wäre vorbei gewesen. Hör zu, wenn dir eine Situation nicht gefällt, fände ich es sogar besser, wenn du gehst. Glaub nicht, dass du irgendwas tun musst, was du nicht auch tun willst.»

«Ach, Andrew, ein Teil von mir möchte Dinge tun, die ich eigentlich nicht will. Wenn du verstehst, was ich meine.»

Er nickte lächelnd. «Klar verstehe ich das. Dass du dich zu etwas zwingst, ist das Letzte, was ich möchte. Du sollst dich gut in deiner Haut fühlen.»

«Das habe ich, wie du ja weißt. Dass du zugeschaut hast, fand ich übrigens besonders geil.»

«Das gehörte wohl dazu. Aber weißt du denn aus deinen Fantasien nicht längst, dass der Sex mit einem alten Mann oder einem hässlichen Jüngling genauso gut sein kann wie der mit Mr. Right?»

«Klar. In meiner Fantasie.»

«Aber wenn du dich erst mal eingefunden hast, spielt es keine Rolle mehr, ob du von einem pickligen Jungen gefickt wirst, der dich für eine ansteckende Nutte hält, oder von einer Zigarre oder …» Nina drehte sich zu Andrew um. «Zu was macht mich das wohl? Als wir das erste Mal miteinander geschlafen haben, sagtest du hinterher, ich wäre wie eine läufige Hündin gewesen. Bin ich das vielleicht? Spielt es deshalb keine Rolle, wer oder was in mir steckt?»

Er lachte. «Du weißt doch, wieso ich das gesagt habe. Weil es dich erregt hat. Und nein, du bist keine läufige Hündin. Du bist ganz normal, Nina. Sex nicht zu mögen, das ist anormal. Wenn du kurz vorm Höhepunkt stehst, was macht es da für einen Unterschied, ob es durch einen Schwanz oder eine Zigarre passiert? Einen jungen oder einen alten, einen attraktiven oder einen hässlichen Mann? Es wäre anormal, darauf zu bestehen, nur mit einem Superhelden wie mir ins Bett zu gehen.»

«Ja, mag wohl sein», stimmte sie zögernd zu.

Er küsste ihr frischgeschrubbtes Gesicht und ließ seine Lippen langsam zu ihrem Mund gleiten.

Irgendwann gingen sie gemeinsam zurück ins Zimmer. Andrew sah auf seine Uhr, während Nina sich anzog.

«Tja, die Zeit ist um. Eigentlich hätte das von dir kommen müssen.»

«Ich hatte fast vergessen, als was das Ganze geplant war», gab Nina zu. «Jedenfalls danke für das Geld. Das hätte ich fast vergessen – im Badezimmer liegt noch das Bündel Geldscheine, das Costas mir gegeben hat!»

Andrew holte das Geld und reichte es ihr.

«Zähl nach», schlug er ihr vor.

Die junge Frau wurde rot. «Ich glaube nicht, dass ich das heute noch ein zweites Mal tun kann.»

«Na mach schon!»

«Ach du meine Güte! Das sind ja fast zweihundert Pfund!» Sie sah ihren Geliebten misstrauisch an. «Weiß Costas, dass ich deine Freundin bin, oder hält er mich tatsächlich für ein Callgirl?»

Andrew schaute etwas beschämt drein. «Na ja, ich hatte ihm zwar gesagt, dass ich für Unterhaltung sorgen würde, aber nicht, dass diese Unterhaltung von meiner Freundin übernommen wird. Also, ja, er hat dich für eine Prostituierte gehalten.»

«Das darf nicht wahr sein!» Nina starrte ihn mit offenem Mund an. Doch dann konnte sie nicht mehr anders und fing lauthals an zu lachen. «Tja, ich wollte ja die Hure spielen. Also kann ich mich wohl kaum beklagen, wenn ich auch für eine gehalten wurde. Und überzeugend genug war ich ja anscheinend.»

«Du warst nicht schlecht», gab er zu. «Keine Sorge, ich werde ihm schon noch sagen, dass du nicht wirklich eine Nutte bist. Du wirst ihn Freitag sowieso wiedersehen – wenn dir danach ist.»

Nina warf ihm einen zweifelnden Blick zu. «Falls mir wonach ist? Doch wohl nicht eine Wiederholung des heutigen Nachmittags?»

Andrew lachte. «Nein. Das verspreche ich dir. Ich treffe mich mit ihm und ein paar Freunden in einem Club. Und da gibt es jede Menge anderer Unterhaltung.»

«Was ist denn das für ein Club?», fragte die Teilzeithure leicht besorgt. «Und welche Art von Unterhaltung wird dort geboten?»

Andrew tätschelte ihre Wange. «Nur so ein Strip-Schuppen in Soho.»

«Ach wirklich? Ist das alles?», fragte sie trocken. «Ein ganz gewöhnlicher Strip-Club in Soho?»

«Eigentlich ist es kein ganz gewöhnlicher Club», erwiderte er amüsiert. «Er unterscheidet sich ziemlich von anderen Etablissements dieser Art. Ich glaube, du wirst den Besuch dort sehr interessant finden.»

«Ja? Und was sind das für andere Freunde? Es handelt sich nicht zufälligerweise ausschließlich um Männer, oder?»

Er schüttelte den Kopf. «Nein. Keine Sorge, ich habe deine Fantasie nicht vergessen, in der die Männer sich anstellen, um dich durchzuficken. Aber um das zu arrangieren, brauche ich schon noch ein bisschen mehr Zeit.»

Nina streckte ihm die Zunge raus. «Glaub ja nicht, dass du all meine Fantasien in die Tat umsetzen musst. Bei einigen ist es vielleicht sogar besser, wenn sie Fantasien bleiben.»

«Da hast du sicher recht. Aber was hältst du von der Idee? Hast du Lust auf einen Strip-Club?»

Sie zuckte mit den Schultern. «Solange es dort netter wird als auf dem Junggesellinnenabschied, bei dem ich mal war. Das war nämlich wirklich grässlich.»

«Gar kein Vergleich. Ehrenwort.»

«Okay. Und eine Orgie wird es doch wohl auch nicht?»

Andrew warf ihr einen spöttischen Blick zu. «Aber ich dachte, du hättest andauernd Orgien-Fantasien?!»

Plötzlich fühlte sich Nina ein bisschen verloren und ganz durcheinander. «Ich weiß nicht recht. Ach, was soll's. Ich komme. Natürlich komme ich.»

Er lachte und nahm sie in den Arm. «Mach dir keine Gedanken, du wirst in nichts reingezogen, was du nicht willst. Ich hol dich dann Freitag gegen acht Uhr ab. Und ich verspreche, dass du dir keine Sorgen machen musst.»

Nein, sie würde sich keine Sorgen machen, sagte Nina zu sich selbst, als das Paar sich einen Abschiedskuss gegeben und sie den Raum verlassen hatte. Zumindest nicht auf dem Nachhauseweg. Vielleicht sogar noch nicht einmal morgen.

Doch sie wusste genau, je näher der Freitag rücken würde, desto weniger konnte sie dagegen tun, eine gewisse Aufregung zu entwickeln. Zwar wusste sie tief in ihrem Inneren, dass Andrew ihr nichts zumuten würde, was sie nicht wollte, doch trotzdem lief ihr bei dem Gedanken ein Angstschauer über den Rücken.

Das ist doch völlig irrational, schimpfte sie mit sich selbst. Du stellst dir das nur vor, um die Sache noch geiler zu machen!

Dann fiel ihr wiederum ein, wie Andrew seinen Schuh in ihr Gesicht gedrückt hatte und wie das Leuchten aus seinen Augen gewichen war, als er ihr seine Befehle erteilte.

Sie zitterte, gab sich aber sogleich einen inneren Ruck. Um Himmels willen, es macht Spaß, mit diesem Mann zusammen zu sein. Er ist amüsant und urban, intelligent und kultiviert. Und reich. Und der beste Fick, den sie jemals gehabt hatte.

Der Portier geleitete sie höflich aus dem Hotel. Gerade als sie um die Ecke bog, kam ihr der Kellner entgegen. «Entschuldigung», sagten beide gleichzeitig, bevor sie überhaupt bemerkten, mit wem sie da jeweils zusammengestoßen waren. Nina warf ihm ein Lächeln zu. Da packte der junge Mann sie plötzlich beim Ärmel.

«Ich möchte, dass Sie das Geld nehmen, das er mir gegeben hat», sagte er freiheraus. «Ich muss dafür nicht bezahlt werden. Es war toll.»

Er zog das Geld aus seiner Hosentasche, doch Nina machte eine abwehrende Geste.

«Hör mal, mich hat er doch auch bezahlt. Und auch An... der andere Mann hat mir Geld gegeben. Behalt es.»

«Ich finde das nicht richtig. Die eine Sache ist, eine Frau dafür zu bezahlen. Aber ich sehe nicht ein, wieso auch ich

Geld dafür bekommen sollte. Eigentlich hätte ich Sie bezahlen müssen.»

Nina lachte auf. «Ich gehe gar nicht anschaffen – wenn dich das tröstet. Das war eine einmalige Geschichte. Es gibt also eigentlich auch keinen Grund, wieso ich Geld bekommen sollte.»

Der junge Mann sah sie verwirrt an. «Was zum Teufel haben Sie denn da drin getrieben, wenn Sie nicht anschaffen gehen?»

Sie lächelte nachsichtig und kam sich dabei sehr weltgewandt und raffiniert vor. «Der jüngere Mann ist mein Freund», erklärte sie ihm vorsichtig.

Der Kellner tat einen Schritt zurück – fast so, als wäre er gestochen worden. «Freund?! Wie zum Teufel kann jemand seine Freundin zu dem zwingen, was Sie da gerade getan haben?»

Er starrte sie entsetzt an. «Was hat der Kerl denn für eine Macht über Sie, dass Sie es mit einem so alten Knacker treiben müssen?»

«Du verstehst das nicht.» Nina wusste sofort, dass sie dem Jüngling die Sache nie plausibel machen könnte. «Es geht einfach nur um Sex.»

Der Kellner sah sie mit mitleidigen Augen an. «Wenn ich Sie wäre, würde ich mit ihm Schluss machen», erklärte er. «Für so was sind Sie zu schade.»

Nina war geradezu gerührt und lächelte ihn erneut sanft an. «Belassen wir es doch einfach dabei, okay?», schlug sie vor und ging dann schnellen Schrittes weiter. «Alles Verrückte!», hörte sie ihn rufen. Sie lachte in sich hinein und rief sich ein Taxi. Sie konnte sich ein Lächeln nicht verkneifen, als sie dem Fahrer ihre Adresse nannte.

Vielleicht war sie ja wirklich ein wenig seltsam. Doch darüber dachte sie in diesem Moment nicht weiter nach. Nina freute sich auf einen ruhigen Abend zu Hause mit einem guten Video und einer Pizza. Heute würde sie nicht vor dem Spiegel an sich rumspielen. Heute würde sie an gar nichts denken – ganz besonders nicht an die bevorstehende Orgie, ermahnte sie sich selbst düster.

Zwar wusste sie, dass sie bis Freitag jeden Tag darüber nachdenken würde, sich darauf freuen, Angst davor haben und geil dabei werden würde. Aber nicht heute Abend, sagte die junge Frau sich noch einmal mit einem geistigen Klaps aufs Handgelenk. Heute Abend hatte sie sich eine Ruhepause verdient.

Kapitel 3

Am Dienstag war bei der Arbeit Hochbetrieb angesagt. Immer das Gleiche, dachte Nina verbittert. Wenn man sich mal kurzfristig einen Tag freinimmt, muss man am nächsten doppelt so viel arbeiten, um das Versäumte nachzuholen. Schlimmer als beim richtigen Urlaub, wo die Aufgaben verteilt wurden und andere Teile ihrer Arbeiten übernahmen.

Trotzdem konnte sie nicht leugnen, dass sie fast dankbar war, durch die viele Arbeit nicht über den gestrigen Tag nachdenken zu müssen.

Nina hatte sich sehr wohl gefühlt, als sie heute Morgen aufgewacht war. Wie eine Katze hatte sie sich im Bett gestreckt, und ihre Muschi hatte angenehm gezuckt, als sie an die vorangegangenen Ereignisse dachte. Ihre Augen schienen im Badezimmerspiegel einen völlig neuen, wissenden Blick angenommen zu haben. Auf dem Weg zur U-Bahn stellte sie fest, dass sie einen fast arroganten Gang angenommen hatte, der irgendeinem inneren Rhythmus folgte – so wie John Travolta am Anfang von *Saturday Night Fever.* Während Nina sich im überfüllten Waggon an der Stange über ihr festhielt, spürte sie erneut die Kraft, die sie bereits gestern in dem Hotelzimmer empfunden hatte.

Doch als sie zufällig nach unten schaute und den neugierigen Blick eines anderen Pendlers auf sich spürte, ebbte die Woge ihres neuen Selbstbewusstseins sofort wieder ab. Er schaute nicht einmal weg, als ihre Blicke sich trafen. Nina spürte deutlich, wie sie rot wurde. Sie drehte den Kopf beiseite und tat so, als ob sie die Werbeplakate lesen würde. Vielleicht verriet ihre Körpersprache ja doch etwas zu viel.

Herrgott, ich stehe doch nur in der U-Bahn, dachte sie aufgebracht.

Als Nina am Zielbahnhof angekommen war und sich in Richtung Fahrstuhl aufmachte, drehte sich einer der zwei jungen Straßenmusiker um und folgte ihr mit den Augen, ohne auch nur eine falsche Note auf seiner Gitarre zu spielen.

Im Büro war sie froh, sich endlich auf die Arbeit konzentrieren zu können. Es gab keine freie Minute, um darüber nachdenken zu können, ob sie sich nun gut fühlen oder schämen sollte. Und auch in der Mittagspause hatte sie keine Zeit. Das Treffen mit ihrer Freundin Angie sagte sie sogar ab.

«Kein Problem», versicherte ihr Angie. «Ich weiß, wie es ist, wenn man einen freien Tag hatte. Was hast du denn getrieben? Irgendwas Aufregendes?

«O ja. Aber davon kann ich dir jetzt nicht erzählen», wich Nina aus. «Hör mal, du hast nicht zufällig Lust, heute Abend auf einen Happen vorbeizukommen? Ich bräuchte mal ein richtiges Gespräch unter Frauen.»

«Heute passt es nicht so gut. Ich habe heute Abend meinen Fitnesskurs, und danach gehen wir immer noch was trinken. Wie wär's mit morgen Abend? Wäre das okay?»

«Gut. Dann besorge ich etwas zu essen.»

«Und ich bring den Wein mit. Gegen sieben?»

«Perfekt.»

Da sie an diesem Abend keine Verabredung hatte, arbeitete Nina bis halb acht. Danach stellte sich endlich das Gefühl ein, die Analyse der Konten von Clyde, Surrey and Co. – die Firma, für die sie gerade arbeitete – aufgearbeitet zu haben. Doch gerade als sie für heute Schluss machen wollte, kam

Max pfeifend ins Büro marschiert und setzte sich an seinen Schreibtisch.

«Den ganzen Tag im Büro von diesem Schleimer zu verbringen, das ist echt zu viel.»

«Von wem redest du denn da?»

«Von Andrew Marnington. Wem sonst?»

Nina zuckte zusammen. «Den finde ich eigentlich sehr nett.»

«Ist das dein Ernst? Der ist doch einfach nur aalglatt. Ich glaube, mit dem stimmt irgendwas nicht.»

Die junge Frau hoffte inständig, dass Max nicht bemerkt hatte, wie sie rot wurde.

«Was soll denn nicht mit ihm stimmen?»

«Ich weiß es noch nicht. Es gibt da ein paar Rechnungen, die etwas mysteriös sind.» Er zog eine dicke Akte aus seiner Tasche. «Ich muss da irgendwas übersehen haben. Oder vielleicht sehe ich auch einfach nur Gespenster, weil ich ihn nicht mag.» Ihr Kollege gähnte. «Ich hab jetzt jedenfalls genug. Wollen wir noch was trinken gehen? Die haben mir heute Nachmittag nicht mal eine Tasse Tee angeboten.»

«Ich bin total erledigt, Max.»

«Ach komm. Irgendwann musst du sowieso mal ja sagen. Nur ein Drink, mehr nicht. Ich werde dich schon nicht anmachen. Ich will einfach nur noch ein Bier mit jemandem trinken.»

Er sah sie flehentlich mit seinen unschuldigen grauen Augen an. Max hatte Nina schon so oft um ein Date gebeten, dass es fast schon ein stehender Witz war. Sie mochte ihn zwar, aber nur als Kollegen. Die beiden arbeiteten viel zu eng zusammen. Auch wenn er mit seinen kurzen dunkelblonden Haaren sehr attraktiv war, bevorzugte sie doch Männer, die etwas südländischer aussahen – so wie Andrew zum Beispiel.

«Na gut. Ein Drink.»

«Es sei denn, du hast danach noch Lust auf was anderes.»

«Lass es, Max, oder ich gehe gleich nach Hause.»

«Schon gut. Komm, lass uns abhauen.»

Es fühlte sich seltsam an, allein mit Max im Pub zu sitzen. Nina war schon oft mit ihren Kollegen hier gewesen, um irgendeinen Geburtstag zu feiern oder das Weihnachtsgeld zu vertrinken, doch Max' Einladungen hatte sie bisher immer abgelehnt. Sie wollte einfach nicht den Eindruck bei ihm erwecken, dass zwischen ihnen irgendetwas laufen könnte.

Was soll's, dachte sie. Es gehen doch andauernd Leute nach der Arbeit etwas trinken, ohne dass etwas dabei ist.

«Wieso hast du dir denn gestern freigenommen? Hattest du ein Bewerbungsgespräch?»

Nina kicherte. Ein freier Tag außer der Reihe, und schon nahmen die Kollegen sonst was an.

«Nein, nein. Ich war nur ein bisschen einkaufen und hab mich entspannt. Du weißt schon.»

Max nahm einen Schluck von seinem Bier und streckte beide Arme auf der Kante der Rückenlehne aus. «Nein, ich weiß nicht. Was treibst du denn so, wenn du nicht bei der Arbeit bist?»

Langsam schlich sich bei Nina wieder das unangenehme Gefühl ein, das sie schon im Zug gehabt hatte. Sie und Max arbeiteten jetzt ungefähr ein Jahr zusammen, und die beiden hatten sich immer recht gut verstanden. Interesse für ihr Privatleben hatte er bisher allerdings noch nie gezeigt.

«Nichts Besonderes – ob du's glaubst oder nicht», sagte sie bissig. «Zeitungen und Bücher lesen, ins Fitnessstudio oder schwimmen gehen, etwas mit meinen Freunden unternehmen. Was hast du denn geglaubt?»

Er kräuselte die Nase. «Entschuldige, aber du erzählst einfach nie, was du am Wochenende gemacht hast und so. Hör mal, ich möchte wirklich mehr von dir als nur einen Drink.»

«Max. Nein. Wie oft muss ich es dir denn noch sagen? Außerdem gehe ich gerade mit jemand anders aus.»

Max machte einen Schmollmund. «Hab ich's mir doch gedacht. Du siehst auch irgendwie verändert aus. So ein Mist.»

Nina lachte. «Und du hast im Moment nichts am Laufen, nehme ich an? Na ja, dann kann man es dir wohl nicht vorwerfen, dass du es erst mal bei den Frauen in deiner näheren Umgebung versuchst.»

«Das ist nicht der Grund. Ich mag dich wirklich.» Er beugte sich vor. «Du scheinst in letzter Zeit entspannter zu sein. Ich habe schon geahnt, dass du mit jemandem ausgehst, mir aber auch gedacht, dass dich das etwas empfänglicher machen würde. Einen Versuch war es wert. Sei nicht sauer.»

«Bin ich nicht. Danke, dass du gefragt hast, aber lass es in Zukunft lieber.»

Er hob mit kapitulierender Geste die Hände. «Okay. Aber nur wenn du mir sofort Bescheid sagst, wenn ihr Schluss gemacht habt. Dann kannst du dich an meiner Schulter ausweinen, und danach sehen wir weiter.»

«Max!»

Sie lachten beide, und Nina spürte, wie der Druck langsam nachließ. Doch sie war nicht gerade begeistert, dass sie scheinbar anders oder, besser gesagt, empfänglicher aussah. Sie wollte nicht, dass die ganze Firma über ihr Sexleben sprach. Nina konnte es sich genau vorstellen. «Die Schneekönigin kriegt es jetzt regelmäßig besorgt. Kein Wunder, dass sie umgänglicher geworden ist.» Und so weiter.

«Das bleibt aber unter uns. Erzähl bloß nicht aller Welt, dass ich einen neuen Kerl habe. Du weißt doch, wie die Kollegen sind.»

«Da mach dir mal keine Sorgen. Aber ich wette, die Leute merken es auch so. Ganz ehrlich, Nina, du siehst aus, als ob du in letzter Zeit um den Verstand gefickt würdest.» Er lächelte. «Und das steht dir wirklich gut.»

«Hör schon auf, Max. Wenn du nicht bald still bist, geh ich.»

«Okay. Dann lass uns das Thema wechseln. Eigentlich will ich ja nicht über die Arbeit sprechen, aber dir sind nicht zufällig irgendwelche merkwürdigen Rechnungen zwischen *Anmar Shipping* und *Limanos Hellas* aufgefallen, oder?»

Andrews Firma – und Costas'.

«Nein. Ich habe aber auch eher die Frachtbriefe bearbeitet.»

«Ja. Genau um die geht es. Ich habe ein paar Rechnungen gefunden, die sich scheinbar auf Frachtgüter beziehen. Das heißt, sie hätten bei deinen Unterlagen dabei sein müssen. Ich verstehe nicht, wieso zwei Reedereien sich gegenseitig Rechnungen für Transporte von Frachtgütern stellen. Deshalb bin ich gestern nochmal hingefahren, um noch ein paar Unterlagen zu überprüfen.»

«Nun, ich nehme an, das hat was mit ihrem Joint Venture zu tun.»

Max starrte sie überrascht an. «Was für ein Joint Venture?»

Nina nippte nervös an ihrem Glas. «Mehr weiß ich auch nicht darüber. Ich habe nur gehört, wie er das mal erwähnt hat.»

«Wer? Der Schleimer?»

«Max!»

«Sehr interessant.» Er kippte sein Bier runter. «Ich frage mich, was da wohl vor sich geht.»

Nina zuckte mit den Achseln. «Frag nicht mich. Aber ich glaube nicht, dass es irgendwas Fragwürdiges ist.»

«Na gut. Wahrscheinlich gibt es eine ganz einfache Erklärung. Ich glaube, ich arbeite einfach zu viel. Ich brauche noch ein Bier. Möchtest du auch noch was?»

«Ich meine mich zu erinnern, dass wir nur einen Drink nehmen wollten», sagte Nina mit scharfem Ton. «Ich hab ja noch nicht mal den hier fertig. Aber hol dir ruhig noch ein Bier. Ich gehe auf jeden Fall in zehn Minuten.»

«Kann ich ein Bier in zehn Minuten trinken? Ist der Papst katholisch?»

Irgendwie mochte sie ihn – aber nur als Freund. Das war alles. Außerdem hatte sie mit Andrew genug zu tun.

Wenigstens war die U-Bahn leer, nachdem sie sich von Max verabschiedet hatte und nach Hause fuhr. Das hieß, sie musste sich nicht in einem Haufen von Menschen an einer Stange festhalten. Dankbar ließ Nina sich in einen Sitz fallen, verschanzte sich hinter der Abendzeitung und schaffte es tatsächlich, bis zu ihrer Haustür an nichts anderes als die Nachrichten zu denken. Eine kurze Dusche, Bohnen auf Toast, und dann setzte sie sich mit einem Glas Wein vor den Fernseher und schaute *NYPD Blue.*

Was zum Teufel habe ich nur getan?, fragte sie sich.

Als sie in diesem Moment – Nina war an diesem Tag zum ersten Mal allein – an die Ereignisse des letzten Nachmittags dachte, überfiel sie ein heftiger Anfall von Scham. Es war wie am Morgen nach einem heftigen Trinkgelage, wenn die Euphorie des alkoholgeschwängerten Abends nachließ und der Ekel vor sich selbst einsetzte. Katzenjammer nannte man das.

Nur dass es bei ihr eher die Reue der Verderbtheit war.

«Mist! Ich werde sogar jetzt rot», murmelte sie. «Um Himmels willen, nun reiß dich mal zusammen! Entweder du willst es, oder du willst es nicht. Und wenn du es nicht willst, dann ruf sofort Andrew an und sag ihm, dass es vorbei ist.»

Aber vielleicht muss ich das ja gar nicht tun, überlegte sie weiter. Vielleicht könnte ich ihm ja einfach nur sagen, dass der gestrige Nachmittag fantastisch war, ich aber keine weiteren Fantasien mehr ausleben will. Ich könnte einfach ganz normal mit ihm ausgehen und ganz gewöhnlichen Sex mit ihm haben.

Würde er das akzeptieren? Niemals. Er fühlte sich gut, weil er sie von ihren normalen sexuellen Erfahrungen in eine dunklere, dekadentere Welt geführt hatte. Es hatte Andrew ganz offensichtlich gefallen, wie sie bei Costas und dem Kellner gekommen war. Er war nicht nur ein Voyeur, sondern hatte auch zugegeben, dass er eine gewisse sadistische Ader hatte. Er wollte die Kontrolle übernehmen. Von daher war es ausgeschlossen, dass Andrew sich auf eine ganz normale Beziehung zwischen Mann und Frau einlassen würde.

Welche echten Möglichkeiten hatte sie also? Sie konnte mit Andrew Schluss machen und – jetzt, wo sie ihre sexuelle Freizügigkeit entdeckt hatte – hoffen, dass der nächste Mann sie sexuell nicht enttäuschen würde, wie alle anderen es zuvor getan hatten. Schließlich war es wahrscheinlich zum Teil auch deine eigene Schuld, dass du nie gut gefickt worden bist, sagte Nina sich selbst. Du hast Sex immer nur als etwas gesehen, was dir geschieht, in einem abgedunkelten, stillen Raum.

Doch jetzt wusste sie, dass sie einen Mann scharf machen konnte, indem sie für ihn strippte und sich anfasste. Sie hatte auch keine Angst mehr, ihm zu sagen, dass er mit ihr reden sollte, um sie anzumachen. Sie hatte mittlerweile sogar eine fantastische Garderobe für ihre Abenteuer.

Ja. Aber mit Andrew standen ihr noch weitere neue Erfahrungen ins Haus. Er hatte über Schmerz gesprochen. Was hatte das zu bedeuten? Würde er sie fesseln und auspeitschen? Oder sie übers Knie legen und ihr den Hintern versohlen? Außerdem hatte ihr Freund von Sex mit einer Frau gesprochen. Ob er das für sie arrangieren konnte? Der Gedanke fing an, sie richtig scharfzumachen.

Nina dachte an eine ihrer Lieblingsfantasien – eine Party, wo sie im Mittelpunkt der Aufmerksamkeit von mehreren Männern und Frauen stand. Sie wurde von ihnen an einen Tisch gefesselt, bekam Götterspeise auf die Brüste geschmiert, Erdbeeren auf die Nippel gesetzt und Sahne auf die Innenseite ihrer Schenkel und um die Muschi gesprüht. Dann wurden die Leckereien von ihren Brustwarzen und der Möse abgeleckt und dabei auch ihr Kitzler verwöhnt. Als Nächstes holte jemand eine Gurke und schob sie ein klein wenig in Ninas Lustloch. Dazu wurden ihre Beine losgebunden und von zwei Männern gespreizt in der Luft gehalten, während ein Dritter sie mit der Gurke stopfte und die anderen zusahen und das Ganze kommentierten. Der Rest ihres Körpers wurde derweil von Frauen verwöhnt, die an ihren Nippeln saugten. Plötzlich baumelte ein dicker Schwanz direkt vor ihrem Gesicht. Nina öffnete den Mund und begann, gierig daran zu saugen. Als sie spürte, wie die langen Haare einer Frau über ihre geöffneten Schenkel strichen und ihre Lippen und ihre Zähne sich vorsichtig an ihrem Kitzler zu schaffen machten, kam es Nina mit einem hilflosen Schrei, der durch den riesigen Schwanz in ihrem Mund unterdrückt wurde. Der Orgasmus wollte gar nicht wieder aufhören, bis der dicke Prügel ihr plötzlich in den Mund spritzte, sodass sie nur noch schlucken und danach um Gnade winseln konnte.

«Eigentlich muss ich diese Träume gar nicht mehr haben», murmelte sie vor sich hin. Doch trotz der Befriedigung, die sie gestern erfahren hatte, war sie immer noch in der Lage, sich durch ihre Fantasien aufzugeilen. Feucht wie sie war, rieb sie durch die dünne Baumwollhose ihre Möse und geilte sich damit immer mehr auf.

Nina rief sich Andrews Gesicht in Erinnerung und dachte an seine aufregenden Augen, die Charakternase und das breite Lächeln. Sie sah seine beobachtenden Blicke vor sich, während Costas die Zigarre in sie einführte, während sie die Beine für den Kellner breit machte und während sie einen Striptease für ihn vollführte. Nina konnte auf keinen Fall mit dem Mann Schluss machen, denn sie wollte noch möglichst oft von ihm beobachtet werden.

Sie stellte sich sein konzentriertes Gesicht vor, während er sie an zwei Haken an die Wand fesselte, sodass sie splitternackt ausgestreckt vor ihm stand. Er starrte nachdenklich auf die

Reitgerte, die er in der Hand hielt. Schließlich hob er die kurze Peitsche in die Luft und ließ sie auf ihren Schenkeln und dem Bauch niedergehen – sein Gesichtsausdruck eine Mischung aus Grausamkeit und Leidenschaft. Danach würde er ihr die Tränen vom Gesicht küssen und ihr sagen, dass er sie liebt.

Während dieser Tagträumerei rieb sie durch ihre Hose die ganze Zeit an ihrer Muschi. Obwohl sie gestern Sex mit drei Männern und einer Zigarre gehabt hatte, war sie bei dem Gedanken an Andrews Gesicht doch so geil geworden, dass sie jetzt unbedingt kommen musste.

Eine ganz zweckmäßige Wichserei ohne überflüssige Finesse, dachte sie sich und spürte die Feuchtigkeit in ihrem Schritt. Ninas Kitzler war schon ganz hart. Sie spannte noch einmal ihre Beinmuskulatur an und kam schließlich mit einem leisen Seufzer. Gut zu wissen, dass die herrlichen Zuckungen auch nach einem Tag wie gestern genauso stark waren wie eh und je.

«Es ist auf einmal so heiß geworden», sagte Angie und ließ sich auf Ninas Sofa fallen. Sie hatte eine Tasche voller Flaschen in der Hand. «Unglaublich, wie das Wetter heute gewechselt hat. Heute Morgen war es noch ganz frisch, aber als ich aus der Mittagspause kam, hätte ich gut eine kalte Dusche vertragen können.»

Sie warf ihr langes schwarzes Haar nach hinten und strich sich mit leicht angeekeltem Gesicht ein paar feuchte Strähnen aus dem Gesicht.

«Ich weiß. Wirklich erstaunlich», stimmte Nina zu und nahm Angie die Tasche ab. «Was ist denn da alles drin? Zwei Flaschen Wein und zwei Flaschen Bier? An einem Abend mitten in der Woche?»

«Wir müssen ja nicht alles trinken. Aber ich habe total Lust auf eins dieser eiskalten Biere.»

«Ich auch», erwiderte die Gastgeberin und holte einen

Flaschenöffner. Dann bot sie Angie eine Schale Tortilla-Chips und etwas Avocadodip an. «Dazu passt Bier sowieso besser als der Weißwein, den ich kalt gestellt hatte.»

«Mexikanisch. Lecker. Da hätte ich ja glatt zwei Sol-Biere und ein paar Limetten mitbringen können.»

«Geht doch auch so. Prost. Auf einen gemütlichen Abend ohne Männer.»

«Prost, Nina.» Nach ein paar Schlucken sagte Angie schließlich: «Mmmh. Schon besser. Aber irgendwie ist es auch lächerlich, auf einen Abend ohne Männer zu trinken. Ich hatte nämlich seit Ewigkeiten keinen mehr. Und du verbringst doch auch definitiv mehr Abende allein als in Männergesellschaft.»

Nina errötete. «Das ist jetzt aber ein bisschen unterhalb der Gürtellinie», beschwerte sie sich. «Ich habe eben nie jemanden gefunden, mit dem ich meine Abende verbringen wollte – zumindest bis jetzt.»

Angie sah sie mit prüfendem Blick an. «Der geheimnisvolle Andrew.»

«So geheimnisvoll ist er gar nicht. Na ja, ein bisschen vielleicht. Er ist einfach sehr nett. Hat ein sehr interessantes Gesicht. Hinreißend interessant.»

«Wow! Und was ist außer seinem Gesicht noch so interessant an ihm? Sein Geld?»

«Nein!», widersprach Nina entrüstet. «Kröte. Nein … Es ist schwer zu erklären. Es ist … Sex. Er ist einfach unglaublich.»

Angie zog die Augenbrauen hoch. «Das muss er wohl sein. Du siehst nämlich irgendwie anders aus.»

«Was du nicht sagst. Ich sehe aus, als ob ich um den Verstand gefickt worden wäre.»

«Also so wollte ich es nicht formulieren, aber da du es schon selbst sagst …»

«Das musst du auch gar nicht sagen. Das hat Max schon erledigt.»

«Na, der redet wenigstens nicht um den heißen Brei herum.» Nina sah auf die Uhr.

«Es wird Zeit, das Gourmet-Essen in Gang zu setzen. Ich bin am Verhungern. Leistest du mir Gesellschaft, während ich die Packungen aufmache?»

«Du schuftest garantiert schon seit Arbeitsschluss vor dem heißen Ofen, hab ich recht?»

«Na klar! Träum nur weiter.»

Nina bat Angie, den Rotwein zu öffnen, damit er Zeit zum Atmen hatte, während sie das Wasser für die Pasta aufsetzte und eine Fertigsauce aus Pilzen, Chili und Tomaten in die Pfanne kippte. Die beiden Frauen waren seit dem College miteinander befreundet, und es gab immer jede Menge zu erzählen, wenn sie sich trafen. Neuigkeiten von alten Freunden und Klatsch aus dem Büro. Nina schnitt Avocados, Tomaten, rote Zwiebeln und Artischockenherzen zurecht, legte sie auf ein Salatbett und goss ganz zuletzt das Knoblauchdressing darüber. Es dauerte nur ein paar Minuten, bis das Essen auf dem Tisch stand und der Wein eingeschenkt war. Die beiden Freundinnen stießen erneut an.

Nicht viel später war der Hauptgang beendet und die zweite Flasche Wein geöffnet. «Was hast du denn eigentlich Montag an deinem freien Tag gemacht?», fragte Angie plötzlich, während Nina ein Stück reifen Brie abschnitt.

Nina ließ das Messer in dem Käse stecken. «Ich bin mit einem schwarzen Bustier und Strapsen als Nutte in ein Hotel gegangen. Dort habe ich für einen Mann gestrippt, der mich auch gefickt hat. Dann habe ich einem uralten Kerl einen geblasen und wurde dann noch von einem pickligen Kellner rangenommen, während der Alte mir ins Gesicht gewichst hat. Für die ganze Nummer habe ich 600 Mäuse bekommen.»

Angies Mund stand vor Erstaunen weit offen. «Soll das ein Witz sein?»

«Nein. Ziemlich gut verdientes Geld, was? Oh, und der Alte hat mich erst mit seiner Zigarre und dann mit der Hand kommen lassen.»

Angies Gesicht war immer noch starr vor Schock. «Führst du etwa ein Doppelleben, von dem ich nichts weiß, Nina?»

«Ja. Aber ich bin keine verkappte Hure, falls du das denkst. Ich muss sowieso mit dir darüber reden, Angie. Ich muss einfach von jemandem hören, dass ich nicht völlig verrückt bin.»

«Worüber musst du mit mir reden? Was ist denn los?»

Nina goss sich ein weiteres Glas Wein ein, nahm einen langen Schluck, um sich Mut anzutrinken, holte dann tief Luft und erzählte ihrer Freundin alles. Und zwar sprach sie nicht nur davon, was vor zwei Tagen passiert war, sondern verriet auch zum ersten Mal einem anderen Menschen als Andrew, wie enttäuschend der Sex bisher für sie gewesen war und wie sie sich daran gewöhnt hatte, sich selbst zu befriedigen. Zunächst war Nina noch nervös und wusste nicht, ob Angie sich vielleicht angewidert abwenden würde. Doch sie brauchte dringend jemanden, der sie bestärkte, und musste sich daher einfach einer anderen Frau anvertrauen.

Angie war nicht angewidert, sondern fasziniert. Sie hörte sich Ninas Geschichte fast ohne Unterbrechung an und stellte nur die eine oder andere Zwischenfrage. Dabei waren ihre Augen die ganze Zeit auf das Gesicht der Freundin geheftet – besonders als Nina detailliert von den Ereignissen am Montag berichtete.

«Und am Freitag geht er mit mir und ein paar Freunden in ein Strip-Lokal. Keine Ahnung, was danach passieren wird. Ich mache mir Sorgen, dass es zu einer Orgie ausartet. Bei so was wollte ich zwar immer mal mitmachen, aber ein bisschen Angst habe ich trotzdem.»

«O Gott, ich auch», keuchte Angie. «Das tut mir wirklich

schrecklich leid für dich, Nina. Ich meine das mit dem schlechten Sex, den du früher hattest. Das hätte ich nie gedacht. Du wirkst immer so selbstbewusst. Wer hätte gedacht, dass du früher noch nie bei einem Mann gekommen bist.»

«Ich weiß», entgegnete Nina trocken. «Das muss dir ziemlich merkwürdig vorkommen. Schließlich war dein Sexleben bisher immer ziemlich aufregend.»

«Nach dem, was du mir da gerade erzählt hast, kannst du dich aber wirklich nicht beschweren», lachte Angie. «Du hast an einem Nachmittag mehr Erfahrungen gesammelt als ich in ein paar Jahren. Ich wurde noch nie von einer Zigarre oder einem Kellner gefickt. Außer im Urlaub natürlich.»

«Ich nehme an, du meinst den Kellner und nicht die Zigarre.»

«Natürlich. Und von einem alten Mann auch noch nicht. Na ja, der Älteste war vielleicht fünfzig.»

«Das ist alt genug, Ange. Das mit meinem Senior geschah ja auch nicht gerade freiwillig. Wie bist du denn an so einen alten Kerl gekommen?»

Angie sah recht verlegen aus. «Na ja, da wir gerade Geheimnisse austauschen – es war Mr. Pearson aus dem College.»

«Das ist nicht dein Ernst! Wie das denn?»

Mr. Pearson unterrichtete Statistik und war nicht gerade ein besonders attraktiver Mann gewesen. Er war klein, glatzköpfig und trug eine Nickelbrille. Ein Mann, der nicht gerade in Ninas Beuteschema passte.

«Ich hatte betrunken mit John Merton gewettet, dass ich ihn ins Bett bekomme. Es war kinderleicht und auch richtig gut. Er nannte mich die ganze Zeit Miss Jones. Das hat mich total scharfgemacht. Er sagte Sachen wie: ‹Wären Sie wohl so freundlich und würden Ihre Hüften etwas anheben, Miss Jones?› und: ‹Gehe ich recht in der Annahme, dass Sie kurz vorm Orgasmus stehen, Miss Jones?›»

«Nein! Wieso hast du mir noch nie davon erzählt?»

«Ich kam mir hinterher ein bisschen gemein vor. Er war so nett, und die ganze Sache war wirklich aufregend. Viel schöner als mit den meisten der Jungs. Und besser als John Merton war er sowieso.»

«O Gott, erinnere mich bloß nicht an den! Ich weiß noch, wie er sich bei der letzten Weihnachtsparty benommen hat.»

Die Freundinnen lachten.

«Und was ist als Nächstes geplant?»

«Er hat nur gesagt, dass wir mit seinen Freunden in das Strip-Lokal gehen. Aber er sprach auch von Frauen und Schmerzen und so.»

«Oh, wow. Schade, dass ich ihn nicht als Erste kennengelernt habe. Kann ich ihn nach dir haben?»

«Ja, wenn ich ihn leid bin. Du glaubst also nicht, dass ich mich da auf eine dumme Sache einlasse?»

Angie dachte kurz nach. «Wenn du ihn gerade erst getroffen hättest, würde ich sagen, ja, das klingt ein bisschen gefährlich. Aber du hast ihn schließlich im Büro über die Arbeit kennengelernt und nicht in irgendeinem Pub. Der wird dir schon nichts tun.»

«Genau. Ich bin ganz erleichtert, dass du das auch so siehst. Aber das eigentliche Problem ist, dass ich die Männer im Moment scheinbar wie das Licht die Motten anziehe. Mir ist früher nie aufgefallen, wenn Männer mich von oben bis unten gemustert haben, aber plötzlich scheine ich unbewusste Botschaften auszusenden, die alle nur das eine sagen: ‹Fick mich!›»

«Pheromone! Sexsignale! Dagegen kann man nichts machen. Du bist eine wandelnde Sexbombe. Aber mach dir mal keine Sorgen. Ich wäre dankbar, wenn ich auch ein bisschen was davon ausstrahlen würde.»

«Ich dachte eigentlich, das würdest du ständig tun.»

«Nein. Das ist nur so, wenn man viel Sex hat – oder viel

daran denkt. Und was das angeht, mache ich im Moment eine ziemliche Flaute durch.»

Die Frauen nippten nachdenklich an ihren Gläsern. «Jetzt zeig mir doch mal deine sexy Unterwäsche», forderte Angie die Freundin schließlich auf.

Nina errötete leicht. «Wirklich? Na, dann komm mal mit.»

Als die beiden aufstanden, blieb Angie mit dem Fuß an einem der Tischbeine hängen und fiel fast hin. «Der Wein steigt mir ganz schön zu Kopf. Muss wohl an der Hitze liegen», kommentierte sie.

«Das liegt wohl eher daran, dass wir schon eineinhalb Flaschen getrunken haben. Und das nach dem Bier.»

Angie grinste. «Aber eine gute Geschichte braucht immer auch etwas Flüssiges, um sie zu schlucken. Komm, wir machen eine Modenschau.»

«Ich ziehe das nicht für dich an», lachte Nina, als sie die oberste Schublade öffnete, wo sie die neuen Dessous aufbewahrte. «Das hier habe ich am Montag getragen.»

Sie breitete das schwarze Bustier, das Spitzenhöschen und die Seidenstrümpfe auf der weißen Decke ihres Bettes aus.

«Wow! In so was laufen garantiert auch echte Prostituierte rum», meinte Angie und hob die Seidenstrümpfe hoch. «Die Spitzenränder gefallen mir, aber Strapse sind verdammt unbequem.»

«Nun, zur Arbeit würde ich sie auch nicht gerade anziehen, aber es war fantastisch, sie zum Sex zu tragen. Schon als ich sie anzog, wurde ich geil», gestand Nina der Freundin. «Das war es auf jeden Fall wert. Und das hier ist mein Lieblingsstück.»

Sie holte ein blaues Seidenset aus der Schublade – ein einfaches Leibchen mit Spaghettiträgern und winzige Boxershorts, die an der Seite von seidenbespannten Knöpfen zusammengehalten wurden.

Angie war begeistert. «Ich wette, das sieht ganz toll an dir aus. Man stelle sich nur vor, wie jemand diese Knöpfe öffnet ...»

«Das dachte ich auch», erwiderte Nina schlicht. «Und hier ist das etwas unschuldigere Outfit.»

Es handelte sich um ein weißes Set, das aus einem Satin-BH mit halben Körbchen und passendem Höschen bestand. Dazu gehörten ein Strapsgürtel und weiße Strümpfe.

«Das ist jetzt aber ein bisschen langweilig», urteilte Angie etwas enttäuscht.

«Ja. Aber!» Nina nahm den Slip in die Hand und zeigte Angie den Schlitz im Schritt. «Ich dachte, das wäre vielleicht eine ganz gute Idee.»

Angie lachte. «Lecker! So kann einfach jemand deinen Rock anheben und dich an allen möglichen Orten ficken – so als hättest du gar kein Höschen an. O Gott, stell dir mal vor, es passiert irgendwo in der Öffentlichkeit. In einem Zug zum Beispiel. Du könntest es zwischen den Stationen treiben. Das wäre toll für die Orgie.»

«Das ist noch nicht alles», unterbrach Nina. «Bei dem hier war ich mir nicht so sicher.»

«Wow!» Angie starrte sie nur stumm an. Das letzte Ensemble war aus schwarzem Leder. Das Oberteil war rückenfrei, und eine eingearbeitete Stütze sorgte dafür, dass die Brüste besonders üppig wirkten. Geschlossen wurde das Ganze durch einen silbernen Reißverschluss mit Kettchen, der vom Hals bis zum Bund reichte. Dazu hatte sie die passenden Ledershorts, die ebenfalls mit einem Reißverschluss versehen waren.

«Das sieht wirklich irre aus», stöhnte Angie, «das ist mein Fantasie-Outfit! Ich habe mir schon oft vorgestellt, in schwarzes Leder gehüllt zu sein und eine Peitsche in der Hand zu haben. Nicht, dass ich jemandem ernsthaft wehtun könnte. Aber ich hätte nichts dagegen, so zu tun, als ob.»

Sie nahm das Oberteil und hielt es sich vor dem Spiegel an.

«Wahrscheinlich fände ich es ganz schrecklich», fuhr sie fort, «aber die Vorstellung ist sehr aufregend.»

«Ich wusste doch, dass wir es hier mit einer echten Expertin zu tun haben», lachte Nina. «Wieso probierst du es nicht mal an?»

«Das geht doch nicht», protestierte die Freundin und legte das Oberteil beiseite. «Es gehört sich nicht, die Unterwäsche anderer Leute anzuprobieren.»

«Hallo! Ich bin's. Schließlich stammt das nicht von irgendeinem Grabbeltisch. Na los, zieh es schon an», drängte Nina. «Ich nehme das Blaue. Dann haben wir eine richtige Modenschau.»

«Du musst ganz schön betrunken sein», murmelte Angie, als sie ihr geknöpftes Kleid öffnete und zu Boden gleiten ließ. Nina fiel sofort auf, dass die Freundin – wie sie selbst auch – zweckmäßige, aber langweilige weiße Unterwäsche trug, die auf der gebräunten Haut allerdings recht gut aussah. Angie war mittlerweile aus ihrem BH geschlüpft, hatte das Lederoberteil an sich genommen und den Reißverschluss aufgezogen.

«Meine Haare sind im Weg», beschwerte sie sich, als sie das Leder über ihre Schultern zog. Nina half ihr und hielt das lange, schwarze Haar nach oben, während die Freundin das weiche Leder überstreifte. Angie schloss den Reißverschluss und zog ihn an der Kette zu.

«Deine Brüste sind natürlich größer als meine», kommentierte sie wehmütig.

«Stimmt. Bei dir sitzt es ein bisschen weit. Aber es sieht trotzdem toll aus. Hier, zieh das Höschen an.»

«Du aber auch», forderte Angie sie auf. «Ich dachte, wir machen das gemeinsam.»

Es dauerte keine zehn Sekunden, da hatte Nina auch schon ihren Wickelrock und das T-Shirt ausgezogen. Sie trug keinen BH und schlüpfte sofort in das blaue Leibchen. Als es daranging, sich ihrer Slips zu entledigen, zögerten die beiden Frauen ein wenig verlegen.

«Das ist ja lächerlich», sagte Nina entschlossen. «Na los, Hosen runter!»

Angie kicherte, zog in Windeseile ihren Slip aus und griff nach den Ledershorts. Auch Nina lachte, als ihr Baumwollschlüpfer schließlich am Boden lag und sie die blaue Seide aufknöpfte. Der feine Stoff war weitaus leichter zu handhaben als das Leder, und so war Nina bereits fertig, während Angie sich immer noch abmühte, die Shorts über die Hüften zu ziehen.

«Das ist unfair!», protestierte die dunkle Schönheit, als die Shorts endlich richtig saßen und sie den Reißverschluss zuziehen konnte. «Au! Jetzt habe ich mir auch noch meine Schamhaare verhakt!»

Nina konnte gar nicht aufhören zu lachen. «Irgendwie haben diese Dinger immer einen Haken. Ein Wortspiel – einen Haken, verstehst du?»

Angie kicherte schon wieder. «Du hast gut reden. Es ist echt schwer, das Teil anzuziehen. Ich muss wohl breitere Hüften haben als du.»

«Einen dickeren Hintern, würde ich eher sagen», gluckste Nina. «Pass auf, du hältst das Bündchen zusammen, steckst dein Schamhaar rein, und ich mache den Reißverschluss zu.»

Nachdem sie die Shorts ohne jede Schwierigkeit geschlossen hatte, schaute Nina der Freundin direkt ins Gesicht. Sie standen nur Zentimeter voneinander entfernt. Plötzlich hörte die junge Frau auf zu lachen und spürte einen Schauer des Begehrens über ihren Körper prickeln. Hör auf, sagte sie zu sich selbst, sie ist deine Freundin. Andrew hatte mir zwar eine Frau versprochen, aber das hier ist etwas anderes.

Schließlich drehten sich beide Frauen, um sich im Spiegel zu betrachten.

«Wie sehen wir aus?»

Ihre Augen verrieten es ihr. Sie sahen beide hinreißend aus. Angies gebräunter Körper wirkte in dem geschlossenen Leder-Outfit einfach umwerfend.

«Dreh dich», forderte Nina die dunkle Schönheit auf. «Dein Hintern sieht toll in den Shorts aus. Er ist übrigens wirklich dicker als meiner.» Angie reckte den Kopf über ihre Schulter, um etwas sehen zu können.

«Aber doch nicht zu dick?», fragte sie besorgt.

«Natürlich nicht! Dein Haar reicht bis weit über den Rücken. Alles, was man sieht, sind Haare, ein Lederhintern und Sonnenbräune. So würdest du jeden scharf machen.»

Angie lächelte breit. «Ja. Aber du erst mal!»

Erneut betrachteten die beiden Frauen sich im Spiegel. Nina wusste nur zu gut, wie sie in der blauen Seide aussah. Als sie das Ensemble das letzte Mal angezogen hatte, war sie so heiß geworden, dass sie sich direkt vorm Spiegel befriedigen musste.

Das Leibchen saß perfekt. Es war weit genug, um ihre Brüste nicht platt zu drücken, aber immer noch eng genug, um ihre Nippel zu betonen. Es war kurz und endete knapp über der Hüfte. Das Höschen war tief geschnitten, sodass ihre Hüften aufreizend betont wurden. Nina drehte sich vor und zurück.

«Ja», erwiderte sie schlicht. «Ziemlich gut, was? Wir sind schon ein Paar ...»

Der Kontrast, den die beiden darstellten, erregte Nina. Es wird Zeit aufzuhören, sagte sie sich erneut.

«Wollen wir die Spielsachen ausziehen und uns wieder an den Wein machen?», schlug sie vor. Angie nickte zögernd und zog an dem Reißverschluss des Tops.

«Ja. Der Spaß ist vorbei. Aber es war wirklich toll, sich mal so zu verkleiden ...»

Sie verstummte. Der Reißverschluss stand immer noch halb offen.

«Eigentlich will ich die Sachen noch gar nicht ausziehen – wenn du nichts dagegen hast?»

Nina zog die Augenbrauen hoch. «Willst du sie dir ausleihen?»

Angie schüttelte lachend den Kopf. «Nein. Aber es ist doch auch schön, einfach ein bisschen in den Sachen dazusitzen. Das Leder fühlt sich wunderbar an, und ich fühle mich toll darin. Und dein Anblick ist auch nicht gerade der schlechteste.»

Sie verließ das Zimmer. Nina war auf einmal ganz atemlos. Was ging hier vor sich?

Es dauerte keine Minute, und Angie stand mit den aufgefüllten Weingläsern wieder im Schlafzimmer.

«Außerdem ist es so heiß – je weniger wir anhaben, desto besser. Auf warme Tage und heiße Nächte.»

«Ja. Darauf trinken wir», entgegnete Nina, während sie anstießen. Sie saß mit gekreuzten Beinen auf dem Bett. «Also, wenn du dich anschauen willst, ist das der bequemste Ort dafür.» Angie nahm einen großen Schluck Wein und stellte ihr Glas auf den Nachttisch. Dann setzte sie sich auf allen vieren auf das Bett und schaute in den Spiegel.

«Wenn ich uns so sehe, geht meine Fantasie völlig mit mir durch», hauchte sie. «Stellst du dir nicht auch gewisse Dinge vor, Nina?»

«Ich hab dir ja erzählt, dass ich eine Menge Zeit mit Fantasieren verbringe», antwortete sie ausweichend. «Was geht denn in deinem Kopf so vor sich?»

Angie kroch, immer noch auf allen vieren, dichter an Nina heran und flüsterte ihr die Antwort ins Ohr.

«Ich möchte dich küssen. Und ich möchte deine Knöpfe öffnen. Sag einfach halt, wenn du nicht willst.»

Ninas Herz machte einen Satz. «Angie, du bist meine beste Freundin. Ob das so eine gute Idee ist?»

«Wahrscheinlich nicht. Aber deine Erzählungen und der Anblick, den wir hier beide bieten, macht mich wirklich an.»

«Du hast das schon mal getan, oder? Mir einer Frau, meine ich?»

Angie nickte. «Aber das ist nichts, was man seinen Freundinnen erzählt. Die denken doch nur, dass man sie jedes Mal anspringt, wenn sie aufs Klo gehen. Und du schienst mir immer ein bisschen zu verklemmt, um das mit dir zu teilen.»

«Oh, danke. Und wie ist es so mit einer Frau?»

Nina war mittlerweile ausgesprochen erregt.

«Kommt drauf an. Es war schon toll, aber auch schon sehr enttäuschend. Ich habe es erst drei Mal gemacht. Und bei einem Erlebnis war auch ein Mann dabei. Ich war nur zu Gast. Die beiden waren verheiratet. Aber es war ziemlich gut, denn als Bonus wurde ich auch noch von dem Mann gefickt. Das erste Mal war allerdings total enttäuschend. Sie war Aushilfe im Büro, und ich habe sie nur angemacht, weil sie eine Lesbe war und ich es endlich mal mit einer Frau probieren wollte. Aber sie war zu verklemmt.»

Angies Stimme wurde immer weicher. «Doch das letzte Mal war einfach unglaublich. Ich kam in einem Frauenbuchladen in der Nähe von Charing Cross mit einer anderen Kundin ins Gespräch. Ich hab mir zwar immer wieder gesagt, dass ich nur dort hingehe, um mir ein paar neue Frauenromane zu kaufen, aber eigentlich wollte ich etwas aufreißen. Sie war bisexuell und sah super aus. Kurzes rotes Haar und wusste genau, was sie wollte. Ich hab sie ein paarmal getroffen, und der Sex war einfach großartig. Aber sie kam aus den Staaten und fuhr dann irgendwann nach Hause. Schade eigentlich.»

Angies Geschichte erregte Nina ebenso wie die schmutzigen Dinge, die Andrew ihr beim Sex ins Ohr flüsterte.

«O Mann, Angie, allein der Gedanke daran macht mich ziemlich scharf. Aber ist es richtig, es mit der besten Freundin zu treiben? Ich meine, wenn du ein Mann wärst, ginge es mir genauso. Ich hätte wirklich Angst, dass das später zwischen uns stehen würde.»

Angie seufzte. «Du hast wohl recht. Mist! Ich habe es wirklich nicht drauf angelegt, Nina. Aber du hast mich mit deinen Geschichten und der geilen Wäsche wirklich rollig gemacht. Und dann noch diese Hitze ... Ich bin richtig aufgesext. Komm schon, nur einen kleinen Kuss.»

«Na gut.»

Nina beugte sich mit immer noch gekreuzten Beinen zu Angie vor. Ihre Gesichter waren nur eine Handbreit voneinander entfernt. Ihre Lippen trafen sich in Sekundenschnelle. Nina schloss die Augen. Allein der Gedanke, eine Frau zu küssen, brachte ihr Fötzchen noch mehr zum Zucken als ohnehin schon. Angies Lippen waren weich, und ihr Atem roch süßlich nach Wein. Als Angies Zunge Anstalten machte, in ihren Mund zu wandern, kam ihr Ninas bereits entgegen. Die Züngelei wurde irgendwann so heftig, dass Nina das Gleichgewicht verlor. Sie wusste nicht, ob Angie ihr vielleicht einen kleinen Schubs gegeben hatte, aber das war ihr eigentlich auch egal. Sie lag jedenfalls recht bald unter ihrer besten Freundin, die ihren Körper fest gegen den ihren presste. Als Angie ihren Hüftknochen gegen Nina drückte, rutschte diese nach oben, um ihre Muschi daran zu reiben. Der Geruch des Leders vermischte sich mit dem Duft von Angies Shampoo, und der feine Hauch von frischem Schweiß brachte die erregte Frau fast um den Verstand. Doch die Hitze war nicht der einzige Grund für ihr Schwitzen.

«Das reicht jetzt, Angie.»

Sie drückte die Freundin mit den Armen hoch und von ihrem Mund weg. Die dunkelhaarige Frau lachte. «Eine Minute lang dachte ich, dass ich tatsächlich komme. Ging's dir auch so?»

«Ja, einen kurzen Moment. Aber eine gute Idee ist es trotzdem nicht.»

«Du hast das Sagen», erwiderte Angie mit einem Achselzucken.

Nina lachte. «Ganz im Gegensatz zum Sex mit Andrew.»

«Im Gegensatz zu jedem anderen Mann – nach dem, was du erzählt hast.»

Nina zog die Stirn in Falten. «Stimmt. Ich bin sexuell jetzt zwar recht befreit, bekomme aber immer noch gesagt, was ich zu tun habe.»

«Klingt doch nicht schlecht», sagte Angie. «Aber du solltest es auch mal andersrum versuchen. Du musst die Kontrolle über deine Sexualität selbst übernehmen und nicht alles Andrew überlassen. Dann fühlst du dich auch bei anderen Männern sicherer.»

«Darüber muss ich mal nachdenken», sagte Nina abwesend. «Kaffee?»

«Ich hätte lieber einen Vibrator, wenn du einen dahast», erwiderte Angie.

Nina schüttelte den Kopf. «Tut mir leid. Mir reichen meine Hände.»

Die Freundin seufzte. «Okay, dann warte ich eben, bis ich zu Hause bin.» Sie zog den Reißverschluss des Ledertops auf, schob es über die Schultern und schlüpfte dann zappelnd aus den Shorts. «Gib die Sachen bloß nicht in irgendeinen Secondhandladen, wenn du keine Lust mehr drauf hast.» Nina wickelte sich in ihren Bademantel und ging in die Küche, um Wasser für den Kaffee aufzusetzen. Mein Gott, das ist ja wirklich abgefahren, dachte sie, während sie die entkoffeinierten Bohnen durch die Mühle jagte. Jetzt kenne ich Angie schon seit Jahren, aber ohne meine Erfahrungen mit Andrew wäre es nie so weit gekommen. Als ob er einen Zauberstab über mir geschwungen hätte. Jetzt ergeben sich Dinge nicht nur, weil er sie arrangiert hat, sondern sie geschehen auch so!

Würde der morgige Tag ihr einen erneuten Sex-Kater

bescheren? Würde Angie auch einen haben? Ein echter Kater würde wenigstens die anderen Gedanken aus ihrem Kopf vertreiben. Was soll's, entschloss sich die junge Frau, während sie den Kaffee aufgoss. Diesmal werde ich mich nicht wieder mit Reue selbst bestrafen.

Kapitel 4

Nach einem Gewitter am Freitagnachmittag klarte das schwüle Wetter etwas auf, doch anstatt die Luft abzukühlen, kehrte die Hitze zurück und brachte die Straßen von London zum Dampfen. Andrew hatte Nina zwar angeboten, sie abzuholen, um gemeinsam in den Club zu fahren, aber weil es verkehrsmäßig viel günstiger war, trafen sich die beiden doch in der Innenstadt. Also verabredeten die beiden sich am Leicester Square.

Als Nina sich anzog, verfluchte sie ihre Unabhängigkeit. Eigentlich wollte sie das blaue Wäscheensemble unter einem kurzen lila Trägerkleidchen mit einem flippigen Rock darüber tragen. Und obwohl zwei Spaghettiträger übereinander im Strip-Club sicher auf passende Weise anrüchig aussehen würden, war sie – befreit oder nicht – doch nicht selbstbewusst genug, das Outfit in der U-Bahn zu tragen.

Stattdessen zog sie eine weiße durchgeknöpfte Zigeunerbluse mit ausgestellten Ärmeln und Zugband-Kragen über, die sie im Club schnell ausziehen konnte, um die blauen Träger und vielleicht ein bisschen Schulter zu zeigen. Dazu wählte sie einen kurzen, bedruckten Rock in Schwarzblau, der sowohl zum Top als auch zum Höschen passte. Nina sprühte sich Schaumfestiger in die Haare und knetete sie während des Trocknens, um ihrer Frisur ein bisschen was Verwegenes und Zerzaustes zu geben – ein Gegensatz zu dem exakt geschnittenen Bob, den sie normalerweise trug. Dazu noch etwas getönte Feuchtigkeitscreme, Mascara und einen braunrosa Lippenstift. Sie fühlte sich gut.

Von dem Regen war nichts mehr zu spüren. Die Tropfen waren bereits vollständig verdunstet, und die Luft fühlte sich wieder bleischwer an, als Nina sich zum zweiten Mal an diesem Tag zur U-Bahn aufmachte. Wie immer saßen mehrere Penner auf den Bänken vor dem Eingang zur Station, von deren Gemurmel und Gestreite im Vorbeigehen nur unverständliche Satzfetzen zu verstehen waren. Als sie die Männer passierte, rief einer der alten Knaben ihr wieder mal sein aufmunterndes «Mach's gut!» zu. Nina lächelte ihm zu, doch dann hob einer seiner Kumpane die Flasche und brüllte ihr hinterher: «Hey, Schätzchen, ich wette, du hast eine schöne, behaarte Pflaume!»

Nina wäre am liebsten im Erdboden versunken.

«Halt's Maul!», zischte sie wütend und sah sich nervös um. Gott sei Dank war niemand in der Nähe. Die Stadtstreicher lachten aus vollem Hals, und Nina konnte nur noch mit eingezogenem Kopf die Treppe zum Bahnsteig hinunterschleichen. Scheinbar zogen ihre Pheromone nicht nur nette Männer an.

Unten angekommen, wartete sie nervös auf die Bahn und versuchte dabei, sich mit tiefen Atemzügen zu beruhigen. Sie wusste, dass das Ganze ein Zufall war. Stadtstreicher grölten doch andauernd solches Zeug. Als der Zug endlich einfuhr, wurden ihre geröteten Wangen durch den Wind gekühlt, der durch den Tunnel blies. Entspann dich, ermahnte Nina sich selbst.

Der U-Bahn-Wagen roch nach dem Schweiß Tausender von Pendlern, die ihn im Laufe des Tages benutzten. Doch jetzt am Abend bestand die Klientel aus gut gelaunten Gruppen von Jungen und Mädchen, die alle wild entschlossen waren, das Wochenende zu genießen. Die Mädchen hatten sich schick gemacht, und die Jungs machten auf lässig. Auf den Sitzen saßen einige Paare, die sich eher mit Blicken als mit Worten zu unterhalten schienen. Auch ein paar Männer in Overalls waren dabei, die offenbar gerade zur Spätschicht fuhren. Und natürlich das obligatorische stumme und bettelnde Kind.

Wo kommen die nur alle her?, fragte sie sich. Vielleicht aus Bosnien oder dem Kosovo. Mit ihren Kopftüchern und der dunklen Haut sahen sie aus wie Moslems. London schluckte viele der Vertriebenen, der Flüchtlinge und Asylsuchenden. Der Zusammenbruch des kommunistischen Systems hatte ganz Europa und nicht nur den Osten verändert. Sie gab dem kleinen Mädchen ein paar Münzen.

Etwa die Hälfte der freitäglichen Nachtschwärmer verließ die Bahn zusammen mit ihr am Leicester Square. Die erwartungsvolle Vorfreude auf einen schönen Abend bestimmte die Atmosphäre im Fahrstuhl und riss Nina regelrecht mit.

Gerade als der Automat am Durchgang ihre Monatskarte wieder ausspuckte, sah sie auch schon Andrew, der gegen eine Wand gelehnt dastand und ins Leere starrte. Er trug ein schwarzes T-Shirt und Khaki-Jeans. Seine muskulösen Arme sahen in dem kurzärmligen Hemd besonders braun gebrannt aus. Er hatte die Hände in den Hosentaschen versenkt und ein Bein angewinkelt gegen die Wand gestellt. Seine Charakternase und die buschigen Augenbrauen verliehen ihm ein geradezu bedrohliches Aussehen, und Nina spürte, wie die gesamte Hitze des Abends sich in ihrem Inneren sammelte.

Gerade als Andrew sich umdrehte, löste sie das Zugband ihres Halsausschnittes und zog die Zigeunerbluse gerade so weit über die Schultern, dass man die zwei dünnen Träger des Tops erkennen konnte. Er lächelte und kam mit erwartungsvollem Blick auf sie zu. Er zog Nina in seine Arme und gab ihr einen Kuss auf die Stirn.

«Du hübsche Zigeunerin», sagte er anerkennend. «Du müsstest nur noch ein bisschen dunkler sein – aber du siehst toll aus! Deine Frisur gefällt mir, fast wild. Ich hoffe, du schaffst es, cool zu bleiben.»

«Einfach ist es nicht», erwiderte Nina zweideutig. Doch als sie seine Lachfältchen sah, wurde ihr sogar noch heißer. «Ich könnte einen Drink vertragen.»

«Ja, lass uns vor dem Club noch was trinken gehen. Das Angebot dort ist nämlich ziemlich beschränkt.»

Als sie die U-Bahn-Station verließen, hatte Nina den Eindruck, sich geradezu mit Gewalt einen Weg durch die Hitze bahnen zu müssen. Sie hatte das Gefühl, durch Wasser zu laufen und nicht durch Luft. Auf der Straße schließlich herrschte Chaos. Überall Gehupe und Fahrer, die im Stau schwitzten und die Geduld verloren.

Sie durchquerten die Old Compton Street und ließen sich zusammen mit der Menschenmenge durch die Duftkulisse von Knoblauch, Kaffee und Bier treiben, die aus den Bars und Restaurants strömte.

«London ist im Sommer total verändert. Es ist viel lauter und offener. Fast wie New York oder Buenos Aires», meinte Andrew. «Die Hitze verwandelt einfach alles. Ich find's großartig.»

Er kniff Nina in die Taille. «Es ist irgendwie sexy. Alle haben weniger an und wollen was Tolles erleben. Findest du nicht auch?»

Nina fragte sich kurz, ob sie ihm von ihrem Erlebnis mit Angie erzählen sollte. Schließlich war es dazu auch wegen der Hitze und der knappen Garderobe gekommen. Sie entschied sich aber, dass sie beide es mehr genießen würden, wenn sie wieder zu Hause und hoffentlich beide scharf waren.

Oder während der Orgie, murmelte ihre innere Stimme.

«Es ist klasse!», stimmte sie ihm zu. «Du hast ganz recht. Wenn man Sommersachen anhat, fühlt man sich gleich viel freier. Und man nimmt seinen Körper ganz anders wahr.»

«Und den von anderen Menschen», ergänzte er ihren Satz und schaute direkt auf ihre Brüste.

Andrew führte sie in eine recht volle Bar auf der Wardour Street und setzte sie an einen kleinen Tisch. Dann ging er an den Tresen und bestellte ein Budvar für sich und ein Kriek – das belgische Kirschbier – für Nina.

Seine Begleiterin sah sich derweil um und fragte sich, wie viele der Leute wohl später noch eine Strip-Show besuchen würden. Als Andrew wieder am Tisch war, stellte sie auch ihm diese Frage.

«Die Bande dahinten ganz bestimmt», sagte er und zeigte auf eine Gruppe mittelalter Männer, die ganz offensichtlich nur in der Stadt waren, um sich zu amüsieren. «Aber nicht zu der Art Show, zu der wir gehen. Die werden sicher in eine Vorführung mit Eintritt gelockt, kriegen Champagner für fünfzig Pfund die Flasche angedreht und sehen absolut nichts, weil sie die ganze Zeit mit einer Nutte reden, die ihnen für ein bisschen Geblase ein Vermögen aus der Tasche zieht. Aber auf so einer Bühne gibt es sowieso nicht viel zu sehen. Wir dagegen werden dicht vor der Bühne sitzen, etwas Schönes trinken und eine Reihe von wirklich erotischen Akten geboten bekommen. Nicht ein paar Mädchen, die ein bisschen rumhüpfen und ihre Sachen so begeistert ausziehen, als stünden sie an der Kasse im Supermarkt.»

«Und wieso gehen die nicht in unseren Club?»

Andrew zog die Augenbrauen hoch. «Das ist ja das Tolle, wenn man hier zu Hause ist – man weiß, wo man hingehen muss. Die anderen Leute, die heute in der Stadt sind, haben keine Ahnung.»

Sie lachte. «Irgendwie gibst du mir das Gefühl, als wäre ich eine Fremde in meiner eigenen Heimatstadt.»

«Aber das bist du doch nicht. Du weißt genau, in welche Bars, Clubs und so weiter man gehen kann. Vielen Mädchen aus der Provinz würde es nicht gelingen, einen Strip-Club zu finden.»

Er kippte sein Bier runter. «Außerdem lässt man in den Laden nicht jeden rein. Bereit für die Einführung?»

Nina genoss den letzten Schluck des starken, fruchtigen Bieres, bevor sie die Bar verließen und ein zweites Mal den Abend einläuteten. Die Sonne ging gerade unter, und der Himmel im Westen war feurig rot, während Andrew sie durch das Labyrinth der Straßen in Soho führte und sie an unzähligen chinesischen Restaurants und Burger-Läden vorbeikamen, bis sie schließlich in eine ruhige Seitengasse einbogen. Dort betraten sie schließlich einen Laden, über dem auf einem Schild «Live Sex Show» stand. Der Mann an der Tür begann sofort mit seiner üblichen Leier, doch nachdem Andrew ihm etwas zugeflüstert hatte, führte er sie nicht hinunter in den Keller-Club, sondern öffnete eine angrenzende Tür, die zu einer kaum beleuchteten Treppe nach oben führte.

Oben angekommen, klopfte Andrew an eine weitere Tür, und ihnen wurde von einem muskulösen Schlägertypen geöffnet, der sicher keinerlei Probleme hatte, irgendwelche ungebetenen Gäste loszuwerden. Jetzt standen sie endlich im eigentlichen Club. Der Raum war klein, hell erleuchtet und sehr verqualmt. Es war ziemlich voll. Die Kunden saßen an Holztischen und betrieben halbherzig Konversation, während im Hintergrund Blues lief. Die meisten Anwesenden hatten sich um die kleine Holzbühne versammelt, die nur etwa einen Meter hoch war. Sah man von der Beleuchtung mal ab, hätte das Ganze auch gut als Jazz-Club durchgehen können.

Das Publikum war eher hip, wie Nina erstaunt bemerkte. Man sah eine Horde junger, exzentrisch gekleideter Leute, die wie Kunststudenten aussahen, und eine Gruppe unglaublich dünner, attraktiver Frauen, die Models hätten sein können. Auch Latinos mit hautenger Hose und offenem Hemd waren zu sehen. Sie saßen um einen Tisch, rauchten und unterhielten sich sehr lebhaft.

In der Mitte des Raumes saß schließlich Costas mit einem ganzen Haufen anderer Leute.

«Hey, Andrew! Nina!»

Man hatte den beiden zwei Stühle frei gehalten, doch als Nina sich setzte, spürte sie sofort, dass ihr Outfit völlig unpassend gewählt war. Zu der Gruppe gehörte eine ältere Frau, der man sofort ansah, dass sie ebenfalls Griechin war. Ihr Name war Ariadne. Sie war um die fünfzig, hatte ihr von grauen Strähnen durchzogenes dunkles Haar hochgesteckt und sah mit ihren ausgeprägten Gesichtszügen ausgesprochen attraktiv aus. Ihr Kleid stammte sicher von Armani und das Parfüm von Chanel. Sie nickte Nina mit majestätischer Geste zu, während Andrew sich zu ihr hinabbeugte, um ihr einen Kuss auf die Wange zu geben.

Neben der Griechin saß eine große Wasserstoff-Blondine mit kurzem Haar und blassem Gesicht, das im Stil der sechziger Jahre geschminkt war: Lange Wimpern, Lidschatten, jede Menge Mascara und beigefarbener Lippenstift, der ihren vollen Mund betonte. Sie trug ein schwarzes Leder-Bustier-Oberteil, welches das volle Dekolleté, die breiten Schultern und muskulösen Arme der blonden Frau in Szene setzte. Nina bereute sofort, dass nicht auch sie ihre Ledersachen angezogen hatte. Die Blondine stand auf und schüttelte Nina offen lächelnd die Hand.

«Hi! Ich bin Beverley.»

Zu dem Bustier trug sie einen knappen Leder-Minirock. Angesichts der offenen Freundlichkeit der jungen Frau fühlte sich Nina gleich ein bisschen weniger überwältigt.

Die Dritte im Bunde wurde ihr als Katya vorgestellt. Auch sie war in Schwarz gekleidet und hatte sich das dunkle Haar mit Gel aus dem Gesicht gestrichen. Sie nickte Nina und Andrew nur kurz zu und schien sich in Gesellschaft der anderen überhaupt sehr zu langweilen. Sie rauchte viel und starrte ansonsten in die Luft.

Nina setzte sich zwischen Beverley und Andrew. Auf dem Tisch standen diverse Alkoholika, und sie entschied sich für einen Wodka, den sie mit Orangensaft verdünnte.

«Dieser Laden ist wirklich fantastisch», sagte die Blondine zu Nina. «Sieh dir doch nur mal die Outfits an.» Sie zeigte auf eine Dame, die ein schwarzes Chiffonkleid trug und in illustrer Gesellschaft vor der Bühne stand. Das Kleid hatte einen geschlossenen Kragen, war langärmelig und reichte bis zu den Knien. Eigentlich der Gipfel des makellosen Schicks – wäre es nicht komplett durchsichtig gewesen. Die Frau trug keinen BH. Ihre festen Brüste waren durch den engen Chiffonstoff deutlich zu sehen. Ihr einziges Zugeständnis an Anstand und Sitte bestand aus einem schwarzen G-String. Ihr dunkles Haar war wellig und fiel in üppigen Kaskaden über den Rücken, und ihr Gesicht wurde von leuchtend rot geschminkten Lippen dominiert. Wenn sie sprach, gestikulierte sie eindrucksvoll mit ihrer lippenstiftverschmierten Zigarette in der Hand.

«Sieht aus, als wollte sie für *Carmen* vorsprechen», urteilte Nina.

Beverley sah sich im Raum um. «Und was sagst du zu der Rothaarigen?» Sie zeigte auf eine Frau mit hellroten Haaren und totenblassem Gesicht, deren silbern schimmerndes Kleid wie eine etwas längere Version von Ninas Oberteil aussah, mit hauchdünnen Spaghettiträgern, tiefem Ausschnitt, eng anliegend und kurz bis zum Schritt. Sie drehte sich um, weil jemand sie ansprach, und Nina sah, dass sie ein knappes Höschen in passendem Stoff dazu trug.

«Sind das Stripperinnen?», fragte Nina.

Beverley zuckte nur mit den Schultern und lächelte vielsagend. «In diesem Laden weiß man das erst, wenn die Vorstellung beginnt», erwiderte sie. «Aber jetzt dauert es auch nicht mehr lange. Warst du schon mal bei einer Strip-Show?»

«Ich war mal mit ein paar Frauen bei einem billigen Männerstrip, noch bevor das Ganze in Mode kam und professioneller wurde. Du weißt schon, da standen dann ein paar Tom-Jones-Doppelgänger, die irgendwelche Leute auf die Bühne holten, um sie auszuziehen. Einer von denen hat seinen Schwanz am Kopf meiner Freundin gerieben. Das fand ich echt widerlich!»

Beverley lachte. «Ja, echter Vorortmief. Im Vergleich zu so was ist das hier wirklich cool.

Bist du bi?», fragte die Fremde auf einmal und wandte sich ihrer Tischnachbarin zu.

Nina lief rot an. «Um Himmels willen, nein! Ich meine, ich habe es noch nie mit einer Frau gemacht.» Wenn man mal von dem Abend mit Angie absah, ergänzte ihre innere Stimme. Das zählt nicht, mischte sich ihre Vernunft ein. Schließlich habt ihr eigentlich gar nichts gemacht!

Neugierig blickte sie Beverley an. «Und du?»

«Also, ich bin keine Freundin von Schubladen. Aber ich nehme an, die meisten Leute würden mich wohl als bi bezeichnen. Ich bin jetzt seit ungefähr drei Jahren mit Ariadne zusammen. Und die ist wahrscheinlich zu fünfundneunzig Prozent lesbisch, würde ich sagen. Sie ist die einzige Konstante, die ich habe. Ich kann mir schon gar kein Leben mehr ohne sie vorstellen.»

«Wohnt ihr zusammen?», fragte Nina.

Beverley lachte. «O Gott, nein! Sie ist eine einflussreiche Geschäftsfrau und verbringt ebenso viel Zeit im Ausland wie in London. Außerdem liebe ich meine Unabhängigkeit.» Sie lachte gedankenverloren. «Meine Männer, andere Frauen – nicht, dass ich irgendwelche Geheimnisse vor Ariadne habe. Sie hört liebend gern Geschichten von meinen anderen Mädchen.»

Die Blondine legte eine Hand auf Ninas Schulter. «Möchtest du eine von ihnen werden?»

Doch noch bevor Nina auf das Angebot reagieren konnte, wurde es dunkel im Raum, und ein kleiner Mann kletterte auf die Bühne. Als er mitten im Licht des Scheinwerfers stand, wechselte die Musik plötzlich zur Nussknacker-Suite, und der Conférencier kündigte ohne weitere Erklärung an, dass als Erstes ein russisches Ballett auftreten würde. Nina war ganz verwirrt, als tatsächlich eine Ballerina die Bühne betrat. Sie trug ein weißes Tutu und Spitzenschuhe. Ihr dunkles Haar war ganz klassisch zu einem Dutt hochgebunden.

Soweit Nina es beurteilen konnte, bewegte die Frau sich so versiert wie eine professionelle Tänzerin. Sie tanzte gerade ein paar Minuten, als plötzlich ein schwarzgekleideter Mann mit einem Umhang auf die Bühne sprang. Auch er war ganz offensichtlich ein Tänzer. Zumindest deuteten seine muskulösen Beine darauf hin, die durch die Strumpfhosen überaus deutlich zu sehen waren. Er trug einen Rohrstock bei sich, mit der er auf die Brüste der Ballerina zeigte, während sie sich drehte. Ohne auch nur innezuhalten, zog die Tänzerin plötzlich an ihrem Oberteil, und Nina hörte das Geräusch eines sich öffnenden Klettverschlusses. Während sie sich barbusig weiterdrehte, hielt sie das Tutu in die Höhe. Ihre Brüste waren klein und fest. Begeistertes Raunen aus dem Publikum. Als der Mann schließlich mit dem Stock auf ihren Schritt zeigte, ließ sie das Top fallen und steckte die Hände unter die Falten ihres Rocks. Während sie sich des Unterteils ihres Tutus entledigte, war wieder ein reißendes Geräusch zu hören.

Die Tänzerin drehte sich weiter wie zuvor, nur dass sie jetzt – abgesehen von der dünnen Krause ihres Tutus – nackt war. Genau wie beim Rest des Publikums schnellte auch Ninas Puls in die Höhe.

Als Nächstes klopfte der Mann mit seinem Stock auf eines ihrer Beine. Daraufhin hob die Frau einen Fuß mit der Hand an und hielt ihn hoch. Dabei drehte sie auf dem anderen Fuß weiterhin eine Pirouette nach der anderen und zeigte dem Publikum ihre freigelegte Möse. Nach jeder Drehung machte sie eine kurze Pause und blickte so lange in die Menge, bis der

Mann ihr mit einem Klaps auf den inneren Oberschenkel zu verstehen gab, dass sie weitertanzen sollte.

Irgendwann hörte sie auf. Ihr Partner nahm sie bei der Hand und drehte sie so um, dass sie jetzt mit dem Rücken zum Publikum stand. Als sie ein Bein zu einer Arabeske hob, knetete er ihre Pobacken und zog sie so weit auseinander, dass man einen Blick auf ihre dunkelrosa Rosette erhaschen konnte. Danach drehte er sie wieder um, und sie brachte die Hände elegant in die Pliée-Position, während er den Stock einmal ganz durch ihre Muschi zog. Sie blieb in Position, während der Stock mehrmals vor und zurück fuhr.

Diese obszöne Geste verfehlte ihre Wirkung auf die Zuschauer nicht. Nina wünschte sich sogar, dass es ihre Möse wäre, die da von der Gerte bearbeitet wurde. Die Ballerina schwitzte, aber die Flüssigkeit, die den Stock allmählich bedeckte, war kein Schweiß.

Plötzlich hielt der Mann inne, die Musik hörte auf, und die Frau verbeugte sich. Ihr Partner sammelte die abgeworfenen Kleidungsstücke ein, und das Paar verließ die Bühne.

«Siehst du, Nina? So etwas wollte ich sehen, als ich neulich bei deinem Strip einen kleinen Tanz von dir wollte», scherzte Andrew.

Er hatte seine Stimme kaum gesenkt, und Nina wurde rot, als sie das Lächeln auf den Gesichtern von Ariadne und Katya sah. Doch Beverley drückte aufmunternd ihren Arm und wechselte das Thema.

«Das hat mich schon ziemlich scharf gemacht», verkündete sie in die Runde. «Wie wollen sie das überbieten?»

Ihre Frage wurde schnell beantwortet, als der Conférencier den nächsten Act ankündigte. Barbara, eine ziemlich ordinäre Blondine, kam auf die Bühne und fing an, einen ganz gewöhnlichen Striptease zu vollführen. Beverley wandte sich erneut Nina zu.

«Hat dich das Ballett auch so angemacht?»

«Herrje, das wäre doch übermenschlich, wenn nicht …», entgegnete Nina. «Hast du so was schon mal gesehen?»

«Nein. Das ist ja das Tolle. Die wechseln hier ständig die Acts. Aber irgendwas ist in dieser Richtung immer dabei.» Sie machte eine wegwerfende Geste in Richtung der Stripperin auf der Bühne, die mittlerweile nur noch einen BH, einen G-String und ihre Strapse trug.

«Die muss schon an die vierzig sein. Und sie ist zu fett. Aber das mögen einige Männer ja. Und nach der Vorstellung lässt sie sich hinter der Bühne auch ficken.»

Nina beobachtete fasziniert, wie die Stripperin ihren BH auszog. Ihre Brüste waren riesig und schwangen freudig erregt umher, als sie endlich in die Freiheit entlassen wurden.

«Also ich mag dicke Titten», sagte Beverley provozierend. «Du siehst aus, als hättest du ein nettes Paar, Nina.»

Nina errötete schon wieder. «Na ja, wenn ich genauer gewusst hätte, was hier geboten wird, hätte ich vielleicht ein bisschen mehr aus ihnen gemacht.»

Es dauerte nur eine Sekunde, und das andere Mädchen umfasste prüfend die Brüste der jungen Frau. Nina erschrak und stieß die Hand fort. Andrew lachte nur.

«Zufrieden, Beverley?»

«O ja – wenn du nichts dagegen hast.»

«Und wenn ich nun etwas dagegen habe?», mischte Nina sich aufgeregt ein.

Beverley tätschelte ihren Arm. «Du hast doch höchstens was dagegen, weil die anderen zuschauen.»

Nina wollte sich ihre Wut nicht nehmen lassen, musste aber dennoch lachen und zugeben, dass Beverley recht hatte.

Andrew gab ihr einen Kuss auf die Wange.

«Du willst sie, stimmt's?», flüsterte er ihr zu. «Gedulde dich noch ein wenig.»

Nina war immer noch recht genervt, dass er dem gesamten Tisch von ihrem Strip erzählt hatte, und warf ihm einen kühlen Blick zu.

«Das ist ja wohl meine Entscheidung, oder?»

Andrew sah sie mit unverständlichem Blick an. «Alles, was du tust, ist deine Entscheidung», sagte er schlicht, und Nina beschlich das merkwürdige Gefühl, als wäre sie gerade in einem Streit unterlegen.

Die Frau auf der Bühne war mittlerweile ganz nackt und ihr Auftritt damit zu Ende. Dem Echo nach schien es dem Publikum nicht besonders gefallen zu haben. Die nächste Stripperin kam mit einem Gummiball auf die Bühne. Sie trug Zöpfe und zu ihrem knappen Oberteil ein Tennisröckchen – wie ein Schulmädchen beim Sportunterricht. Sie war klein, hübsch und tat so, als würde sie das Publikum überhaupt nicht bemerken. Nachdem sie ein paar Räder geschlagen, eine Rückwärtsrolle vollführt und sich schließlich ganz ausgezogen hatte, setzte sie sich auf den Ball und rieb sich wie wild an dem harten Gummi.

Als auch dieser Act vorbei war, gingen die Lichter wieder an. Andrew schenkte Nina noch einen Drink ein und entschuldigte sich für einen Moment. Costas, Ariadne und Katya unterhielten sich so intensiv, dass Nina nichts anderes übrigblieb, als sich wieder mit Beverley zu beschäftigen.

«Nach der nächsten Nummer wirst du mich ganz bestimmt wollen», verkündete die Blondine sachlich, und Nina musste spontan über ihre Unverfrorenheit lachen.

«Woher weißt du das?»

«Weil ich die nächste Nummer bin.»

Nina starrte sie erstaunt an. «Was soll das heißen, du bist die ‹nächste Nummer›?»

«Ich trete als Nächstes auf. Wenn dich meine Vorstellung anmacht, kommst du dann mit mir nach oben?»

«Wieso trittst du denn hier auf?»

«Das war Ariadnes Idee. Sie liebt es, mir zuzusehen, und ich dachte mir, dass ich es bestimmt genießen würde. Und jetzt, wo du hier bist, sogar noch mehr. Kommst du also danach mit rauf?»

Nina schüttelte schnell den Kopf, als müsste sie erst mal ihre Gedanken sortieren. «Einen Moment mal. Was ist denn oben? Eine Absteige?»

Beverley zuckte mit den Schultern. «Na ja, die Künstlerinnen verdienen sich hinterher ein paar Pfund, wenn sie wollen. Aber ich mache es nur so zum Spaß.»

«Um Himmels willen! Ist das hier etwa nur die Tarnung für einen Puff?!»

Die Blondine lachte. «Nun sei doch nicht spießig. Natürlich ist das hier kein Puff. Aber eine Strip-Show soll das Publikum nun mal aufheizen – da müssen wir uns gar nichts vormachen. Es ist also nur natürlich, dass man sich hinterher ein bisschen vergnügen möchte.»

Sie stand auf. «Ich sollte mich langsam mal vorbereiten. Katya?»

Die Frau ohne Lächeln nickte, stand auf und ging zu Beverley, die ihrer Freundin Ariadne noch einmal über die Wange strich.

Nachdem die beiden verschwunden waren, drehte Costas sich zu Nina um. «Gefällt dir die Show?», fragte er sie. «Was war denn bisher deine Lieblingsnummer?»

«Das Ballett, würde ich sagen.»

Er lächelte. «Das hat mir auch am besten gefallen. Aber ich glaube, Andrew war eher von dem jungen Ding mit dem Gummiball angetan.»

Nina schaute ihn leicht irritiert an. Dann fiel ihr auf, dass Andrew für einen Toilettengang schon viel zu lange fort war. «Also wirklich …», entfuhr es ihr leise. Wahrscheinlich war er oben schon längst mit dem Schulmädchen beschäftigt.

Der Grieche lachte. «Du bist doch wohl nicht eifersüchtig, oder?», fragte er sie. «Nach allem, was du am Montag getrieben hast, scheint Andrew das Gefühl zu haben, dass er jetzt mal dran ist.»

Ariadne hörte den beiden ganz offensichtlich amüsiert zu.

«Hör nicht auf ihn, Nina», sagte sie mit sanfter Stimme. «Costas liebt es, die Leute aufzuziehen. Außerdem hat er eine sehr lebhafte Fantasie.»

«Ja, das habe ich schon am eigenen Leib erfahren», erwiderte Nina anzüglich.

Der Alte lachte.

«Ich bin froh, dass du deinen Sinn für Humor nicht verloren hast», sagte er mit einer gewissen Bosheit in den Augen. Genau wie bei ihrer letzten Begegnung hatte Nina das untrügliche Gefühl, hinter der Fassade des genialen alten Mannes seine Machtgier und eine gewisse Rücksichtslosigkeit zu erkennen.

Gerade als die Lichter wieder ausgingen, kehrte Andrew an den Tisch zurück. Costas flüsterte ihm etwas zu, das Nina nicht verstehen konnte. Andrew lachte und tätschelte seiner Freundin den Arm.

«Er redet Blödsinn», flüsterte er ihr zu. Nina war sicher, dass ihr Freund nach Sex roch, und entzog sich ihm. Erst wollte sie gehen, doch dieser Impuls verflüchtigte sich schnell, als Katya Beverley auf die Bühne führte.

Die blonde Frau trug immer noch das Lederbustier, aber es sah aus, als wäre es hinter dem Vorhang noch enger zusammengeschnürt worden, sodass die Brüste nach oben gepresst wurden und ihre Taille noch schmaler wirkte. Den Rock hatte sie ausgezogen, und man konnte erkennen, dass das Bustier um die Taille herum leicht ausgestellt war und direkt über ihrem unglaublich blonden Schamhaar endete. Das Outfit wurde von Strapsen, schwarzen Strümpfen und hochhackigen Schuhen vervollständigt.

Doch am aufregendsten war wohl das dicke Lederhalsband, an dem eine Kette hing, die Katya in der Hand hielt. Beverleys Freundin trug mittlerweile einen schwarzen, hautengen Einteiler und Stiefel, die bis zu den Oberschenkeln reichten.

Durch das Publikum ging ein bewunderndes Murmeln und Tuscheln, das mit dem Anschwellen der Musik abebbte. Aus den Boxen drang ein rhythmisches, treibendes Trommeln. Andrew beobachtete Ninas Reaktion.

«Könnte das nicht direkt aus einer deiner Fantasien stammen, Nina?», fragte er.

Nina war unsicher. Natürlich hatte sie sich schon diverse Male in beinahe der gleichen Situation gesehen, doch jetzt war sie – stellvertretend für Beverley – geradezu empört. Wie ein Hund wurde die Frau an der Kette vorgeführt. Und das in mehr als anzüglicher Garderobe. Was würde wohl als Nächstes passieren?

Aber Beverley sah keineswegs so aus, als würde sie sich unwohl fühlen. Scheinbar mühelos war sie in die Rolle geschlüpft, die sie annehmen wollte. Die bisher so freundliche und offene Art war einem fast arroganten Zug gewichen. Ihr Blick ins Publikum ließ erahnen, dass sie die Situation in der Hand hatte und nicht etwa von ihrer Freundin kontrolliert wurde. Beverley verbeugte sich geheimnisvoll lächelnd vor Ninas Tisch, richtete sich aber sofort wieder auf.

Plötzlich klatschte Katya in die Hände, und zwei uniformierte Männer erschienen. Einer nahm die Kette in die Hand und befestigte sie an der Bühnenwand, während der andere ihre Knöchel so fixierte, dass ihre Beine weit gespreizt wurden. Auch jetzt, mit entblößtem Geschlecht, schaute die Blondine immer noch selbstsicher in die Menge.

Nina spürte eine tiefe Erregung in sich. Obwohl sie unsicher war, was wohl noch geschehen würde, wusste sie doch, dass Beverley sich dieser Situation aus freien Stücken gestellt hatte.

Auch der Enthusiasmus, den sie zuvor für ihren Auftritt gezeigt hatte, ließ darauf schließen, dass sie es bestimmt nicht unter Zwang tat. Nina zappelte ein wenig auf ihrem Stuhl hin und her und presste ihre innere Muskulatur zusammen, um das Zucken der Erwartung und der Lust noch zu verstärken. Andrew beobachtete sie die ganze Zeit und legte irgendwann seine Hand auf einen ihrer Schenkel. Und obwohl sie immer noch leicht genervt von ihm war, ließ sie ihren Freund gewähren.

Auf der Bühne hatte Katya mittlerweile eine Peitsche zur Hand genommen und ließ sie versuchsweise in der Luft schnalzen.

Die vorausgegangenen erotischen Vorführungen hatten das Publikum zwar durchaus in ihren Bann gezogen, doch jetzt lag zum ersten Mal eine spürbare sexuelle Energie in der Luft. Im Gegensatz zu den anderen Nummern gab es hier auch keinerlei Kommentare über die agierenden Darsteller. Jeder Einzelne im Zuschauerraum beobachtete mit starrem Blick, wie Katya die Peitsche hob und sie wieder und wieder auf Beverleys Schenkel niedergehen ließ.

Beverley gab erstaunlicherweise keinen Laut von sich. Ihre Schenkel waren bereits von roten Striemen übersät, doch das einzige Anzeichen von Schmerz war die Röte auf ihrem immer noch passiven Gesicht. Ein Hieb folgte dem anderen, doch ihre Augen starrten noch immer herausfordernd in die Menge. Als Katya die Peitsche endlich niederlegte, seufzte Nina zunächst vor Erleichterung, sah dann aber, wie die Peinigerin eine Reitgerte zur Hand nahm.

Beverley zitterte vor Spannung – genau wie das Publikum. Der rastlose Takt der Musik war wie ein Echo von Ninas rasendem Puls. Sie wusste, dass der Rest der Leute genauso erregt war wie sie.

Doch diesmal war nicht zu sehen, wie die Schläge auf Beverley niedergingen, denn Katya zielte mit der Reitgerte auf ihre Rückseite. Und noch immer gab die Geschlagene keinen Laut von sich. Sie schloss allerdings bereits beim ersten Hieb die Augen, und ihr Kopf sank mit jedem Schlag etwas tiefer, bis er fast den Boden erreichte – oder zumindest so tief, wie die Kette es zuließ. Je tiefer der Kopf sackte, desto größer wurde die Identifikation, die Nina mit der Frau auf der Bühne empfand. Ihr Körper wurde von einer elektrisierenden Geilheit gepackt. Als ob er das gespürt hätte, glitt Andrews Hand vom Schenkel hoch zu ihrer Möse und befühlte dort die Glitschigkeit unter ihrem Höschen. Als er mit einem Finger zu ihrem Kitzler vordringen wollte, schüttelte Nina so ungeduldig den Kopf, dass er seine Hand sofort wieder wegzog. Sie wollte nicht ihn, sondern jemand anderen!

Endlich gab Beverley ein Stöhnen von sich, das für Katya scheinbar wie ein Signal wirkte, denn sie legte die Reitgerte sofort beiseite. Dann ging sie zu ihrer Freundin und hob deren Kopf an. Nina konnte sehen, dass die Blondine matt lächelte, als die gestrenge Katya ihr Gesicht in beide Hände nahm und sie küsste.

Schließlich wurde Beverley losgebunden und musste sich umdrehen, um die dunkelroten Striemen auf ihrem Po zu zeigen. Als sie sich wieder den Zuschauern zuwandte, fiel die Domina auf die Knie und vergrub das Gesicht in dem blonden Schamhaar der Zurschaugestellten. Nina meinte zu sehen, wie Katyas Zunge sich an Beverleys Kitzler zu schaffen machte, war sich aber nicht sicher, ob sie sich das Ganze nicht nur einbildete. Die Blondine stand regungslos da, während der Kopf ihrer Freundin sich leckend bewegte. Doch plötzlich packte sie die Schwarzhaarige bei den Schultern und schloss erneut die Augen. Nina wusste, dass Beverley kam – genau wie alle anderen es wussten. Im Raum war nichts weiter als das Trommeln der Musik zu hören, und die Zuschauer verfolgten gebannt, wie die blonde Frau ihren Venushügel immer wieder gegen den Mund der anderen Frau presste. Als Beverleys zuckende Bewegungen schließlich zur Ruhe kamen, stand Katya auf und küsste sie noch einmal direkt auf den Mund. Dann nahm sie die Kette in die Hand, und das Pärchen verschwand ebenso unauffällig von der Bühne, wie es sie betreten hatte.

Nina fühlte sich wie vom Blitz getroffen. Sie hatte Beverleys Höhepunkt fast körperlich spüren können und wusste genau, dass eine Berührung ihrer eigenen geschwollenen Möse ausreichen würde, um sie auch zum Kommen zu bringen. Und Beverley wollte mit ihr nach oben gehen …

«Ich glaube, das nennt man wohl Kunst, oder, Nina?», fragte Andrew.

«Das würde ich auch sagen. Was meinst du, Ariadne?»

Die ältere Frau sah sie mit zusammengekniffenen Augen an.

«Für mich ist alles Kunst, was mit Beverley zu tun hat. Sie ist meiner Meinung nach das Schönste, was man seinem Auge bieten kann. Die Ausführung der Nummer war jedenfalls durchaus künstlerisch gemeint. Das ist Beverley sehr wichtig. Die Schläge und der Sex waren für uns alle – dass es allerdings in der Öffentlichkeit stattfand, das geschah zu meinem Vergnügen. Und sicher auch zu ihrem eigenen.»

«Und, hat es dir Vergnügen bereitet?», fragte Nina. Ariadnes Blick wurde ganz sanft.

«O ja! Besonders als es ihr kam. Und ich kann deutlich sehen, dass es euch beiden auch gefallen hat.»

Nina wurde rot, aber die Rückkehr der beiden Frauen von der Bühne rettete sie vor Ariadnes bohrendem Blick. Katya hatte sich umgezogen, doch Beverley hatte lediglich ein schwarzes Höschen am Leib. Ariadne kreischte auf, als sie die Wunden sah, die Peitsche und Reitgerte der jungen Frau beigebracht hatten.

«Deshalb konnte ich ja auch meinen Rock nicht wieder anziehen», erklärte Beverley. «Er ist zu eng. Ich weiß noch gar nicht, wie ich hier rauskommen soll. Hat es dir gefallen?»

Sie sah Ariadne intensiv an. Nina kam sich wie eine Voyeurin vor, als sie die Blicke der beiden beobachtete. Die ältere Frau strich das Haar der Blondine mit einer zärtlichen Geste glatt.

«Ich sagte schon zu Nina, wie sehr ich den Auftritt genossen habe. Besonders den Moment, als es dir kam. Sie fand auch, dass das der aufregendste Moment war.»

«Hat es sehr weh getan?», mischte Andrew sich ein.

Beverley schnitt eine Grimasse. «Mehr, als ich erwartet hatte. Später wird es wahrscheinlich noch schlimmer werden. Aber irgendwann musste ich es ja mal ausprobieren, und es hätte keine bessere Gelegenheit geben können. Es hat mich wirklich sehr angemacht, dass mir alle dabei zuschauten. Aber viel länger hätte es auch nicht dauern dürfen.»

Sie drehte sich breit lächelnd zu Nina um – ein Lächeln, das meilenweit von dem matten Grinsen entfernt war, das sie nach der Züchtigung zustande bekommen hatte.

«Hat es dich auch angemacht, Nina?»

Sie grinste, als Nina mit geröteten Wangen nickte.

«Wir hatten eine Abmachung, weißt du noch?»

«Was für eine Abmachung?», fragte Andrew mit anzüglichem Lächeln.

«Das geht dich gar nichts an», erwiderte Beverley. «Sieh du dir nur die nächste Nummer an.»

Nina drehte sich leicht erschrocken wieder in Richtung Bühne. Sie war so eingenommen von Beverley, dass ihr die spanisch aussehende Frau gar nicht aufgefallen war, die jetzt in einem durchsichtigen Kleid am Rand der Bühne lag. Sie machte gar nicht erst den Versuch, einen Striptease vorzuführen, sondern hatte sich schon vorher den G-String ausgezogen und den Chiffonrock über die Taille geschoben. Sie lag praktisch nackt da und zog sich die Schamlippen auseinander, um dem Publikum den bestmöglichen Blick auf ihre Muschi zu bieten. Die Frau schob einen Finger in ihre Spalte, zog ihn dann ganz feucht wieder heraus und strich sich damit über den Kitzler.

«O Mann!», stöhnte Andrew.

Doch Nina wurde sofort abgelenkt, als sie Beverleys Hand auf ihrer Schulter spürte.

«Ich kann nicht sitzen. Dazu tut es zu weh. Komm mit rauf», flüsterte sie leise.

Nina war jetzt eindeutig eher nach einer Lesbennummer zumute, als neben ihrem Freund zu sitzen, während er eine andere Frau dabei beobachtete, wie sie es sich selbst machte. Also ging sie mit.

Auch wenn man den Club selbst nicht unbedingt als schäbig bezeichnen konnte, so traf diese Beschreibung doch auf die Hintertreppe zu, die von nackten Glühbirnen trüb beleuchtet wurde. Der heruntergekommene Treppenläufer roch nach Fett und Pisse. Ein Geruch, der durch das WC im Zwischengeschoss noch verstärkt wurde. «Umkleidekabine», erklärte Beverley knapp, als sie an der Damentoilette vorbeikamen. Im ersten Stock waren zwei geschlossene Türen zu sehen, an denen die Blondine sie aber vorbeiführte. Erst in der zweiten Etage betraten sie einen von drei Räumen, an dessen Tür ein zerrissenes «Privat»-Schild klebte.

Was hinter den anderen Türen vor sich ging, interessierte Nina in diesem Moment nicht.

Der Raum, den sie betraten, war nicht so schlimm, wie sie befürchtet hatte. Der gerippte Veloursteppich war zwar auch abgewetzt, wirkte aber recht strapazierfähig, und es gab sogar eine Lichtquelle mit Lampenschirm. In einer Ecke des Zimmers befand sich ein sauberes Waschbecken mit einem Stück Seife, und die Raufasertapete war leidlich weiß.

Das Mobiliar bestand aus einem Stuhl und einer Bettcouch, über die eine sauber aussehende Decke gebreitet war. An den Wänden hingen ein paar erträgliche Blumendrucke und hinter dem Bett ein Spiegel.

Beverley ließ sich vorsichtig auf der Schlafgelegenheit nieder. «Au! Eigentlich ist es gar nicht so schlimm. Aber vielleicht sollte ich mich doch lieber auf den Bauch legen.» Sie drehte sich und zeigte Nina ihren wunden Po. «Wie schlimm sieht es denn aus?»

Die Haut war aufgeplatzt, und das Blut an den Striemen war bereits geronnen.

«Nicht so schlimm. Aber hast du keine Angst, dass es Narben geben könnte?»

Beverley drehte sich um. «Mist! Daran hatte ich gar nicht gedacht. Ich glaub's eigentlich nicht. Aber es wäre auch nicht so schlimm.» Sie drehte sich noch etwas weiter um und sah Nina unvermittelt an. «Komm näher.»

Nina ging etwas unsicher zum Rand des Bettes. Sie hatte keine Ahnung, was sie nun tun sollte. Doch ihre Sorge war unbegründet, denn Beverley nahm das Ganze schnell selbst in die Hand, fasste der jungen Frau unter den Rock und berührte ihren Schritt.

«Ja! Ich habe dich tatsächlich angemacht», stellte sie neckend fest.

Nina konnte es kaum abstreiten. Sie wusste genau, wie feucht sie war, und auch, dass Beverley es durch die dünne Seide ihres Slips sofort merken musste.

«Ich würde so gern deine Unterwäsche sehen», flüsterte die Blondine. «Willst du nicht einen kleinen Strip für mich machen?»

Nina zuckte zurück. «Ich bin jetzt wirklich ganz schön verlegen. So etwas habe ich noch nie getan. Ich meine, ich habe es noch nie mit einer anderen Frau gemacht.»

«Du hast noch nie eine Frau geküsst?»

«Doch, das schon.»

Beverley stand vom Bett auf und legte die Arme um Ninas Schultern.

«Dann wird sich das hier auch nicht so seltsam anfühlen.»

Du kannst dir gar nicht vorstellen, wie seltsam es sich anfühlt, zum zweiten Mal in drei Tagen eine Frau in schwarzer Lederunterwäsche zu küssen, dachte Nina. Oder wie erregend …

So erregend, dass sie die beiden weiblichen Münder, die sie bisher geküsst hatte, nicht einmal miteinander vergleichen konnte. Und doch fiel ihr auf, dass Beverleys Atem nach Orangensaft mit Wodka und nicht nach Weißwein wie der von Angie roch. Beverley war außerdem größer als Nina, sodass die unerfahrene Frau beim Küssen den Kopf heben musste. Das war nett – als würde man einen großen Mann küssen. Doch genau wie bei Angie übernahm schon bald ihr Fötzchen das Kommando und presste sich fest gegen Beverleys Schambein.

«Komm schon, zieh dich für mich aus», flüsterte die Blondine erneut.

Unerklärlicherweise war Nina weitaus weniger gehemmt als bei dem Strip, den Andrew ihr abverlangt hatte. Sie hatte nicht das Gefühl, tanzen oder sich hin und her wiegen zu müssen. Stattdessen hielt sie die Augen gierig auf die Brüste und das Gesicht der anderen Frau gerichtet, dessen Blässe immer noch im starken Gegensatz zu dem schwarzen Lederhalsband stand. Langsam öffnete sie das Zugband ihres Oberteils und nach und nach auch die Knöpfe. Als sie die Bluse ganz ausgezogen hatte, konnte man unter der blauen Seide ihres Hemdchens bereits ihre vollen Brüste mit den steinharten Nippeln sehen. Beverley spitzte anerkennend die Lippen, und Nina öffnete ihren Rock, den sie einfach zu Boden fallen ließ.

«Oh, wie schön», sagte Beverley und berührte die kleinen

Knöpfe an Ninas Höschen. «Bin ich die Erste, die diese Knöpfe öffnet?»

«Bei mir bist du bei einigen Dingen die Erste, würde ich sagen», antwortete Nina mit heiserer Stimme. Ihr Mund war mit einem Mal ganz trocken geworden.

Als das andere Mädchen eine ihrer Brustwarzen anfasste, schloss sie die Augen, um sich ganz dem Gefühl der Berührung hinzugeben. Ninas Brüste reagierten überaus empfindlich, als Beverley ihre Nippel durch die Seide hindurch rieb und leicht zwickte.

«Öffne die Augen und rede mit mir», befahl Beverley. «Gefällt dir das?»

«Ja, natürlich.» Nina fühlte sich schuldig. So als müsste sie aktiver sein. Alles wie gehabt, dachte sie und machte dann Anstalten, Beverleys Brustwarzen durch das schwarze Leder hindurch zu berühren. Doch die Blondine schüttelte nur den Kopf.

«Erst will ich dich verführen», erklärte sie. «Komm hier runter.»

Nina legte sich auf das Bett und stützte sich mit den Ellenbogen ab. Beverley setzte sich rittlings auf sie und küsste sie erneut. Nach und nach verflog die Anspannung der unerfahrenen Frau, und sie konzentrierte sich ganz darauf, den Kuss der Liebhaberin zu erwidern. Dann waren die Hände der Blondine plötzlich überall – Brüste, Bauch, Schenkel und dann, Gott sei Dank!, auch endlich an ihrer Möse.

«Dann wollen wir die Knöpfchen mal alle aufmachen», murmelte sie. «O Gott, du bist aber wirklich klitschnass!»

Als einer von Beverleys herrlich kühlen Fingern von ihrem Kitzler über die feuchten Lippen ihrer Muschi zu ihrem Po und wieder zurück strich, hatte Nina das Gefühl, sofort kommen zu können.

«Ich will einen Orgasmus, seit ich dich auf der Bühne gesehen habe», stöhnte sie. «Ich kann's kaum erwarten!»

Der Finger bewegte sich schneller, und zwei weitere glitten in Ninas Inneres. Beverley lachte leise.

«Na, dann komm doch. Ich will dich zwar noch lecken, aber das kann warten. Natürlich nur, wenn du nichts dagegen hast. Wenn du willst, kannst du es auch bei mir machen. Ich bringe dir auch bei, es so gut zu machen wie Katya.» Sie lächelte Nina von oben an. «Jetzt kommt es dir, hab ich recht?»

So schnell wie eine in Öl getränkte Fackel zu brennen beginnt, dachte Nina, während das flüssige Feuer durch sie hindurchfuhr und explodierte.

Danach war Nina überzeugt, dass lesbischer Sex die Lösung ihrer Probleme gewesen wäre, wenn sie Beverley vor Andrew kennengelernt hätte.

Beverley gab ihr die Bestnote für Cunnilingus, und die beiden waren sich einig, dass man bei einer Frau aus eigener Erfahrung einfach besser wusste, wie man sie befriedigen konnte. Obwohl Beverley bereits durch Katyas Zunge gekommen war, brachte sie Nina dazu, es ihr noch einmal mit der Hand zu besorgen. «Nur so zur Abwechslung», scherzte sie. Neugierig erkundete Nina die andere Muschi, und sie verglichen den Geschmack und das Aussehen ihrer Säfte. Der von Nina war klarer und lieblicher – wie Pfirsichsaft. Beverleys perlige, durchsichtige Lusttropfen hingegen schmeckten exotisch wie Litschi.

Während Nina Beverley befingerte, fragte sie, wie der Sex mit Ariadne wäre. Die Blondine lachte.

«Großartig. Aber sie braucht immer etwas Spezielles, um in Fahrt zu kommen. Sie kommt nicht einfach so vorbei und sagt: ‹Hey, lass uns ficken!›. Wir ziehen uns was Besonderes an – wie das hier –, oder sie lässt mich für sie strippen. Deshalb wollte ich ja auch sehen, wie du das machst. Außerdem liebt sie es, mit mir anzugeben. Besonders vor Männern.»

«Was meinst du damit?», fragte Nina neugierig, ließ dabei aber nicht von der Möse ihrer Gefährtin ab.

«Sie lässt mich ohne Unterwäsche ausgehen und erzählt dann den Leuten davon. Als sie es das erste Mal tat, waren wir in einem Aufzug bei Libertys oder Dickins and Jones – ich weiß nicht mehr genau, wo es war. Irgendein großes Kaufhaus, wo es einen Fahrstuhlführer gibt. Jedenfalls hob sie im Rausgehen meinen Rock so hoch, dass der Mann meinen Hintern sehen konnte. Gott sei Dank konnte er mein Gesicht nicht sehen. Das war nämlich rot wie eine Tomate.» Nina hielt die Luft an und wartete auf weitere Ausführungen.

«Oder sie fängt an, in irgendwelchen Pubs meine Brustwarzen zu streicheln, wenn jemand zusieht. Einmal waren wir am Tower von London, wo überall diese Kanonen rumstehen, die auf die Themse zeigen. Ich musste wieder mal ohne Höschen gehen und trug einen kurzen Faltenrock. Sie sagte mir, ich solle mich rittlings auf eine der Kanonen setzen. Mein Gott, das war vielleicht kalt und hart. Dann hat sie mich fotografiert und dabei die ganze Zeit so getan, als würde die Kamera nicht funktionieren, damit ich länger auf dem Ding sitzen musste. Irgendwann kam ein amerikanischer Tourist an, um ihr zu helfen. Den fragte sie, ob er nicht ein Foto von uns beiden machen könnte. Sie setzte sich hinter mich und legte die Arme um meine Taille. Gerade als der Typ ‹Cheese› sagte, hob sie meinen Rock hoch. Er muss alles gesehen haben. Zumindest war das Foto sehr eindeutig. Nach solchen Aktionen möchte sie dann am liebsten an einen ruhigen Ort zum Ficken gehen. Na ja, eigentlich tut es auch das Auto, wenn wir es dabeihaben. Oder auch eine öffentliche Toilette.»

«O mein Gott!», entfuhr es Nina.

«Ja, nachdem sie dem Touristen beim Tower meine Muschi gezeigt hatte, sind wir dort aufs Klo gegangen. Es gab eine Schlange, und sie meinte, es ginge schneller, wenn wir zusammen reingehen. Ich musste mich hinsetzen und pinkeln, während ich es ihr mit meinen Fingern besorgte. Damit niemand was merkt, meinte sie. Dann hat sie gepinkelt und dabei meine Finger abgeleckt. Ich selbst musste natürlich warten, bis wir wieder zu Hause waren. Ich war mittlerweile total gierig, aber das machte es umso schöner. Sie lässt sich immer Zeit mit mir, weißt du. Sie liebt es, mich anzuheizen und warten zu lassen. Aber sie selbst will meistens nur einen kleinen Fick mit dem Finger, wenn sie geil ist.» Beverleys Atem ging jetzt immer schneller, und auch Nina hatte das Gefühl, schon wieder kommen zu können. Ihre Fantasie schweifte zu den Orten, von denen die Freundin erzählt hatte, und sie genoss den Gedanken an die öffentliche Zurschaustellung. Ihre Finger stießen immer fester in Beverleys Möse. Gleichzeitig verstärkte sie den Druck ihres Daumens auf ihren Kitzler. Nina wusste, dass Beverley von den eigenen Erzählungen extrem scharf geworden war. So dauerte es auch nur ein paar Sekunden, bis sie ein Zucken in den Hüften der Liebhaberin spürte, das eindeutig einen Höhepunkt ankündigte.

«Du hast doch die Zungenspiele nicht vergessen, die du mir versprochen hast, oder?», fragte Nina ein paar Minuten später.

Beverley setzte sich auf – das Gesicht noch immer ganz verzerrt von ihrem Orgasmus.

«Meine Geschichten haben dir gefallen, stimmt's?»

«Das lag doch wohl in deiner Absicht, nehme ich an», erwiderte Nina lächelnd. «Und erzähl mir bloß nicht, dass es dir keinen Spaß gemacht hat, sie mir zu erzählen. Das habe ich deutlich an deinen Bewegungen gemerkt.»

«Na klar. Die Zungenspiele habe ich natürlich nicht vergessen. Aber da ich auch ein paar Schläge einstecken musste, bis Katya mich endlich geleckt hat, solltest du auch ein bisschen leiden, bevor du deine Belohnung bekommst.»

Nina starrte sie an. «Du wirst mich doch nicht auch verhauen?», fragte die auf diesem Gebiet noch unerfahrene Frau etwas ängstlich.

«Womit wohl?» Beverley sah sich suchend im Raum um und schien dann plötzlich eine Idee zu haben. Sie öffnete ihr Lederhalsband und befahl Nina, sich auf das Bett zu knien. Dann fixierte sie deren Hände mit dem Halsband. Nina schaute direkt in den Spiegel hinter dem Bett und stöhnte laut auf, als ihr die gefesselten Handgelenke über den Kopf gedrückt wurden. Die Frau, die eben vor Publikum noch die unterwürfige Rolle gespielt hatte, verwandelte sich jetzt in eine Leder-Domina. Nina sah im Spiegel, wie Beverley ihre Hand hob und sie mit einem stechenden Schlag auf eine ihrer Pobacken niedergehen ließ.

«Das tut weh!», rief sie, doch Beverley lachte nur und schlug erneut zu.

«So ist das nun mal, wenn man gezüchtigt wird. Aber es wird gleich besser.»

In schneller Abfolge prasselten weitere Hiebe auf Ninas Hintern ein, bis er sich anfühlte, als würde er in Flammen stehen.

«Ist das nicht schön und schmerzhaft zugleich?»

«Ja. Ich glaube schon. Aber ich weiß nicht recht, ob ich noch mehr davon will.»

Da ließ die Blondine Ninas Handgelenke los und umfasste mit der Hand ihren Schamhügel. Sie drückte fest zu und schlug sie dann mit der anderen Hand erneut.

«Und wie ist das?»

«O ja», keuchte Nina, «das ist wirklich gut.»

Beverley schlug noch zweimal zu, schubste Nina dann ganz aufs Bett und führte die Arme dann wieder über ihrem Kopf zusammen. Gleichzeitig presste sie ihre harte Zunge in die Spalte ihrer Freundin und liebkoste vehement ihren Kitzler, um sich aber gleich darauf wieder aus ihr zurückzuziehen.

Die Mischung aus Beverleys geübter Zunge, den Schlägen

und der Fixierung ihrer Handgelenke durch das schwarze Leder bewirkte, dass Nina keine Chance hatte, ihren Orgasmus noch aufzuhalten, der sich nun immer schneller näherte. Wie gerne hätte sie die Zunge noch länger in ihrem Inneren gespürt. Aber sosehr sie auch versuchte, es zurückzuhalten, es kam ihr schließlich doch mit aller Macht.

Danach lagen beide Mädchen satt und zufrieden auf dem Bett. Eigentlich sollten sie sich anziehen und zu den anderen zurückkehren, doch weder Nina noch Beverley konnte die Energie dazu aufbringen. Als sich plötzlich die Tür öffnete, setzte Nina sich empört auf. Doch es war nur Andrew, der langsam in die Hände klatschte und spöttisch lachte.

«Tolle Show, Mädels. Besser als die da unten.»

Nina sah erst ihn, dann Beverley an, die ziemlich verlegen dreinschaute.

«Das ist ein Spionspiegel, Nina. Tut mir leid.»

Die junge Frau hatte kurzfristig das Gefühl, als würde ihr Herz stehenbleiben.

«Du Miststück!» Sie sprang auf und zog in Windeseile Oberteil und Höschen an. Irgendjemand kam aus einem der Zimmer gegenüber und schaute neugierig durch die offene Tür.

«Jetzt mach schon die verdammte Tür zu!», brüllte sie Andrew an. Er kam rein und nahm ihre Hand.

«Hey, nun sei doch nicht so sauer. Hast du dir denn nie vorgestellt, wie dir jemand dabei zuschaut? Du warst doch auch begeistert, als ich dich mit Costas beobachtet habe. Und Costas hat zugesehen, als du es mit dem Kellner getrieben hast.»

«Ja. Aber da habe ich gewusst, dass ich beobachtet werde. Es ist nicht dasselbe, wenn Fremde heimlich dabei zuschauen.» Sie zog ihre Hand weg und warf sich hastig die restlichen Sachen über.

«Es war ja nicht der ganze Club. Nur ich, Costas, Ariadne und Katya.»

«Und es hat dich doch auch angemacht, dass Ariadne mich in aller Öffentlichkeit vorgeführt hat», ergänzte Beverley.

Nina zögerte. «Das ist etwas anderes.» Sie drehte sich wieder zu Andrew um. «Habt wirklich nur ihr vier zugeschaut?»

Andrew zog die Stirn in Falten. «Du magst ja im Moment nicht allzu viel von mir halten, aber ein bisschen solltest du mir schon vertrauen. Außerdem ist der Raum dahinter sowieso total winzig. Glaubst du etwa, wir haben Eintritt genommen?»

«Woher soll ich das wissen? Ihr könntet ja auch eine Videokamera aufgestellt und das Bild nach unten übertragen haben.»

Er lachte. «Das ist eigentlich gar keine schlechte Idee. Ach komm, Nina, jetzt bleib mal locker. Denk doch mal nach. Es war echt scharf, und wenn du davon gewusst hättest, wäre es dir auch gar nicht so unangenehm.»

Sie hielt kurz inne.

«Ja, wenn es mir vorher gesagt worden wäre, hätte es mir vielleicht wirklich gefallen. Also wieso habt ihr mir nichts davon erzählt?»

«Das war meine Schuld», gestand Beverley. «Ich hätte es fast getan. Als du so geil wurdest, als ich dir von Ariadne erzählte, habe ich mich wirklich ein bisschen schuldig gefühlt. Aber da war es schon zu spät. Es tut mir wirklich leid, Nina. Sei nicht böse.»

«Na gut.» Trotz dieser Einlassung hatte Nina das Gefühl, sich in einem dieser Träume zu befinden, wo man verlegen und beschämt ohne Kleider eine Straße entlangläuft.

Andrew strich ihr übers Haar. «Du warst fantastisch», schwärmte er. «Ihr wart beide fantastisch! Zwei Vorstellungen an einem Tag, Bev. Du solltest ins Profilager wechseln.»

«Sehr witzig.»

Er küsste Nina auf die Wange. «Besser jetzt?»

Sie nickte. «Noch besser wird's mir gehen, wenn ich einen Drink bekomme – einen sehr großen.»

Als die Gruppe nach unten zurückkehrte, war die Hälfte der Besucher bereits gegangen. Ariadne erhob sich und küsste Nina auf beide Wangen.

«Danke, Nina. Von mir und von Beverley. Ich hoffe, wir sehen uns sehr bald wieder.» Sie wandte sich zu ihrer Freundin um. «Komm, lass uns nach Hause fahren. Ich brauche dich.»

Schließlich stand die ganze Truppe auf und machte sich auf den Weg. Costas gab Nina einen schmatzenden Kuss auf den Mund.

«Ich habe neulich wirklich gedacht, dass du eine Nutte bist. Du musst schon entschuldigen, wenn ich etwas respektlos war.»

Nina winkte ab, doch irgendwas an dem alten Mann stieß sie noch immer ab. Die geheimnisvolle Katya verließ den Club, ohne sich zu verabschieden, und wirkte etwas verlegen. Nina küsste Beverley zum Abschied und folgte Andrew nach draußen.

Die Straßen waren feucht und die Luft kühler. Ihr war gar nicht aufgefallen, dass es geregnet hatte. Es schien fast, als wäre die ganze Welt von irgendetwas gereinigt worden, während sie in dem Club waren. Wenn Nina sich doch nur auch gereinigt fühlen würde …

Kapitel 5

Nina wurde langsam wach. Sie versuchte, die Rückkehr ins Bewusstsein zu ignorieren, und rieb sich wohlig an Andrew, der sich in Löffelchenstellung eng an sie geschmiegt hatte und seine Morgenlatte fest zwischen ihre Pobacken presste. Noch im Schlaf schlang er den Arm fester um sie und grunzte leise.

Plötzlich kamen Nina die Bilder des gestrigen Abends in den Sinn, und sie war mit einem Schlag hellwach.

Beverley, wie es ihr kam. Andrew, der in der Tür stand. Die Ballerina. Costas, der andeutete, dass Andrew es mit dem strippenden Schulmädchen trieb. Beverley, wie sie ausgepeitscht wurde. Beverley, wie sie es ihr besorgte. Beverley, die ohne weitere Aufforderung die Geschichte von sich und Ariadne erzählte.

Die Blondine hatte sich als Graphikerin selbständig gemacht. Zunächst lief das Geschäft sehr schleppend an, und sie hätte fast schon wieder aufgegeben und sich irgendwo anstellen lassen. Um sich ein bisschen aufzumuntern, hatte sie sich damals einen Tag in einem exklusiven Wellness-Club gegönnt – und genau dort war sie zum ersten Mal Ariadne begegnet.

«Wir waren die Einzigen im Swimmingpool – so ein richtig toller, großer Pool in einem echt exklusiven Laden. Die anderen Frauen lagen alle irgendwo rum und warteten auf ihre Massagen oder Gesichtsbehandlungen oder was weiß ich. Aber wir zogen unbeirrt unsere Bahnen. Wir stiegen fast gleichzeitig aus dem Wasser und kamen dann in der Sauna ins Gespräch. Ich war vorher noch nie mit einer Frau zusammen gewesen. Ariadne sah unglaublich stark aus. Dieses unglaubliche Gesicht. Und ihr Körper ist trotz ihres Alters enorm in Schuss. Sie nahm mich mit in ihre Wohnung, wo ich den irrsten Orgasmus aller Zeiten hatte. Wir fingen also an, uns regelmäßig zu treffen, und von da an hatte ich merkwürdigerweise immer volle Auftragsbücher.

Sie kennt eine Menge Leute, weißt du. Geschäftsleute. Es wäre schon ein unglaublicher Zufall gewesen, wenn meine Firma gerade von da an so gut lief. Das ist jetzt drei Jahre her. Und jetzt habe ich mehr Aufträge, als ich bewältigen kann.»

Nina schauderte ein wenig, als ihr Beverleys Geschichte wieder einfiel. Ja, diese Menschen waren ganz offensichtlich sehr einflussreich. Aber wenn sie einem zum Aufstieg verhelfen konnten, dann konnten sie ja vielleicht auch für den Abstieg sorgen …

Andrew zuckte schon wieder. Fast als hätte ihr Schaudern sich auf seinen Körper übertragen. Er zog sie wieder enger an sich und küsste sie auf den Kopf.

«Guten Morgen, meine Schöne», murmelte er.

«Guten Morgen.»

«Immer noch sauer wegen gestern Abend?»

«Das habe ich noch nicht entschieden», antwortete Nina und dachte an das Schulmädchen. «Und was ist mit dir? Du bist ja nicht unbedingt auf deine Kosten gekommen.»

Andrew kicherte. «Glaubst du wirklich, es hat mir keinen Kick gegeben, zwei wunderschöne Frauen dabei zu beobachten, wie sie sich lieben? Zudem ich eine davon geradezu anbete?»

«Wie bitte?» Nina stockte der Atem.

«Natürlich. Ich habe Beverley schon immer angebetet.»

Sie lachten beide.

«Aber hat es dich denn nicht rasend geil gemacht, uns zu beobachten? Also wenn ich dich durch den Spiegel hindurch beobachtet hätte, wäre ich total heiß auf richtigen Sex gewesen.»

«Woher willst du denn wissen, dass ich nicht mit Ariadne geschlafen habe?»

«Na ja, ich weiß, dass sie zu fünfundneunzig Prozent lesbisch ist. Und ich glaube ehrlich gesagt nicht, dass sie die übrigen fünf Prozent gestern mit dir ausgelebt hat.»

«Nein. Du hast recht. Ich könnte sowieso keinen Sex mit Ariadne haben. Dazu kenne ich sie einfach zu gut. Und ranlassen würde sie mich sowieso nicht.»

«Das denke ich auch.»

«Vielleicht habe ich ja auch nur gewichst, während ich euch beobachtet habe.»

«Nein. Das würdest du auch nicht tun. Wenn du keinen Sex mit ihr wollen würdest, könntest du auch nicht vor ihr wichsen. Und vor Costas auch nicht. Was war denn mit ihm? Was hatte er denn noch vor? Wir sind dann ja alle recht plötzlich aufgebrochen.»

Andrew zuckte mit den Schultern. «Da mach dir mal keine Gedanken. Es hat ihm wahrscheinlich völlig gereicht, euch zu beobachten. Außerdem weiß er, wie man an ein Mädchen kommt, wenn man eins haben will.»

Auf dem Weg zu Ninas Wohnung waren beide sehr still gewesen. Sie hätte auch ganz sicher nicht vor einem Taxifahrer über den Abend sprechen wollen. Andrew hatte irgendwie abwesend gewirkt, aber Nina wollte sowieso lieber über ihre Gefühle bezüglich der unbeabsichtigten Vorstellung nachdenken, die sie da geboten hatte.

Die junge Frau war durchaus versucht gewesen, Andrew nach dem strippenden Schulmädchen zu fragen, aber da sie ihrer gerechtfertigten Empörung bereits einmal Luft gemacht hatte, schien es unpassend, gleich einen zweiten Wutanfall folgen zu lassen.

Andrew hatte auch zu Hause keinerlei Annäherungsversuche gemacht. Sie waren nach einem Schlummertrunk zu Bett gegangen und hatten noch ein bisschen gekuschelt, bis ihr Freund schließlich unmissverständlich zu verstehen gab, dass er jetzt schlafen wollte. Nina war erleichtert, aber auch ein wenig bestürzt gewesen, dass er keinen Sex mit ihr wollte. Erleichtert, weil sie wirklich das Gefühl hatte, genug Sex für einen Abend gehabt zu haben – und bestürzt, weil es ihr jetzt ganz offensichtlich schien, dass er es mit der Stripperin getrieben hatte.

«Aber du warst nicht scharf genug, um mich noch zu wollen, als wir nach Hause kamen.»

Andrew seufzte.

«Du warst genervt von mir. Schon vergessen? Wenn das nicht so gewesen wäre, hättest du vielleicht auch nicht mit Beverley geschlafen.»

Nina setzte sich ruckartig auf. Er wollte also reinen Tisch machen.

«Okay. Hatte ich also einen Grund, genervt von dir zu sein?»

Andrews Augen verrieten nichts von seinen wahren Gefühlen. «Nein. Und bevor du hier Schlussfolgerungen ziehst – wenn ich nein sage, dann meine ich, dass du keinerlei Exklusivrechte auf mich hast, Nina. Die hast du erst, wenn wir beide das verabreden.»

«Du hast das Schulmädchen also gefickt.»

Sein Gesicht blieb immer noch ausdruckslos. «Nein. Sie fickt nicht. Aber sie bläst ungemein gut.»

«Du Mistkerl!»

«Du hast es doch auch mit Beverley getrieben.»

«Das war was anderes. Schließlich hast du zugeschaut.»

Er lächelte sie von oben herab an. «Ich hatte ja keine

Ahnung. Du hättest natürlich liebend gern mich und Zandra beobachten können. Warum habe ich daran nur nicht selbst gedacht?»

«Fick dich ins Knie!»

Nina sprang vom Bett auf und zog ihren Bademantel über.

«Ja, das wäre sicher toll geworden. Ihr hätte es jedenfalls gefallen. Sie hat nichts gegen Publikum. Aber das hast du dir sicher schon gedacht.»

Sie marschierte in die Küche, setzte Wasser auf und holte Orangensaft aus dem Kühlschrank. Dabei schlug sie die Tür so hart zu, dass sie prompt wieder aufflog. Nina goss sich ein Glas Saft ein und stellte die Flasche wieder in den Kühlschrank. Andrew konnte sich ja selbst welchen holen, wenn er wollte.

Zandra. Er kannte sogar ihren Namen. Oder wusste er ihn schon vorher?

Während sie die Kaffeebohnen mahlte, stellte Nina sich vor, wie sie die beiden beobachtete. Wahrscheinlich war er hoch auf die Damentoilette gegangen, weil er wusste, dass sie sich dort umzog. Nina hatte die Toilette nicht benutzt, stellte sich aber vor, dass es dort genauso streng nach Pisse stank wie im Treppenhaus. Sauber wird es jedenfalls nicht gewesen sein.

Ob sie wohl in eine Klokabine gegangen waren? Oder war es ihnen völlig gleichgültig gewesen, ob zufällig jemand vorbeikam und sie sah? Das Letztere wahrscheinlich. Die Stammkunden des Clubs waren das bestimmt gewöhnt. Sicher hatte er ihre Möse befummelt, die vom Reiben auf dem Ball noch ganz feucht war. Vielleicht hatte er ihr es ja mit der Hand besorgt, bevor sie ihm einen blies. Er gegen die schmuddelige Wand gelehnt, die Hose bis zu den Knien runtergezogen. Und sie vor ihm auf dem unsauberen Boden kniend, der vom Händewaschen der Männer ganz nass war. Wahrscheinlich hatte er seine Hände in ihren lächerlichen Zöpfen vergraben, als es ihm kam. Ob sie wohl ausgespuckt oder geschluckt hatte?

Was war nur so gut an ihrer Mundarbeit? Vielleicht hätte Nina ja ein paar Tricks von der ach so tollen Zandra aufschnappen können, wenn sie zugeschaut hätte. Oder Andrew hätte einen Live-Kommentar abgegeben, was so besonders an ihrer Blaserei war.

Nina war versucht, ihr Haar ebenfalls zu Zöpfen zu frisieren, bevor sie ins Schlafzimmer zurückkehrte.

Da fiel ihr mit einem Mal ein, dass sehr wohl jemand auf die Damentoilette gegangen war. Beverley und Katya waren ein paar Minuten nach Andrews Verschwinden zum Umziehen dort hingegangen.

Beverley hatte sie also nicht nur bei dem Spiegel belogen, sondern sie wusste auch, dass Andrew sie bereits betrogen hatte.

Andrew betrachtete Nina ganz genau, als sie mit dem Kaffee kam. Er war besorgt, dass er es zu weit getrieben hatte.

Es war Zeit, einen Gang runterzuschalten. Schließlich hatten sie eine aufregende Woche hinter sich, die Nina bisher erstaunlich gut weggesteckt hatte. Aber Andrew musste ihr unmissverständlich klarmachen, wer die Spielregeln bestimmte. Er mochte es nun mal ab und zu ein bisschen schmutzig. Es gab ihm einen Kick, wenn er von einer Stripperin mit Zöpfen auf der Hintertreppe eines Strip-Clubs einen geblasen bekam.

Er hatte sie aufgefordert, sich auf den Ball zu setzen, während sie seinen Schwanz mit dem Mund verwöhnte. Und danach hatte er zugesehen, wie sie es sich selbst besorgte. Wie an einem Lutscher hatte sie an seinen Fingern gesaugt, bevor sie – immer noch in der Rolle des Schulmädchens – mit der eigenen Hand an ihrer Muschi spielte.

Während Zandra an seinem Schwanz lutschte, waren Beverley und Katya vorbeigekommen. Sie hatten gelächelt, und Katya war sogar noch etwas länger geblieben, um dem Pärchen mit bewundernden Blicken zuzusehen. All das war Andrew egal gewesen. Katya hatte zugeschaut, bis es ihm kam, und war sich dann ebenfalls umziehen gegangen.

Niemals würde er andere Frauen aufgeben. Und auch seine Versautheit wollte er sich nicht nehmen lassen. Aber vielleicht musste er Nina bei den etwas abwegigeren Dingen außen vor lassen.

Die Nina von heute war eine andere Frau als die, mit der er zunächst ausgegangen war. Hätte er ihr bei der ersten Verabredung erzählt, was sie heute treiben würde, hätte sie ihm wahrscheinlich mit der flachen Hand ins Gesicht geschlagen und es abgelehnt, ihn jemals wiederzusehen. Ihre kühle Selbstsicherheit hatte zwar auf eine gewisse Frigidität hingewiesen, aber irgendwas hatte ihm damals gesagt, dass sich das Durchhalten lohnen würde. Und er war froh, dass er diesem Impuls nachgegeben hatte.

Andrew war wirklich daran gelegen, all ihre Fantasien in die Tat umzusetzen. Er zog aus ihrer Freude an unbekannten Erlebnissen ebenso viel Vergnügen wie sie. Und auch der Voyeur in ihm amüsierte sich dabei prächtig. Zwar basierte ihre Beziehung bisher in erster Linie auf Sex, aber mittlerweile war Nina ihm sehr ans Herz gewachsen.

Trotzdem sehnte sich ein Teil von ihm danach, sie zu demütigen und dazu zu bringen, sich vor ihm zu erniedrigen. Schlecht fühlte er sich nicht damit. Schließlich wusste der erfahrene Mann, dass Demütigung und Unterwerfung eine große Rolle in ihren Fantasien spielten.

Doch an diesem Morgen war es sicher schlauer, den zerknirschten Geliebten zu geben.

«Entschuldige», fing er an, bevor sie noch ein Wort sagen konnte, «du hast ganz recht, ich bin ein Mistkerl! Und du hast mir sogar einen Kaffee gekocht.»

«Den Kaffee habe ich allein für mich gekocht. Ich habe dir nur auch eine Tasse mitgebracht.»

Als sie lächelte, wusste Andrew, dass die Sache ausgestanden war.

«Es wäre vielleicht auch ein bisschen viel verlangt, von einem perfekten Gentleman in die eher ungewöhnlichen Sexpraktiken eingeweiht zu werden», fuhr sie fort. «Ich bin wahrscheinlich ein bisschen überempfindlich.»

«Aber nein, Nina. Ich bin ein Mistkerl», beharrte er und nahm ihr seinen Kaffee aus der Hand. «Ich weiß auch, dass ich manchmal ein wenig zu sarkastisch bin. Entschuldige.»

«Okay, eine Entschuldigung reicht aus», erwiderte Nina trocken. «Außerdem habe ich mir gerade vorgestellt, wie du es wohl mit der Stripperin getrieben hast. Hat mich ziemlich angemacht. Hat Beverley euch überrascht?»

«Überrascht kann man nicht sagen. Wir waren auf der Hintertreppe bei den Toiletten», erklärte er.

«O Gott! Ich hatte mir das Ganze auf der Toilette vorgestellt. Sie sind also gar nicht drum herumgekommen, euch zu sehen.»

«Nein. Und Katya hat uns sogar eine Zeit lang zugeschaut.»

«Beverley wusste also Bescheid, als sie mich mit nach oben nahm.»

Er zuckte mit den Schultern. «Spielt das eine Rolle?»

«Eigentlich nicht. Ich hatte ja auch schon zugestimmt, sie nach oben zu begleiten, wenn ihre Vorstellung mich anmacht. Und das hat sie.»

«Wenn dich das nicht angemacht hätte, könnte auch irgendwas mit dir nicht stimmen.»

Sie lachten beide.

«Ich war sauer auf dich, weil du zu dem Zeitpunkt diese Carmen mit den Augen ausgezogen hast.»

«Carmen?» Er dachte kurz nach. «O ja, die war echt scharf!»

«Fang nicht schon wieder an!»

Andrews Morgenlatte hatte sich mittlerweile verflüchtigt,

doch als er an die wichsende Frau dachte, fing sein Schwanz erneut an zu zucken. Die Nummer war echt cool gewesen. Kein So-tun-als-ob, kein unnötiges Rumgehüpfe auf der Bühne – Carmen hatte einfach nur vor Publikum masturbieren wollen. Er nahm zwar an, dass ihre Vorführung für eine bestimmte Person gedacht gewesen war – genau wie Beverleys Nummer für Katya –, doch das war ihm egal. Fast wünschte er, nicht mit Zandra mitgegangen zu sein. Es wäre sicher fantastisch gewesen, wenn Carmens roter Mund seinen Schwanz geblasen hätte.

Aber jetzt lieber nicht dran denken. Irgendwann würde er ihr schon nochmal über den Weg laufen.

«Was für andere Nummern kamen denn noch nach ihr?»

Er lachte. «Glaubst du wirklich, dass ich noch länger zuschauen wollte, während du mit Beverley oben schon zugange warst?»

«Keine Ahnung. Woher wusstest du überhaupt, dass wir in dem Zimmer mit dem Spionspiegel sein würden?»

«Weil ich es reserviert hatte.»

Andrews Antwort kam ohne ein Nachdenken, und er hätte sich dafür schlagen können. «Das hätte ich dir wohl besser nicht erzählen sollen, was?»

Nina sah ihn mit festem Blick an. «Ich habe also genau das getan, was du von mir wolltest?»

«Ja. Danke.»

Die ausgenutzte Frau stellte ihren Kaffee beiseite und legte sich auf den Rücken.

«Wieso habe ich nur so ein Gefühl, als ob du mich manipulieren würdest?»

«Du wolltest doch, dass ich dir zu mehr Erfahrungen verhelfe», gab er zu bedenken und strich ihr übers Haar. «Wir sprachen davon, dass du es mit einer Frau machen wolltest. Da war Beverley einfach die nächstliegende Wahl. Und es hat doch Spaß gemacht, oder?»

Ihr Mund zuckte. «Ja, das hat es allerdings.»

«Dann bedank dich bei mir!»

Nina lachte. «Ich sagte doch, dass der Gedanke an dich und die Stripperin mich angemacht hätte – was hältst du davon, wenn ich mich auf diese Weise bei dir bedanke?» Sie griff nach seinem steifen Riemen. «Ich glaube, der braucht ein paar Streicheleinheiten.»

Andrew seufzte, als sie seinen mittlerweile harten Schwanz rieb. Ganz kurz kam ihm der Gedanke, dass sie beide durch Gedanken an andere Frauen geil geworden waren. Aber dies war eindeutig nicht der richtige Zeitpunkt, um das zu thematisieren.

Nina brauchte heute Morgen Liebe und keinen Sex. Andrew hatte das Gefühl, dass sie ein wenig mehr Sicherheit bezüglich ihrer Beziehung bräuchte, bevor sie zu ihrem nächsten Abenteuer aufbrechen konnten.

Er drehte sich zu ihr um.

«Nina, du bist wirklich wunderschön.»

Er küsste zärtlich ihr Gesicht und streichelte dabei weiter über ihr glänzendes Haar.

«Ich möchte dich lieben und nicht einfach nur ficken.»

Seine Hände wanderten streichelnd zu ihren Brüsten, während ihre Münder sich immer näher kamen und schließlich miteinander verschmolzen. Zunächst war sein Kuss sanft, doch auch als seine Zunge vehementer wurde, reagierte seine Gespielin überaus bereitwillig. Der Griff seiner Hände verstärkte sich, und seine Daumen rieben über ihre harten Nippel. Der Gedanke an die Frau in dem schwarzen Outfit ließ seine Hand weiter nach unten wandern. Er keuchte und wollte nur noch in Nina eindringen und abspritzen. Doch die eigene Befriedigung war jetzt zweitrangig.

Andrew kniete sich breitbeinig über sie.

«Du bist eine Göttin. Wunderschön. So wunderschön», wiederholte er wie ein Mantra. Er saugte an ihren Brustwarzen, und Nina stöhnte, als er sanft ihre Schenkel auseinanderpresste und sich seinen Weg zu der satinweichen Haut ihrer Möse bahnte.

«Du bist so wunderschön», erklang es noch einmal, bevor sich sein Kopf nach unten zu ihrem hellbraunen Schamdreieck bewegte. Andrew zog ihre Beine noch weiter auseinander. Nina wimmerte, als seine Finger sich voller Zärtlichkeit ihres Kitzlers und ihrer Schamlippen annahmen.

«So wunderschön», kam es ein viertes Mal.

Nina war feucht. Während er sie leckte, fragte Andrew sich, ob wohl wirklich der Gedanke an ihn und Zandra für diese Erregung verantwortlich war. Plötzlich fiel ihm ein, dass sie beide nicht geduscht hatten, bevor sie gestern Abend ins Bett gefallen waren, und dass seine Zunge sich jetzt genau dort befand, wo die von Beverley gewesen war. Und auch er hatte seinen Schwanz nicht gewaschen, nachdem er Zandra in den Mund gespritzt hatte. Normalerweise hätte er Nina darauf hingewiesen und ihr sicher auch gesagt, wie sehr ihn diese Tatsache erregte – aber nicht heute.

Er dachte sogar kurz daran, sie einfach mit der Zunge zum Orgasmus zu lecken, doch ganz so selbstlos war ihm dann doch nicht zumute. Also leckte er weiter zärtlich über ihren Kitzler. Es war sicher besser, ihren Liebesakt noch etwas weiter auszubauen. Nina stöhnte, als er zwei Finger in ihr Fötzchen steckte. O Mann, ihre Möse war wirklich unglaublich nass!

Schließlich küsste er seine Freundin mit einem Mund, der von ihren eigenen Säften verschmiert war. In seinem Kuss lag eine Leidenschaft, die er einfach nicht mehr zurückhalten konnte. Und Nina sprang sofort auf diese Leidenschaft an.

Da merkte Andrew, dass er gar nicht so tun musste, als ob. Liebe mochte er es zwar nicht nennen, aber er hatte durchaus Gefühle für Nina. Sein Schwanz wurde steinhart und suchte blind nach ihrer Muschi. Und auch Nina reagierte völlig instinktiv. Sie wusste ohne jedes weitere Zeichen, dass sie ihn in sich spüren wollte. Als er schließlich sanft in sie eindrang, hob sie die Beine und kreuzte sie hinter seinem Rücken.

Ihre Bewegungen waren im Gleichklang – langsam, aber entschlossen. Als sie ihm tief in die Augen sah, hatte Andrew das Gefühl, einen nahezu perfekten Moment zu erleben. Sollte er sich jemals richtig verlieben, würde es so sein.

«Schön langsam», flüsterte er und fickte sie mit sanften, regelmäßigen Stößen. «Lass dir Zeit, meine Schöne.»

«Ich weiß nicht, ob ich noch lange warten kann», erwiderte sie atemlos.

Ihre Hüfte bäumte sich schon auf.

«Nina, o Baby», murmelte Andrew und ließ sie dabei nicht aus den Augen. «Kommt's dir schon?»

«Ja. Und das merkst du auch, nicht wahr, Andrew?»

Kurz bevor sein Orgasmus ihn überwältigte, spürte der aufgegeilte Mann, wie ihre Möse sich fester um seinen Riemen schloss, als es Nina schließlich auch kam.

Danach lagen sie eng umschlungen auf dem Bett – außer Atem und still. Andrew merkte, dass seine Geliebte mit den Augen blinzelte, und sah zu ihr hinab.

«Alles okay?»

Sie nickte, aber in ihren Wimpern glitzerten Tränen.

«Das ist ja wohl hoffentlich nur die Stille nach dem Sturm?», neckte er sie.

Nina lächelte, doch als sie ihm antwortete, brach ihre Stimme.

«Enttäuschung ist es jedenfalls nicht», schluchzte sie. Immer mehr Tränen liefen über ihre Wangen. «Ich weiß auch nicht, was mit mir los ist. Das ist mir noch nie passiert.»

Andrew zog sie dichter zu sich heran. «Vielleicht hast du ja vorher auch noch nie so Liebe gemacht», sagte er schlicht. «Das war ziemlich intensiv.»

Vielleicht hätte ich nicht «Liebe gemacht» sagen sollen, warf er sich insgeheim vor. Hoffentlich würde sie nicht zu viel Bedeutung in diese Worte hineinlegen.

Nina wischte sich die Augen. «Ich habe zwar schon davon gehört, aber selber passiert ist es mir noch nie. Und ich weiß nicht so recht, wie ich das finden soll», konnte sie noch halb scherzend hinzufügen. Andrew lachte liebevoll.

«Tja, dann war das jetzt wohl eine weitere Erfahrung, die du gemacht hast. Allerdings glaube ich nicht, dass mir die Lorbeeren dafür zustehen. Oder die Schelte.»

«Du musst schon entschuldigen. Meine Gefühle fahren gerade Achterbahn. Ich bin in letzter Zeit etwas verwirrt», gab sie zu. «Urplötzlich werde ich andauernd von Männern angestarrt. Meine Freundin Angie sagt, dass das nur an meinem tollen Sexleben liegt und dass ich auf einmal sexuelle Signale aussende. Das mit dem tollen Sexleben gefällt mir ja, aber ich möchte nicht, dass wildfremde Männer denken, ich würde es ständig drauf anlegen.»

Andrew grinste sie an. «Du bist wirklich ein Unschuldslamm», sagte er und nahm sie in den Arm. «Ist dir noch nie aufgefallen, wie Männer andere Frauen anstarren?»

«Natürlich …»

«Und wenn du es gesehen hast, ist dir da jemals in den Sinn gekommen, dass diese Frauen es drauf anlegen?»

«Nein!»

«Na also. Es sind einfach nur sexy Frauen. Und bei sexy Frauen können Männer nun mal schwer widerstehen. Du kannst also sehr wohl sexuelle Signale ausstrahlen, ohne dabei in irgendeiner Form herabgesetzt zu werden.»

Er sah sie mit festem Blick an. «Weißt du eigentlich, was du für Signale ausgestrahlt hast, als wir uns kennenlernten?»

«Na ja, keine, nehme ich an. Aber das war ja auch bei der Arbeit», erwiderte sie etwas ungehalten.

«Falsch! ‹Fass mich nicht an. Geh nicht zu weit. Ich will nichts von dir wissen.› Genau das hast du ausgestrahlt.»

«Ach komm. Wieso hast du mich denn dann um ein Date gebeten, wenn ich so abweisend wirkte?»

«Weil du gleich beim ersten Gespräch aufgetaut bist. Du warst viel wärmer», erklärte er geduldig. «Und jetzt betrittst du keinen Raum mehr mit dieser Mauer um dich herum. Wie hat man dich bei der Arbeit genannt? Die Schneekönigin? Ich wette, dieser Spitzname ist längst vergessen.»

«Ja. Jetzt fragt Max mich andauernd, ob ich nach der Arbeit nicht mal was mit ihm trinken gehen will.»

«Und das hat er vorher nie getan?»

«Eigentlich nicht so recht. Aber dann fragte er mich, was ich denn so nach der Arbeit mache. Und er fragte nach dir. Na ja, nicht direkt nach dir. Aber er meinte, ich müsste wohl einen neuen Freund haben.»

«Weil du nicht mehr so verklemmt gewirkt hast wie sonst. Ist das denn nicht großartig?»

«Aber ich will bei der Arbeit nicht die sein, die du kennst – wenn du verstehst, was ich meine», sagte Nina mit leiser Stimme. «Ich möchte dieselbe sein, die ich immer war.»

«Du kannst nur der Mensch sein, der du wirklich bist», erwiderte er philosophisch. «Und im Moment bist du eine durch und durch erfüllte Frau. Zumindest hoffe ich das.»

Sie schaute ihn lächelnd an. «Natürlich. Du musst mich wirklich für schrecklich albern halten.»

Andrew seufzte. «Nur wenn du solche Dinge sagst. Und jetzt lass uns aufstehen. Ich glaube, du brauchst mal eine Pause von diesem sexuellen Dauerbeschuss. Wie wär's, wenn wir zum Mittagessen in einen Landgasthof fahren? Ich nehme ein Taxi nach Hause und hole dich in ein paar Stunden mit dem Auto hier ab.»

«Mmmh. Du könntest natürlich auch hierbleiben, und ich

mache uns ein spätes Frühstück. Dann müssten wir nicht aufstehen.»

Er lachte. «Nein. Meine Idee ist besser. Es verspricht ein herrlicher Tag zu werden. Wir lassen uns während der Fahrt aufs Land den Wind durchs Haar wehen und suchen uns einen netten Gasthof mit Rosen vor der Tür, rustikaler Einrichtung und Hausmannskost.»

Andrew war bereits dabei, sich anzuziehen. Zwar hätte Nina ihn am liebsten dabehalten, aber er wollte unbedingt in seine Wohnung, um die Vergnügungen der letzten Stunden noch etwas nachwirken zu lassen.

Schon zwei Stunden später parkte Andrew wieder vergnügt vor Ninas Wohnung. Nachdem er mit einem Taxi zu Hause angekommen war, hatte er innerhalb einer halben Stunde geduscht und sich ein graues T-Shirt mit V-Ausschnitt und Jeans angezogen. Dann hatte er sich noch einige Zeitungen besorgt und eine Stunde in ein nahe gelegenes Café gesetzt. Ein paar Croissants zum Espresso verhinderten, dass er sich allzu hungrig auf den Landausflug machte.

«Du siehst großartig aus», schmeichelte er Nina beim Abholen. Sie trug einen kurzen, koketten Rock in Cremefarben mit einem passenden ärmellosen Top, das vorne geknöpft war.

«Du aber auch», erwiderte sie und betrachte ihn von oben bis unten.

Andrew manövrierte das Auto durch London, so gut es eben ging. Die beiden waren nicht die einzigen Städter, die aufs Land oder an die Küste wollten. Der Verkehr war dicht, doch über die Autobahn kamen sie recht gut voran und fuhren endlich gegen halb zwei auf eine Landstraße.

«Gut. Dann wollen wir uns mal auf die Suche nach diesem Landgasthof machen», verkündete Andrew und bog in eine ruhige, von Bärenklaubüschen gesäumte Straße ein.

«Gehe ich recht in der Annahme, dass du nicht einfach so auf gut Glück hier abbiegst?», erkundigte Nina sich lächelnd. «Ich wette, wir kommen jeden Moment an einem Pub vorbei, vor dem Rosen wachsen und der – wie war das noch? – rustikal möbliert ist und gutes Essen serviert.»

Er lachte. «Bin ich denn wirklich so durchschaubar?»

Nach weiteren zehn Minuten Fahrt sahen sie schließlich schon von weitem das Pub-Schild. Vor dem Gasthof parkten bereits diverse Autos. Über dem alten hölzernen Türsturz rankten rosa Rosen.

«Rustikale Möbel?», fragte Nina spöttisch, als sie aus dem Auto stieg. Andrew zeigte auf ein Schild, auf dem «Biergarten» stand.

«Ich glaube, wir müssen hier durchgehen.»

Bevor Andrew das *Horse and Farrier* in Throssington entdeckt hatte, war er eigentlich überzeugt gewesen, dass es so etwas wie den idealen Landgasthof gar nicht gab. Die Pubs waren entweder von hiesigen Halbwüchsigen besetzt, die Billard oder laute Computerspiele spielten, oder aber die Einheimischen waren so unfreundlich, dass man als Fremder den Drang verspürte, sofort wieder zu verschwinden.

Aber das *Horse and Farrier* war so perfekt, dass es fast wie im Film wirkte. Drinnen war es kühl, mit Steinfußböden und niedrigen Deckenbalken, und das Einzige, was man hörte, war die Geräuschkulisse des Geschnatters lebhafter Unterhaltungen. Es war zwar voll, aber nicht unangenehm überfüllt. Auf der Getränkekarte fanden sich eine Reihe echter Ale-Biere und eine begrenzte, aber gute Weinauswahl. Die Speisekarte reichte von Steak and Kidney Pie bis hin zu getrockneten Tomaten und Roquefort-Salat mit französischem Baguette.

«Ich werde jetzt mal ein typischer Mann sein und die Steak and Kidney Pie nehmen», sagte er. «Lass mich raten, du isst einen Salat?»

«Sag mir nicht, was ich essen soll!», reagierte Nina etwas ungehalten. «Ich werde das Rindfleisch-Carpaccio mit Senfdressing nehmen.»

«Da ist aber auch ein Salat dabei», zog er sie lachend auf. «Was zu trinken? Wein oder Bier?»

«Am liebsten würde ich zu dem Fleisch einen Rotwein nehmen. Aber das werde ich wahrscheinlich bereuen, wenn wir nachher draußen in der Sonne sitzen.»

Andrew bestellte das Essen, ein Glas Rotwein für Nina und einen Halben für sich selbst. Selbst die Tatsache, dass etliche Kinder und Hunde auf dem Gelände herumliefen, konnte das perfekte Ambiente nicht stören. Draußen befanden sich ein paar grobgezimmerte Bänke und Tische, ein paar Apfelbäume, die scheinbar wahllos in den Garten gepflanzt worden waren, und einige Beete, in denen sich ein Meer von Sommerblumen gegenseitig den Platz streitig machte.

«Es ist wirklich perfekt», urteilte Nina, als sie sich an einen Tisch unter den Bäumen setzten, um sich vor der frühen Nachmittagssonne zu schützen. «Wie hast du das nur entdeckt?»

«Einfach so beim Rumfahren», berichtete Andrew. «Ich glaube, solche Orte findet man grundsätzlich nur zufällig. Wenn jemand einem davon erzählt, dann sind sie meist schon zu überlaufen.»

«Ich komme eigentlich nur mal aus der Stadt raus, wenn ich zu meinen Eltern fahre. Dort verbringe ich dann aber meistens die Zeit vorm Fernseher. Also genau das, was ich früher auch gemacht habe», erklärte Nina lachend. «Aber das geht wohl ziemlich vielen Leuten so. Was ist eigentlich mit deinen Eltern? Wo leben sie?»

Andrew zog die Stirn in Falten. Früher oder später musste dieses Thema ja auftauchen.

«Meine Eltern starben, als ich zwölf war – bei einem Autounfall.»

«O Gott, Andrew, das tut mir leid!»

Er schüttelte nur den Kopf. «Muss es nicht. Ich hatte fast dreißig Jahre Zeit, mich daran zu gewöhnen.»

«Aber ich dachte, du hättest das Geschäft von deinem Vater übernommen. Was ist denn passiert, bis du alt genug warst, um es selbst zu führen?»

«Costas hat sich darum gekümmert», erklärte er. «Er war einer von Dads besten Freunden. Bis mein Vater starb, war er immer nur Onkel Costas für mich, doch danach wurde er quasi mein Ersatzvater. Er hat damals sein eigenes Geschäft vernachlässigt und ist für sechs Monate nach London gezogen, damit die Übergabe an mich reibungslos verlief. Und auch danach ist er noch alle paar Monate gekommen, um nach dem Rechten zu sehen. Ich stehe tief in seiner Schuld.»

Andrew bemerkte leicht genervt die Tränen des Mitgefühls in Ninas Augen.

«Du musst kein Mitleid mit mir haben. Das kann ich nämlich überhaupt nicht leiden. Ich hatte eine ganz fantastische Kindheit – dank Costas und seiner Familie. Ich bin hier aufs Internat gegangen und in den Ferien dann immer zu ihnen nach Griechenland gefahren.»

«Deshalb sprichst du also fließend Griechisch.»

Er nickte. «Ja. Das war zu Anfang natürlich sehr schwierig. Aber Costas hat eine große Familie, und so waren die Ferien immer unglaublich aufregend. Alle haben sich um mich gekümmert. Aber besonders Costas und Ariadne.» Er schaute Nina amüsiert an, als diese sich fast verschluckte.

«Wie passt denn Ariadne da rein?»

«Sie ist Costas' Nichte. Ihre Familie lebte auf Kreta. Dort habe ich sie in den Sommerferien immer besucht.»

«Und Ariadne ist etwa zwölf Jahre älter als du, oder?»

«Stimmt. Sie schloss gerade ihr Studium ab, als ich sie das erste Mal besuchte. Ich war immer noch todunglücklich, und sie hat sich wirklich ganz lieb um mich gekümmert.»

Allerdings nicht ganz so intensiv, wie sie das in späteren Jahren getan hat, dachte er nebenbei. Aber das ging Nina nun wirklich nichts an.

Irgendwann kam ihr Essen. Andrews Pie wurde mit einem Berg goldgelb gebackener Pommes frites serviert. Ninas rosiges Rindfleisch war verlockend mit Dressing beträufelt worden, und als Beilage gab es einen Berg Rucolasalat und zwei Scheiben Baguette vom Grill.

Andrew war froh, dass er nicht weiter von seiner Kindheit erzählen musste. Über die Jahre war ihm so viel Mitleid entgegengeschwappt, dass er mittlerweile kaum noch jemandem von seinem frühen Verlust erzählte. In den Ferien war er mit seiner griechischen Ersatzfamilie sehr glücklich gewesen, doch in der Schule sah das schon anders aus. Auf dem Internat fühlte er sich wegen seiner fremdländischen Familie und der fehlenden Eltern als Außenseiter. Und die Lehrer machten diese Sonderstellung noch schlimmer, indem sie aus Mitleid Nachsicht walten ließen, wenn er ungezogen oder faul war. Sie meinten es sicher gut, aber in den ersten Jahren hatte er immer das Gefühl, dass sie ihre Gesichter zu mitleiderfüllten Grimassen verzogen, wenn sie ihn nur sahen.

Also lebte er mehr oder weniger für die Ferien, wenn er an den Stränden mit seinen griechischen Cousins herumtoben konnte. Die Sprache hatte er sich sehr bald angeeignet, und durch sein dunkles Haar und der schnell gebräunten Haut bemerkte schon bald niemand mehr, dass eines dieser spielenden Kinder ein Engländer war. Als sie älter wurden, lernte er zusammen mit seinen Cousins Segeln, Surfen und später, wie man starke griechische Zigarren raucht – und eines Sommers dann auch, wie man Liebe macht.

Der Sommer, nachdem er endlich voller Dankbarkeit die Schule beendet hatte, war der beste seines Lebens. Kaum achtzehn Jahre alt, war er auf Costas' Bestreben hin unterwegs zur

Universität. Andrew hatte sich zwar sehr ins Zeug gelegt, um sich so früh wie möglich selbständig machen zu können, aber sein Mentor bestand auf einem Hochschulstudium. Schmollen half nichts, und da der junge Mann Costas' Stärke respektierte, musste er wohl oder übel nachgeben.

Der Sommer hatte also gar nicht gut angefangen. In diesem Jahr wohnten zehn Kinder und Teenager in dem Ferienhaus der Saphianos auf Kreta. Andrew verbrachte wie immer fast die meiste Zeit mit Nikos und Vassili, doch dieses Jahr bemerkte er zum ersten Mal, dass er sich irgendwie von den beiden anderen Jungen unterschied.

Sie waren beide älter und bereits auf der Universität, wo sie schon die Mädchen entdeckt hatten. Andrew hatte immer angenommen, dass alle griechischen Mädchen bis zur Hochzeit Jungfrauen blieben, aber seine beiden Cousins behaupteten etwas ganz anderes …

Als die beiden sich über ihre Abenteuer austauschten, kam der Engländer sich wie ein Kind vor. Zum ersten Mal, seit er seine Sommerferien in Griechenland verbrachte, fühlte er sich in seiner angenommenen Familie wie ein Außenseiter. Und genauso ging es ihm in der Schule.

Ariadne hatte ihn gerettet. Sie war damals gerade dabei, sich einen Namen in der Werbebranche zu machen. Als sie für die Ferien nach Hause kam, fiel ihr sofort auf, dass er irgendwie außen vor war. Eines Tages kam er überaus wütend vom Strand zurück, wo die Jungs ihn mal wieder gnadenlos aufgezogen hatten. Sie hatten über Mädchen gesprochen, die ihnen einen geblasen hatten, und um nicht so dumm dazustehen, hatte Andrew ihnen vorgelogen, die Hausmutter hätte seinen Schwanz gelutscht. Das Ganze war so offensichtlich erfunden, dass Nikos und Vassili gar nicht mehr aufhörten zu lachen.

Ariadne saß im Garten und las, als er nach Hause kam. Das

Haus war leer, denn alle anderen waren am Strand. Er war an ihr vorbei in Richtung seines Zimmers gestürmt, doch sie hatte ihn aufgehalten und förmlich gezwungen, ihr zu sagen, was los war.

Andrew lehnte es rundweg ab, ihr den Grund für seinen Ärger zu nennen, doch Ariadne hatte bereits zwei und zwei zusammengezählt und brachte ihn schließlich doch dazu, über seine Probleme zu sprechen.

«Ich bin es leid, immer der Außenseiter zu sein. Ich bin es leid, eine Jungfrau zu sein. Ich habe von allem die Schnauze voll», erzählte er. «Ich war schon in der Schule ein Außenseiter, und auf der Universität wird es mir wahrscheinlich genauso ergehen.»

«Du armes Ding», sagte Ariadne und strich ihm über den Kopf. «Das kann ich auf keinen Fall zulassen.»

Sie war aufgestanden, hatte ihn bei der Hand genommen und auf ihr Zimmer geführt. Dort erlebte er zum ersten Mal, wie es war, wenn eine Frau seinen Schwanz lutschte. Er musste ihr hoch und heilig versprechen, nichts zu sagen, schlich in der darauf folgenden Woche aber diverse Male zurück in das Zimmer der Cousine. Sie brachte ihm alles bei, was er über Sex wissen musste.

«Jetzt bist du ein Mann, Andrew», stellte sie in ihrer letzten Nacht fest, bevor sie nach Athen zurückkehrte. «Dies ist unser letztes Mal – und zwar nicht nur für diesen Sommer, sondern für immer. Wir sind zwar nicht blutsverwandt, aber ansonsten gehörst du zur Familie. Und Familienmitglieder haben nun mal untereinander keinen Sex. Also vergiss unsere gemeinsame Zeit, okay?»

Sie gab ihm einen Kuss. «Kehr nach England zurück und übe, was ich dir beigebracht habe. In den nächsten Ferien kannst du mir dann alles über deine Mädchen erzählen. Ich höre gern Geschichten über andere Mädchen.»

Damals verstand er ihre Bemerkung nicht, aber im Lauf der Jahre begriff er, wie Ariadne tickte.

Als er schließlich auf der Universität war, hielt er sich an ihren Rat und übte den Sex mit weitaus mehr Eifer, als er auf sein Studium verwendete. Die Reaktionen auf sein Können zeigten ihm, was für eine gute Lehrmeisterin sie gewesen war und wie sehr er in ihrer Schuld stand.

Bei Nina hatte er mittlerweile das Thema gewechselt. Es ging jetzt um das Essen, den Pub und die anderen Gäste. Andrew wusste, dass er seine Freundin dazu gebracht hatte, sich ein wenig entspannter und sicherer zu fühlen. Vielleicht ein bisschen zu sicher, sagte er sich, als sie nach dem Essen wohlig grunzte und er noch mehr zu trinken bestellte.

«Das ist das wahre Leben. Stell dir mal vor, man wohnt in der Nähe und hat diesen Ort als Stammlokal», sagte sie.

Er zog nur eine Augenbraue hoch. «Ja, und dann stundenlang pendeln, um zur Arbeit zu kommen. Und in einem kleinen Dorf wohnen, wo jeder die Geheimnisse des anderen kennt.»

Sie kicherte. «Na ja, bei unserem momentanen Lebensstil wäre das wohl wirklich etwas unangenehm. Aber wenn wir ein normales Paar wären ...»

Andrew schüttelte den Kopf: «Aber das sind wir nicht. Und wir werden es auch niemals sein.» Er lehnte sich über den Tisch zu ihr hinüber. «Ständig sieht man diese glücklichen Familien, bis man glaubt, dass man so was auch haben will: Ehepartner, zwei Kinder, ein Landhaus mit Garten und Au-pair-Mädchen. Das wollen doch alle, oder nicht?»

«Also mir scheint das nicht das schlechteste Leben zu sein», erwiderte sie fast eingeschüchtert.

«Was glaubst du, wie viele dieser Männer eine Affäre mit ihrer Sekretärin haben? Was glaubst du, wie viele dieser Frauen zum zweiten Frühstück die Sherryflasche kreisen lassen? Wie viele der Kinder sind wohl Bettnässer?»

«Gott, bist du zynisch!»

«Allerdings. So etwas wie glückliche Familien gibt es nicht, Nina.»

«Du hast doch gerade erst vor ein paar Minuten erzählt, dass du als Kind ganz tolle Ferien mit Costas und seiner großen Familie verbracht hast.»

Andrew lachte. «Ja. Ich war ein Kind und hatte eine großartige Zeit. Besonders mit Costas' Enkeln. Davon hatte er eine Menge, denn er hatte sechs Kinder aus drei Ehen. Und von seinen sechs Kindern war bloß eines nur einmal verheiratet. Und das auch nur, weil er eigentlich schwul war.»

Er lehnte sich wieder zurück und lächelte sie voller Sarkasmus an. «Okay, angenommen, man könnte eine glückliche Familie mit allem Drum und Dran haben – meinst du nicht, dass du dich damit schnell langweilen würdest? Ab und zu würdest du ganz sicher darüber nachdenken, ob du nicht in die Stadt fahren und ein Nümmerchen mit Beverley einschieben solltest. Wie würdest du das deinem treusorgenden Ehemann erklären?»

«Kein Problem – wenn er so wäre wie du.»

«Ehemänner sind aber nun mal nicht wie ich. Da mach dir mal nichts vor. Du fängst doch gerade erst an, deine Sexualität zu entdecken. Glaub ja nicht, dass du nach deinen Erfahrungen noch ein ruhiges Vorortleben führen kannst, Nina. Das wird nicht funktionieren.»

Er sah, wie sie das Gesicht verzog, und nahm ihre Hand.

«Du weißt jetzt, wie man lebt. Das Leben ist keine Theaterprobe. Wenn du erst mal Carpaccio gegessen hast, kannst du nicht mehr zu Fischstäbchen zurückkehren.»

«Hübsche Metapher.» Sie lachte ein wenig unsicher. Andrew streichelte weiter ihre Hand.

«Glaub mir. Du kannst es ja probieren, wenn du willst. Hör auf, dich mit mir zu treffen. Spiel wieder die Schneekönigin.

Aber es wird nicht funktionieren. Wenn das Eis erst mal geschmolzen ist, friert es nicht wieder zu.» Er trank sein Bier aus. «Noch was zu trinken?»

«Ich glaube, ich habe genug.» Nina ertappte ihn dabei, wie er sie spöttisch anschaute, und lachte verlegen. «Ach, was soll's? Von mir aus. Ich weiß, das Leben ist keine Theaterprobe. Versuchst du eigentlich, mich betrunken zu machen?»

Er lachte. «Vielleicht ein bisschen beschwipst.»

Andrew selbst nahm kein weiteres Bier. Wenn er noch fahren musste, war ein halber Liter genug. Nina protestierte, als er nur mit einem Glas Wein zurückkehrte. Sie wäre ganz sicher nicht mehr darauf eingegangen, wenn sie gewusst hätte, dass er sich nichts mehr bestellen würde.

«Ich mag es, wenn du ein bisschen was getrunken hast. Dein Gesicht wird dann ein wenig rot, und du verlierst zumindest einige deiner Hemmungen.»

«Ach wirklich?»

Er lehnte sich über den Tisch und rieb durch das Leinenoberteil ihre Brustwarzen.

«Kein BH. Sexy.»

Nina zog die Stirn in Falten und schob seine Hand schnell weg.

«Da irrst du dich aber. Ich habe meine Hemmungen nicht verloren, und ich mag es nicht, wenn du so etwas in aller Öffentlichkeit tust.»

«Genauso wenig, wie du es gestern Abend mit Beverley mochtest?»

«Richtig.»

«Es sieht doch niemand her.» Er rutschte unruhig auf seinem Stuhl hin und her. «Ich möchte deine Titten sehen.»

Nina kicherte und nahm einen Schluck von ihrem Wein. «Aber nicht hier, Freundchen.»

«Im Auto?»

«Vielleicht.»

«Dann trink schnell aus.»

«Du hättest den Wein gar nicht erst holen sollen.» Aber sie trank das Glas unter Andrews ungeduldigen Blicken leer, und das Pärchen verließ den Pub.

Ich wusste, dass Rotwein bei dieser Hitze ein Fehler ist, dachte Nina müde, als Andrew über die Landstraße zurückfuhr. Aber zum Teufel, sie fühlte sich angenehm entspannt und kuschelte sich in den Sitz, während Andrew Musik anstellte.

«Wo fahren wir denn hin?»

«Wir fahren einfach so ohne Ziel. Ich will deine Titten sehen. Knöpf dein Oberteil auf.»

Nina setzte sich schockiert auf. «Nicht solange wir auf der Straße sind. Da kann mich ja jeder sehen.»

«Wer denn schon? Es kann doch niemand sein, den du kennst. Was soll's also?»

Nina kicherte. Er hatte recht. Außerdem erregte sie der Gedanke, dass ein Fremder sehen könnte, wie sie ihre Brüste entblößte.

«Na los», drängte er ungeduldig, «mach die Knöpfe auf und zieh das Ding aus!»

Langsam und aufreizend öffnete sie einen Knopf nach dem anderen und freute sich an Andrews zufriedenem Lächeln. Danach schob sie die Seiten des Oberteils über ihre Brüste, sodass sie nur noch vom Sicherheitsgurt bedeckt waren. Dann drehte sie sich in seine Richtung.

«Geil!», urteilte er anerkennend. «Und jetzt spiel ein bisschen für mich daran rum.»

«Andrew! Das geht doch nicht!»

Er seufzte. «Nina, früher oder später wirst du sowieso tun, was ich dir sage. Da kannst du doch genauso gut aufhören, die Zimperliese zu spielen, und es gleich machen.»

Nina schmollte. Natürlich hatte er recht damit. Trotzdem führte sie ihre Hände nur zögerlich an ihre Brüste.

Das Zwicken und Rubbeln ließ ihre Nippel in Windeseile hart werden. Sie umkreiste sie, fuhr mit den Daumen darüber und presste schließlich ihre Titten zusammen. Die Spielerei erregte sie, und auch Andrews Blicke brachten ihr Fötzchen zum Pulsieren.

«Macht dich das scharf?», fragte er. «Zieh dein Höschen aus. Und sag ja nicht ‹Andrew, das geht doch nicht!›.»

Er grinste und war ganz offensichtlich überaus zufrieden mit sich selbst. Nina rührte sich einige Sekunden nicht. Er sollte ruhig denken, sie würde sich ihm dieses Mal wirklich widersetzen. Doch allein der Gedanke, jetzt ihren Slip auszuziehen, ließ ihre inneren Muskeln zucken. Sie hob die Hüften an, steckte die Daumen ins Bündchen und zog das Höschen über ihre Schenkel.

«Großartig. Schieb den Rock hoch und lass mich deine Muschi sehen. Und zwar ohne etwas zu sagen!»

Sein Befehl, ruhig zu sein, jagte Nina einen Schauer über den Rücken, und sie schloss unwillkürlich die Augen. Ganz langsam schob sie ihren Rock hoch. Als er über ihre Schenkel glitt, streichelte er ganz sanft über ihr Schamhaar.

«Ist sie feucht?»

«Andrew!»

«Du antwortest von jetzt an nur noch auf meine Fragen! Ist sie feucht?»

«Ja!»

«Woher weißt du das?»

«So was weiß man doch!»

«Fass sie schon an, um Himmels willen! Ich will den Saft an deinen Fingern sehen.»

Nina hielt den Rock mit der linken Hand hoch und schob sich gehorsam zwei Finger in ihre Spalte. Das fühlte sich gut an, und sie hatte sofort das Bedürfnis, sie noch einmal hineinzustoßen. Doch sie tat wie ihr geheißen und hielt sie ihm vors Gesicht.

«Gut. Reib den Saft auf deine Nippel!»

Andrew bog unvermittelt in einen Feldweg ein und hielt dort an.

«Ein kleiner Spaziergang durch den Wald?», schlug er vor.

Nina nickte.

«Bis auf die oberen zwei kannst du die Knöpfe wieder zumachen. Aber ich glaube nicht, dass du dein Höschen brauchen wirst.»

«O Gott», flüsterte sie und schaute ihn an, während sie ihre Knöpfe schloss. «Ich bin schon wieder geil.»

Andrew legte seine Hand unter ihr Kinn. «Na, so ein Zufall. Ich auch.»

Es war ganz offensichtlich, dass er sich in der Gegend ziemlich gut auskannte. Er führte sie über einen schmalen Weg in den Wald. Sie folgte ihm willig und duckte sich bei überhängenden Zweigen, die er für sie anhob. Doch schon bald wurde der Pfad breiter, und das Laufen war nicht mehr so beschwerlich. Die Bäume rochen frisch und kühl – so ganz anders als in der Hitze des Biergartens. Der Weg war von unzähligen Fingerhutstauden gesäumt.

«Wirklich wunderschön», entfuhr es Nina. Andrew ging ein paar Schritte voraus und konzentrierte sich ganz auf den Weg.

«Ganz in der Nähe ist eine Lichtung», murmelte er. «Das glaube ich zumindest.»

Und schon gelangten sie tatsächlich zu einer freien Fläche, die mit gefällten Baumstämmen übersät war. Durch die Baumspitzen drang sogar ein wenig Sonnenlicht auf den Platz.

«Ein magischer Ort», sagte Nina. «Man rechnet fast damit, ein paar Elfen zu sehen, die um die Baumstümpfe tanzen.»

«Ich werde hoffentlich gleich noch etwas viel Besseres zu

sehen kriegen», neckte ihr Freund sie. «Ich will, dass du dich auf diesen Baumstumpf setzt und mir deine Muschi zeigst.»

«O Gott», stöhnte Nina, «und wenn nun jemand vorbeikommt?»

«Hier ist doch niemand. Hör mal.»

Das Pärchen stand für einen Moment still da, konnte aber nur Vogelgezwitscher ausmachen.

Andrew drückte Nina auf einen Baumstumpf. Sie fühlte sich völlig hilflos – fast als läge wirklich ein Zauber in der Luft, der sie irgendwie verhexte. Ohne sich zu bewegen, ließ sie sich von Andrew erneut das Oberteil aufknöpfen und den Rock hochschieben. Er zog das Top wieder hinter ihre Brüste und leckte ihre Nippel genau dort, wo sie ihren Saft hingeschmiert hatte.

«Stütz deine Arme im Gras hinter dir auf», befahl er. Nina gehorchte und sah ihm mit festem Blick in die Augen.

«Das fühlt sich fast an, als würdest du mir Anweisungen für einen Pornofilm-Dreh geben. Genau wie neulich, als Costas mich für den Kellner in die richtige Position dirigiert hat.»

Andrew lachte. «Möchtest du mal in so einem Film mitspielen?»

«Ich nehme an, das könntest du sicher auch arrangieren», erwiderte sie.

«Na klar», sagte er. «Das wäre eine gute Eröffnungssequenz. Mädchen glaubt sich allein im Wald und gibt sich völlig ihrer Lust hin. Sie fängt an, sich zu befummeln. Na los, mach schon!»

«Du hast doch gesagt, ich soll meine Arme aufstützen», antwortete sie kichernd, befolgte dann aber doch seine Anweisung und rieb sanft über ihren gierigen Kitzler. «Was passiert als Nächstes? Kommt ein attraktiver Prinz auf die Lichtung geritten?»

«Das wäre zu kitschig. Wie wär's mit einer Gang lesbischer Kickboxerinnen, die sich eine nach der anderen an dem Mädchen vergehen?»

Nina erhöhte das Tempo ihrer Finger.

«O ja. Über einen Lesben-Gang-Bang zu fantasieren ist bestimmt okay.»

«Aber du hast doch auch schon mal davon geträumt, von mehreren Männern mit Gewalt genommen zu werden.»

«Ja, aber ich will nicht darüber reden. Besonders jetzt, wo all meine Fantasien wahr zu werden scheinen. Nach der Spanking-Session von gestern Abend tut's meinem Hintern übrigens ziemlich weh, hier so zu sitzen.»

«Haben die Schläge dich angemacht?»

«Natürlich. Aber ich bin nicht sicher, ob ich mich wirklich auf richtige Schmerzen einlassen könnte.»

«Und was kommt jetzt?»

«Erst mal möchte ich von diesem Baumstumpf runter.»

«Ich meine, welche Fantasie du als Nächstes in die Tat umsetzen willst. Möchtest du mit Schlagsahne eingeschmiert werden, die dann vom ganzen Restaurant abgeleckt wird?»

«Woher wusstest du das?», fragte sie leicht vorwurfsvoll. «Es stimmt zwar nicht ganz, ist aber ziemlich dicht dran.»

Andrew schaute etwas genervt gen Himmel. «Glaub doch bitte nicht, dass deine Fantasien ganz und gar exklusiv sind. Aber das würde sowieso ein bisschen mehr Planung in Anspruch nehmen. Willst du nicht mal während eines wichtigen Geschäftstelefonats gefickt werden, ohne dass dein Anrufer irgendwas davon mitkriegt? Dieser Typ, Max, würde sich dafür garantiert zur Verfügung stellen. Der ist scharf auf dich.»

Nina spürte, wie sie rot wurde und die Bewegungen ihrer Finger stockten.

«Streichel dich weiter. Aber nicht zu fest. Du sollst noch nicht kommen.»

«Das werde ich auch ganz bestimmt nicht, wenn wir weiter über Max reden. Er ist nur ein Kollege.»

«Das sagst du so. Aber wenn du ihm den Vorschlag machst,

ist er bestimmt sofort Feuer und Flamme. Oder nicht? Ich wette, er hat's schon bei dir versucht.»

«Ja. Aber ich habe kein Interesse an ihm.»

«Vielleicht sollte ich dich mal bei der Arbeit anrufen und versautes Zeug in den Hörer flüstern, das dich so geil macht, dass du jeden ranlässt.»

«O bitte! Ich bin nie so verzweifelt, dass ich mit jedem x-beliebigen Typen ficken würde.»

«Das hättest du bei Costas doch sicher auch gesagt. Von dem Kellner ganz zu schweigen.»

Er ging in Richtung der Bäume. «Ich muss mal pinkeln. Streichel dich nur weiter. Hör ja nicht auf, ich hab dich im Auge.»

Andrew ging so tief in den Wald hinein, bis er sicher war, für Nina unsichtbar zu sein. Dann holte er seinen Schwanz heraus und pisste in das Unterholz. Als der Strahl versiegte, begann er in meditativem Tempo über die Länge seines Schafts zu reiben, während er Nina beobachtete. Ganz plötzlich fühlte er eine enorme Zärtlichkeit für sie in sich aufsteigen. Sie sah so lüstern aus, wie sie da so saß – die Titten raushängend, den Rock hochgezogen und die Finger an ihrem Fötzchen. Zu wissen, dass Nina ganz ergeben seine Befehle ausführte, hätte ihn fast dazu verleitet, zu ihr zu gehen und ihr einen wirklich zärtlichen, liebevollen Kuss zu geben.

Nein, nein, er hatte sie erst heute Morgen zärtlich gebissen. Nicht zu sehr verwöhnen, lautete die Devise. Was könnte sie wohl als Nächstes für ihn tun?

Andrew streichelte immer noch seinen mittlerweile harten Schwanz, als er auf einmal sah, wie Nina sich blitzschnell umsah und aufhörte, sich zu befummeln. Sie zog den Rock runter und knöpfte hektisch ihr Oberteil zu. Gleichzeitig hörte er Stimmen von der anderen Seite der Lichtung.

Nina wusste ganz offensichtlich nicht, was sie tun sollte. Sie stand auf – immer noch mit den Knöpfen beschäftigt – und sah sich nach ihm um. «Andrew!», rief sie mit eindringlicher Stimme. Er schaute amüsiert zu, wie sie ein paar Schritte auf sein Versteck zuging. Doch noch bevor sie sich ihm nähern konnte, betrat ein mittelaltes Paar in Shorts und mit Rucksäcken die Lichtung.

«Hallo», tönte die Frau simultan mit dem «Guten Tag» ihres Begleiters.

«Herrlicher Tag», fügte er hinzu.

«Ja, allerdings», hörte Andrew Nina zögerlich antworten, als sie sich zu dem Paar umdrehte.

«Sie wandern ganz offensichtlich nicht auf dem Southern-Green-Pfad», wandte die Frau sich jovial an die erschrockene Nina.

«Nein. Den kenne ich nicht mal. Wir sind nur einfach ein bisschen von der Straße weggewandert. Ich bin mit meinem Freund hier, scheine ihn aber verloren zu haben.»

Die beiden lachten. «Na, allzu weit kann er ja nicht sein!» Dann verabschiedeten sie sich und gingen ihrer Wege – einen knappen Meter an Andrew vorbei.

«Nina!», rief er, als das Paar weg war. «Nina, hier drüben!»

Die junge Frau kam mit hochrotem Gesicht auf ihn zu. «Findest du das etwa gut, mich mit diesem Pärchen ganz allein zu lassen?»

«Wieso denn nicht?»

«Ich rieche garantiert nach Sex. Wer weiß, was die beiden dachten, als ich da so ganz allein auf der Lichtung saß.»

«Und was spielt es für eine Rolle, was andere Leute denken? Die beiden arbeiten doch nun nicht in deiner Firma oder wohnen in deiner Gegend. Wen zum Teufel interessiert's also, was sie denken?»

Er zog sie eng an sich und rieb seinen harten Schwanz an ihr. Dabei schob er langsam ihren Rock hoch.

«Wahrscheinlich hast du dich jetzt sowieso genug befummelt. Du sollst schließlich nicht wund werden. Außerdem bin ich jetzt dran. Ich glaube, ich hätte Lust, meinen Riemen in einen Mund zu schieben.»

«In irgendeinen Mund? Oder wird meiner ausreichen? Schließlich ist die ach so tolle Zandra nicht hier», sagte sie sarkastisch und immer noch leicht verwirrt.

Andrew lachte. «Es soll schon dein Mund sein. Ich will dich in der 69er-Stellung über mir haben.» Er legte sich auf den Rücken. Sein Schwanz war bereit, sein Kopf lag zu ihren Füßen. «Die Sache ist die – ich sehe dich so schrecklich gern auf allen vieren. Das liegt wahrscheinlich daran, dass du so am meisten dem Tier ähnelst, das in dir steckt.»

«O Gott», stöhnte Nina und fiel auf Hände und Füße, «du bist echt ein Mistkerl!»

«Ja. Aber jetzt kannst du auch aufhören zu quatschen und zusehen, dass du es mir ebenso gut besorgst wie Zandra.»

Ich bin wirklich ein Mistkerl, sagte Andrew zu sich selbst, als sie seinen steinharten Prügel in den Mund nahm. Aber sie liebt es.

«Wenn Affenweibchen rollig sind, recken sie ihren Arsch in die Luft und präsentieren sich zum Ficken. Wusstest du das?»

Doch Nina hatte den Mund voll und konnte nicht antworten. Sie machte ihre Sache nicht unbedingt schlecht, dachte er. Doch es war immer befriedigender, wenn die Frau auf dem Rücken lag.

«Ich mag dich in dieser Stellung so besonders, weil jetzt irgendjemand ankommen und dich von hinten ficken könnte, während du mich bläst», fuhr er fort. «Dann könnte ich sehen, wie sein Schwanz in deine Muschi fährt. Und dieser Anblick würde mich tierisch anmachen. Dich doch garantiert auch, hab ich recht? Gott, ich wette, du bist klitschnass.»

Mit diesen Worten drückte er ganz langsam einen Finger in ihre Möse. Und wie nass sie war!

«Es könnte natürlich auch sein, dass du in den Arsch gefickt wirst. Das ist eine Sache, über die wir bisher noch gar nicht gesprochen haben.»

Ihr Mund löste sich kurz von seinem Schwanz.

«Und wir werden auch in Zukunft nicht darüber sprechen.»

«Halt den Mund und nimm ihn wieder zwischen deine Lippen. Sonst besorge ich es deinem Hintern sofort – ganz hart und ohne Gleitmittel!»

Nina zitterte vor Angst und fragte sich gleichzeitig, ob er seine Drohung wirklich in die Tat umsetzen würde. Ob sie ihm jemals völlig vertrauen könnte? Wahrscheinlich wollte sie das gar nicht, denn die junge Frau hatte mittlerweile erkannt, dass gerade diese Angst und Unsicherheit sie über alle Maßen erregten. Sie leckte mit der Zunge über seine Eichel, schloss dann ihren Mund und lutschte sie voller Zärtlichkeit.

Ein Stöhnen drang aus Andrews Mund, und endlich steckte er auch wieder einen Finger in ihre Spalte. Leider dauerte es nicht lange, und er zog den glitschigen Finger wieder aus ihr heraus und strich damit sanft über ihren Po.

Nina hielt ganz still, als sie merkte, wie er jetzt zwei Finger in ihre Muschi steckte, um danach die Rosette mit ihrem Lustsaft einzureiben. Was für eine Überraschung, als die Behandlung ihres Lochs ein durchaus wohliges Gefühl in ihr auslöste. Er schob ihr den Finger noch ein drittes Mal in die Möse, und als er sich danach erneut an ihrem Hintern zu schaffen machte, waren seine Berührungen schon vehementer.

«Das ist nur mein kleiner Finger. Und er steckt auch nicht allzu tief drin. Fühlt sich gut an, oder?»

Nina war in einer geradezu ausweglosen Situation. Wenn sie mit Ja antwortete, bestand durchaus die Gefahr, dass er seine

Drohung wahr machen und sie kräftig in den Arsch ficken würde. Und wenn sie nichts sagte, könnte er das als stilles Einverständnis deuten.

Dabei fühlte es sich tatsächlich gut an, und sie presste ihre Hüften unwillkürlich gegen seinen Finger. Aber da zog er ihn schon wieder heraus, steckte ihn in ihre Spalte und dann erneut in ihren Hintern. Diesmal allerdings drückte Andrew ihn so tief hinein, wie es eben ging.

Nina keuchte, als sie spürte, wie ihr Schließmuskel sich zunächst gegen seinen Finger wehrte, sich dann aber nach und nach entspannte. Ganz vorsichtig bewegte er ihn so vor und zurück, dass Nina sich ihm irgendwann förmlich entgegenwarf, anstatt ihm auszuweichen.

«Es ist schon erstaunlich, was einem so alles gefällt, wenn man es nur mal ausprobiert», sagte er sachlich und setzte seine knappen Rein-und-raus-Bewegungen fort. «Die Griechen zum Beispiel lassen sich gern in den Arsch ficken. Ich kann es dir wirklich nur empfehlen, Nina.»

Sie fragte sich kurz, ob er das Vergnügen wohl schon einmal selbst genossen hatte. Der Gedanke an einen Schwanz, der hart in sein enges Loch stieß, heizte sie sogar noch mehr an.

Dann merkte sie, wie er ihre Pobacken fester umklammerte.

«Okay, das war mein kleiner Finger. Aber rate mal, was jetzt kommt.»

Als sie seinen warmen Atem auf ihrem Hintern spürte und seine Zunge kurz darauf über ihr Poloch schleckte, wurde sie von einer Schockwelle erfasst. Nina konnte sich kaum noch auf seinen Schwanz konzentrieren. Er bohrte seine Zunge so tief in ihre Rosette, als wollte er damit in sie eindringen.

Jede Faser ihres Körpers war aufs höchste gespannt, und sie wusste, dass die leiseste Berührung ihres Kitzlers einen sofortigen Orgasmus nach sich ziehen würde. Aber das ließe er ganz bestimmt nicht zu!

«Siehst du, es gefällt dir. Der Geschmack ist auch in Ordnung, falls es dich beruhigt. Talkumpuder, habe ich recht? Und was hältst du davon?»

Er steckte ihr den Zeigefinger so in die Muschi, dass Nina vor Lust laut aufstöhnte. Doch noch bevor sie sich daran gewöhnen konnte, zog er ihn auch schon wieder heraus und steckte ihn, so glitschig wie er war, tief in ihren Po. Genau wie bei seinem kleinen Finger bewegte er auch diesen langsam vor und zurück, bis sie sich ihm entgegenstemmte.

«Ich wette, du wirst mich schon bald anflehen, dich in den Arsch zu ficken», verkündete er mit amüsierter Stimme. «Aber ich werde dich ganz langsam darauf vorbereiten. Das Eindringen gefällt dir doch schon mal, oder? Nächstes Mal bringe ich Gleitgel mit. Mal sehen, wie weit wir noch gehen können. Schließlich wollen wir doch, dass deinen Gästen alle Körperöffnungen zur Verfügung stehen, wenn wir deine Fantasie des lebenden Buffets für dich verwirklichen.»

Plötzlich hörte Nina Stimmen aus derselben Richtung, aus der das Paar auf die Lichtung gekommen war. Instinktiv ließ sie von Andrews Schwanz ab, doch er nahm ihren Kopf in einer schnellen Bewegung in beide Hände.

«Du machst schön weiter», sagte er mit sanfter, aber zugleich drohender Stimme. «Die gehen bestimmt in dieselbe Richtung wie die zwei eben. Sie werden uns nicht sehen. Ich schwöre dir, wenn du nicht weiterbläst, werde ich dich zu Boden drücken und ihn dir direkt in den Arsch schieben!»

Die Stimmen kamen immer näher. Es waren zwei Männer, die offensichtlich auch den Southern-Green-Pfad entlangwanderten. Plötzlich machten die ungebetenen Besucher halt, und Nina ahnte, dass die Männer sich irgendwo auf der Lichtung niederlassen würden.

«Ein herrlicher Tag. Wir hätten es gar nicht besser treffen können», sagte der eine.

«Ja. Und es sind nur noch ein paar Kilometer bis zum nächsten Pub», ergänzte der andere.

Jetzt öffneten sie anscheinend ihre Rucksäcke. Man hörte das Geräusch eines Drehverschlusses und dann das Glucksen einer Wasserflasche.

«Das sollte reichen, bis wir an ein Bier kommen. Ich freu mich schon die ganze Zeit drauf.»

Obwohl Nina immer noch an Andrews Schwanz lutschte, hatte die Störung sie doch abgelenkt. Er schüttelte sie förmlich zur Ordnung, und sie setzte ihre Leckerei gehorsam fort.

Doch das reichte ihm ganz offensichtlich nicht. Er legte eine Hand auf ihren Kopf, um sie in Position zu bringen, und fickte sie dann grob in den Mund. Zunächst wehrte Nina sich noch ein wenig, gab dann aber auf, als er erneut anfing, seine Finger in ihren Po zu schieben. Der Gedanke, dass die Wanderer sie mit seinem Schwanz im Mund und seinen Fingern in ihrem Arsch erwischen könnten, ließ ihren Adrenalinspiegel gefährlich ansteigen. Sie wollte unbedingt kommen, doch Andrew schien sich ausschließlich für ihren Hintern zu interessieren.

Vielleicht war es ihr ja nicht erlaubt zu kommen?! Andrew dagegen rammte seinen Prügel immer härter in ihren Mund und schien kurz davor zu sein. Es dauerte nicht lange, und er spritzte seinen Saft tief in ihren Hals.

Genau wie das Paar vorhin gingen auch die beiden Männer in dem Moment knapp an ihnen vorbei, als die Lustdienerin sich umdrehte, um Andrews Sperma auszuspucken.

Erschöpft ließ Nina sich neben ihren Gespielen fallen. «Es war nicht gerade deine beste Idee, mich in den Mund zu ficken.»

«Tut mir leid.» Er klang wirklich zerknirscht. «Ich wollte unbedingt kommen. Und wenn ich dir gesagt hätte, dass du den Rhythmus beschleunigen sollst, hätten die Männer das bestimmt gehört. Ich nehme an, das wäre sogar eine noch schlechtere Idee gewesen.»

Sie sah ihn ausdruckslos an. «Allerdings! Und was ist jetzt mit mir?»

«Es hat dir doch gefallen, als ich deinen Hintern gefingert habe.»

«Fingern, aber nicht ficken. Vergiss das nicht. Ich finde, jetzt habe ich auch einen Höhepunkt verdient.»

«Klar. Lass dich von mir nicht abhalten.»

Nina setzte sich empört auf. «Du meinst, dass du es mir nicht besorgen wirst?»

Andrew zuckte mit den Schultern. «Na ja, ich bin gerade erst gekommen. Bumsen kann ich dich also nicht. Und ich glaube, meine Zunge hat erst mal genug Arbeit geleistet. Findest du nicht auch? Du kannst es dir also ebenso gut selbst machen.»

«Jetzt sei doch nicht so gemein. Seit wir aus dem Lokal raus sind, hast du doch nichts anderes getan, als mich aufzuheizen.»

«Soweit ich mich erinnern kann, hast du das doch sowieso die meiste Zeit mit deiner eigenen Hand besorgt – also mach weiter!»

«Und du wusstest verdammt gut, dass wir hier auf einem Wanderweg sind und ständig Leute vorbeikommen würden.»

«Woher sollte ich denn wissen, dass dich das so anmachen würde? Gott, Nina. Eine Frau, die so notgeil ist, bietet wirklich keinen schönen Anblick.»

«Du Mistkerl!» Sie hob die Hand, doch er fing sie ab.

«Du wolltest mich doch wohl nicht wirklich schlagen?», fragte er amüsiert.

«Ich weiß nicht.» Sie starrte ihn entgeistert an. «O Gott, was ist nur mit mir los? Hör mal, ich glaube, ich würde jetzt gern nach Hause fahren.»

Er lachte triumphierend. «Besiegt? Vergiss es. Viel Spaß mit deinem Vibrator.»

«Ich habe keinen Vibrator, verdammt!», erwiderte sie wütend.

Andrew erhob sich. Er lachte noch immer, als er Nina seine Hand reichte, um ihr aufzuhelfen.

«Ich muss pinkeln», verkündete sie übellaunig.

«Wieso hast du das denn nicht früher gesagt? Auf ein bisschen Sekt in der freien Natur hätte ich noch viel mehr Lust gehabt als aufs Blasen», kicherte er. Sie riss ihre Hand weg und stürmte weiter ins Unterholz. Andrew folgte ihr.

«Wenn du nach allem, was wir zusammen getrieben haben, nicht einmal vor mir pinkeln kannst, tust du mir echt leid.»

Sie drehte sich zu ihm um und lachte aufsässig. «Du willst mir zusehen? Tu dir keinen Zwang an.»

Sie hob den Rock, hockte sich hin und ließ den goldenen Strahl auf das trockene Unterholz spritzen.

«Du willst doch nur, dass ich dir zuschaue. Den Rock hättest du nämlich gar nicht hochschieben müssen. Aber wahrscheinlich macht dich das noch mehr an. Egal, ich besorge es dir trotzdem nicht.»

Nina wurde rot. Er schien ihre Gedanken gelesen zu haben. Sie wackelte leicht hin und her, um die letzten Tropfen abzuschütteln, ignorierte aber seinen Vorschlag, sich mit der Hand sauber zu wischen.

Als sie zurück zum Auto gingen, legte Andrew seinen Arm um ihre Taille, aber sauer, wie sie nun mal war, schüttelte sie ihn sofort ab. Er zuckte darauf nur mit den Schultern und pfiff selbstzufrieden vor sich hin. Dieser Kerl ist immer noch richtig happy, mich auf dem Trockenen sitzengelassen zu haben, dachte sie wutentbrannt.

Der Rückweg verlief ohne ein Wort, doch als sie sich ihrer Wohnung näherten, fuhr er plötzlich über die Victoria Rise in

Richtung Chelsea Bridge und West End, anstatt zu ihrer Wohnung zu fahren.

«Ich finde eigentlich, dass es Zeit wird, nach Hause zu fahren», sagte Nina verärgert.

«Ich hab noch etwas zu erledigen, wenn du nichts dagegen hast», erwiderte er unverbindlich. Die Straßen waren leer, und so dauerte es nicht lange, bis sie die Tottenham Court Road erreichten. Er hielt am *The Albert*-Pub an und bat Nina, nach Verkehrspolizisten Ausschau zu halten.

Zehn Minuten später kehrte er mit einem hübsch verpackten Karton zurück.

«Okay. Der heutige Tag war nicht so toll für dich. Ich möchte dir gern was schenken.»

Sie spürte, wie ihr die Tränen in die Augen schossen.

«Mist. Jetzt komme ich mir wie die letzte Kuh vor. Du hättest mir doch kein Geschenk kaufen müssen!»

«Freu dich nicht zu früh – es ist keine Rubinkette.»

Nina riss das Geschenkpapier auf und öffnete die Schachtel. Es war ein Vibrator.

Die junge Frau konnte sich ein Lachen nicht verkneifen.

«Wird auch Zeit, dass ich mal einen bekomme. Aber hast du gar keine Angst, dass ich ihn dir irgendwann vorziehe?»

Er gab ihr einen Kuss auf die Wange, bevor er wieder auf die Hauptraße bog. «Mal gewinnt man, mal verliert man.»

Kapitel 6

«Er hat wieder gewonnen, Ange. Was ich auch tue, ich schaffe es einfach nicht, die Situation unter Kontrolle zu bekommen.»

«Was ist denn passiert?»

«Ich kann jetzt nicht weiter drüber reden. Max kommt jede Minute zurück. Aber unter anderem habe ich das wahr gemacht, was wir beide neulich Abend fast getan hätten.»

«Du meinst, du bist jetzt offiziell bisexuell?»

«Diese Schubladen mag ich nicht», lachte Nina. «Aber wenn du so willst. Zunächst dachte ich noch, ich hätte die Sache in der Hand. Nur ...» Obwohl sie allein im Büro war, senkte sie die Stimme. «... er und drei andere haben uns durch einen Spionspiegel beobachtet.»

«Das ist ja ein Albtraum!»

«Stimmt. Als ich es mir hinterher allerdings nochmal durch den Kopf gehen ließ, fand ich es doch ziemlich scharf. Und du hättest mal diese Strip-Nummern sehen sollen. Gott, ich dachte die ganze Zeit, die Polizei kommt gleich. Zum Glück ist das ein Privatclub, also können die dort alles machen, außer mit Kindern und Tieren natürlich.»

«Ich dachte, das hatte irgendwas mit W. C. Fields zu tun?»

«Ja, ja, wirklich lustig. Aber ich bin nicht einverstanden damit, dass er die ganze Zeit das Heft in der Hand hatte. Also, jetzt muss ich Schluss machen.»

Max war reingekommen.

«Wie wär's, wenn wir nächsten Freitag zusammen ausgehen?», schlug Nina vor.

«Super Idee! Vielleicht kann ich ja irgendjemanden aufreißen. Ich habe das Gefühl, es könnte mal wieder funktionieren. Na, und wenn nicht, kann ich beim Wichsen ja an deine neuesten Geschichten denken.»

«Sehr witzig. Ich hoffe, dir hört niemand zu.»

Als sie den Hörer aufgelegt hatte, wandte sie sich Max zu.

«Ausgehen am Freitag? Mit deiner Freundin Angie?»

«Ja. Eifersüchtig?»

«Doppelt eifersüchtig. Ihr seid beide umwerfend. Wollen wir später noch was trinken gehen?»

«Max, nur weil ich einmal nachgegeben habe, werden wir nicht jeden Abend etwas zusammen trinken gehen.»

Er lachte. «Nachgegeben? Du weißt wirklich, wie man mit Männern umgehen muss. Außerdem ist unser kleines Treffen schon eine Woche her. Das wird deinem Ruf schon nicht schaden. Und erzähl mir nicht, dass du noch weiterarbeiten willst oder dass es zu früh für die U-Bahn ist. Das wäre fies.»

Nina nickte. «Okay. Dann erzähl mir doch mal von deinem hippen, abgefahrenen Wochenende.»

«Es war fantastisch. Trinken am Freitagabend. Trinken am Samstagabend. Trinken am Sonntagmittag. Trinken am Sonntagabend.»

«Sehr konsequent – wenn auch ein bisschen langweilig.»

«Überhaupt nicht. Und was hast du so getrieben?»

Strip-Show am Freitagabend. Lesbischer Sex am Freitagabend. Sex mit dem Freund am Samstagmorgen. Titten zeigen und meinem Freund fast öffentlich einen blasen am Samstagnachmittag und den ganzen Sonntag mit meinem neuen Vibrator gespielt. Nina war fast versucht, ihre Liste laut aufzuzählen und dann «War nur ein Scherz» zu sagen. Zu gern hätte sie Max' Gesichtsausdruck gesehen.

Klüger erschien ihr jedoch, es bei Ausgehen am Freitag, Landgasthof und Spaziergang am Samstag und Entspannen am Sonntag zu belassen. Denn genau das erzählte sie ihrem Kollegen, als die beiden sich ihren Weg durch Scharen von Büroangestellten bahnten, die alle auf dem Weg zur U-Bahn waren. Das Paar jedoch steuerte eine Bar an, in der Max ihnen zwei große Gläser Weinschorle bestellte.

«Ist Angie eigentlich gerade verbandelt?»

«Nein. Soll ich ein gutes Wort für dich einlegen?»

«Ist der Papst katholisch? Wenn du mich mit Angie zusammenbringen könntest, würde ich dich sogar noch mehr lieben, Nina.»

«Mir war gar nicht klar, dass du scharf auf sie bist. Ich dachte eigentlich immer, du bist hinter mir her. Aber wenn du mit Angie ausgehen würdest, hätte ich dich wenigstens vom Hals.»

Max zündete sich eine Zigarette an. «Nicht unbedingt. Ich würde auch mit euch beiden gleichzeitig fertig werden. Aber ich nehme an, du bist immer noch mit diesem neuen Typen zugange.»

«Ja. Hör mal, Max, ich sollte dir lieber sagen, dass es sich dabei um Andrew Marnington handelt.»

«Das ist doch nicht dein Ernst, oder? Nicht Andrew Marnington. Nicht Mr. Schleimer!»

Nina sah ihn etwas erbost an. «Das ist übrigens einer der Gründe, weshalb ich es dir erzähle. Ich mag es nämlich nicht, wenn du ihn ‹Mr. Schleimer› nennst.»

«Herrgott!»

Max rauchte eine Minute still vor sich hin und schüttete dann die Hälfte seiner Weinschorle auf einmal in sich hinein.

«Der hat irgendwas Zweifelhaftes an sich, Nina. Ich kann nicht genau sagen, was es ist, weil ich nichts weiter über ihn weiß. Aber er hat definitiv irgendwas mit *Limanos Hellas* vor.

Und es geht nicht nur um Rechnungen. Ein Freund hat mir da ein paar Sachen erzählt, als ich ihm sagte, dass wir seine Konten betreuen.»

«Das sind doch reine Hirngespinste», sagte Nina mit aufgebrachter Stimme. «Ich weiß, dass du ihn nicht magst, aber das ist ja wohl lächerlich. Ich meine, was hat er dir denn für Dinge erzählt? Ich hoffe, es geht nicht um Drogen.»

«Nein. Um Sex.»

Nina verschluckte sich fast an ihrer Schorle. «Na toll. Du meinst, dass er in Wirklichkeit keine Schiffsflotte, sondern eine Strip-Club-Flotte leitet?»

«Ja, vielleicht. Ich weiß es nicht. Eigentlich hätte ich gar nichts sagen sollen. Schließlich habe ich es auch nur von jemandem gehört. Aber ich will einfach nicht, dass du verletzt wirst.»

Das war doch ausgeschlossen. Oder doch nicht? Aber vielleicht waren Andrew und Costas ja wirklich Eigentümer des Clubs – vielleicht sogar von mehreren Clubs? Andererseits wäre das auch nicht so schlimm. Keine große Sache.

Bis auf die Zimmer in der ersten Etage natürlich.

Nina verbannte diese Gedanken sofort aus ihrem Kopf. Es war einfach zu lächerlich.

«Entweder wir wechseln das Thema, oder ich gehe.»

«Gut. Wahrscheinlich ist ja auch gar nichts dran, und der Mann ist überhaupt nicht so anrüchig. Tut mir leid.» Er sah Nina die Stirn runzeln, als er sich erneut entschuldigte. «Sprechen wir doch einfach weiter über Angie. Meinst du, ich hätte eine Chance bei ihr?»

Max' Augen leuchteten bei der Aussicht, mit ihrer Freundin ausgehen zu können. Er sah aus wie ein eifriger Welpe, und Nina musste sich eingestehen, dass sie ihn irgendwie richtig gern mochte.

«Nur wenn du dich benimmst. Ohne mich hast du nämlich keine Chance, jemals an sie ranzukommen.»

Er stand auf. «Dann hole ich dir gleich mal einen neuen Drink, liebste Nina.»

«Diese Runde übernehme ich, du Trottel.» Sie lachte und erhob sich mit ihm. «Du wirst dir dein Date mit Angie nicht mit einer Weinschorle erkaufen.» Sie drückte ihn zurück auf seinen Stuhl. «Mach Platz. Braver Hund.»

«Klar. Wenn du willst, mach ich auch Männchen und bettle ein bisschen.»

Nina lächelte, als sie zur Bar ging. Bei dem Gedanken an den bettelnden Max wurde ihr ganz warm ums Herz. Zumindest war es ein erfrischender Kontrast zu dem Bild, wie sie auf allen vieren kroch und darauf wartete, dass Andrew sie bediente.

«Im Büro erzählt man sich, dass du was mit Angie hättest», sagte Max verschmitzt, als sie mit den Getränken zurückkehrte.

«Ach wirklich? Und wie ist das Gerücht entstanden?», fragte sie bissig.

«Na ja, du hast sie zur Weihnachtsfeier und zu Joan Dakers Abschiedsparty mitgebracht. Du hattest nie einen Typen dabei, und niemand hat jemals mitgekriegt, dass du mal mit jemandem ausgegangen bist.»

«Und ich nehme an, deshalb haben John Daly und Mike Thatcher gleich Gerüchte in Umlauf gebracht.»

Max zuckte lächelnd mit den Schultern.

«Ja. Typisch männliche Fantasien eben – zwei wunderschöne Frauen, die es sich gegenseitig besorgen», erklärte er mit anzüglichem Grinsen. «Und dann möglichst noch einen Mann dazubitten.»

«Wenn wir wirklich Lesben wären, würden wir ganz sicher keinen Mann zum Mitmachen auffordern.»

«Ja, aber ihr seid ja keine richtigen Lesben, hab ich recht? Sonst würdest du schließlich nicht mit Mr. Sch…, Mr. Marnington ausgehen.»

«Touché», lachte Nina. «Hast du also Lust, am Freitag mit mir und Angie auszugehen?»

«Lust? Machst du Witze? Soll ich auf die Knie gehen und betteln?»

Die Muskeln in ihrer Möse reagierten sofort auf das Wort «betteln». Sie stellte sich vor, wie sie ganz in Schwarz gekleidet eine Peitsche schwang – genau wie Katya – und Max darum betteln ließ, sie anfassen und zum Höhepunkt bringen zu dürfen.

Hör auf, Nina! Das reicht! Sie schüttelte den Kopf, um die Gedanken zu vertreiben. Hoffentlich hatte er den Blick in ihren Augen nicht bemerkt.

«Max, hat dir schon mal jemand gesagt, dass du sicher mehr Erfolg bei Frauen hättest, wenn du ein bisschen zurückhaltender wärst?»

Er schüttelte den Kopf. «Alles schon probiert. Aber ich habe schnell gemerkt, dass man nicht flachgelegt wird, wenn man mit Sonnenbrille an der Bar rumsteht und mit arrogantem Blick Zigaretten raucht. In den letzten paar Jahren haben die Dinge sich wirklich zum Besseren gewendet.»

Nina konnte sich ein Lachen nicht verkneifen. «Aber wieso machst du mich dann andauernd an, wenn dein Sexleben so toll ist?»

Er hob die Hände. «Weil es nur so auch weiterhin toll bleibt. Darf ich also mit euch beiden ausgehen?»

«Das war eigentlich nur ein Spaß. Hör mal, das ist wirklich ein reiner Frauenabend, bei dem nur über Frauensachen gesprochen wird.»

Er nickte. «Zum Beispiel über dein Sexleben mit Mr. M., ich verstehe. Aber wir könnten uns ja hinterher treffen, und ich sorge dann dafür, dass Angie sicher nach Hause kommt.»

Sie lachten beide. «Das reicht, Max. Ich muss nach Hause.»

«Gehst du heute Abend mit ihm aus?»

«Nein. Heute leistet mir nur mein Vibrator Gesellschaft.»

Er kicherte und ahnte dabei nicht, dass sie die Wahrheit sagte. Nina konnte gar nicht begreifen, wie sie bisher so lange ohne ihr neues Spielzeug ausgekommen war. Besonders als sie Andrew noch nicht kannte. Einfach zu verklemmt, um in einen Sexshop zu gehen, sagte sie sich.

In den letzten paar Wochen hatten die Dinge sich wirklich zum Besseren gewendet, echote Max' Ausspruch in ihrem Kopf. Und das nicht nur sexuell. Seit sie nicht mehr jedes Mal paranoid wurde, wenn Max etwas mit ihr trinken gehen wollte, war ihr Verhalten erheblich entspannter geworden. Zwar hatte sie ihren Job vorher auch schon gemocht, doch seit die beiden eine so lockere Freundschaft verband, in der viel gescherzt wurde, freute sie sich morgens regelrecht aufs Büro.

Sie war in keiner Weise scharf auf ihn – zumindest sagte sie sich das immer wieder. Doch als sie in der U-Bahn saß, schweiften ihre Gedanken ab zu Szenarien, in denen Max bereitwillig all ihre Gelüste befriedigte. Ab und zu würde sie ihm sicher ein paar Streicheleinheiten zukommen lassen und vielleicht sogar alle Jubeljahre einen Orgasmus gönnen – aber nur, falls er sich darüber im Klaren war, was für einen großen Gefallen sie ihm damit tat, und er entsprechende Dankbarkeit zeigte.

Solange sie die Fantasie mit Max nicht mit der Realität durcheinanderbrachte, war das Ganze ein sehr nettes Gedankenspiel. Es würde sicher nichts schaden, wenn sie diese Vorstellung später noch einmal aufgreifen und vielleicht sogar noch ausbauen würde. Vielleicht würde sie sogar den Vibrator wieder rausholen …

Schließlich gab es sowieso nichts im Fernsehen.

«Ich habe bisher ein sehr behütetes Leben geführt», erklärte Nina, «in einem Tattoo-Studio war ich noch nie.»

Der dicke Mann, der vor ihr stand, hatte einen rasierten Schädel und eine Tätowierung im Nacken. Doch trotz seiner bedrohlichen Erscheinung war sein Lächeln freundlich und die Stimme voller Wärme.

«Hey, Lady, ganz ruhig», sagte er mit amerikanischem Akzent. «Kein Stress. Sehen Sie sich mit Ihrem Freund doch einfach mal die Bücher an. Einfach fragen, wenn ihr was wissen wollt. Wenn es Sie beruhigt, kann ich Sie sogar bei einer Session zusehen lassen. Ich habe da gerade einen Kunden, der ganz sicher nichts dagegen hat.»

«Danke», sagte Nina und nahm das Buch zur Hand. «Ich bin nicht sicher, ob das wirklich so eine gute Idee ist, Andrew.» Sie blätterte das Buch durch, in dem zahllose Beispiele für Tätowierungen abgebildet waren. «Das fühlt sich an, als würde ich eine neue Tapete aussuchen.»

Er lachte. «Das musst du schon selbst entscheiden.» Andrew senkte die Stimme. «Aber mir gefällt der Gedanke, ein Zeichen unserer Verbundenheit auf deinem Körper zu sehen, wenn ich dich ausziehe.»

«Aber eigentlich haben wir doch gar keine feste Beziehung, oder?»

Andrew zuckte mit den Schultern. «Du hast gesagt, dass du nichts dagegen hättest, es dir mal anzusehen. Da wären wir also.»

«Ja. Aber ich muss sagen, dass mir dein ursprünglicher Plan für den heutigen Abend besser gefallen hat.»

Eigentlich wollten sie heute Abend im *Mirabelle* essen gehen – ein Restaurant ganz nach Ninas Geschmack. Sie hatte sich sogar extra ein neues Kleid für diese Gelegenheit gekauft. Andrews unerklärlicher Gesinnungswandel von einem vom *Guide Michelin* ausgezeichneten Restaurant zu einem Tattoo-Studio stellte eine echte Herausforderung für die Flexibilität dar. Er hatte sie nur dazu überreden können, indem er ihr am Telefon vorschwärmte, wie sehr die Vorstellung ihn aufgeilte. Seine überaus lebendige Beschreibung hatte Nina so sehr mitgenommen, dass sie sich nicht mal mehr auf ihre Arbeit konzentrieren konnte.

Der Anblick von Tätowierungen hatte die junge Frau schon immer gereizt, sie war aber immer wieder von dem Image abgeschreckt worden, das mit diesem Körperschmuck einherging. Außerdem hatte sie sich nie für ein Motiv entscheiden können. Als alle Welt Schmetterlinge und Rosen auf den Schultern trug, waren sie und Angie übereingekommen, dass es sich dabei nicht gerade um die geschmackvollste Verzierung handelte. Der Gedanke jedoch, sich für Andrew tätowieren zu lassen, erregte sie ziemlich.

Nina hatte bereits unmissverständlich gesagt, dass die Tätowierung weder bei der Arbeit noch im Fitnessstudio oder beim Schwimmen sichtbar sein durfte. Das schloss Andrews Vorschlag, sich die Innenseiten der Oberschenkel verzieren zu lassen, schon mal aus. Außerdem nahm sie an, dass die empfindliche Haut an dieser Stelle die Prozedur wesentlich unangenehmer machen würde, als sie es sich ohnehin schon vorstellte. Ein Bild auf dem Po hätte ihm auch gefallen. Doch Nina hatte eingewandt, dass sie sich ganz sicher nicht auf schmerzhafte Weise den Körper dekorieren lassen würde, wenn sie das Endergebnis nicht einmal sehen könnte. Also hatte sie sich für die rechte Seite ihres Bauches entschieden – fast in der Leiste, kurz über dem Schamhaaransatz. So konnte sie das Motiv zwar sehen, wenn sie an sich hinunterblickte, beim Sport aber war es durch den Badeanzug oder das Trainings-Outfit verdeckt. Man würde die Tätowierung nur sehen, wenn sie einen Bikini oder nichts weiter als ihre Unterwäsche trug. Doch schließlich hatte sie nicht vor, sich irgendjemandem so zu zeigen, der Nina, die Buchprüferin, kannte. Diesen Anblick sollten nur die Menschen genießen, die mit Nina, dem Lustweib, zu tun hatten.

Ein Problem war also gelöst. Aber welches Motiv sollte sie nun wählen?

Nächstliegend waren Blumen. Aber wollte sie wirklich eine Rose haben? In dem Buch waren noch andere kleine stilisierte Blüten abgebildet. Auch Schmetterlinge gab es im Überfluss. Aber wieso musste es überhaupt eins von diesen Motiven sein? Blumen für Mädchen, Drachen und Schlangen für Männer – das schien eine Art ungeschriebenes Gesetz zu sein. Nina zog eine kleine Schlange in Erwägung, deren Zunge auf ihre Möse zeigte. Oder einen Pfeil, der in die richtige Richtung zeigte. Vielleicht sogar einer, der durch ein Herz hindurchging.

«Das ist mir alles zu albern», sagte sie schließlich. «Ich will keines dieser Motive, sondern etwas, das ein bisschen ausgefallener ist.»

Der entspannte Amerikaner war mittlerweile zurückgekehrt. «Kommt doch mit nach hinten und seht euch meinen augenblicklichen Kunden an», lud er das Paar ein. «Er hat nichts dagegen. Vielleicht ist das ja etwas anregender.»

Andrew und Nina folgten ihm ins Hinterzimmer. Dort zeichnete eine Frau mit Mundschutz und Handschuhen voller Konzentration etwas auf den Oberschenkel eines großen, muskulösen Mannes in den Dreißigern. Sein ansonsten kurzes Haar war hinten zu einem etwas schmuddelig aussehenden Zopf geflochten. Er nickte den beiden zu.

«Hi. Wie ich höre, wollt ihr euch von meinem Körper ein wenig inspirieren lassen.»

Nina lachte. «Er sagte, Sie hätten nichts dagegen.» Sie trat ein paar Schritte vor und betrachtete den Rücken des Mannes.

In der Mitte prangte ein großer Adler, der aussah, als wäre er von der Rückseite einer Rockerjacke kopiert worden. Um den Adler herum waren Schlangen und Spinnennetze gezeichnet. In zwei stilisierten Schriftbändern standen die Namen Jim und Mary.

«Sie müssen Jim sein», sagte Andrew. Doch der Mann schüttelte den Kopf. «Nein. Jim und Mary waren meine Eltern.»

«Adam», las Nina auf seinem rechten Arm. «Steht auf dem anderen Eva?», fragte sie ihn.

«Nein. Ich heiße Adam», erwiderte er geduldig.

Jetzt betrachtete sie den Schenkel, der gerade tätowiert wurde. Von seinem Knie aus wuchs bereits eine Weinrebe nach oben, zu der die Tätowiererin gerade Wolken und einen Mond hinzufügte.

Nina kam sich langsam wie eine Voyeurin vor. Als ihr Blick zur Brust des Mannes wanderte, machte es auf einmal Klick.

Von der Schulter des stämmigen Kerls fiel ein Sternenregen hinab bis zu seinen Brustwarzen.

«Ein Meteoritenregen! Genau das will ich!»

«Das wäre kein Problem, Lady», sagte der Ladeninhaber.

«Ist das ein einfaches Motiv? Ich meine, es wird doch nicht zu schmerzhaft, oder?»

«Um Himmels willen, nein. Wollen Sie es denn genau so haben?»

«Kleiner», antwortete sie hastig. «Wäre das okay? Können Sie das Motiv verkleinern?»

Sie zeigte mit den Fingern ein ungefähr zwölf mal zwei Zentimeter großes Stück an.

«Ja, das lässt sich machen. Kommen Sie einfach mit, Lady.»

Nina bekam langsam das Gefühl, als würde sie gleich von John Wayne tätowiert werden. «Kommst du mit?», fragte sie Andrew.

«Na klar. Ich werde deine Hand halten.»

«Gefallen dir die Sterne?»

Er nickte. «Nicht unbedingt das, was ich ausgesucht hätte. Meine Wahl wäre wahrscheinlich auf die Blumen gefallen. Aber es wird bestimmt sehr schön.»

In dem Kämmerchen angekommen, zog Nina Sandalen und Rock aus und legte sich auf die Couch. Sie kam sich vor wie bei einem Arztbesuch. Der Tätowierer verschwand für ein paar

Minuten, kehrte aber schnell mit der Schablone für einen Sternenregen zurück.

«Wo genau wollen Sie es denn haben?», fragte er.

Nina war etwas verlegen, als sie ihm die Stelle zeigte. Sie hatte sich vorsorglich einen G-String angezogen, sodass nichts im Weg sein würde. Doch jetzt fühlte sie sich damit sehr nackt vor diesem fremden Mann. Aber er ist schließlich ein Profi, rief sie sich selbst ins Gedächtnis.

«Okay, Ma'am. Aber denken Sie dran – jedes Mal, wenn Sie ein Stück Kuchen essen, wird Ihr Bauch dicker. Und damit auch Ihr Tattoo.»

«Ich glaube, das ist eine ganz gute Maßnahme, nicht zu viel zu essen», stimmte sie ihm mit ernster Stimme zu.

Er zeichnete das Motiv mit der Schablone vor und bat Nina, es abzusegnen, bevor er mit der eigentlichen Arbeit begann. Sie stand da und betrachtete sich im Spiegel.

Es sah ziemlich gut aus. Nina war zufrieden mit sich, wie sie nur mit einer Weste, dem G-String und der Vorlage auf ihrer Haut dastand.

«Darf ich Sie daran erinnern, dass sich ein Tattoo nicht so einfach wieder entfernen lässt. Ich muss Sie daher fragen, ob Sie ernsthaft darüber nachgedacht haben, Ihren Körper mit diesem permanenten Schmuck zu versehen.»

Er rappelte diesen Satz runter, als wäre er ein Polizist, der Nina ihre Rechte vorlas. Sie lächelte und nickte.

«Ja. Tun Sie es!»

Es war nicht so schmerzhaft, wie sie erwartet hatte. Die ängstliche Frau hatte Adam einfach für einen unerschütterlichen Stoiker gehalten, doch als Nina erst mal aufgehört hatte, sich vor der summenden Nadel zu fürchten, war das Ganze nicht mehr so schlimm. Andrew stand hinter ihr, strich über ihr Haar und redete mit leiser Stimme auf sie ein. Sicher tat er das nur, um sie zu beruhigen – aber trotzdem wurde sie das

Gefühl nicht los, er würde gleichzeitig die Arbeit an seinem Besitz überwachen.

Sie fragte sich auch, ob es ihm wohl gefiel, dass sie Schmerzen hatte, während sein Zeichen in ihre Haut geritzt wurde. Bereitete es ihm Freude, die winzigen Blutstropfen zu sehen, die an den Rändern des Musters hervorquollen?

Als es vorbei war, schmierte der Amerikaner Vaseline auf ihre Haut und legte Gaze darüber.

«Sie haben nicht allzu stark geblutet. Es wird sich also nicht viel Schorf bilden. Aber nehmen Sie den Schutz erst mal nicht ab.»

Und das war es auch schon.

Wieder draußen auf der Straße, legte Andrew seine Arme um Nina und zog sie dicht an sich.

«Weißt du, was das Ganze perfekt machen würde?»

«Was kommt jetzt? Was ist denn daran nicht perfekt?»

«Wenn du dir deine Schamhaare rasieren würdest.»

Sie blieb stehen und sah ihn fragend an. «Wieso?»

«Weil es sonst von der Tätowierung ablenkt. Und weil es sexy ist. Das hast du doch ganz sicher noch nie getan, oder?»

«Wollen wir wetten?» Sie lachte, als sie seinen Gesichtsausdruck sah. «Nein, das habe ich natürlich noch nie gemacht. Aber wieso ist es sexy?»

«Weil man alles sehen kann», flüsterte er ihr zu. «Man kann sehen, wo die Spalte anfängt und wo der Kitzler sitzt. Und wenn du die Beine breit machst, kann man auch die Schamlippen richtig sehen. Ich werde schon scharf, wenn ich nur daran denke.»

Sie sah ihn misstrauisch an. «Hast du das etwa geplant?»

Er lächelte. «Ich kenne zufällig einen Friseur ganz in der Nähe.»

«Wieso kann ich es denn nicht selbst mit einem Damenrasierer machen?»

«Weil man es selbst nie so gründlich hinkriegt. Dieser Mann

wird dich völlig glatt rasieren. Und er wird es schaffen, dabei nicht das Tattoo zu berühren. Und danach fahren wir dann zu mir.»

Er hat es schon wieder getan, dachte sie. Den ganzen letzten Monat hatte sie darauf gebrannt, Andrews Wohnung zu sehen, doch es war bisher immer bequemer für ihn gewesen, sich in der Stadt zu treffen oder zu ihr zu fahren.

«Können wir nicht gleich zu dir fahren und dort darüber nachdenken, ob du mich vielleicht rasierst? Oder wäre es dann nicht mehr so geil für dich?»

«Doch, doch. Aber ich weiß nicht, ob meine Hand ruhig genug ist. Und ich kenne da diesen Mann, Charles.»

Sie seufzte. «Eigentlich hätte ich mir auch gleich ‹kein freier Wille› auf die Stirn tätowieren lassen können.»

«Zumindest kann man sagen, dass ‹kein Sinn für Humor› bei dir sehr unpassend gewesen wäre», lachte er. «Machst du also mit?»

«Ich habe mich gerade dauerhaft tätowieren lassen. Da ist es wohl keine allzu große Sache mehr, mir ein paar Haare abrasieren zu lassen.»

Vor dem Schaufenster fiel Nina ein, dass ihr der altmodische Herrenfriseur schon öfter aufgefallen war. Der Laden sah recht gediegen und teuer aus, und sie fühlte sich ein wenig erleichtert.

Als die Türglocke ging, kam sofort ein kleiner, plumper Mann mit einem rosigen, faltenfreien Gesicht und lockigem weißem Haar aus dem hinteren Teil des Salons geschossen.

«Mr. Marnington! Wie schön, Sie zu sehen. Madam! Kommen Sie doch rein!», begrüßte er sie überschwänglich. «Was für eine nette Überraschung. Was kann ich denn für Sie tun?»

«Hallo, Charles», erwiderte Andrew und tätschelte den Mann am Arm. «Könnten Sie für mich wohl eine ganz spezielle Rasur bei Nina vornehmen?»

«Aber natürlich», sprudelte es aus dem Barbier hervor. Er strahlte Nina an. «Das ist mir doch immer ein Vergnügen. Ich finde ja, dass so eine Rasur eine enorme Verbesserung darstellt. Haben Sie so etwas schon einmal gemacht, junge Dame?»

«Nein. Dies ist eine Premiere für mich», antwortete sie. «Aber ich habe mir gerade eine Tätowierung machen lassen. Ich bin also durchaus ein bisschen verhalten, was weitere Körperverzierungen angeht.»

«Eine Tätowierung? Ach, ihr jungen Leute. Kommen Sie doch mit ins Hinterzimmer und zeigen Sie sie mir. Dann kann ich Ihnen sagen, ob sie ein Problem darstellen könnte. Und machen Sie sich keine Sorge. So eine Rasur ist immer sehr wohltuend. Und das können Sie nach all den Schmerzen sicher gut vertragen.»

«So schlimm war es gar nicht», erwiderte Nina und folgte Charles ins Hinterzimmer. Dort sah es fast genauso aus wie vorne – kostspielige beige Ledersessel und überall glänzendes Chrom. An einer der Wände stand eine Couch, und in der Luft hing der Duft von teurem Shampoo und Rasierwasser. Nina jedenfalls fühlte sich dort sofort wohl.

Charles, den Nina mittlerweile als schwul eingestuft hatte, beeilte sich, die Couch auszuziehen und sie mit einem makellos weißen Laken zu bedecken.

«Dann zeigen Sie mir doch mal Ihre Tätowierung», forderte er sie eifrig auf. «Machen Sie sich bitte frei, Liebes.»

Die junge Frau fühlte sich hier weitaus sicherer als in dem Tattoo-Studio. Sie zog ihren Rock aus und zeigte Charles die mit Gaze bedeckte Stelle.

«Was stellt sie denn dar, Liebes? Ich kann es durch die Auflage nicht erkennen.»

«Sterne.»

Er lächelte wohlwollend. «Sehr schön. Und sie bereitet auch keinerlei Problem. Wenn Sie einfach die Schuhe und die Unterwäsche ausziehen und sich dann auf die Couch legen würden. Dann werde ich mir diese schlimmen Haare mal genauer ansehen.»

Nina konnte sich das Lachen nur schwer verkneifen, als sie aus ihren Sandalen schlüpfte und den G-String auszog. Charles wusch sich gründlich die Hände, und Andrews Freundin begab sich zum zweiten Mal an diesem Tag in die Waagerechte.

«Hübsche Farbe, Liebes. Aber das Haar ist ziemlich dick», urteilte er. «Also das Einfachste wäre, wenn ich einfach mit einer Schere vorarbeite und den Rest dann abrasiere.» Während dieser Worte griff er direkt in ihren Schamhaarbusch. «Spreizen Sie die Beine, Liebes. Dann kann ich beurteilen, wie schwierig es wirklich werden wird.»

Nina konnte die merkwürdige Erregung nicht unterdrücken, als sie die Knie anhob und die Beine breit machte, als würde sie auf einen Abstrich warten. Die Finger des kleinen Mannes strichen auf der Suche nach Haaren über die Seiten ihrer Möse und zogen dabei leicht ihre Schamlippen auseinander. Er roch überaus stark nach Aftershave.

«Das dürfte kein allzu großes Problem werden. Heben Sie die Knie noch etwas höher, dann kann ich sehen, wie es weiter hinten aussieht.» Als seine Hände unter ihren Po wanderten, hatte sie fast das Gefühl, er würde sie mit der Nase berühren. Doch er musste sie leicht anheben, um sich die Behaarung an dem Übergang zwischen Möse und Rosette anzusehen.

«Gut!» Er strahlte sie an. «Alles ab, Nina? Einige Frauen mögen es gern, wenn vorn etwas stehenbleibt. Vielleicht in Form eines Herzens? Aber das würde ich Ihnen nicht empfehlen, denn dazu ist Ihr Haar zu grob und lockig. Was meinen Sie?»

«Alles ab!», entschied sie sich.

«Entzückend. Sind Sie auch damit einverstanden, Mr. Marnington?»

«Ja. Was immer Nina will, Charles», sagte Andrew ganz offensichtlich amüsiert. Er hatte es sich in einem der Ledersessel bequem gemacht. Nina lächelte ihn an.

«Gut, dann wollen wir erst mal so viel abschneiden, wie wir mit der Schere zu fassen kriegen.» Charles griff nach einer kleinen scharfen Schere, nahm ein Büschel Schamhaare zwischen die Finger und schnitt es ab. Nina war ganz überrascht, was für Geräusche die Prozedur machte.

«Als würde man durch Kupferdraht schneiden, Liebes. Um genau zu sein, erinnert mich Ihre Behaarung eben daran.»

Es folgten noch mehrere dieser Schnitte.

«Schön weit öffnen», forderte der Friseur sie jovial auf. «Drücken Sie Ihre Knie zur Seite, wenn es nicht zu unbequem ist.»

Sie spürte den kalten Stahl der Schere auf ihrem warmen Fleisch.

«Schon viel besser», urteilte Charles zufrieden, als er seine Arbeit mit der Schere beendet hatte. «Ich werde sie zwischendurch mal ein bisschen säubern.» Er nahm eine weiche Bürste zur Hand und fegte die losen Haare von ihrem Körper auf das Laken. Die Bürste fühlte sich wie tausend Seidenfädchen an, als sie vom oberen Schamhaaransatz bis zu ihrem Po strich. Nina versuchte, die Erregung zu unterdrücken, doch als Charles immer wieder ganz langsam über ihre intimsten Stellen strich, wurde sie immer heißer.

Als Nächstes hob er ihre Beine an und fegte die Haare vom Laken auf den Boden. Als Nina den Haufen von der Couch aus betrachtete, war sie ganz überrascht, wie hoch er sich auftürmte.

Charles war mittlerweile damit beschäftigt, heißes Wasser, den Rasierpinsel und Seife zu holen. Er stellte alles auf ein Tischchen neben der Couch.

«Es wird ein bisschen schwierig werden, an die Haare unter der Tätowierung zu kommen, Liebes. Also entschuldigen Sie bitte, wenn ich ein bisschen unbeholfen bin. Ich will Ihnen auf keinen Fall wehtun.»

«Das ist gut», sagte Nina, als er ihren Schamhaarhügel einseifte, aber dann überkam sie doch eine leichte Panik. Wenn Charles nun ein Irrer war, der ihr mit dem Rasiermesser in einer rituellen Beschneidung den Kitzler abtrennte?

Doch das Erste, was sie spürte, war ein leichter Druck auf ihrem Venushügel. Er hatte seine Hand daraufgelegt, um besseren Halt für die Rasur unterhalb der Tätowierung zu haben. Den Impuls, sich zu wehren, gab sie schnell auf und entschied stattdessen, sich zu entspannen und das Ganze zu genießen – genau wie neulich, als Andrew an ihrem Po herumgespielt hatte. Nina hoffte nur, dass Charles nicht das rasende Pochen in ihrer Muschi spürte, das der Druck seiner Hand ausgelöst hatte.

Der Mann hörte gar nicht auf zu reden.

«Das wird um so vieles schöner werden, Nina. Ich garantiere Ihnen, Sie werden diese schlimmen Haare nie wieder nachwachsen lassen», plapperte der Friseur vertrauensvoll, während er seine Hand noch fester auf ihr Schambein drückte. «Wozu soll es auch gut sein, Ihre Schätze unter einem Helm von Haaren zu verbergen?» Er nahm seine Hand weg und begann mit der Rasur der anderen Seite. Nina fühlte sich geradezu betrogen und grinste innerlich. Du notgeile Kuh!, sagte sie zu sich selbst.

Charles hielt kurz inne und betrachtete sein Werk. «Knie hoch und spreizen, Liebes.»

Sein Kopf verschwand aus ihrem Blickfeld, tauchte aber sofort wieder auf. Er sah sie begeistert an.

«Was für ein hinreißendes Fötzchen Sie haben», schmeichelte er im Plauderton. «Wunderschöne Schamlippen. Warten Sie nur, bis Sie sie ohne Haare sehen. Sie werden sich sofort in sie verlieben.»

Nina wusste, dass sie laut aufgestöhnt hatte, doch sie konnte nicht anders. Sie selbst bezeichnete ihre Vagina zwar auch als Fötzchen, hatte aber noch nie gehört, wie jemand anders diese umgangssprachliche Bezeichnung verwendete.

«Oh, entschuldigen Sie», sagte Charles. «Ich muss sie einfach so nennen. Alle anderen Begriffe klingen so medizinisch. Finden Sie nicht auch?»

«Ja», erwiderte sie mit schwacher Stimme.

«Es ist jedenfalls schon sehr lange her, dass ich so ein schönes Fötzchen gesehen habe», fuhr der Mann fort, seifte den Rasierpinsel erneut ein und verteilte die Seife auf beiden Seiten ihres immer feuchter werdenden Schlitzes. «Ich wette, sie ist auch ziemlich eng. Sie hatten doch noch keine Kinder, oder?»

«Nein», krächzte Nina. Zwar hatte der Druck von Charles' Händen und das Streichen des Pinsels sie schon leicht erregt, aber seine Worte brachten ihre inneren Muskeln regelrecht zum Zucken.

«Man könnte fast neidisch auf Sie werden, Mr. Marnington. Dieses wunderschöne, enge Loch ganz für Sie allein. Herrlich rosige Schamlippen.»

Als er den Rasierer erneut zur Hand nahm, stieß sein Daumen recht heftig gegen ihren Kitzler. «Es dauert nicht mehr lange, Liebes. Sie werden sich den ganzen Tag nur ansehen wollen. Betrachten Sie sich viel im Spiegel?»

«Schon. Aber nicht mein ... mein Fötzchen», antwortete sie.

«Das ist ja merkwürdig. Versuchen Sie es ruhig mal. Es ist fantastisch, sich beim Masturbieren zu beobachten.»

Rieb sein Daumen tatsächlich über ihren Kitzler, oder bildete sie sich das nur ein? Nina machte die Augen zu und beschloss, sich diesem surrealen Traum ganz und gar hinzugeben. Er rieb sie definitiv. Was sollte sie jetzt tun? Empört aufspringen und halb rasiert den Laden verlassen? Es war sinnlos, so zu tun, als wäre sie nicht erregt. Wenn der Schaum erst mal abgewaschen war, würde jeder sehen können, wie klitschnass sie war.

«Besitzen Sie einen Vibrator?»

«Ja. Aber er ist noch ganz neu.»

«Gefällt er Ihnen?»

«Und wie.»

Sie hörte, wie Andrew fast losprustete, doch es gelang ihm gerade noch rechtzeitig, das Geräusch in ein leichtes Husten zu verwandeln. Eigentlich hatte sie nicht vorgehabt, ihm zu verraten, dass sie ihn bereits mehrere Male benutzt hatte.

«Beobachten Sie mal, wie er in Ihr seidenglattes Fötzchen hineinstößt. Das bringt Ihre Säfte garantiert zum Fließen.»

Nina hätte schwören können, dass sein Daumen für einen kurzen Moment in sie eindrang. Es war bizarr und fühlte sich an, als hätte sie LSD genommen oder jemand hätte ihr etwas in den Drink geschüttet. Doch außer einem Kaffee vor vier Stunden war nichts weiter über ihre Lippen gekommen.

«Fast fertig. Also ich bitte Sie ja nur ungern darum, aber Sie müssen sich jetzt umdrehen, damit ich die Gegend um Ihr kleines Poloch rasieren kann.»

«Kein Problem», sagte Nina. «Aber ich will mich nicht auf mein Tattoo legen.»

«Oh, nein. Setzen Sie sich einfach auf alle viere und recken Sie Ihren Allerwertesten in die Luft. Ich weiß, das ist nicht gerade die würdevollste Haltung. Verzeihen Sie.»

Aber eine, an die ich durchaus gewohnt bin, dachte Nina trocken, als sie sich umdrehte und ihren Arsch wie ein Orang-Utan präsentierte. Charles fasste sie bei den Schenkeln und presste sie noch etwas weiter auseinander.

«So ist es gut, Liebes. Tut mir wirklich leid. Lassen Sie sich eigentlich gern in den Arsch ficken? Schön stillhalten jetzt.»

Mit der einen Hand spreizte er ihre Pobacken, während er mit der anderen rasierte.

«Nein», murmelte Nina immer schockierter.

«Oh, das ist aber schade», entfuhr es ihm voller Mitgefühl.

«Versuchen Sie es doch mal. Ich bin sicher, dass Mr. Marnington sich gerne zur Verfügung stellt. Wie eng Ihr Fötzchen auch ist, Ihre Rosette ist garantiert noch enger.» Er ging zum Waschbecken und ließ etwas heißes Wasser ein. Nina kauerte weiter so nackt dort, bis er mit einem warmen Flanellhandtuch zurückkehrte und anfing, den Schaum abzuwaschen.

«Sehr schön. Und wieder auf den Rücken legen», ordnete er an und gab ihr einen spielerischen Klaps auf den Po. Die junge Frau spreizte noch einmal die Beine, und er rubbelte sie gründlich mit dem warmen Flanelltuch ab. Nina schloss die Augen und gab sich dem herrlichen Gefühl hin, das das warme Handtuch ihr bescherte. Nachdem sie ganz trocken war, verteilte Charles ein wenig Talkumpuder auf dem Tuch und klopfte sie sanft damit ab.

«Es ist wunderschön geworden, wenn ich das sagen darf», verkündete er. «Sehen Sie es sich mal an, Mr. Marnington.»

Nina lag still da, während beide Männer anerkennend auf ihre rasierte Möse starrten.

«Sehen Sie nur, wie ihr kleiner Lustknopf vorsteht», schwärmte der Friseur, legte seinen Finger darauf und stupste ihn.

«Gute Arbeit, Charles», lobte Andrew mit ernster Stimme. Nina konnte kaum glauben, dass er einfach so zusah, wie der kleine Mann sie befingerte.

«Und was für schöne Schamlippen! Endlich kann man sie richtig sehen.»

Charles strich sanft darüber, und Nina spürte genau, wie ihr Lustsaft seine Finger benetzte. Vorsichtig zog er die äußeren Schamlippen auseinander und steckte dann einen Finger etwas tiefer in ihre Spalte.

«Nur ein paar Handgriffe, und schon kann man alles sehen», sagte er glücklich. «Sind Sie zufrieden, Sir?»

«Sehr zufrieden», antwortete Andrew. Charles' Finger steckten immer noch in ihr.

«Vielleicht sollten wir Nina mal einen Blick darauf werfen lassen», schlug ihr Freund vor. Der Friseur richtete die Augen gen Himmel.

«Wo bin ich nur mit meinen Gedanken. Sie hätte es sich eigentlich vor Ihnen ansehen müssen», lamentierte er und griff nach einem ovalen Spiegel. «Nun sagen Sie mal selbst, Nina. Sieht das nicht hinreißend aus?»

Er hielt ihr den Spiegel hin, und Nina richtete sich auf. Sie war schockiert, als sie sah, wie nackt sie ohne Schamhaare aussah. Hinzu kam aber auch eine gewisse Verlegenheit über ihre ganz und gar offensichtliche Erregung.

«Erstaunlich», sagte sie.

«Darf ich ein Foto machen?», fragte Charles. «Das ist hier Tradition. Natürlich nur von der rasierten Stelle, Liebes. Ihr Gesicht wird garantiert nicht zu sehen sein.»

«Das kommt nicht in Frage!»

Charles' Gesicht fiel förmlich in sich zusammen.

«Na ja, wenn mein Gesicht nicht zu sehen ist, wäre es wohl nicht so schlimm ...»

«Großartig!»

Er griff in einen Schrank und holte eine Polaroidkamera hervor. Den Spiegel legte er beiseite und stellte Ninas Füße auf die Sitzfläche.

«Zunächst in dieser Stellung, Liebes», ordnete er geschäftig an und drückte auf den Auslöser. «Und könnten Sie jetzt wohl Ihre Hand davorlegen, so als wollten sie sich gerade streicheln?»

Nina schloss die Augen und legte die Hand vor ihren Kitzler.

«Sie können sich auch wirklich anfassen», forderte Charles sie auf. «Nach so einer Rasur haben viele Frauen Lust, sich zu befriedigen. Sie nicht auch?»

Nina konnte die Frage nicht beantworten. Doch eins war sicher – sie hätte mit dem feuchten Saft ihrer Muschi liebend gern über ihre Lustknospe gestrichen, bis es ihr kam. Aber auf keinen Fall, wenn Charles sie dabei fotografierte.

«Schon gut», durchbrach er schließlich die Stille. «Sie müssen nicht, wenn Sie nicht wollen. Achtung!» Er machte eine weitere Aufnahme von Nina mit der Hand vor ihrem Kitzler.

«Und wenn Sie jetzt bitte beide Hände über Ihren Venushügel legen würden. Nein, übereinander. Noch ein bisschen nach unten. Und jetzt möchte ich, dass Sie sich noch einmal in die Hündchenstellung begeben. Dann kann ich auch noch ein Foto von dem herrlich glatten, kleinen Po machen.» Nina kam sich völlig hilflos vor, während sie sich umdrehte und er ihre Schenkel weiter auseinanderdrückte. Dabei ließ er die Gelegenheit nicht aus, ihr noch einmal den kleinen Finger ins Loch zu schieben. Sie fühlte, wie die Luft über die geradezu jungfräulichen Schamlippen strich, und er schoss ein letztes Foto.

«Diese Fotos werden mir viele Stunden der Freude bescheren, Nina», sagte Charles gutgelaunt. «Fein. Zeit, sich wieder anzuziehen.»

Sie stieg unelegant von der Couch und schlüpfte in ihren G-String. Doch bevor sie auch noch in ihren Rock steigen konnte, legte der Friseur die Hand auf ihre Schulter.

«Sehen Sie nur, Liebes», forderte er sie auf und drehte Nina so, dass sie in den Spiegel sehen konnte.

Sie musste zugeben, dass ihr der Anblick gefiel. Ohne die herausstehenden Haare sah der G-String völlig anders aus.

«Danke», sagte sie zu Charles, war sich aber nicht ganz sicher, wofür sie sich eigentlich bei ihm bedankte.

Kapitel 7

«Der Kerl ist pervers!»

«Das könnte man wohl so sagen. Aber er ist ein wundervoller Friseur. Die beste Rasur in ganz London.»

«Mag sein. Trotzdem lief es mir kalt den Rücken runter.»

«Das finde ich nicht. Kann sein, dass er sich alle möglichen Dinge vorstellt, wenn er sich die Fotos ansieht. Aber eigentlich ist er harmlos. Er bevorzugt übrigens Männer.»

«Stricher wahrscheinlich.»

«Möglicherweise.» Andrew war ganz offensichtlich amüsiert. «Er heizt allerdings auch gern mal eine Frau auf.»

«Nicht zu fassen. Ich hätte schwören können, dass du mir irgendwas in den Drink geschüttet hast – wenn ich denn was getrunken hätte.»

«Du warst so feucht.»

Nina wurde rot. «Entblößter hätte ich aber auch nicht daliegen können, oder?»

«Erzähl mir nicht, dass dich das nicht aufgegeilt hat.»

«Das weißt du doch ganz genau.»

«Und das Fotografieren.»

«Nur bis zu einem gewissen Punkt.»

Das Taxi fuhr vom Regents Park weg, bog noch einige Male ab und hielt schließlich an. Der Gedanke, endlich Andrews Wohnung zu Gesicht zu bekommen, ließ Nina vor Neugier ganz kribbelig werden.

Im Inneren des anonymen weißgestrichenen Blocks wurde Andrew respektvoll vom Portier begrüßt, der sofort den Aufzug für das Paar holte. Nina fiel auf, dass er den obersten Knopf drückte.

«Penthouse?»

«Natürlich!»

Als die Aufzugtür sich wieder öffnete, sah man einen kleinen, mit Holz getäfelten Flur, der mit Parkett ausgelegt war. Die Eingangstür wurde von zwei Tischchen umrahmt, auf denen Vasen mit frischen Blumen standen. Andrew öffnete die Tür mit großer Geste.

«Willkommen, Nina.» Er nahm sie bei der Hand. «Nicht viele Frauen kommen so weit. Normalerweise trenne ich mein Zuhause nämlich gern von meinem Sexleben.»

Sie schaute in seine haselnussbraunen Augen, die oft so unergründlich waren, sie jetzt aber voller Zärtlichkeit ansahen. Wie war seine Bemerkung wohl zu deuten? Natürlich war sie froh, dieses spezielle Privileg genießen zu dürfen, aber hatte es wirklich eine tiefere Bedeutung? Würden sie irgendwann ein richtiges Paar werden?

Der Raum, den sie jetzt betraten, wischte diese Gedanken allerdings sofort beiseite. Es war dunkel in dem Zimmer, aber als Andrew einen Schalter betätigte, fuhren die Jalousien nach oben. Sie gehörten zu drei großen Fenstern, jeweils auf einer Seite des Raumes. Und plötzlich war alles vom Abendlicht durchflutet, und der Regents Park breitete sich direkt unter ihnen aus.

«Oh, wow! Das ist ja fantastisch, Andrew!»

Er lächelte. «Toller Blick, was? Als ich ihn das erste Mal sah, wusste ich, dass ich diese Wohnung haben musste.»

Der Raum selbst war groß, aber sehr zurückhaltend mit cremefarbenen Sofas und Sesseln möbliert. Genau wie im Flur lag auch hier Parkett. Die einzige Wand ohne Fenster war mit

Holz getäfelt. Zur sparsamen Einrichtung gehörten lediglich noch ein paar niedrige Beistelltische und ein großer Schreibtisch – alles aus hellem Holz im Art-déco-Stil. Auch hier standen große Vasen mit weißen Blumen auf den Tischen.

«Wahnsinn!» Nina ging zum größten Fenster, durch das man direkt auf den Park blickte. Es war kaum zu glauben, dass sie mitten in London waren. Die Stadt erstreckte sich westwärts hinter dem Park, und Norden und Süden waren durch die anderen beiden Fenster zu sehen. Fast als würde man zwischen all dem Beton der Stadt in einer grünen Oase stehen.

«Jetzt zeige ich dir den Rest der Wohnung.» Andrew führte sie zu einer Tür, die direkt ins Esszimmer führte, wo ein Tisch mit acht Stühlen stand. Von dort führte eine weitere Tür in die Küche, die aussah, als stamme sie entweder direkt aus einem Design-Magazin oder würde zu einem modernen Edel-Restaurant gehören. Alles war aus Edelstahl und der Boden mit Industriefußboden ausgelegt. Die einzigen sichtbaren Gerätschaften waren ein Alessi-Kessel und eine Espressomaschine. An einem Ende der Küche, direkt vor einem kleineren Fenster, stand ein Tischchen mit zwei Stühlen.

Hinter der Küche führte ein schmaler Flur zu einem völlig weißen Badezimmer und zwei Gästezimmern. Und dann standen sie schließlich auch in Andrews Schlafzimmer.

Hier bildete das Bett den Mittelpunkt des Raumes. Es hatte vier Pfosten, war aber keines dieser billigen Dinger mit Metallrahmen. Die Pfosten waren ganz offensichtlich handgeschnitzt und rahmten das mit einer roten Tagesdecke versehene Bett ein. Die Wände waren ebenfalls rot und forderten förmlich dazu auf, sie anzufassen, denn sie waren mit Wildleder bezogen. Gegenüber dem Bett stand ein riesiger Spiegel, der den Blick über das nördliche London reflektierte. Direkt davor stand eine schwarze Vase auf dem Fußboden, die mit exotischen roten Blumen gefüllt war. In der Mitte der Blüten waren kleine Zungen zu sehen, die fast wie Miniaturpenisse aussahen.

«Das mit dem Wildleder habe ich gerade erst machen lassen», erklärte Andrew und betrachtete es. «Ich finde, es sieht gut aus. Damit wollte ich ein bisschen Bordell-Atmosphäre schaffen. Was hältst du davon? Findest du es sexy?»

Nina lachte. «Ich soll dir sagen, was sexy ist? Ja, es ist sexy. Allerdings weiß ich nicht, ob mein Urteilsvermögen noch verlässlich ist – nachdem ich von einem frevelhaften Perversen mit einem Rasierpinsel befriedigt worden bin.»

Andrew zog sie eng an sich. «Das hat dir doch gefallen. Bist du immer noch feucht?» Er fasste ihr mit einer Hand unter den Rock und ließ einen Finger unter die dünne Seide ihres G-Strings wandern. Er lachte.

«Den Rock können wir jetzt mal ausziehen.» Er öffnete ihren Reißverschluss, und sie stieg aus dem Kreis, den der Stoff auf dem Boden bildete. «Sehr schön. Du lässt dich doch gern fotografieren, oder?»

Nina nickte.

«Darf ich dich fotografieren?»

Sie lachte. «Mit Gesicht?»

«Auf jeden Fall. Wir trinken jetzt erst mal was, und dann hole ich die Kamera.»

Während Andrew weg war, wanderte sie durch das Schlafzimmer, um sich die Bilder an den Wänden anzusehen. Nina war ziemlich schockiert, als sie sah, dass es sich um Fotos von Frauen handelte, die fast alle nackt und in provokanten Posen aufgenommen worden waren. Auf den meisten Bildern waren unterschiedliche Frauen zu sehen, die zu ihrer Überraschung nicht unbedingt alle hübsch waren. Auf einem waren zwei Frauen zusammen abgebildet, und noch bevor Nina das Foto näher betrachten konnte, wusste sie instinktiv, dass eine der Frauen Beverley war. Sie war nackt bis auf ein Lederhalsband, und hinter ihr stand eine maskierte Frau, die eine Peitsche in der Hand hielt. Da es sich nicht um Katya handelte, musste es wohl Ariadne sein.

Während sie noch immer vor dem Bild ihrer Gespielin stand, kehrte Andrew mit den Drinks zurück.

«Und? Sind meine Talente als Fotograf ausreichend, um dich von mir ablichten zu lassen?», fragte er.

Ein zweiter Schock. «Die hast du gemacht?»

Er nickte, reichte ihr einen großen Wodka Tonic und erhob sein Glas mit Whiskey, um mit der Besucherin anzustoßen.

«Auf ein gutes Ergebnis», toastete er ihr zu und nahm einen großen Schluck von seinem Drink. Dann holte er die Kamera und zeigte auf das Bett. «Wie wär's zunächst mit ein paar Aufnahmen in deiner Weste und mit dem G-String?»

Als Nina es sich vorsichtig auf der roten Überdecke bequem machte, überkam sie eine gewisse Verlegenheit. «Meinst du, ich kann die Gaze jetzt abnehmen?»

Er sah auf seine Uhr und nickte. «Ich denke schon. Für die Aufnahmen kann das nur gut sein.»

Nina zog den weißen Stoff vom Tattoo ab. Es schmerzte.

«Mist! Ich hätte nicht gedacht, dass das so weh tut», jammerte sie. «Das ist ja schlimmer, als sich ein Pflaster abzureißen.»

«Soll ich es machen?», bot Andrew ihr an. Doch sie lachte nur.

«Auf keinen Fall! Du kannst dir deinen Kick beim Zusehen holen. Das muss reichen.»

Langsam entfernte sie die Gaze und betrachtete ihre Tätowierung. «Hey, es ist zwar noch ein bisschen rot und geschwollen, aber es sieht schon gar nicht schlecht aus. Wund ist es allerdings doch noch.»

Andrew betrachtete den Sternenregen. «Das wird ganz großartig aussehen. Ich mach gleich mal eine Nahaufnahme davon.» Er zoomte direkt auf das Tattoo.

«Hör mal, ich war vorhin richtig eifersüchtig auf Charles», verkündete er plötzlich, während er mit der Kamera auf ihr Gesicht schwenkte.

«Wieso? Weil er mich gefingert hat?»

«Wohl kaum. Mittlerweile müsstest du eigentlich wissen, dass ich gerne zuschaue, wenn du von jemand anders angefasst wirst. Nein, es war die Art, wie er dich mit seinem schmutzigen Gerede angemacht hat.»

Nina schmollte.

«Bleib so!» Er machte mehrere Aufnahmen von ihrem Gesicht.

«Ich wünschte, ich wäre derjenige gewesen, der dir das mit dem Fötzchen sagt.»

Und wieder löste das Wort ein heftiges Zucken in Ninas Möse aus.

«Wieso ist es mir nicht eingefallen, dir zu sagen, dass ich meinen dicken Schwanz tief in dein enges Fötzchen stecken will?»

«Ja, genau. Wieso nicht?», flüsterte Nina, spreizte die Beine und sah ihn an. Sie spürte, wie ihr Gesicht automatisch einen lüsternen Ausdruck annahm. Ihre Augenlider sanken nach unten, und ihre Lippen schwollen an. Andrew trat einen Schritt zurück und stellte die Kamera neu ein.

«Zieh deinen G-String aus!», befahl er ihr. Sie gehorchte mit langsamen Bewegungen. Ihr rasierter Schamhügel fühlte sich immer noch seltsam, aber auch überaus erregend an.

«Und jetzt steck dir einen Finger ins Fötzchen.» Nina begann ohne Zögern, sich zu befingern. Sie war wie benommen – schwerelos beinahe, als würde sie auf einer Welle der Dekadenz reiten. Eine Welle, von der sie sich nur zu gern verschlingen lassen würde.

«Was hast du denn mit dem Vibrator getrieben, als du Samstag nach Hause kamst?»

Nina leckte sich mit der Zunge über die Lippen und begann,

ihm von ihren Erfahrungen mit dem neuen Spielzeug zu berichten.

«Erst mal habe ich die ganze Schachtel ausgeräumt. Als ich sie öffnete, kam mir ein ganzer Haufen Zubehör entgegen, aber das interessierte mich nicht. Dann habe ich meinen Rock und mein Höschen ausgezogen, bin ins Bad gegangen und habe ausprobiert, wie man ihn einstellen kann.»

«Hattest du vorher die Gardinen nicht geschlossen?»

«Oh, doch. Muss ich wohl. Ich habe mich dann aufs Bett gelegt und ihn reingeschoben. Ich war noch immer feucht, und es fühlte sich toll an. Der steifste Schwanz, den ich je in mir hatte.»

«Du hast dich also damit gefickt?»

«Eine Zeit lang. Dann habe ich ihn wieder rausgezogen und ihn über meinen Kitzler gleiten lassen. Das war wie ein Elektroschock, und es kam mir sofort.»

«Und das war's?»

«Von wegen. Ich musste mich förmlich zwingen, Samstagnachmittag einen Spaziergang im Park zu machen, damit ich nicht den ganzen Tag mit dem Ding verbringe.»

«Das beste Geschenk, das du je bekommen hast?»

«Das kann man wohl sagen. Wirst du mich jetzt ficken?»

Nina war mehr als bereit für ihn. Die Kombination von Charles' Zuwendungen, Andrews Kamera und ihrem eigenen Finger ließ ihren Körper immer gieriger werden.

«Gleich. Zieh erst mal dein Oberteil aus.»

Andrew ging hinüber zu der Bodenvase und nahm eine Handvoll der merkwürdigen roten Blumen. Während Nina die Weste über ihren Kopf zog, arrangierte er die Blumen um ihre Taille herum und auf ihrem Bauch. Er bedeckte sie von den Brüsten bis zu ihrem Venushügel damit und betonte so die cremefarbene Haut beider Körperteile. Nina zuckte zunächst, als kaltes Wasser von den Stielen auf ihre warme Haut tropfte, doch als sie sich daran gewöhnt hatte, stellte sie sich einfach vor, es wäre Sperma, was da über ihren Bauch kleckerte. Das machte sie nur noch geiler.

«Großartig. Noch ein paar Fotos mit den Blumen. Das müsste dann reichen.»

Nachdem Andrew noch ein paarmal auf den Auslöser gedrückt hatte, legte er die Kamera weg und knöpfte sein Hemd auf. Nina sah ihm zu und spielte dabei mit einer der Blumen.

«Hast du die ausgesucht, weil sie einen kleinen Schwanz haben?», fragte sie ihn.

Andrew lachte. «Um Himmels willen, nein. Die suche ich nicht selbst aus. Dafür kommt jemand her.»

«Deine Putzfrau?»

«Nein, die macht nur die Hausarbeit. Ich habe eine Floristin.»

Nina lachte aus vollem Hals.

«Du meinst, du bezahlst eine Person, um die Hausarbeit zu machen, und dann noch jemand anderes für die Blumen? Ich bin wirklich erstaunt, dass du dich mit mir abgibst. Eigentlich wäre es doch einfacher, jemanden zu bezahlen, der sich um deinen Körper und gleichzeitig um deine Wohnung kümmert.»

Andrew ging nackt auf das Bett zu. Nina griff gierig nach seinem Schwanz, der so hart war, wie sie es sich nur wünschen konnte, und durch die Schwellung fast so rot wie die Blumen. Während sie ihn streichelte, blickte sie nach oben und sah in seine unergründlichen Augen.

«So jemanden habe ich auch», sagte er schlicht.

Nina schloss die Augen und rieb weiterhin an seinem Prügel. Doch er drückte ihre Hand beiseite, legte sich aufs Bett und zog sich schnell ein Kondom über.

«Setz dich auf mich drauf», befahl er. Das ließ Nina sich nicht zweimal sagen. Rittlings über ihm kniend, hielt sie seinen

Schwanz an der Wurzel fest und sank dankbar auf seine Härte hinab.

«Ich liebe Huren», seufzte er. «Die tun genau das, was man ihnen sagt. Du bist mittlerweile aber auch ganz gut darin, Nina.»

Sie genoss das Reiten auf seinem Riemen. Und statt bei dem Gedanken an Andrew mit anderen Frauen eifersüchtig zu werden, machten seine Worte sie eher noch geiler. Während sie sein Gesicht beobachtete, leckte Nina sich immer wieder lasziv die Lippen.

«Ich finde es großartig, eine Frau nicht befriedigen zu müssen, wenn ich nicht will», fuhr er fort. «Manchmal lasse ich mir gerne einfach nur einen blasen – ohne jeden weiteren Kontakt. Und es mit zwei Frauen auf einmal zu treiben, finde ich am allerschärfsten.»

«Wieso bist du dann nicht reingekommen, als Beverley und ich dabei waren?», flüsterte sie ihm ins Ohr. Die Wollust ließ Ninas Stimme atemlos und heiser klingen.

«Ich hab dir doch gesagt, dass ich gerne zusehe. Außerdem war das dein Abenteuer. Ich wollte einfach nur deine Fantasie umsetzen, es mal mit einer Frau zu machen. Das nächste Mal werde ich ganz sicher dabei sein. Außerdem war ich an dem Abend schon mit Zandra gekommen.»

Nina schloss die Augen. «Musst du mich unbedingt daran erinnern?»

Seine Stimme klang sanft, aber beharrlich. «Wieso nicht? Der Gedanke an ihren Mund um meinen Schwanz macht dich doch an. Oder etwa nicht? Und ich wette, seitdem du erfahren hast, dass wir dich und Bev beobachtet haben, bist du heiß wie nie. Hab ich recht?»

Nina ignorierte seine Worte und stellte ihm eine Gegenfrage.

«Als dieses Foto mit Beverley und Ariadne aufgenommen wurde, hast du da auch Sex mit ihnen gehabt?»

Der Atem der jungen Frau ging immer schneller, und auch ihr Ritt nahm ein zügigeres Tempo an. Ihre Augen waren geschlossen, und sie hatte das Gefühl, als gäbe es in diesem Moment nichts weiter als ihre Möse, die sich auf Andrews Schwanz bohrte, während sie ihm zuhörte.

«Sie waren gerade dabei, ihre Nummer zu proben – ohne das eigentliche Auspeitschen», erklärte er mit leiser Stimme. «Ich habe zugesehen, um ihnen zu sagen, wie es aussieht, was man für Musik spielen könnte und so weiter. Es war ziemlich geil. Besonders zum Schluss, als Ariadne Bev die Möse leckte.»

«Dabei hast du zugesehen?»

«Klar. Ich war scharf wie der Teufel. Genau wie Ariadne. Ihr Mund war ganz glitschig von Bevs Lustsaft. Als sie ihn in einer wilden Knutscherei auf meinem ganzen Gesicht verteilt hatte, konnte ich gar nicht genug bekommen. Also habe ich Ariadne so lange geleckt, bis es ihr kam. Danach hat Bev sich auf mich gesetzt und mich gefickt – genau wie du jetzt. Ariadne stand mit der Peitsche über ihr und drohte damit, sie zu schlagen, wenn sie mich nicht schneller reiten würde.»

«Sie hat dich genauso gefickt, wie ich es jetzt tue?»

«Ja. Nur dass Ariadne mit Maske und im Leder-Outfit hinter ihr stand und ihr drohte. Mann, das hat mich vielleicht aufgeheizt!»

Nina hielt kurz inne und brachte ihn damit zum Lachen.

«Ich ziehe doch keine Vergleiche», versicherte er ihr geduldig. «Ich will jetzt noch nicht kommen. Aber du sollst deinen Spaß haben. Und ich will ein Foto von dir machen, wenn du zum Höhepunkt kommst.»

Er griff erneut nach seiner Kamera.

«Okay, Nina. Du hast gesagt, dass du dich gerne wie eine Pornodarstellerin führen lässt. Ich möchte, dass du mich jetzt härter fickst. Und während ich dir erzähle, was als Nächstes passierte, wirst du dir deinen Kitzler reiben.»

Ninas Hand wanderte gehorsam zu ihrer Lustknospe. Andrew war dabei, die Kamera einzustellen, und sie konnte ihren Orgasmus kaum noch zurückhalten.

«Die andere Hand, damit ich das Tattoo sehen kann.»

Er fuhr mit seiner Geschichte fort, während sie sich mit ihrer linken Hand rieb und gleichzeitig weiter auf seinem Schwanz ritt. «Ariadne stand hinter Beverley, nahm ihre Titten in die Hände und presste sie fest zusammen. Dazu sagte sie ihr, dass sie eine kleine Schlampe ist, die nie genug kriegt.»

Andrew drückte genau in dem Moment auf den Auslöser, als Nina sich aufwärtsbewegte. Sie stöhnte laut. Wahrscheinlich würden auf dem Bild nur sein Schwanz in ihrer Möse und ihre Finger an ihrem Kitzler zu sehen sein.

«Dann musste Bev mich anbetteln, mit meinem Schwanz gestopft zu werden. Ariadne stellte sich breitbeinig und mit dem Rücken zu mir aufs Bett, damit Beverley ihr die Fotze lecken konnte. Dabei erzählte sie ihr, was sie doch für ein dreckiges kleines Flittchen ist, das man nur zum Sex gebrauchen kann. Oh, Mann, es war echt heiß, Bevs Hände auf Ariadnes Hintern zu sehen, während sie immer noch wie wild auf mir ritt. Und dazu Ariadnes Stimme, die Beverley mit der Peitsche drohte, wenn sie uns nicht innerhalb einer Minute zum Höhepunkt bringen würde. Bevs Ritt wurde immer schneller, und so kam es ihr schließlich. Ich spürte genau, wie ihre Muskeln um meinen Schwanz herum zuckten. Dann war es so weit. Ich konnte es nicht mehr halten. Besonders als ich sah, wie Ariadnes Pobacken zu zittern begannen, und ich wusste, dass sie auch so weit war …» Nina war klar, dass er auch ihren herannahenden Orgasmus spürte. Sie hörte nur noch das Auslösen der Kamera, die abwechselnd auf ihr Gesicht, ihre Finger, ihre Fotze und seinen Schwanz gerichtet war. Der Anblick des Fotoapparats, der die Zuckungen ihrer Möse festhielt, und der Gedanke an die eingefrorenen Momente dieser Lust beschleunigten ihren

Höhepunkt immens. Nina hörte, wie katzenähnliche Laute aus ihrem Mund drangen. Und auch Andrews Keuchen verriet, dass er unmittelbar davor war.

«Gott, das war unglaublich!», sagte er, als sie später außer Atem und eng umschlungen beieinanderlagen.

«Nicht so unglaublich wie deine Nummer mit Beverley und Ariadne», wandte sie ein.

Andrew lachte nur. «Glaubst du wirklich, dass das so passiert ist?»

Sie setzte sich blitzschnell auf und starrte ihn ungläubig an.

«Hast du das etwa nur erfunden, um mich noch geiler zu machen?», fragte sie.

Er sah sie mit unergründlichen Augen an. «Du wirst es nie erfahren.»

«Mist!» Erschöpft und verwirrt ließ Nina sich zurück aufs Bett fallen.

«Spielt das denn wirklich eine Rolle?», fragte er zärtlich und strich ihr übers Gesicht. «Es hätte ja durchaus stimmen können. Und es könnte auch jederzeit passieren, wenn du willst.»

«Du kannst wohl alles in die Tat umsetzen.»

«Na klar. Es war doch die Basis unserer Beziehung, dass ich solche Dinge für dich möglich mache.»

Nina streckte sich faul. «Ich fühle mich wie eine Katze, die an der Sahne schlecken durfte. Und wenn ich mehr Sahne wollte, würdest du sie mir beschaffen.»

«Mmhh, apropos Sahne – wolltest du nicht schon immer mal ein lebendes Kuchenbuffet mit viel Sahne sein?» Nina lachte. «Das war immer eine meiner Fantasien, richtig. Aber vielleicht solltest du zu Tee und Kuchen doch lieber Beverley und Ariadne einladen.»

«Vergiss den Tee. Mittlerweile müsste es eigentlich schon Zeit zum Abendessen sein», sagte er und sah auf die Uhr. «Es ist schon nach neun. Ich habe Hunger. Wie sieht's mit dir aus?»

«Fast verhungert.»

«Wollen wir essen gehen, oder soll ich aus meinen bescheidenen Vorräten ein Gourmet-Diner zaubern?»

«Schwierige Frage. Eigentlich mag ich nicht ausgehen. Aber wenn du anfängst, mit Töpfen und Pfannen rumzuklappern, ist die Stimmung sowieso hin.»

Andrew zog eine Augenbraue hoch. «Glaubst du wirklich, ich mache hier den Fernsehkoch? Komm mit in die Küche, dann kann ich dir zeigen, was ich dahabe.»

Andrew war es offensichtlich gewohnt, nackt durch seine Wohnung zu laufen, denn er hielt es nicht für nötig, sich für den Weg in die Küche etwas überzuziehen. Nina, die sich ohne ihre Schamhaare sogar noch nackter als sonst fühlte, folgte ihm, hielt aber Abstand zu den kalten Edelstahlschränken.

Er öffnete den Kühlschrank, nahm einige Dinge heraus und warf sie auf die Arbeitsfläche.

«Räucherlachs, kaltes Fleisch, Salat, French Dressing, Zitronen, Meerrettich und Butter.»

Unter dem Kühlschrank befand sich ein Gefrierfach, aus dem er ein halbes Baguette holte. «Leg das doch bitte in die Mikrowelle, Nina.» Andrew öffnete eine weitere Edelstahltür, hinter der sich ein Ofen verbarg.

«Es sei denn, dir fällt eine andere Verwendung für diese Stange ein.»

Sie lachte. «Ich glaub, das ist mir ein bisschen zu kalt.»

Ein Tablett, Teller, Messer und Gabeln – und zwei Minuten später war der Tisch gedeckt. Sie öffneten noch eine Flasche Wein, holten Gläser aus einem weiteren Edelstahlschrank und verzogen sich mit dem Salat wieder ins Bett.

«Besser als Pizza vom Lieferservice», sagte Nina wohlig und brach sich ein Stück von dem warmen Baguette ab. «Ist dein Kühlschrank immer auf Überraschungsbesuch eingestellt?»

«Die Haushälterin sorgt dafür, dass er immer voll ist», erklärte er. «Es kommt oft vor, dass ich ihn gar nicht benutze. Dann nimmt sie die Sachen mit nach Hause.»

«Das ist aber sehr großzügig von dir.»

«Freut mich, dass du das so siehst. Ist das auf meine vorherige Behandlung zurückzuführen?»

Nina spießte eines der leicht blutigen Fleischstücke mit der Gabel auf und sah ihn nachdenklich an.

«Na ja, auf der einen Seite hast du mir einige neue Erfahrungen beschert. Ganz zu schweigen von einer Rasur, einer Tätowierung und ein paar hundert Pfund. Aber auf der anderen Seite hast du mir ziemlich lange meinen Orgasmus vorenthalten. Und das nenne ich nicht gerade großzügig.»

«Aber das ist doch auch mal eine neue Erfahrung.»

«Außerdem bist du anderen Frauen gegenüber genauso großzügig mit deinem Körper wie bei mir», fügte Nina hinzu. «Und bei der Weitergabe meines Körpers warst du auch recht freigebig.»

«Großzügigkeit in ihrer reinsten Form.»

Nina schaute in seine haselnussbraunen Augen, die jetzt warm und entspannt aussahen. Schwer vorstellbar, dass das Licht manchmal aus ihnen wich und sie wie tot wirkten.

Nachdem sie fertig gegessen hatten, trug Andrew das Tablett zurück in die Küche. Nina ergriff die Gelegenheit und betrachtete währenddessen die Bilder an der Wand etwas genauer.

Frauen waren die häufigsten Motive – abgelichtet in allen möglichen Phasen des Ausziehens und fast nie völlig nackt. Nina war froh zu sehen, dass das rote Laken, auf dem sie eben noch Sex miteinander hatten, auf keinem der Bilder auftauchte.

Beim Anblick eines bestimmten Bildes aber überkam sie ein regelrechter Schock. Es war ein Foto des Ballett-Pärchens, dem sie vor einer Woche im Strip-Club zugeschaut hatte.

Die Ballerina trug nichts weiter als ein Tutu um ihre Taille. Ein Fuß ruhte so auf dem Schenkel des Tänzers, dass die Möse deutlich zu sehen war. Und in die Furche des Geschlechts hatte er der Länge nach den Rohrstock gedrückt.

«Wann hast du die denn aufgenommen?», fragte sie Andrew, als er mit einem kleineren Tablett in der Hand aus der Küche zurückkehrte.

«Weiß ich nicht mehr. Vielleicht vor einem Monat. Wieso?»

Plötzlich fiel Nina die Warnung von Max ein, dass Andrew in irgendwas Zwielichtiges verwickelt sein könnte und vielleicht Besitzer einiger Strip-Clubs wäre.

«Hast du die beiden im Club fotografiert?»

«Natürlich», erwiderte Andrew leicht verwirrt. «Wo hätte ich das Bild sonst aufnehmen sollen?»

«Ich dachte, die Nummern wechseln dort ständig.»

Er zuckte mit den Schultern. «Es gibt auch Nummern, die regelmäßig aufgeführt werden. Irina und Sergei treten zwar nicht immer auf, aber sie machen immer mal wieder die Runde in diversen Clubs. Wieso fragst du?»

Nina holte tief Luft. «Andrew, bist du der Besitzer dieses Strip-Clubs?»

Er stellte das Tablett hin. «Wie kommst du denn darauf, um Himmels willen?»

«Du schienst dich dort so gut auszukennen. Die Räume oben, der Spionspiegel … Und du sagtest, es wäre ein Privatclub. Irgendjemandem muss er doch gehören!»

Er blickte sie ungläubig an.

«Klar muss er jemandem gehören. Zwei Brüdern, um genau zu sein. Einer von ihnen ist am Freitag sogar an unseren Tisch gekommen und hat mit uns gesprochen, falls du dich noch erinnerst.»

Nina hatte eine vage Erinnerung an einen Mann in einem weißen Sakko, der sich ganz selbstverständlich zu Andrew und

Costas setzte. Sie hatte nicht weiter auf ihn geachtet, weil sie sich gerade mit Beverley unterhielt.

«Na ja.» Eine bessere Entgegnung fiel ihr nicht ein.

«Und wie kommst du nun darauf, ich würde mein Geld mit Strip-Clubs verdienen?»

Nina holte erneut tief Luft und improvisierte. «Also als ich Max davon erzählte, fand er das ziemlich gewagt. Ich hab ihm dann aber gesagt, dass es ein Privatclub wäre, doch da meinte er, du wärst vielleicht der Besitzer …» Ihre Stimme wurde immer leiser. Das Ganze klang einfach lächerlich – selbst für sie.

«Du hast Max von dem Club erzählt?»

«Ja. Wieso nicht? Wir sind mittlerweile ganz gut befreundet.»

Andrew schnaubte verächtlich. «Befreundet?! Der will dir ja nur an die Wäsche. Das merkt doch jeder. Es überrascht mich allerdings, dass du ihn auch noch ermutigst. Ich dachte, du wolltest nicht, dass Sex und Arbeit sich vermischen?»

«Will ich ja auch nicht. Und dazu kommt es auch nicht. Aber ich spreche nun mal ab und zu mit Max darüber, was ich so gemacht habe.»

«Deinen Erzählungen nach hast du nicht allzu viel gemacht, bevor du mich kennenlerntest.»

«Stimmt», gab Nina mit gesenktem Kopf zu. «Aber seit ich dich kenne, komme ich viel besser mit Max klar.»

«Das liegt daran, dass er deine verdammten Pheromone wittert.»

«Nun sei doch nicht sauer.»

«Ich bin nicht sauer. Ich verstehe nur nicht, wie du dich in der einen Minute beschweren kannst, dass ich den Sex in dir geweckt habe und dass Max dich andauernd anmacht, ihm dann aber erzählst, dass du mit mir in dem Club warst. Als Nächstes wirst du ihm wahrscheinlich dein Tattoo zeigen.»

Nina musste lachen. «Machst du Witze? Er ist doch nur

ein Arbeitskollege. Außerdem steht er auf meine Freundin Angie.»

«Ach ja? Erzähl mal von deiner Freundin. Vielleicht wäre sie ja auch etwas für mich.»

Sie beschrieb ihm Angie, schimpfte aber gleichzeitig still mit sich, weil sie ihm von der Sache mit Max erzählt hatte. Das war einfach dumm gewesen. Auf keinen Fall durfte sie ihm mehr von Max' Verdächtigungen erzählen – sie waren einfach lächerlich! Trotzdem wollte sie nicht, dass Andrew schlecht über Max dachte. Nina musste daran denken, was Beverley über die Macht der Männer erzählt hatte, und befürchtete, er könnte ihn vielleicht in Schwierigkeiten bringen.

Also wechselte sie das Thema.

«Eins versteh ich nicht. Diese Balletttänzer – wie hießen sie doch gleich, Irina und Sergei? –, das waren doch richtige Tänzer. Wieso müssen die beiden also mit so einer Nummer auftreten? Bekommen sie keine Engagements beim richtigen Ballett?»

Andrew zuckte mit den Schultern. «Sie kommen beide aus einem russischen Ensemble. Aber da drüben ist es mittlerweile extrem schwierig geworden. Die Kunst dort wurde natürlich auch durch öffentliche Gelder finanziert. Und wie du sicher weißt, sieht es damit in Russland im Moment ziemlich schlecht aus.»

«Aber sie würden doch sicher auch Engagements an britischen Häusern finden.»

Andrew schüttelte den Kopf. «Das ist anscheinend nicht so einfach. Aber sie sind trotzdem recht zufrieden. Auf jeden Fall sind sie hier immer noch besser dran als zu Hause.»

«Und wie sind sie an ihre Visa gekommen? Als Stripper für die Freiheit?!»

Andrew lachte und griff erneut nach dem Tablett.

«So wird's wohl gewesen sein. Willst du nun Pudding oder nicht?»

«Mmmh. Was denn für welchen?»

Er zeigte ihr eine Schale, die bis zum Rand mit einer gelblichen Masse gefüllt war. «Stachelbeercreme. Hausgemacht und sehr üppig. Die wird von deinem herrlichen Körper ganz köstlich schmecken.» Er tauchte einen Löffel in die Creme und bot ihr davon an. Sie war süß und doch herb, cremig und doch leicht.

«Oh, wow! Darf ich die später auch von dir essen?»

Andrew runzelte die Stirn. «Noch nicht. Aber ich hebe uns welche auf. Jetzt leg dich erst mal hin.»

Nina lag völlig still da, nachdem Andrew ihre Beine so weit gespreizt hatte wie Charles vorhin bei der Rasur. Sie schloss unterwürfig die Augen, doch einige Minuten lang passierte gar nichts. Sie wartete geduldig auf den Moment, wo er ihr das cremige Naschwerk auf die Brüste oder die Möse schmieren würde, und war wie elektrisiert, als sie es schließlich auf ihren Lippen spürte. Die sorgfältig platzierten kleinen Kleckse, die er von Mundwinkel zu Mundwinkel auf ihr verteilte, kitzelten auf ihrem Gesicht. Am liebsten hätte Nina sich gekratzt. Nur mit Mühe schaffte sie es, still liegen zu bleiben.

Als Nächstes merkte sie, dass die Creme wie eine Kette um ihren Hals und dann auch zwischen ihre Brüste geträufelt wurde. Jeder ihrer Bälle wurde vorsichtig eingekreist, und ihre mittlerweile harten Nippel wurden mit einem Häubchen der Creme versehen. Dann entstand eine weitere Pause, in der Andrew sich zu fragen schien, wo er weitermachen sollte. Es dauerte nicht lange, und Nina spürte, wie die zähe Flüssigkeit in einer Linie um ihre Taille herum aufgetragen wurde. Seine Bewegungen waren so langsam und bedächtig, dass die junge Frau fast wahnsinnig wurde. Sie sehnte jede neue Berührung durch die Creme herbei und malte sich aus, welche Stelle ihres Körpers Andrew wohl als Nächstes verzieren würde.

Nachdem er schließlich eine Linie zu ihrem Bauchnabel gezogen hatte, entstand eine noch längere Pause als zuvor. Wahrscheinlich machte er sich Gedanken wegen der noch recht frischen Tätowierung, denn ihr Bauch blieb unberührt. Stattdessen merkte sie, wie dicke Tropfen auf ihrem Venushügel niedergingen.

Sie wartete atemlos, bis der zähe Strom ihren Kitzler erreichte, und stöhnte fast laut auf, als die Masse sich über ihre Lustknospe ergoss. Danach bahnte sie sich den Weg zu ihrer Fotze und bedeckte schließlich ihre gesamte Schamgegend. Dort unten fühlte die Creme sich noch kühler an als auf dem Rest ihres Körpers, denn obwohl sie bereits gekommen war, stand ihre Muschi schon wieder in Flammen.

Ninas Augen waren noch immer geschlossen. Die freudige Erwartung, dass Andrews warme Zunge die kalte Creme bald von ihrem Körper lecken würde, hielt ihre Sinne in permanenter Alarmbereitschaft. Umso greller wirkte der Blitz, der plötzlich durch ihre Lider hindurchleuchtete – Andrew hatte offenbar ein Foto von ihrem mit Creme umrahmten Körper gemacht.

Endlich, als Nina schon dachte, sie könnte nicht eine Sekunde länger warten, begann seine Zunge über ihre Lippen zu lecken und arbeitete sich dann von der einen Seite ihres Halses zur anderen und weiter vor. Bei der ersten Brustwarze gab sie einen unwillkürlichen Lustschrei von sich, denn Andrew bearbeitete den harten Knopf so gierig, als wollte er allen Geschmack heraussaugen. Seine suchende Zunge erreichte schließlich ihre Möse, und Nina war vor Geilheit fast von Sinnen. Sie hatte das Gefühl, schon in dem kurzen Moment kommen zu können, der zwischen der Wärme seines Atems auf ihrem Venushügel und dem Lecken seiner festen Zunge lag. Als Andrew schließlich die gesamte süße Masse weggeleckt hatte, zitterte sie von den Zuckungen eines Höhepunktes, der ihren gesamten Körper erschütterte.

«Willst du auch etwas davon?», holte seine Stimme sie schließlich aus ihrer erschöpften Sättigung. Nachdem seine Zunge ihr lüsternes Werk getan hatte, war Nina minutenlang regungslos liegen geblieben und hatte auch die Augen nicht mehr geöffnet.

Als sie ihn blinzelnd ansah, kniete er auf dem Bett und schmierte sich die Creme auf seinen Schwanz.

Er stand schon wieder hart und geradezu aggressiv aufgerichtet da. Nina war richtig neidisch, als sie seine Hand auf und ab wandern sah, während er immer mehr von dem süßen Zeug auf seinem Riemen verteilte.

Sie drehte sich voller Gier um und kniete so vor ihm, dass sie seinen cremebedeckten Schwanz direkt vor ihrem Mund hatte. Doch zunächst folgte sie Andrews Beispiel und ließ ihn ein wenig warten. Ganz vorsichtig nahm sie erst eines, dann auch das zweite seiner Eier in den Mund und leckte sie spielerisch sauber. Nina hörte ihn laut atmen, während sie die Creme mit der Zunge aufnahm, die mittlerweile von den Eiern bis hin zu seinem Hintern gewandert war. Sie leckte voller Inbrunst und weitaus länger, als zum Aufschlecken der Nachspeise nötig war.

Von seinen Hoden kam sie langsam zu seinem Schwanz. Ganz zart waren ihre Zungenschläge. Sie genoss den Geschmack und das Gefühl der Creme in ihrem Mund. Die fast buttrige Mischung sah aus wie geschlagenes Sperma, dachte sie, während sie immer emsiger leckte und ihre Zunge zur Spitze seines ausgefahrenen Prügels wandern ließ.

Andrew zog sich kurzfristig aus ihrer Mundhöhle zurück, um noch etwas mehr von dem süßen Dessert auf sein bestes Stück zu schmieren. Er lächelte sie von oben an.

«Ich sehe deinen Arsch im Spiegel», sagte er leise. «Beweg ihn für mich, Nina. Noch ein bisschen mehr. Ja, so ist's gut. Aber leck schön weiter die Creme ab. O ja, geil. Lutsch ihn fester.»

Seine Hände fuhren nach unten, wo er ihre Brüste umfasste. «Wackel weiter mit dem Arsch, Baby. Oh, so ist's richtig. Ich kann ihn wackeln sehen und deine Titten fühlen. Tanz weiter für mich. Mach schön den Mund auf. O Nina, so ist's gut, Baby!»

Er spritzte in ihren Mund. Da sie noch immer die Stachelbeercreme schmeckte, schluckte sie einfach alles runter – das erste Mal, dass sie seinen Samen in sich aufnahm. Als die Zuckungen in Ninas Mund schließlich aufhörten, zog Andrew seinen Schwengel heraus und ließ sich aufs Bett fallen.

«Dein Blasen wird langsam preisverdächtig», murmelte er. «Costas würde sagen, du machst das fast so gut wie ein Mann.»

«Gott, das bleibt mir wirklich ein Rätsel», erwiderte Nina und zog wegen des Spermageschmacks in ihrem Mund eine Grimasse.

«Ach ja? Als Beverley dich geleckt hat, schienst du es aber zu genießen, wie gut sich jemand mit dem eigenen Geschlecht auskennt.»

«Okay, gewonnen», gestand sie lächelnd ein. «Mein Gott, diese Creme ist wirklich köstlich.»

Er grinste. «Es ist noch ein bisschen was da, wenn du möchtest.»

«Ich wollte gerade ‹aber auch üppig› hinzufügen. Vielleicht lieber noch einen Schluck Wein.»

Andrew nahm ihre Gläser vom Fußboden auf und schenkte beiden einen ordentlichen Schluck ein, bis die Flasche leer war.

Während sie tranken, kuschelte Nina sich gegen Andrews Brust. Sie fühlte sich zu Hause. Sicher, sie hatte immer das Gefühl, einen weiteren Kampf gegen ihn und seine Überlegenheit verloren zu haben, aber andererseits hatte sie auch noch nie so einen fantastischen Abend erlebt. Sie wusste, dass er ihr Leben auf unglaubliche Weise bereicherte. Andrew hatte das fehlende Puzzleteil gefunden und es mit sicherer Hand genau an die richtige Stelle gelegt.

«Ich bin so glücklich, Andrew», sagte sie einfach. «Du hast mir mehr gegeben, als ich jemals für möglich gehalten hätte.»

Er küsste sie auf die Stirn. «Danke. Und danke für einen großartigen Abend.»

«Nein, ich danke dir.»

«Nein, ich danke dir. Ich bestehe darauf», entgegnete Andrew ernst, und sie lachten beide.

Dann sah er auf seine Uhr. «Aber ich fürchte, wenn wir hier fertig sind, werde ich dir ein Taxi rufen müssen. Ich muss noch ein bisschen arbeiten, bevor ich schlafen gehe. Aber wir sehen uns ja morgen.

«Wirklich?», fragte sie glücklich und kuschelte sich noch einmal an ihn. «Hattest du nicht gesagt, dass du für ein paar Tage nach Rotterdam fährst?»

«Ja, morgen Nachmittag. Aber erst findet doch noch das Meeting statt, um das dein Freund Max mich gebeten hat.»

Nina schreckte hoch und sah sich hektisch um. «Meeting? Ich kann mich nicht erinnern, dass er mir davon erzählt hätte.»

Andrew zuckte mit den Schultern. «Er wollte nur ein paar Fragen klären. Hat er wirklich nichts gesagt?»

Sie schüttelte langsam den Kopf. «Ich bin sicher, daran würde ich mich erinnern. Außerdem wüsste ich auch gar nicht, was ich dort sollte. Ich weiß nämlich gar nichts von irgendwelchen offenen Fragen.»

Andrew gähnte. «Ach, sieh es doch von der positiven Seite. So kannst du ihm auf der Fahrt zu mir alles von heute Abend erzählen.»

Sie schlug ihm leicht auf die Brust. «Ja, genau. Und im Taxi kann ich ihm dann auch gleich mein Tattoo zeigen.»

Auf dem Nachhauseweg musste sie grinsen, als sie über die Vorstellung nachdachte, Max das Tattoo zu zeigen. Vielleicht, wenn er sie ganz nett darum bitten würde …

Kapitel 8

«Ich verstehe wirklich nicht, wieso du mich unbedingt dabeihaben willst, Max», entfuhr es Nina am nächsten Morgen mürrisch. «Meine Arbeit an dieser Buchprüfung ist beendet. Es ist deine Aufgabe, sie abzuschließen. Ich bin schon längst mit den Vorbereitungen für den nächsten Auftrag beschäftigt.»

«Ich weiß, ich weiß.» Max zwinkerte ihr zu. «Aber ich dachte, dein Freund ist sicher weitaus kooperativer, wenn du dabei bist.»

«Das ist unmoralisch. Und ich wette, du bekommst auch Ärger mit Hal, wenn du diesen Job unnötig in die Länge ziehst.»

Hal war der Boss, ein schnell sprechender Amerikaner, der grundsätzlich davon ausging, dass alle Aufgaben bereits gestern erledigt wurden.

«Nein, das geht schon klar. Er weiß, was los ist.»

«Ich hoffe, du meinst nicht mich und Andrew …»

«Mein Gott, Nina, ein bisschen mehr könntest du schon von mir halten.» Er zog ein Gesicht. «Außerdem hast du so Gelegenheit, für deinen Freund dein neues Kostüm anzuziehen.»

Die junge Frau musste lachen. Max hatte recht – sie hatte dieses neue Outfit noch nie angehabt, sondern für ein besonderes Meeting oder Geschäftsessen aufgespart. Das Ensemble war aus cremefarbenem Leinen. Die lange Jacke endete nur ein paar Zentimeter über dem Saum des kurzen, geradegeschnittenen Rocks. Das gute Stück hatte sie zwar ein Monatsgehalt gekostet, doch das war es Nina wert gewesen.

Sie posierte wie ein Model vor ihm und fragte nach seiner Meinung.

«Toll! Scharfe Beine!»

«Halt den Mund, Maxie! Und wenn wir loswollen, sollten wir uns jetzt beeilen.» Sie griff nach ihrer braunen Umhängetasche. «Ich weiß gar nicht genau, was wir eigentlich fragen wollen. Deshalb habe ich auch keine Papiere dabei.»

Er winkte mit seiner Aktentasche. «Ich sag's ja nur ungern, aber du musst einfach nur gut aussehen.»

«Halt die Klappe!»

Sie riefen sich vor dem Bürogebäude ein Taxi und gaben dem Fahrer die Adresse von Andrews Firma, die ihren Sitz nicht weit entfernt am östlichen Stadtrand hatte. Nina saß hinten. Obwohl Max' Neugierde bezüglich der Konten sie etwas beunruhigte, wusste sie doch, dass es keinen wirklichen Grund zur Sorge gab. Er mochte ihren Freund nicht. Das war zwar schade, aber er musste ihm nicht gleich illegale Kontenbewegungen unterstellen.

Eigentlich war dieser Ermittlungsaspekt ein Teil ihres Jobs, den Nina sehr genoss. Sie mochte es, wenn das Team wie eine Polizeistreife bei einer Firma vorfuhr, die nach mutmaßlichen Kriminellen suchte. Hinzu kamen die Teamarbeit bei so einem Auftrag und die Tatsache, dass die Buchprüfer von den Firmen mit sehr großem Respekt behandelt wurden.

Als Nina noch in der Entscheidungsfindung gewesen war, ob sie Buchprüferin oder lieber Buchhalterin werden sollte, hatte ihr mal jemand eine Geschichte erzählt. Eine bestimmte Wirtschaftsprüfungsgesellschaft ließ ihre Mitarbeiter grundsätzlich Brille tragen, damit sie angemessen seriös aussahen – egal ob sie eine brauchten oder nicht. Die Arbeit mit solchen Tricks fand sie amüsant und gab, neben den besseren Karriereaussichten, schließlich den Ausschlag für ihre Entscheidung, Buchprüferin zu werden.

Andrews Sekretärin schickte sie für einige Minuten ins Wartezimmer. Irgendwann erklang ein Summer, und die Frau teilte Max und Nina mit, dass sie nun reingehen konnten.

«Okay, schlag einfach nur die Beine übereinander und tu so, als wärst du Sharon Stone», flüsterte er ihr verschwörerisch zu. «Den Rest mache ich.»

Nina starrte ihn verwirrt an, hatte aber keine Gelegenheit, etwas zu erwidern, denn unmittelbar darauf öffnete Andrew die Tür und lächelte seine Besucher freundlich an.

«Hallo! Kommt doch rein. Schön, Sie wiederzusehen, Max.» Nachdem Andrew Ninas Kollegen die Hand geschüttelt hatte, schloss er die Tür und gab seiner Freundin einen kurzen Kuss auf die Wange.

«Ich hoffe, du hast dich von gestern Abend gut erholt.» Er wandte sich Max zu. «Ich habe gehört, dass Sie ohnehin alles über unser Verhältnis wissen. Insofern ist es wohl sinnlos, so zu tun, als wäre nichts zwischen uns.»

Max lächelte höflich. «Das Ganze geht mich nichts an, Mr. Marnington. Wir würden gern noch ein paar Lieferscheine und Dokumente überprüfen. Ich bin sicher, Sie werden unsere kleinen Probleme im Handumdrehen lösen können. Ihr Buchhalter scheint bei einigen dieser Rechnungen ein wenig ungenau gewesen zu sein.»

Ninas Gedanken schweiften sehr bald von den geschäftlichen Dingen ab. Sie hatte die betreffenden Dokumente noch nicht einmal gesehen und gab sich damit zufrieden, Andrew und Max dabei zu beobachten, wie sie die Köpfe in die Unterlagen steckten, die ihr Kollege mitgebracht hatte.

Andrew sah wie immer blendend aus. Auf seinem Gesicht ein geduldiges Lächeln, das auf attraktive Weise die feinen Linien betonte, die von den Augenwinkeln hin zu seinem sinnlich geschnittenen Mund führten. Max hingegen sprach voller Ernsthaftigkeit und ohne ein Lächeln mit Andrew. Sein Blick war sehr professionell, als er seinem Klienten die verschiedenen Unterlagen vorlegte. Im Gegensatz zu Max' blasser Haut war Andrew gut gebräunt. Und auch sein schmales, von seiner gebrochenen Nase dominiertes Antlitz strahlte mehr Adel aus als das rundliche Gesicht und die Stupsnase ihres Kollegen. Alles in allem fand Nina, dass Andrew wie ein Mann und Max, trotz seiner knapp dreißig Jahre, immer noch wie ein Junge aussah.

«Bei den Frachtdokumenten hast du doch keine Unregelmäßigkeiten gefunden, oder, Nina?», riss der eifrige Prüfer sie aus ihrer Tagträumerei.

Nina schaute auf und schlug die Beine übereinander. Als ihr Max' Bemerkung mit Sharon Stone wieder einfiel, hätte sie fast laut losgelacht.

«Nein, keine. Du hast nur gesagt, dass bei den anderen Dokumenten Akten gewesen wären, die ich noch durchsehen sollte. Aber die Stichproben waren alle in Ordnung.»

«Ich bin sicher, unsere Buchhaltung kann das Ganze schnell aufklären, Max. Ich werde gleich mal sehen, ob Jim an seinem Platz ist.»

Andrew führte ein kurzes Telefonat und nickte Max dann zu. «Ja, er hat Zeit für Sie. Wo er sitzt, wissen Sie ja. Nina, kann ich dir in der Zwischenzeit einen Kaffee anbieten, während Max seine Probleme löst?»

«Bitte», erwiderte die junge Frau, und Max verließ mit seiner Aktentasche in der Hand den Raum.

Doch nachdem die Tür sich geschlossen hatte, machte Andrew keinerlei Anstalten, ihr den versprochenen Kaffee zu holen, sondern ging auf sie zu und zog sie von ihrem Stuhl hoch.

«Du siehst fantastisch aus. Das ist ein tolles Kostüm!»

Er gab ihr einen sehnsüchtigen Kuss.

«Was macht die Tätowierung?»

«Es geht eigentlich. Tut kaum weh.»

«Zeig mal her.» Er machte sich daran, ihren Leinenrock hochzuheben.

«Andrew! Max kann jede Minute wieder reinkommen!»

«Ach Unsinn! Das Gespräch mit Jim wird mindestens zehn Minuten dauern – wenn nicht länger. Komm schon, zeig es mir.»

Als Andrew ihren Rock immer höher hob, spürte Nina deutlich, wie das Feuer des gestrigen Abends wieder in ihr aufflammte.

«O Mann», keuchte er, «das sieht wunderschön aus.»

«Die Tätowierung oder die Rasur?»

«Beides!», antwortete er lachend. «Und ist das nicht das Spitzenhöschen, das du getragen hast, als du für mich die Nutte gespielt hast?»

«Gott, Andrew! Wenn uns nun jemand hört?»

«Hier kann uns niemand hören. Halt deinen Rock hoch und lass mich mal einen genaueren Blick drauf werfen.»

Nina fühlte sich etwas unbehaglich, als sie vorsichtig den Rocksaum in die Hand nahm und ihn über die Taille hob. Sie wollte den Leinenstoff nicht zerknittern, ahnte aber, dass das wohl ein ausweglose Unterfangen war. Andrew trat ein paar Schritte zurück und inspizierte sie gründlich. Nina konnte die Erregung nicht unterdrücken, die sein prüfender Blick in ihr auslöste. Sie kam sich vor wie ein lebendes Schaubild in einem Sextheater der Jahrhundertwende.

«Lehn dich mal mit dem Po gegen den Schreibtisch», forderte er sie mit lüstern heiserer Stimme auf.

«Andrew, mein Rock wird ganz knittrig …»

«Tu gefälligst, was ich dir sage!», entgegnete er mit strenger Stimme. Nina gehorchte, hatte aber Sorge, dass Max jeden

Moment durch die Tür treten und einen direkten Blick auf sie erhaschen könnte. Ihr Rock war bis über die Hüften hochgeschoben, man sah die frische Tätowierung, und auch ihre rasierte Möse wurde nur durch einen winzigen Spitzenfetzen verdeckt. Was ihr Kollege wohl zu diesem Anblick sagen würde?

Doch diese Gedanken machten sie nur noch mehr an.

Da kam Andrew mit zwei großen Schritten auf sie zu. Nina erwartete einen Kuss und wollte ihren Rock schon loslassen. Doch noch bevor sie dazu Gelegenheit hatte, hob ihr Freund ihn sogar noch höher.

«Ich werde dich jetzt ficken, Nina! Ich muss jetzt sofort in dir sein!»

«Das kommt nicht in Frage!», keuchte sie. Doch noch während sie ihre Weigerung aussprach, hatte Andrew bereits seine Finger in ihren Slip gesteckt und massierte ihre glattrasierte Pflaume.

«Ich brauch dich jetzt, Nina!», stöhnte er drängend. «Ich werde dich drei Tage lang nicht sehen. Ich muss nochmal wissen, wie sich deine Fotze anfühlt.»

Er öffnete mit der rechten Hand seinen Reißverschluss, zog ein Kondom aus seiner Hosentasche und riss es mit den Zähnen auf. Nina spürte schon, wie sein harter Riemen sich an ihrem Körper rieb.

«Max wird ganz sicher gleich reinkommen.»

«Ich hab dir doch gesagt, dass es mindestens zehn Minuten dauern wird. Du willst es doch auch.» Seine Finger steckten bereits in ihr. Nina wurde langsam geil, doch sie wusste, dass ihr Kopf nicht genug Zeit hatte, die Erregung in eine feuchte und bereite Möse zu verwandeln.

«Nein, ich will es nicht, Andrew!»

«O doch», beharrte er. «Und je länger du so tust, als wolltest du nicht, desto größer ist das Risiko, dass Max uns überrascht. Setz dich einfach mit dem Hintern auf den Schreibtisch.»

Nina geriet langsam in Panik. «Andrew, ich möchte wirklich nicht, dass Max uns dabei sieht!»

«Dann beweg jetzt deinen Arsch!»

Fast taub tat Nina wie ihr geheißen, hob ihren Rock hinten an und setzte sich nackt – bis auf den Spitzentanga, der ihre Pobacken teilte – auf das polierte Holz des fast leeren Schreibtisches. Sie wusste, dass Andrew wie gewöhnlich doch seinen Willen bekommen würde, und sah daher keine Möglichkeit, sich irgendwie gegen seine Übermacht zu wehren. Außerdem hatte er recht, als er sagte, dass eine Verzögerung nur die Gefahr des Entdecktwerdens erhöhte.

Ihre Erregung entstand in erster Linie durch diese Angst und nicht durch Andrew. Nina hätte es zwar schrecklich gefunden, wenn Max Zeuge ihrer Erniedrigung werden würde, aber gleichzeitig fand sie die Vorstellung überaus erregend. Er würde wissen, dass er sie nicht selbst haben konnte, und sie daher mehr denn je begehren.

«Stütz dich auf deine Ellenbogen! O ja, so ist's gut!»

Andrew sah von oben auf sie herab. Seine Augen waren nur noch dunkle Schlitze der Erregung, als er ihr Spitzenhöschen beiseiteschob und mit einem Stoß in sie eindrang. Ninas Muschi wurde zwar langsam geil, doch sie war längst nicht so feucht, wie sie es gern gehabt hätte. Einen kurzen Moment lang dachte sie an die Männer, die sie vor Andrew gehabt hatte und die grundsätzlich zu früh in sie eingedrungen waren.

Doch die nach hinten gelehnte Haltung machte sie unweigerlich heiß. Andrew hob ihre Schenkel an und legte ihre Beine um seine Hüfte. Aber obwohl auch diese Stellung sie aufgeilte, konnte Nina sich noch immer nicht ganz auf Andrew konzentrieren. Ihre Gedanken waren bei Max, der sie in ihrer Fantasie anbettelte, sie nach Andrew ficken zu dürfen. Er würde alles versprechen, um sie nur ein einziges Mal haben zu können und sie eifrig mit seiner Zunge, seinen Fingern und seinen Lippen verwöhnen zu dürfen.

Nina hatte fast ein schlechtes Gewissen wegen dieser Fantasien, während Andrew gerade in ihrer Möse steckte. Doch er verdiente es nicht anders. Schließlich konnte er nach dem gestrigen Abend unmöglich schon wieder so aufgegeilt sein. Auch bei ihm war es nicht der Körper, der ihn erregte, sondern die Möglichkeit, entdeckt zu werden.

Es dauerte nicht lange, und es kam ihm. Blitzschnell zog er das Kondom ab und schloss seine Hose.

«Mir geht's gleich viel besser! Und dir?»

Nina stand da und strich ihren Rock glatt. Er war natürlich doch zerknittert.

«Sex ohne weiteren Körperkontakt – ich erinnere mich, wie sehr du darauf abfährst.»

«Echt scharf, oder?», fragte er lachend. «Erzähl mir nicht, dass es dich nicht angeturnt hat.»

«Richtig Lust hatte ich jedenfalls nicht.»

«Aber du bist feucht geworden. Gib's ruhig zu. Schließlich war ich ja dabei.»

Das lag daran, dass ich an Max gedacht habe, sagte sie nicht. Stattdessen warf sie ihm ein geheimnisvolles Lächeln zu.

«Mach dir keine Gedanken, dass ich nicht gekommen bin. Ich gehe nachher mit Angie aus, und wir hoffen, dass es ein richtig heißer Abend wird.»

«Mist! Tut mir wirklich leid, dass du nicht gekommen bist.» Andrew blickte sie reuig an. «Ich dachte, die Gefahr, entdeckt zu werden, würde dich geil genug machen.»

«Ganz zu schweigen von der Aussicht, Max erklären zu müssen, dass ich dein sexuelles Eigentum bin», erwiderte sie im Hinblick auf ihren zerknitterten Rock.

Ihr Freund sah sie zerknirscht an. «Das lag nicht in meiner Absicht. Ob Janice wohl etwas merken wird?»

Nina spürte, wie die Wut in ihr aufstieg und sich schließlich ihren Weg nach draußen bahnte. «Verdammt nochmal! Du machst dir Sorgen, dass deiner Sekretärin auffallen wird, dass du mir den Rock bis zu den Ohren hochgezogen hast, wo es für Max ganz offensichtlich sein wird, dass du ihn nur abgewimmelt hast, um mich auf dem Schreibtisch durchzuficken! Denkst du eigentlich auch mal an jemand anderes außer dir?!»

«Komm schon, Nina. Du weißt doch wohl, dass ich nicht nur an mich denke. Okay, gerade eben vielleicht. Aber ich glaubte natürlich, du würdest das genießen. Außerdem habe ich Max nicht abgewimmelt. Er war es doch, der herkommen wollte. Dieses Meeting fand nicht auf meine Veranlassung hin statt und damit ich dich auf meinem Schreibtisch haben konnte. Er hat es arrangiert.»

«Ach was? Jetzt wollen wir aber mal nicht so tun, als ob ich bei all diesen Erlebnissen, die du freundlicherweise für mich arrangierst, nicht jedes einzelne Mal nach deiner Pfeife tanzen müsste.»

«Hey, jetzt beruhig dich mal. Schließlich gibt diese Pfeife ganz schöne Klänge von sich. Oder etwa nicht?»

«Ja, die reinste Symphonie. Wie wär's denn jetzt mal mit dem Kaffee, den du mir vor fünf Minuten versprochen hast? Zumindest vor Max.»

Andrew griff zum Telefon und bestellte bei seiner Sekretärin Kaffee.

«Außerdem hast du ja jetzt deinen Vibrator», stellte er nüchtern fest, nachdem er den Hörer aufgelegt hatte. «Du kannst dich den ganzen Nachmittag geilen Gedanken hingeben und dann nach Hause fahren und es dir selbst besorgen.»

Nina lachte bitter auf. «Na, vielen Dank. Nein, ich glaube, ich werde erst mal abwarten, was Angie und ich so anstellen können.»

Andrew warf ihr einen amüsierten Blick zu. «Wieso nicht? Du kannst mir ja davon berichten, wenn wir uns wiedersehen. Vorausgesetzt, du möchtest mich überhaupt noch sehen.»

Nina kräuselte die Nase. «Kommt drauf an, was du geplant hast. Wie wär's, wenn ich dich an die Pfosten meines Bettes binde und dich schlage, bevor ich dich zu meinem Sklaven mache?»

«Nein danke. Ich bin sicher, da fällt mir noch was Besseres ein.»

Plötzlich ging die Tür auf. Nina schlug die Beine übereinander und zog ihre Jacke herunter, um den zerknitterten Rock zu verbergen. Es war Andrews Sekretärin mit dem Kaffee.

«Okay, jetzt, wo wir unseren Kaffee haben, wird Max garantiert keinen Verdacht schöpfen», sagte er und lächelte sarkastisch. «Er wird wahrscheinlich denken, dass wir einfach nur Nichtigkeiten ausgetauscht haben.» Er lehnte sich in seinem Stuhl zurück und schaute sie prüfend an. «Ich komme am Montag zurück. Und während ich weg bin, werde ich mir etwas ganz Besonderes für unser Wiedersehen einfallen lassen. Ich komme dann so gegen acht Uhr zu dir.»

Die Tür öffnete sich erneut, und Max trat ein.

«Alles klar, Max? Konnte Jim Ihre Fragen beantworten?»

«Die Sache ist geklärt», erwiderte Max, doch sein Gesichtsausdruck ließ eigentlich auf das Gegenteil schließen. «Es scheint da ein kleines Problem mit der Ablage gegeben zu haben.»

Andrew nickte verständnisvoll. «Tut mir leid, aber Sie wissen ja, wie es ist. Urlaubszeit, Vertretungen – da kommt schon mal was weg. Bis dann zufällig jemandem auffällt, dass etwas nicht stimmt. Vielen Dank, dass Sie uns darauf hingewiesen haben.»

«Das ist mein Job», sagte Max kurz. «Okay, Nina. Wollen wir uns wieder auf den Weg machen?»

Andrew erhob sich. «Wie wär's denn, wenn wir noch einen

Happen essen gingen? Natürlich nur, wenn ihr nichts weiter geplant habt.»

«Tut mir leid, das wird wohl nichts», entgegnete Max, wich dabei aber Ninas Blick aus. «Ich muss meinen Bericht über Ihre Bücher fertig machen. Und Nina hat sich sowieso schon beschwert, dass ich sie von ihrem derzeitigen Auftrag weggeholt habe.»

«Jammerschade. Nina, verzeih mir bitte, wenn ich dich von wichtigeren Aufgaben abgehalten habe», heuchelte Andrew aalglatt und sah seine Freundin lächelnd an. Nina stand auf. Sie war knallrot. Zum einen wegen Andrews Blick, zum anderen, weil Max' Augen mittlerweile zu ihrem zerknitterten Rock gewandert waren.

«Wenn Sie noch weitere Fragen haben, rufen Sie mich nächste Woche gerne an», sagte Andrew zu Max. «Ich bin wohl bis Montagmittag weg. Aber danach stehe ich ganz zu Ihrer Verfügung.»

«Fahren Sie irgendwohin, wo es schön ist?», fragte Ninas Kollege.

«Rotterdam. Ein neues Schiff beendet dort seine Jungfernfahrt aus Korea.»

«Glückwunsch. Rotterdam ist ein bisschen langweilig, soweit ich mich erinnere. Da ist Amsterdam schon ein anderes Pflaster.»

«O ja, Amsterdam mag ich auch sehr», erwiderte Andrew. «Aber Rotterdam ist gar nicht übel. Ich habe dort ein paar Freunde, mit denen ich wahrscheinlich in ein Hafenrestaurant in Scheveningen gehe, wo wir schon häufiger waren.»

«Okay, viel Spaß dann.» Max schüttelte Andrew die Hand und verließ zusammen mit Nina das Büro.

Er sagte erst etwas, als sie mit dem Taxi zurück in die Firma fuhren. «Dieser Rock war ein Fehlkauf, Nina. Du hast gerade mal zwanzig Minuten gesessen, und er ist total zerknittert. Um genau zu sein, sieht er aus, als hättest du ihn als Gürtel getragen. An deiner Stelle würde ich ihn umtauschen.»

«Halt die Klappe, Max!»

«Ich wollte doch nur helfen.»

«Konntest du deine Fragen klären?»

Er seufzte und rieb sich die Augen.

«O ja. Keine losen Enden. Die Buchhaltung wusste auf einmal genau über die Dinge Bescheid, von denen sie letzte Woche noch keine Ahnung hatte. Eine Rechnung war in einer falschen Akte, die nächste war falsch ausgestellt und ist jetzt durch eine korrekte vom Spediteur ersetzt worden. Dann gab es noch ein Dokument, das falsch datiert war und sich eigentlich auf Vorgänge im letzten Jahr bezog. Jetzt ist alles geklärt.»

Nina lächelte triumphierend. «Ich hab dir doch gesagt, dass er keine schmutzigen Geschäfte macht.»

«Das hast du gesagt.» Max schüttelte den Kopf. «Es lief einfach zu glatt. Der Buchhalter hatte eine Scheißangst. Ich wette, der hat einen Riesenärger bekommen, weil er mir beim ersten Mal nicht alle Fragen befriedigend beantworten konnte.»

«Verdammt nochmal, wieso beharrst du eigentlich so darauf, dass da irgendwas Merkwürdiges vor sich geht?»

Seine permanenten Verdächtigungen gingen ihr langsam wirklich auf die Nerven. Im Moment hatte Andrew bei ihr zwar auch keinen besonders guten Stand, aber was das Geschäftliche anging, sah sie keinerlei Grund für Max' Hexenjagd.

Ihr Kollege seufzte erneut auf. «Alle Abweichungen haben mit *Limanos Hellas* zu tun. Da gehen Gelder ein, die nicht zu erklären sind. Ich bin überzeugt, dass der Laden Geld wäscht. Aber wieso? Und wo ist die Verbindung zwischen den beiden Firmen?»

Nina warf ihm einen vernichtenden Blick zu. «Geldwäsche? So ein Blödsinn! Du hast ja keine Ahnung, Max. Ich weiß, wie die Firmen in Verbindung stehen. Andrew ist wie ein Sohn für

Costas Limanos. Er hat sich um ihn und das Geschäft seines Vaters gekümmert, nachdem seine Eltern umgekommen waren.»

Er starrte sie kopfschüttelnd an. «Sieh an, sieh an. Mr. Schleimer ist also in eine griechische *Cosa Nostra* verwickelt.»

«Ich bitte dich. Jedes Mal, wenn ich dir etwas erzähle, drehst du es so hin, wie es dir in den Kram passt. Und nenn Andrew niemals wieder Mr. Schleimer!»

Max zog eine Grimasse und hob in gespielter Kapitulation die Hände.

«Entschuldige. Kein ‹Mr. Schleimer› mehr, versprochen. Sei bitte nicht sauer. Aber eine Sache noch – danach hör ich auf, ganz bestimmt. Ich kann mich nicht erinnern, irgendwelche Eintragungen über dieses neue Schiff gesehen zu haben, für das er nach Rotterdam fährt. Im letzten Jahr hat er tatsächlich ein Schiff gekauft – die *Lady A*. Hast du irgendwelche Verträge, Rechnungen gesehen? Irgendwas, das auf ein weiteres Schiff hindeutet?»

Nina wurde langsam ungehalten. «Nein. Aber vielleicht wurde mit dem Bau ja erst dieses Jahr begonnen. Schließlich bearbeiten wir immer nur abgeschlossene Geschäftsjahre. Jetzt erzähl mir nicht, du glaubst, dass das mit Rotterdam eine Lüge war.»

Max zuckte mit den Schultern. «Nein, das wäre Quatsch. Du hast recht, der Bau kann erst nach dem letzten Geschäftsjahr begonnen haben. Oder er hat es halb fertig gekauft.»

«Hör zu, du bist einfach nur paranoid. Was immer es ist, es wird eine vernünftige Erklärung dafür geben. Und diese Idee mit der Geldwäsche ist einfach lächerlich.»

Der Kerl ist wirklich eine Plage, sagte sich Nina, während sie aus dem Fenster sah. Sie hörte Max schwer ausatmen und spürte dann, wie er den Arm um sie legte.

«Sei nicht wütend auf mich. Lass uns doch noch was essen gehen, bevor wir in die Firma zurückfahren.»

«Dazu ist keine Zeit. Das hast du Andrew doch auch gerade gesagt», erinnerte sie ihn.

«Na ja, ich wollte dich eben ganz für mich allein haben», erwiderte ihr Kollege frech.

Nina lachte. Sie musste an die Vorstellung denken, wie Max sie mit Andrew im Büro überraschte. Für sie war der Quickie zwar ziemlich unbefriedigend gewesen, doch sie würde sich auf keinen Fall an Andrew rächen, indem sie es jetzt mit Max trieb. Die beiden hatten mittlerweile eine gute Arbeitsbeziehung, deren leichte erotische Spannung sie zu einem fabelhaften Team machte. Es war völlig überflüssig, diese Freundschaft durch einen schnellen Rachefick aufs Spiel zu setzen.

Obwohl es überaus verlockend schien, Sex mit jemandem zu haben, der nicht von Andrew ausgesucht worden war. In den letzten Wochen war das einzige Erlebnis dieser Art ihre Begegnung mit Angie gewesen. Sie konnte sich noch gut erinnern, wie ihre Freundin versucht hatte, sie zu verführen.

Wieso nur waren die Menschen, die sie – außer Andrew – am meisten begehrten, ihre beste Freundin und ihr Arbeitskollege?

Nina rief sich in Erinnerung, dass sie trotz der Session im Büro immer noch sehr glücklich mit ihrem Freund war.

«Ich werde auf keinen Fall mit dir essen gehen», teilte sie Max mit. «Wie du zu Andrew sagtest, musst du diesen Bericht noch fertig machen. Geh doch einfach rüber in den Vegetarierladen und hol dir ein frisches, gesundes Sandwich. Ich hole mir einen Kaffee, und dann setzen wir uns ins Büro und tun so, als wäre es eine Bar.»

«Besten Dank», erwiderte er, «du kannst dir ja ein frisches, gesundes Sandwich holen, wenn du willst. Ich bringe es dir auf dem Rückweg vom Pub mit. Ich muss mich jedenfalls irgendwo hinsetzen und eine rauchen.»

Er warf einen bösen Blick auf das Nichtraucher-Schild im Taxi.

«Gibt es heutzutage eigentlich nur noch Nichtraucher-Taxis? Ich jedenfalls kriege nie eins zu fassen, in dem man rauchen darf.»

Nina lachte. «Es überrascht mich, dass du überhaupt Taxi fährst. Man sollte meinen, dass die meisten Fahrer es ablehnen, nach Hackney in die Pampa zu fahren.»

«Sehr witzig. Aber da ich meine Abende sowieso meistens dort draußen verbringe, braucht mich das ja nicht weiter zu kümmern.»

«Dann bist du also nicht daran interessiert, heute Abend mit Angie und mir in einen Club zu gehen?»

Max fuhr schlagartig hoch. «Ist das dein Ernst? Fragst du mich tatsächlich, ob ich mitkommen will?»

«Auf keinen Fall!», neckte sie ihn. «Ich dachte nur, dass du wahrscheinlich sowieso nicht mitkommst, weil du dazu aus deiner gewohnten Umgebung rausmüsstest.»

Das Taxi hielt vor ihrem Büro. Nachdem Max den Fahrer bezahlt hatte, drehte er sich aufgeregt zu Nina um.

«Hör mal, ich hab da eine ganz großartige Idee. Wieso kommst du heute Abend nicht mit Angie nach Hackney? Ich glaube zwar nicht, dass es dort viele Clubs gibt, aber ich kenne ein paar echt coole Pubs.»

Nina zog die Augenbrauen hoch. «Ich dachte, ich mache hier die Vorschläge.»

«Ja, aber es sind eben nicht die richtigen», konterte er schlagfertig. «Wäre es nicht toll, wenn deine beste Freundin und dein liebster Arbeitskollege sich gut verstehen? Dann könntest du mich in dein Privatleben integrieren, ohne dass ich dich ständig anmachen müsste.»

Nina platzte fast vor Lachen. «Du bist echt ein schwerer Fall, Max. Ich werde mal drüber nachdenken.»

«Also, ich werde so gegen halb neun im Tavern on the Park in der Edinburgh Road sein. Wenn du kommst, prima. Wenn nicht, sind dort genug Kumpels von mir, mit denen ich mich amüsieren kann.»

Er entfernte sich ein paar Schritte, drehte sich dann aber noch einmal um und zwinkerte Nina zu.

«Du kannst mir unmöglich widerstehen, Nina. Und das weißt du auch. Ich gehe nur schnell ein Sandwich essen und ein Bier trinken. Und auf dem Rückweg bringe ich dir dein Kaninchenfutter mit.»

Nina konnte sich das Lächeln nicht verkneifen, als sie mit dem Fahrstuhl in den vierten Stock fuhr. In gewisser Weise konnte sie ihrem Kollegen wirklich nicht widerstehen. Sein Humor, sein jungenhaftes Aussehen, seine Großspurigkeit – all das bildete einen starken Kontrast zu Andrews perfekten Manieren und seiner Weltgewandtheit. Max war zwar nicht gerade ihr Held, aber er war erfrischend.

Vielleicht würde es ja Spaß machen, mit ihm auszugehen. Und Angie wollte heute Abend auf jeden Fall etwas aufreißen. Das hatte sie Nina zumindest anvertraut.

«Hackney! Du nimmst mich auf den Arm, oder?», meinte Angie.

Nina hatte die Gelegenheit genutzt, die Freundin noch schnell anzurufen, bevor Max aus dem Pub zurückkehrte.

«Ja, ja, ich weiß. Aber Max scheint was für dich übrigzuhaben. Ich dachte, du wärst vielleicht interessiert.»

«Ach wirklich?» Angies Stimme hatte einen entschieden freudigeren Ton angenommen. «Der Kleine ist ziemlich niedlich, oder?»

«Nicht schlecht, wenn man auf diesen Typ Mann steht», antwortete Nina unverbindlich. «Nein, das ist eigentlich unfair. Er ist ganz süß. Und witzig. Andrew kann er allerdings nicht ausstehen.»

«Tatsächlich? Wieso denn?»

«Das kann ich dir nicht am Telefon erklären. Was meinst du also?»

«Ist mir eigentlich egal. Solange wir uns gut amüsieren, spielt es doch keine Rolle, in welcher Gegend wir sind. Hör zu, ich komme so gegen acht zu dir, und dann sehen wir weiter.»

Nina legte den Hörer auf und wandte sich ihrem Computer zu. Sie rief die Konten von Clyde, Surrey and Co. auf, war aber alles andere als bei der Sache.

Ihre Gedanken schweiften weit ab. Sie sah sich, wie sie ihren Rock für Andrew hob, damit er sie inspizieren konnte – das war scharf gewesen. Sie dachte daran, wie er in sie eingedrungen war, ohne dass sie es wollte – das war weniger scharf gewesen. Und sie stellte sich vor, wie Max darum bettelte, auch mal bei ihr ranzudürfen – auch geil. Max' Verdächtigungen bezüglich Andrews Konten – ausgesprochen ungeil.

Sollten die beiden Frauen sich nachher tatsächlich mit Max treffen, wäre es das erste Mal, dass Nina mit jemandem aus dem Büro ausginge. Die beiden Male, wo sie nach der Arbeit noch etwas mit ihm trinken gegangen war, zählten irgendwie nicht richtig. Jedenfalls war eine Vermischung von Beruf und Privatleben das Letzte, was sie wollte.

Es ist ja nur auf einen Drink, beruhigte sie sich. Wenn sie nur endlich das Bild aus dem Kopf bekäme, wie Max darum bettelte, sie befriedigen zu dürfen. Dann könnte sie auch mit ruhigem Gewissen sagen, dass solch ein Treffen ja nichts schaden könnte.

Natürlich wollte sie es sich auch nicht mit Andrew verderben. Nach seiner Reaktion auf ihre Lüge, dass sie Max von dem Strip-Club erzählt hätte, wäre er bestimmt nicht begeistert, dass sie mit ihrem Kollegen ausging – auch wenn das Ganze völlig harmlos war.

Er wird es schon nicht erfahren, sagte sie sich. Sie würde ihn noch nicht mal anlügen müssen. Wenn sie ihm erzählte, dass es zu nichts weiter gekommen wäre, würde er sicher schnell das Interesse an dem Abend verlieren.

Beruhte ihr Interesse an Max allein darauf, dass sie ihn ganz augenscheinlich dominieren konnte, wenn sie es wollte? Nina wusste es selbst nicht. Es war so ganz anders als mit Andrew. Bei ihm tat sie völlig hilflos nur das, was er wollte. Er hüllte sie in einen warmen Mantel der Dekadenz, während Max ein triumphierendes Gefühl der Macht in ihr auslöste, das sie genoss. Sehr sogar.

Nina wandte sich wieder dem Bildschirm zu. Doch noch bevor sie sich richtig konzentrieren konnte, wurde sie von Max unterbrochen, der ihr ein Ciabatta mit gebratener Aubergine und Hummus mitgebracht hatte. Während sie den Imbiss geradezu verschlang, gelang es ihr endlich, den Blick auf die Arbeit zu richten. Das nächste Projekt war leider nicht besonders interessant, forderte aber doch ihre ungeteilte Aufmerksamkeit. Nina hatte um halb fünf einen Friseurtermin und daher nur noch vier Stunden Zeit zum Arbeiten. Wie interessant ihr Sexleben auch war, eigentlich sollte sie schon in der Lage sein, ihrem nächsten Klienten wenigstens diese paar Stunden zu widmen.

«Du siehst fantastisch aus!»

Nina drehte eine Pirouette vor ihrer Freundin. «Du hast recht», gab sie zu. «Er hat es sogar noch besser gemacht, als ich erwartet hatte.»

Statt des glatten Bobs war ihr Haar nun rundherum gestuft, und die einzelnen Strähnen umgaben ihren Kopf mit einem schimmernden Kranz. Hinten war es zwar fast genauso lang wie vorher, doch die Stufen gaben der Frisur eine lockerere Form und lösten die glockenförmige Silhouette auf, die Nina immer ein wenig irritiert hatte. Auch ihr Pony war fedrig gestuft und sah weicher und aufregender aus als der Helm, den sie jetzt jahrelang getragen hatte.

«Hast du auch Strähnchen drin?», fragte Angie.

«Nein. Das sieht nur so aus, weil Licht in die abstehenden Strähnen fällt.»

Nina war mit dem vagen Wunsch zum Friseur gegangen, sich «ein bisschen was Wildes» machen zu lassen, was aber auch für die Arbeit noch passend war. Und der Mann hatte ganze Arbeit geleistet.

«Jetzt würde ich gern wissen, wieso Sie mir so was nicht schon viel früher vorgeschlagen haben, Heinz», hatte sie ihn gefragt, als sie sich fertig gefönt und gestylt im Spiegel sah.

Ihr Friseur hatte die Stirn gerunzelt.

«Um ganz ehrlich zu sein, Nina, hat die Frisur bisher immer sehr gut zu Ihnen gepasst. Sie waren der Idealtyp für einen strengen Bob», hatte der Deutsche ihr in seinem gestelzten Englisch geantwortet, «aber irgendwas hat sich verändert. Ist es nicht so? Sie sind jetzt eher eine wilde, aufreizende Person. Wie kommt das?»

Nina hatte gekichert. «Das ist eine lange Geschichte, Heinz. Vielleicht erzähle ich sie Ihnen beim nächsten Mal.»

Angie lachte, als die Freundin ihr die Geschichte bei einem Drink erzählte.

«Und – du wilde, aufreizende Person – hast du dir schon überlegt, was wir heute Abend machen? Es klingt, als sollten wir hierbleiben und uns Wiederholungen von irgendwelchen Comedyshows ansehen.»

«Haha. Also, du bist jedenfalls eher für einen Club angezogen als für ein Trinkgelage in Hackney.»

Angie trug schwarze Hüftjeans, die bis zum Knie reichten, und ein bauchfreies Bandeau-Top in derselben Farbe. Ihre Bräune war jetzt wesentlich intensiver als bei ihrer intimen Begegnung vor einer Woche, hatte aber immer noch einen sexy Goldschimmer und sah nicht so billig aus, als stamme sie aus der Tube. Sie hatte eine engsitzende, dunkelrote Häkeljacke an, die Arme und Schultern bedeckte, und der Lippenstift passte perfekt zum Oberteil.

«Meine Klamotten sind zum Aufreißen gedacht», erklärte Angie mit einem breiten, lasziven Lächeln. «Und deine sehen auch so aus. Dabei hat es doch eigentlich den Anschein, als würde dein Mann dich in dieser Hinsicht ganz gut versorgen?!»

Nina war im Gegensatz zu Angies schwarz-rotem Look ganz in Weiß gekleidet. Sie hatte sich von dem Chiffonkleid der Carmen-Imitation aus dem Strip-Club inspirieren lassen und trug einen wadenlangen Plisseerock, der durch die doppelte Stofflage allerdings nicht durchsichtig war. Als Oberteil hatte sie eine enggeschnittene, hüftlange Seidenweste gewählt, durch deren tiefen Ausschnitt ihr Dekolleté hervorblitzte. Der Tänzerinnenlook wurde noch durch ein paar weiße Pumps betont.

«Wie sehe ich aus?», fragte sie gespannt. «Das hatte ich letzte Woche für eine Verabredung mit Andrew gekauft. Ich dachte, dass ich das erste Mal à la Marco Pierre White essen gehen würde, aber stattdessen schlug er vor, ich sollte mir ein Tattoo stechen lassen. Und ich wollte nicht unbedingt wie das Mitglied einer Balletttruppe in ein Tätowierstudio in Soho marschieren.»

Angie lachte. «Warum denn nicht? Schließlich lassen sich alle möglichen Leute tätowieren. Und wieso hast du das nicht gleich gesagt? Zeig mal her!»

Ihre haarlose Muschi wollte Nina zwar nicht präsentieren, aber ihr fiel kein Grund ein, wieso sie der Freundin nicht ihr Tattoo zeigen sollte. Also zog sie ihren Rock nur ein bisschen herunter und das Oberteil ein wenig hoch, sodass Angie einen guten Blick auf den Meteoritenregen hatte, ohne zu sehen, dass Ninas Möse total rasiert war.

«Wow! Das sieht ja fantastisch aus. Weißt du noch, als wir uns überlegt haben, ob wir uns was auf die Schultern machen lassen?»

«Ja. Und ich weiß auch noch, dass uns das zu gewöhnlich vorkam. Aber das hier hatte ich mal an jemandem gesehen, und es hat mir sehr gut gefallen.» Sie sah an sich herunter zu dem sichelförmigen Sternenregen auf ihrem Bauch. Wie vorhergesagt war die Tätowierung kaum noch verschorft und auch die Schwellung abgeklungen. «Und wie der Typ in dem Studio meinte, werde ich jetzt sicher aufpassen, dass ich mich nicht sinnlos vollstopfe. Sonst habe ich nämlich bald eine ganze Milchstraße auf dem Bauch und nicht nur ein paar Sterne.»

«Ich könnte mir gut vorstellen, jetzt auch eins stechen zu lassen. Besonders wo du anscheinend einen guten Laden gefunden hast», erklärte Angie. «Aber es ist schwer, sich für ein Motiv zu entscheiden.»

«Ja, ich habe mich eine Ewigkeit durch langweilige Vorlagen gekämpft. Wieso lässt du dir nicht lieber den Bauchnabel piercen? Oder wie wär's mit einem Ring durch die Schamlippen?»

«Das wäre ein Albtraum! Ich will auf keinen Fall, dass irgendwas Scharfes auch nur in die Nähe meiner intimsten Stellen kommt», entfuhr es Angie entsetzt. «Das hast du dir doch wohl nicht auch machen lassen, oder?»

«Keine Sorge», antwortete Nina, «das hat er nicht mal vorgeschlagen. Obwohl es mich nicht überrascht hätte ...»

«Hast du nicht irgendwie das Gefühl, dass diese Tätowierung irgendwie ... Na ja, ist es nicht fast so, als hätte er dir sein Brandzeichen verpasst?», fragte Angie neugierig.

«Ja», entgegnete Nina schlicht. «Aber das kommt nur, weil es seine Idee war – und wir das wissen. Andere Menschen würden niemals darauf kommen. Die werden nur denken, was für ein sexy Tattoo das ist. Also spielt das keine Rolle.»

Angie nickte. «Echt cool. Aber jetzt erzähl doch mal von deiner Nacht der Lüste in seiner Wohnung!»

«Penthouse, bitte ...»

Sie tranken die Flasche Chardonnay aus, während Nina von den Fotografien und der Stachelbeercreme berichtete. «Klingt sehr nach Fraueninstitut», kommentierte Angie bissig. Sie bestand darauf, dass Nina auch die Begegnung mit Beverley noch einmal en détail Revue passieren ließ.

«Verdammt, Nina, ich bin jetzt schon ganz geil», tönte sie und wand sich aufreizend in ihrer schwarzen Hose. «Wirst du mich jetzt endlich nach Hackney fahren, damit ich es mit Max treiben kann? Oder versuchen wir unser Glück in der Stadt?»

«Es gibt nur eine Möglichkeit, das zu entscheiden.» Nina nahm eine Münze aus ihrem Portemonnaie und warf sie in die Luft. «Kopf ist Hackney, Zahl ist Stadt.» Sie sah auf die Münze. «Kopf. Könnte dein Abend werden. Oder sollte ich sagen: Max' Abend?»

Angie zwinkerte. «Na ja, wenn du sagst, dass er mit seinen Freunden dort ist, könntest du ja auch was klarmachen. Es sei denn, du willst deinem Liebsten treu bleiben.»

«Von Monogamie war nie die Rede», erwiderte Nina so spontan, dass beide Frauen laut lachen mussten.

«Ich war noch nie in Hackney. Kriegt man dahin überhaupt ein Taxi?»

«Das habe ich Max auch gefragt!», prustete Nina. «Nein, wir fahren erst mit der U-Bahn zur Old Street und dann mit dem Bus weiter.»

«Das ist ja fast, als würdest du zur Arbeit fahren», kicherte Angie. «Na komm, auf ins East End.»

Auf dem Weg zur U-Bahn-Station trafen sie den «Mach's gut»-Penner von neulich mit einem Freund, doch die waren zu beschäftigt mit ihrer Sherryflasche und hatten den Mädchen nichts zu sagen. Nina war ganz mulmig zumute geworden, als sie die Truppe sah, und war immer noch zu peinlich berührt, um Angie von dem anzüglichen Kommentar der letzten Woche zu erzählen. Doch sie lachte innerlich, denn jetzt hätte sie mit ruhigem Gewissen erwidern können, dass sie keine haarige Muschi mehr hatte.

Stattdessen erzählte sie der Freundin von Max' Abneigung gegen Andrew und den Verdächtigungen bezüglich seiner Geschäfte. Da Angie selbst Buchhalterin war, wischte sie sofort alle Bedenken beiseite, dass an der Buchhaltung von *Anmar Shipping* irgendetwas nicht stimmte.

«Oh, und da ist noch was», fiel Nina ein, als sie aus dem 55er-Bus stiegen und in Richtung Edinburgh Road gingen. «Max denkt, dass wir bisexuell sind. Und er hat gesagt, dass er es mit uns beiden gleichzeitig aufnehmen könnte.»

Angie kicherte. «Ich hoffe, du hast ihm gesagt, dass wir Schubladendenken gar nicht schätzen.»

Nina grunzte vor Lachen. «Ist Hackney nicht so was wie ein Homo-Viertel? Wenn Max da mal überhaupt eine Chance hat. Vielleicht landen wir ja eher mit ein paar Frauen im Bett.»

«Ich hätte nichts dagegen. Besonders nachdem ich die Geschichte über Beverley gehört habe», sagte Angie. «Würdest du es nochmal tun?»

Nina dachte kurz nach. «Wenn es jemand wie Beverley wäre, schon. Sie war so schön und nett, dass ich wirklich auf sie abgefahren bin. Aber einfach nur so würde ich es nicht tun.»

«Ja. Mir geht's genauso. Aber ich fände es trotzdem klasse, Max ein bisschen damit heißzumachen. Ein Mann kommt am besten in Fahrt, wenn er glaubt, dass er vielleicht Lesben-Action erleben wird.»

Sie hakte sich bei Nina unter. Als die beiden Frauen um die nächste Ecke bogen, lag ein wunderschöner Park vor ihnen.

«Ich weiß gar nicht, wieso andauernd so schlecht über Hackney geschrieben wird. Ich finde, es sieht fast ein bisschen aus wie in Clapham.»

«Ja, oder wie Regents Park. War nur ein Spaß.»

Angie lachte. «Vielleicht nimmt Max uns nachher ja mit in

sein Penthouse – und das sieht dann genauso aus wie das von Andrew.»

«Aber ich wette, Max hat keine Haushälterin, die ihm Stachelbeercreme macht.»

Als sie den Pub sahen, hörten sie auch schon die entsprechende Geräuschkulisse. Es standen Leute vor der Tür, und die Luft war erfüllt von Lachen und Gesprächen. Das Publikum schien recht jung zu sein, und Angie fiel erleichtert auf, dass mehr Männer als Frauen dort waren.

«Ich glaube, wir brauchen deinen Max gar nicht», sagte sie zu Nina. «Zumindest haben wir hier ein paar Alternativen. Das wird bestimmt ein toller Abend!»

Max zündete sich eine Zigarette an und sah sich nervös um.

«Was ist denn los, Max? Erwartest du jemanden?»

«Eigentlich nicht, George. Ich habe da nur so ein Gefühl – als ob jeden Moment die Liebe meines Lebens durch diese Tür kommen würde.»

George lachte. «Wenn man bedenkt, dass die Lieben deines Lebens jeweils nur ein paar Wochen halten, wäre es wohl nicht so wild, wenn du die nächste verpasst.»

«Ja, du hast recht. Wollten Jed und Al heute Abend nicht auch kommen?»

«Die sind mittlerweile wahrscheinlich im *Ark*. Wollen wir auch weiterziehen?»

«Noch eine Minute, Mann. Lass uns noch einen nehmen.»

«Okay.» George zuckte mit den Schultern. «Noch eine Limo für mich.»

Max wandte sich in Richtung Bar und bestellte ein Bier und eine Limonade. Es war bereits nach zehn, und er war richtig genervt. Obwohl er sich die ganze Zeit verboten hatte, mit Nina und Angie zu rechnen, konnte er doch nicht umhin, auf ihr Erscheinen zu hoffen. Aber er wollte auch nicht den ganzen Abend hier rumstehen. Es war wahrscheinlich einfach ein bisschen viel von den beiden Frauen verlangt gewesen, für ein paar Drinks den ganzen Weg von Clapham hierherzufahren.

Außerdem war es wahrscheinlich am besten, wenn er Nina nicht sah. Max wusste genau, dass mit Mr. Schleimer irgendwas nicht stimmte. Er hatte die Akten noch einmal überprüft und absolut nichts bezüglich des neuen Schiffes finden können. Auch ein Anruf bei der Schiffsversicherung Lloyd's hatte ergeben, dass es in Korea kein neues Boot gab, das sich gerade auf seiner Jungfernfahrt nach Rotterdam befand.

Wieso fuhr der Kerl also nach Rotterdam? Wenn er denn tatsächlich dort oder sonst wohin unterwegs war!

Plötzlich wurde er von Georges aufgeregter Stimme aus seinen Überlegungen gerissen. «Es war eine verdammt gute Idee, noch was zu bestellen, Max. Ich glaube nämlich, dass ich gerade die Liebe *meines* Lebens gesehen habe – zumindest wenn ich vor diesen ganzen anderen Pennern an sie rankomme.»

Max drehte sich um, mit den Drinks in der Hand. Und das war auch gut so, denn wahrscheinlich hätte er sonst peinlicherweise vor Freude geklatscht. Georges Blicke klebten an Nina und Angie, die sich Arm in Arm einen Weg zum Tresen bahnten.

«Welche von beiden, George?», fragte er und versuchte, ein erfreutes Glucksen zu unterdrücken.

«Die in Weiß, Mann», antwortete sein Freund. «Ich muss schnell machen.»

«Musst du nicht», sagte Max. Ihre Blicke kreuzten sich, und er winkte Nina zu. «Sie kommen hier rüber.»

«Du gemeiner Mistkerl! Du hast das eingefädelt! Ich liebe dich, Mann!»

«Ich habe gar nichts für dich eingefädelt», erwiderte der überglückliche Buchprüfer lachend.

Max machte die drei miteinander bekannt, als die beiden Frauen am Tresen angekommen waren.

«Ich habe Nina doch bestimmt schon mal erwähnt», fügte er in Georges Richtung hinzu.

Als er sich wieder zur Bar drehte, um Red Bull mit Wodka zu bestellen, legte George eine Hand unter Ninas Ellenbogen.

«Ich weiß nicht, wieso – Max schwärmt zwar die ganze Zeit von dir, aber ich hätte nicht gedacht, dass du so toll aussiehst.»

«Wieso? Was hat er denn sonst für einen Geschmack bei Frauen?»

«Einen ganz schlechten», antwortete George lachend.

Max verteilte die Getränke. «Du hättest sie mal vor ein paar Stunden sehen sollen, George. Vorstandsetagenfrisur und Leinenkostüm. Sie muss Besuch von einer guten Fee gehabt haben.» Max verkniff sich das Wort «zerknittert» bei der Beschreibung ihres Outfits von vorhin. Stattdessen berührte er mit strahlendem Lächeln Ninas Haare. «Du siehst toll aus – wenn auch nicht mehr so ganz wie eine Buchprüferin.»

«Nein. Ich werde mir wohl eine Brille zulegen müssen. Aber Angie hättest du doch ganz bestimmt auch nicht für eine Buchhalterin gehalten, oder?»

«Auf keinen Fall. Aber ich hätte nichts dagegen, mal deine Konten zu prüfen, Angie.»

George schnitt eine Grimasse. «O Gott, jetzt legt er richtig los. Reicht die Kotztüten rum.»

Max spürte ein unwillkürliches Verlangen, den Arm um Angies Schulter zu legen. Er versuchte noch, sein Strahlen ein wenig abzumildern, wusste aber, dass ihm das kaum gelingen würde. Sie lachte ihn aus, und ihr kehliges Lachen klang für ihn nach reinem Sex. Das wird ein magischer Abend, sagte er sich, als er in ihr Lachen einstimmte und nebenbei beobachtete, wie George und Nina sich miteinander bekannt machten.

«Und womit verdienst du deinen Lebensunterhalt, George?»,
fragte sie ihn.

Er sah sie etwas verlegen an. «Na ja, ich bin bei der Polizei.»

«Das muss dir gar nicht peinlich sein», lachte sie. «Aber jetzt
erzähl mir nicht, dass du gerade im Dienst bist und deshalb
Limonade trinkst.»

Er nickte. «Sozusagen. Zwar noch nicht jetzt, aber wenn die
Pubs schließen, habe ich Dienst in Soho.»

«Und da musst du dann Besoffene und Verwirrte auflesen?»

«Gott sei Dank nicht. Eine Uniform trage ich schon lange
nicht mehr. Um genau zu sein, ist das hier meine Uniform.» Er
zeigte auf sein T-Shirt und seine Army-Hose. «Ich überprüfe
Clubs und so weiter.»

«George hat übrigens mal ein paar Nachforschungen über
deinen Freund Costas angestellt, Nina», unterbrach Max das
Gespräch. Er konnte einen Anflug boshafter Freude nicht ver-
hehlen, als er seine Kollegin zusammenzucken sah. «Du hast
ihm sogar dabei geholfen. Er wusste nämlich nicht, dass er der
Patenonkel deines Freundes ist.»

Nina warf ihm einen finsteren Blick zu. «Mir war nicht klar,
dass ich der Polizei dienlich bin, als ich dir davon erzählte,
Max.»

«Moment mal», mischte George sich verwirrt ein. «Ich glaube, du hast mir noch nicht die ganze Geschichte erzählt, Max.
Heißt das etwa, dass du mit Andrew Marnington zusammen
bist, Nina?»

«Oh, tut mir leid, George. Ich dachte, er hätte dich in allen
Einzelheiten über mein Liebesleben aufgeklärt. Aber so weit ist
er wohl noch nicht gekommen.»

Max zuckte mit den Schultern. «Das war doch nicht so wichtig.»

Plötzlich fiel ihm Georges Gesicht ein, als er Nina zum ersten
Mal gesehen hatte. Er hätte ihm nicht erzählen sollen, dass

Nina einen Freund hat. Besonders wo es sich um Mr. Schleimer handelte.

«Aber jetzt ist er ja nicht hier», sagte er ausweichend. Außerdem musste George sowieso in zwei Stunden zum Dienst. Heute würde zwischen ihm und Nina also sowieso nichts laufen. Und wenn sie Mr. S. erst mal den Laufpass gegeben hatte, könnte aus der Sache ja immer noch was werden.

Nina schüttelte den Kopf und wandte sich wieder George zu. Obwohl er nicht gerade der südländische Typ war, auf den sie sonst abfuhr, mochte sie ihn sofort. Er hatte einen eindeutigen, aber zurückhaltend schottischen Akzent, und der rötliche Schimmer in seinem braunen Haar hatte sicherlich was mit seiner keltischen Abstammung zu tun. Seine dunkelbraunen Augen wirkten aufrichtig und vertrauenswürdig, und das Gesicht wurde von einem strahlenden Lächeln erhellt. Groß war er auch. Das gefiel ihr, denn Andrew war nicht viel größer als sie.

«Max hat was gegen Andrew», erklärte sie. «Er mag ihn einfach nicht.»

«Wahrscheinlich ist er einfach nur eifersüchtig, weil er mit dir ausgeht», vermutete George.

«Nein, das glaube ich eigentlich nicht. Aber wieso stellst du denn Nachforschungen über Costas an?»

George nahm einen Schluck von seiner Limonade. «Das ist schwer zu sagen. Hast du ihn schon mal getroffen?»

«Ja, ein paarmal. Er scheint okay zu sein – abgesehen davon, dass er wohl der älteste Mann der Welt ist.»

«Das kommt hin. Und wo hast du ihn kennengelernt?»

Nina dachte blitzschnell nach. «Das erste Mal traf ich ihn, als ich mit Andrew in einem Hotel in Belgravia etwas trinken war. Und das zweite Mal in einem Club in Soho.»

«Und Madame Saphianos hast du auch schon mal getroffen?»

«Seine Nichte? Ariadne? Nur ganz kurz. Sie ist eine sehr eindrucksvolle Frau.»

«Das kann man wohl sagen. Die hat ihre Finger auch überall drin.»

Zum Glück weiß er nicht, dass ich meine Finger schon mal in ihrer Freundin drinhatte, dachte Nina zweideutig, und Beverley tauchte vor ihrem inneren Auge auf.

«Worin denn genau?»

«Oh, in einer Model-Agentur, in ein paar Clubs, einer PR-Agentur – in allem Möglichen.»

«Aber Costas und Andrew sind doch nur in der Reedereibranche, oder?»

«Ja, aber Costas scheint auch bei einigen Angelegenheiten seiner Nichte mitzumischen.»

«Aber doch wohl alles legal, nicht wahr? Wo liegt denn das Problem?»

George schüttelte den Kopf und lächelte wieder. «Vielleicht gibt es ein Problem, vielleicht auch nicht. Aber wir müssen schließlich jede Spur verfolgen. Selbst wenn es so aussieht, als würden wir keine Aussicht auf Erfolg haben.»

«Daher stammen also Max' Verdächtigungen. Er hat ein Riesentheater wegen Andrews Büchern gemacht. Und schließlich hat sich rausgestellt, dass alles in bester Ordnung war.»

Er zuckte mit den Schultern. «So läuft es nun mal, Nina. Wollen wir eigentlich hierbleiben, oder nehmen wir den nächsten Drink woanders? Normalerweise ist unsere nächste Station immer *The Ark*. Das ist ein großartiger Laden. Tolle Musik, Spätausschank. Ihr könntet noch ein paar von unseren Freunden kennenlernen. Aber wenn ich drüber nachdenke, ist mir eigentlich gar nicht so richtig nach Menschen …» Sein eindeutiger Blick löste eine sofortige Reaktion bei Nina aus. Er gab ihr unmissverständlich zu verstehen, dass er an ihr interessiert war. Sie wusste, dass sie unter dem Blick seiner dunkelbraunen Augen langsam dahinschmolz. Sein schottischer Dialekt gab seiner Stimme ein raues, schmeichelndes Timbre, dem sie stundenlang hätte zuhören können. Nina stellte sich bereits vor, wie er ihr mit dieser Stimme und diesem Dialekt schmutzige Dinge ins Ohr flüsterte.

Vielleicht hatte sie zu viel ferngesehen, doch die bloße Tatsache, dass er Polizist war, machte sie ausgesprochen an.

Verdammt! Sie wusste genau, dass er ihr diese Gedanken von den Augen ablesen konnte. Wenn sie ehrlich war, machte ihr das allerdings gar nichts aus.

Aber er musste ja zum Dienst. Also bestand gar keine Gefahr.

Kapitel 9

Es war einer dieser magischen Abende. Die Chemie zwischen den vieren stimmte, und die Konversation sprühte vor Witz. Nina meinte, Angie noch nie so lachen gesehen zu haben. Vielleicht war es der Alkohol, doch es schien, dass der schlagfertige Abtausch zwischen ihr und Max nie geahnte Höhen erreichte. George erwies sich als ebenso charmant wie attraktiv. Er hatte einen trockenen Sinn für Humor, den sie eindeutig seiner schottischen Herkunft zuschrieb.

The Ark war ein ausgefallener und völlig entspannter Laden. Durch seine Lage in einer Nebenstraße war er nicht so voll wie der Pub am Park, und die Klientel war ein bisschen älter und lockerer. Die vier zwängten sich auf eine Sitzbank und tranken Bier von der hauseigenen Brauerei. Schon beim Reinkommen hörten sie die jazzigen Klänge eines Klavierspielers, zu dem sich schon bald ein Gitarrist und eine schwarze Sängerin gesellten. Die Frau gab mit unglaublich tiefer Stimme eine Mischung aus Tamla-Songs und Jazz-Standards zum Besten. Es war alles fast zu cool, dachte Nina.

«Hackney! Ich meine, mal ernsthaft – ich dachte, die Einkaufspassage und die Windhund-Rennbahn wären hier so ziemlich der Gipfel der Kultiviertheit.»

Max grinste sie an. «Nur weil du im ehemals noblen Clapham in einer Zeitschleife festhängst, heißt das noch lange nicht, dass der Rest der Stadt sich nicht weiterentwickelt hat», sagte er. «Zugegeben, als ein Freund von mir vor ein paar Jahren nach Hackney zog, dachte ich auch, er wäre verrückt. Bis ich hier mal mit ihm ausgegangen bin. Ich wette, über kurz oder lang wirst du auch herziehen.»

«Auf keinen Fall! Der Laden hier ist toll, aber ihr habt hier diese schrecklich runtergekommene Hauptstraße gleich um die Ecke. Das ist nun echt kein Vergleich mit Lavender Hill und seinen Feinkostläden und Restaurants.»

«Geschäfte und Restaurants sind nicht unbedingt Max' Sache», mischte sich George ein. «Er verbringt seine Zeit lieber in schmierigen Imbissen und Pubs. Hab ich recht, Maxie?»

«Ja, eigentlich schon», gab Ninas Kollege zu. «Aber gleich um die Ecke gibt es auch hier einen Feinkostladen. Und in dem kaufe ich sogar ab und zu ein. Und wir haben *Marks & Spencer*. Das reicht doch wohl aus.»

«Und du musst zugeben, dass du auch nicht gerade eine Gourmetköchin bist, Nina», gab Angie heimtückisch zu bedenken.

«Miststück!», lachte Nina. «Okay, Ange, du ziehst nach Hackney, und ich überlege mir dann später, ob ich auch meine Sachen packe.»

«Wohnst du etwa auch in Clapham?», fragte George.

«Fast. Eher an der Grenze zu Balham», erwiderte Angie. «Was ich vermissen würde, ist die U-Bahn. Bei dem Wetter ist es ja noch ganz okay, auf einen Bus zu warten. Aber im Winter? Nein danke.»

George sah auf die Uhr. «Apropos! Ich muss jetzt mal los.»

«Ach ja. George hat sein Mobilitätsproblem gelöst», erklärte Max. «Werd Polizist, arbeite Schicht – und dann bekommst du einen neuen Alfa.»

«Sehr eindrucksvoll», sagte Nina. «Ich mag Autos. Du musst mich irgendwann mal mitnehmen.»

George stand dicht bei ihr und fixierte sie mit seinen dunkelbraunen Augen. «Das werd ich tun. Versprochen.» Dann gab er erst ihr, dann Angie einen Kuss auf die Wange. «Genießt den Rest des Abends. Bis bald mal.»

Nina fühlte eine Mischung aus Ärger und Erleichterung darüber, dass er gehen musste. Natürlich war sie wegen Andrew nicht interessiert, sagte sie sich. Außerdem störte es sie, dass er Nachforschungen über Costas anstellte. Trotzdem hatte George definitiv Schwingungen ausgestrahlt, und zwar gute.

Es gelang denn dreien dennoch, sich auch ohne George zu amüsieren, und sie waren ganz überrascht, als sie gegen kurz vor zwölf gebeten wurden, die letzten Bestellungen aufzugeben.

«So ein Mist! Ich will den Abend noch nicht beenden!», entfuhr es Max, als Angie an den Tresen ging, um die letzte Runde zu ordern. «Amüsierst du dich, Nina?»

«Ach, ist dir das aufgefallen? Ich nehme an, du versuchst, mich mit George zu verkuppeln, weil du mit Andrew nicht einverstanden bist.»

Max warf ihr einen unschuldigen Blick zu. «Soll das ein Witz sein? Ich dachte, ich, du und Angie wären ein Trio. George war nur rein zufällig dabei.»

«Was für ein erstaunlicher Zufall, wo er doch Nachforschungen über Costas anstellt.»

«Jetzt erzähl mir nicht, dass er dir nicht gefällt.»

«Wahrscheinlich nicht ganz so offensichtlich, wie dir Angie gefällt.»

Er lachte, als Ninas Freundin mit den Getränken zurückkehrte. «Ja, aber sag ihr nichts. Sie soll mich nicht für leichte Beute halten.»

«Wer ist leichte Beute?», fragte Angie und warf ihr Haar nach hinten. «Solche Formulierungen schätzen wir gar nicht, stimmt's, Neen?»

Sie legte ihren Arm um Nina und warf Max einen strengen Blick zu. Er stöhnte.

«Verbündet ihr euch hier gerade gegen mich?»

«Das könnte durchaus sein. Was meinst du?», fragte Angie ihre Freundin verschwörerisch. Die beiden Frauen lachten.

«Hört mal, ich bin ein Unschuldslamm. Ich werde mit Frauen einfach nicht fertig. Macht mit mir, was ihr wollt.»

«Klingt interessant», stellte Angie fest. «Was hältst du davon, Nina? Lust, ein bisschen mit ihm zu machen, was wir wollen? Oder stehst du nur drauf, mit dir machen zu lassen, was andere wollen?»

Nina warf Angie einen vernichtenden Blick zu.

«Entschuldige», sagte Angie sofort.

Nina hoffte nur, dass Max nicht zwei und zwei zusammenzählte und die Anspielung mit ihrem zerknitterten Rock in Verbindung brachte.

«Wie gesagt», fuhr Max fort, «ich möchte nicht, dass der Abend schon endet. Wie wär's, wenn wir noch auf einen Absacker zu mir gehen?»

Schon das zweite Mal diese Woche machte die Wohnung eines Mannes großen Eindruck auf Nina. Zwar war Max' Appartement nicht so opulent wie das von Andrew, doch es hatte seinen ganz eigenen Stil. Die Wohnung erstreckte sich über zwei Etagen eines viergeschossigen viktorianischen Hauses, dessen Rückseite zum Kanal hin lag. Die erste Etage bestand aus einem offenen Wohnzimmer mit Küche. Max öffnete die Tür zu einem kleinen Balkon mit Blick auf den Kanal, dessen Wasser bei der leichten Brise verführerisch plätscherte. Eine Hängematte war quer über den Balkon gespannt, dessen Dekoration außerdem aus zwei hohen Aluminiumtöpfen bestand, in denen lilafarbene Gräser wuchsen.

Max schaltete zwei moderne schwarze Lampen an, die den Raum mit seinen kraftvoll gelben Wänden erleuchteten. Vor dem schwarzen Kamin aus Marmor waren drei kleine Sofas platziert, neben denen eine Stereoanlage und eine riesige CD-Sammlung standen.

Ihr Gastgeber ging in die überraschend aufgeräumte Küchenzeile, um etwas zu trinken zu holen. Nina folgte ihm.

«Bier? Wodka? Wein?» Er öffnete den Kühlschrank, in dem ein Vorrat an Beck's-Bier, zwei Flaschen Weißwein, drei Tetrapacks Orangensaft und eine Tüte Milch standen. Das Gefrierfach darüber war mit einer halbvollen Flasche Absolut und ein paar Fertiggerichten gefüllt.

«Ich bin sprachlos, Max. Das hast du doch sicher alles nicht extra für uns besorgt, oder? Du musst also immer so leben.»

Er kicherte. «Ja, ein Kühlschrank voller Bier. Entspricht das dem Klischee?»

«Ich nehme an, du hast eine Zugehfrau, die dafür sorgt, dass hier alles sauber und ordentlich bleibt?», fragte Nina und dachte an die Armee von Dekorateuren, Designern, Floristen und Haushälterinnen, die Andrew beschäftigte.

«Als ob ich mir das von unserem Gehalt leisten könnte. Da geb ich das Geld schon lieber für Schnaps aus und greif ab und zu mal selbst zum Staubwedel», meinte er grinsend. «Was darf's denn nun sein?»

Nina und Angie entschieden, dass sie gut noch einen weiteren Wodka vertragen könnten. Max goss die eiskalte Flüssigkeit in zwei Gläser und öffnete sich selbst noch ein Bier. Die Mädchen saßen auf einem der Sofas, während Max seine Musiksammlung durchging. Als schließlich die Stimme von Sharleen Spiteri erklang, setzte er sich Angie und Nina gegenüber.

«Deine Nachbarn müssen aber ziemlich entgegenkommend sein», stellte Nina fest, als die Musik immer lauter wurde. Max strahlte sie an.

«Das ist ja das Tolle an der Wohnung. Die Räume darunter sind genau andersrum angeordnet. Wir sitzen jetzt über ihrem Wohnzimmer. Und es kommt sogar noch besser. Das Paar, das dort wohnt, fährt jedes Wochenende in sein Landhaus. Ich kann also so viel Lärm machen, wie ich will. Außerdem ist dies ein Endhaus. An dieser Seite wohnt also niemand, und auf der anderen ist das Treppenhaus. Man hört rein gar nichts.»

Plötzlich griff er in eine Schublade und holte eine Tabaksdose heraus. «Wie wär's, wenn wir jetzt was rauchen?»

«Das habe ich seit Ewigkeiten nicht mehr getan», sagte Nina mit zweifelnder Stimme. Sie erinnerte sich an ihren Paranoia-Anfall bei ihrem letzten Dope-Erlebnis vor ein paar Jahren.

Angie lachte. «Hast du mir nicht erzählt, dass die letzte Sache, die du jahrelang nicht getan hattest, sich als unglaubliche Erfahrung herausstellte?», fragte sie verschmitzt.

Nina schnitt eine Grimasse in Richtung der Freundin. «Allerdings!», erklärte sie gestellt fröhlich. «Na gut, Max. Ich werde einen kurzen Zug nehmen. Vielleicht ist es ja doch besser, als ich es in Erinnerung hatte.»

Während sie an ihrem Wodka nippte, sah sie Max dabei zu, wie er mit gesenktem Kopf und voller Konzentration einen Joint drehte. Es war dieselbe Konzentration, die er auch auf seine Arbeit verwandte – ein Eifer, der so gar nicht zu seinem lässigen Charme passte. Nina merkte fast erstaunt, wie sehr sie ihn in letzter Zeit ins Herz geschlossen hatte. Sie fühlte sich auch noch gut, nachdem der Joint ein paarmal rumgegangen war. Max war schon wieder mit seinen CDs beschäftigt und erklärte, er würde jetzt nach etwas Ruhigerem suchen. Plötzlich erklang «Everybody Hurts» von REM.

«Wow! Das war im College eins meiner Lieblingsstücke», erklärte Angie und legte ihren Arm um Ninas Schulter. «Weißt du noch, wie wir das alle in der Zeit unserer Abschlussprüfungen immer gesungen haben?»

«Und ob», kicherte Nina. «Ist schon irre. Gerade dachte ich

noch, ich fühl mich richtig gut – und da legt er ‹Everybody Hurts› auf.»

Die drei bewegten sich im Takt der Musik und sangen mit, während Max noch einen weiteren Zug nahm und den Joint dann an Angie weiterreichte.

«Jetzt wird's langsam ein bisschen heiß», warnte er.

«Du oder der Joint?», fragte Angie.

Max setzte sich zu ihnen auf das Sofa.

«Dope bringt mich immer ziemlich in Fahrt. Und dann euer Anblick, wie ihr da Arm in Arm sitzt – ich kann mich kaum noch beherrschen.»

Nina ging es ganz genauso. Der Joint entfaltete definitiv seine Wirkung. Würde sie jetzt nicht mit ihrer besten Freundin und ihrem engsten Arbeitskollegen hier sitzen, hätte sie sich längst dem Verlangen hingegeben, tiefe Zungenküsse auszutauschen, sich an den beiden zu reiben und sie anzuflehen, gefickt zu werden. Doch für dieses Spiel waren die beiden nicht die Richtigen …

Nina spielte ein völlig anderes Spiel – eines, das sie noch viel mehr erregte.

«Du musst dich gar nicht zusammenreißen, Max», erklärte sie sanft, «denn ich habe hier das Sagen. Du musst einfach nur ein braver Junge sein und das tun, was ich dir befehle.»

Angie drehte sich zu Nina um, zog die Augenbrauen hoch und ließ lächelnd ihre Zungenspitze zwischen den Zähnen hervorblitzen.

«Und was ist mit mir?», schnurrte sie. «Habe ich hier auch irgendwas zu sagen?»

Nina zwinkerte und lächelte die Freundin an. «Wenn du die richtigen Sachen sagst, schon. Wie wär's mit einer kleinen Wiederholung von letzter Woche?»

Angie grinste breit. «O ja, sehr gern. Ich glaube, Max ist sicher auch damit einverstanden.»

Nina nickte. «Bestimmt. Wollen wir hoffen, dass er sich benimmt. Sonst müssen wir zurück nach Clapham fahren und in meiner Wohnung weitermachen.»

Max saß wie versteinert auf dem Sofa. Er wollte ganz offensichtlich auf keinen Fall vermasseln, was als Nächstes kommen sollte.

Die Mädchen wussten genau, wie es weitergehen musste. Ihre Münder trafen sich. Die Erinnerung an den Kuss der letzten Woche ließ den jetzigen noch tiefer werden. Unter dem Einfluss des Marihuanas umschlängelten ihre Zungen sich noch heftiger und hingebungsvoller als zuvor. Nina hatte bereits das Gefühl, sich darin zu verlieren, und übernahm daher schnell das Ruder. Sie schob Angie ein wenig zur Seite, sodass sie ihren Kopf auf Max' Schoß herunterdrücken konnte. Als sie sich über sie beugte, spürte sie die Hitze, die vom Schritt ihres Kollegen ausging. Langsam ließ sie die Zunge aus dem Mund der Gespielin gleiten und leckte zärtlich über Angies Lippen. Max atmete schwer.

«Alles klar, Maxie?»

Er nickte. «O ja, auf jeden Fall», keuchte der erregte Mann. Er wagte immer noch nicht, sich zu bewegen.

Nina lachte. «Braver Junge. Ich glaube, er hat einen Steifen, Angie. Kannst du mal nachsehen?»

Angie lächelte verführerisch und rieb mit der Hand sanft über die offensichtliche Beule in Max' Hose.

«Wow. Hier gibt es keinerlei Probleme, Neen. Wollen wir ihm erlauben, sein Werkzeug zum Einsatz zu bringen?»

Immer noch über die Freundin gebeugt, warf Nina ihrem Opfer einen prüfenden Blick zu. Er wagte nicht zu sprechen, sondern sah sie nur mit flehenden Augen an.

«Ich denke darüber nach. Aber nur, wenn er ein artiger Junge ist. Ich glaube, das wirst du hinkriegen, oder, Maxie? Wirst du alles tun, was ich dir sage?»

«Ja, Nina.»

Sie stand auf und sah auf die beiden hinab.

«Ich glaube, meine Freundin könnte ein bisschen Zuwendung gebrauchen. Was meinst du, Angie? Was hältst du davon, wenn er dir ein bisschen die Titten knetet?»

«Ja, geil», flüsterte Angie. «Einen Moment.» Sie griff mit beiden Händen langsam hinter sich und hob den Kopf etwas an. Dann hakte sie ihr Top auf und warf es auf den Boden, sodass ihre gebräunten Brüste von der roten Strickjacke umrahmt wurden.

«Hübsch, was, Max? Worauf wartest du noch?»

Das ließ der erregte Mann sich nicht zweimal sagen. Als Nina sah, wie ihr Kollege sich mit seinem blonden Schopf über Angie beugte und ihre Brüste massierte, spürte sie eine Welle der Erregung durch ihren Körper peitschen. Die Nippel ihrer Freundin hatten sich schon unter der ersten Berührung versteift. Dass die beiden extrem aufgegeilt waren, machte Nina nur noch mehr an.

«Ihr zwei könnt ruhig mal einen Laut von euch geben», forderte sie ihre Freunde auf. «Wie stellt er sich an, Angie? Und wie fühlt sie sich an, Max?»

«Sie ist der totale Wahnsinn», antwortete er gehorsam.

Angie wand sich unter seinen Berührungen. «Du hast herrliche Hände, Max. Er hat einen schönen, festen Griff, Nina. Willst du es nicht auch mal probieren?»

Nina lachte. «Vielleicht später. Wie wäre das, Max? Wirst du mit uns beiden fertig?»

«O ja! Was immer du willst, Nina. Du musst es nur sagen», keuchte er.

«Braver Junge. Zieh dein T-Shirt aus. Angie soll hier nicht die Einzige sein, die was zeigt.»

Während Max sich das T-Shirt über den Kopf zog, berührte Nina ganz sanft Angies Brustwarzen. Max stöhnte laut auf, als er die beiden miteinander sah.

«Du kannst dir gleich mal die Hose aufmachen und deinen Schwanz rausholen, während ich hier die Stellung halte», lockte sie ihn.

«O Gott! Ich bin im Himmel!», entfuhr es ihm schnaufend.

«Noch nicht. Aber die Chancen stehen gut. Wie du siehst, ist es Angie völlig egal, wer sie befummelt – solange es überhaupt jemand tut. Sie ist heute Abend nämlich auf einen guten Fick aus. Und ich würde sagen, da bist du genau der Richtige.» Sie betrachtete ihn eingehend. «Guter Body! Geiler Schwanz!»

Obwohl Max nicht gerade einen Waschbrettbauch hatte, waren Arme und Brust doch recht muskulös. Er war leicht gebräunt, und die feinen Haare auf seiner Haut waren etwas dunkler als die auf seinem Kopf. Auch sein Schwanz war sehr ansehnlich. Zwar nicht übermäßig lang, aber dafür ziemlich dick. Wesentlich dicker als der von Andrew, stellte Nina überrascht fest. Auch er hatte einen schönen Honigton, der durch das Braunrot seiner Eichel noch betont wurde. Aus der Spitze quoll bereits ein klarer Tropfen Wollustsaft.

«Sieh ihn dir mal an, Angie! Dann kannst du auch gleich den kleinen Tropfen ablecken, wenn du willst.»

Angie drehte langsam den Kopf.

«Mmmmh, sehr schön, Max», sagte sie anerkennend. «Hör mal, wenn uns die Madame hier heute Abend nicht ficken lässt, können wir uns gerne auch mal allein treffen.»

Max schloss die Augen, während ihre Zunge langsam seinen Schwanz hochwanderte. Sie setzte so weit unten an, wie seine geöffnete Jeans es zuließ, leckte um die Eichel herum und schluckte den klaren Tropfen seines Lustsaftes.

«Er schmeckt herrlich, Nina», informierte Angie die Freundin. «Willst du auch mal?»

«Ich glaube, ich möchte euch beide etwas nackter sehen», entschied Nina. «Steh auf und zieh deine Hose aus, Kleines. Und du kannst dich gleich ganz ausziehen», wies sie Max an.

Wie wunderbar, dass beide ihr sofort gehorchten. Schon bald lag Max ausgestreckt auf dem Sofa, während Angie nur mit ihrem schwarzen Spitzenhöschen und der Jacke bekleidet neben ihr stand.

«Du wirst dich doch wohl sicher auch noch ausziehen», sagte Angie und legte den Arm um die Taille der Freundin. «Ich wette, Max würde liebend gern deine Tätowierung sehen.»

Nina stöhnte in gespielter Genervtheit auf.

«Vielleicht wäre es mir lieber gewesen, wenn er gar nicht erfahren hätte, dass ich eine habe», erwiderte sie in scharfem Ton. «Wirklich, Angie, ich glaube, es wäre besser, wenn du einfach nur tust, was man dir sagt. Genau wie Max.»

«Entschuldige», ertönte es kleinlaut.

Trotzdem zog Nina ihre Seidenweste aus und zeigte ihre Brüste, die aus den halben Körbchen eines weißen Satin-BHs hervorlugten. Angie wusste ja, dass die andere Hälfte dieser Garnitur aus einem Höschen mit Öffnung im Schritt bestand, und gab einen kleinen Seufzer von sich. Die Kleine glaubt zu wissen, was jetzt kommt, aber mit einer rasierten Möse rechnet sie bestimmt nicht, dachte Nina voller Befriedigung. Sie drehte sich zu ihrer Freundin um und legte ihr den Finger auf die Lippen.

«Sei still!», forderte sie die Freundin auf und presste dann erneut den Mund auf ihre Lippen. Was Max wohl empfand, während er die beiden küssenden Frauen beobachtete – eine nur mit schwarzem Höschen und einer Jacke bekleidet, die andere in aufreizendem BH und Rock.

Nina streichelte Angies Brüste und ließ sich gleichzeitig von der Freundin in die steifen Nippel zwicken. Ihre Hände wanderten zu Angies Po und zogen sie dichter an sich heran. Sie rieben ihre Mösen aneinander. Natürlich nur, um Max aufzuheizen, sagte Nina sich.

«Bist du schon feucht, Angie?», fragte sie murmelnd. «Zeig

es Max.» Angie kicherte und stellte sich gehorsam neben Max'
Kopf. Die erregte Frau steckte die Daumen in ihren Slip und
zog ihn langsam herunter.

«Oh, Mann!», keuchte er, während seine Hand zögerlich zu
ihrem schwarzen Schamhaardreieck wanderte, so als rechnete
er damit, Nina könnte es ihm jeden Moment verbieten. Voller
Erregung sah sie zu, wie er auf ihren Befehl hin Angies feuchte
Muschi untersuchte.

«Nun sag schon! Ist sie feucht?», fragte Nina ungeduldig. Max
schloss die Augen und ließ seinen Finger tiefer in das Innere
seiner Gespielin wandern.

«Und wie feucht sie ist», antwortete er. «Klitschnass, würde
ich sogar sagen.»

Nina öffnete den Reißverschluss ihres Rockes, zog ihn aus
und stellte sich dann neben die Freundin.

«Und was ist mit mir? Bin ich auch schon so feucht wie sie?»

Max schlug die Augen auf, schloss sie aber sofort wieder.
Der Anblick ihrer rasierten Möse war einfach zu viel für ihn,
wie Nina triumphierend feststellte. Als auch Angie ihr rasiertes
Geschlecht sah, gab sie ein anerkennendes Stöhnen von sich.

«Wow, Nina. Wieso hab ich das nicht auch gemacht? Das ist
ja wirklich unglaublich.»

«Max!», musste Nina ihren Kollegen ermahnen, der ihre Frage scheinbar völlig vergessen hatte. Seine Finger wanderten,
ohne zu zögern, von Angies Fötzchen zu dem von Nina. Dabei
lächelte er glückselig.

«Ja, Nina, du bist genauso feucht», antwortete er endlich. «Ich
bin im Himmel, oder? Auf jeden Fall sehe ich Sterne.»

Nina lachte. «Sehr schön gesagt, Max. Aber hast du nicht zwei
Hände? Kannst du uns nicht beide gleichzeitig anfassen?»

«O mein Gott! Darf ich mich vorher aufsetzen?

«Nein, ich will, dass du auf dem Rücken liegen bleibst.
Eigentlich könntest du dich sogar auf den Boden legen.»

Max tat wie ihm geheißen und rollte hastig von dem Sofa herunter. Nina kniete sich neben ihn und gab Angie ein Zeichen, dasselbe auf der anderen Seite zu tun. Die beiden Frauen lächelten sich an und spreizten die Beine.

«Na los, Max! Besorg's uns!»

Mit langsamen Bewegungen ließ Max je einen Zeigefinger von den feuchten Mösen hin zu den geschwollenen Kitzlern und wieder zurück wandern. Danach schnipste er mit den Daumen sanft gegen die Lustknospen der beiden Frauen. Er schaute nach links: Angies Schenkel waren gebräunt und ein wenig füllig. Ihr Schamhaar war dunkel und seidig, ihr Liebessaft leicht cremig. Er schaute nach rechts: Der Anblick schockierte ihn auch diesmal. Nina trug noch immer ihr weißes Satinhöschen, das im Schritt offen war und ihren rasierten Venushügel zeigte. Ihre Spalte lag vom Kitzler bis hin zum Anus frei. So etwas hatte er noch nie gesehen. Und knapp über dem Bündchen des Slips hatte sie einen Sternenschauer tätowiert, der direkt auf ihre Scham zeigte.

Max steckte jeweils zwei Finger in die beiden Ritzen, sodass Nina ein wohliges Stöhnen von sich gab.

«Das machst du gut, Kleiner. Macht es dir auch Spaß?» Sie wartete seine Antwort gar nicht erst ab. «Schön weiter konzentrieren.» Max sah, wie seine Kollegin ihre Arme ausstreckte. Als er den Kopf wieder zur Mitte drehte, streichelte Nina bereits die Brüste ihrer Freundin. Die Münder der beiden Frauen kamen sich immer näher. Die Finger ihres Liebhabers fuhren immer tiefer und schneller in sie hinein, und seine Daumen bearbeiteten emsig die harten Kitzler – der von Angie war in dem schwarzen Schamhaar fast versteckt, während Ninas Lustknospe voller Stolz aus ihrer Möse hervorstand. Max war so geil, dass er meinte, das erste Mal seit seiner Teenagerzeit ohne jede weitere Berührung zu kommen. Der einzige Körperkontakt, den sein Schwanz bisher gehabt hatte, war Angies kurzes Lecken gewesen. Trotzdem hatte er das Gefühl, allein durch die Vorstellung ihrer Zungen zum Orgasmus kommen zu können.

Das ist wahrscheinlich der beste Moment meines Lebens, sagte er sich, während er beide Mädchen streichelte und knetete. Max war fast verzweifelt bemüht, Ninas Befehl zu folgen und die beiden zum Höhepunkt zu bringen.

Es war seine Intuition, die ihm verriet, dass Angie fast so weit war. Was Nina anging, konnte er das nicht so genau sagen, wusste aber ebenso instinktiv, dass seine Hände einen gleichmäßigen Rhythmus vorlegen mussten. Ein letztes Mal stieß er in die heißen, glitschigen Fotzen, erhöhte den Druck auf die Kitzler und wurde schließlich mit einem lauten Lustschrei von Angie belohnt. Gott sei Dank! Die keuchende Frau presste ihm ihre Muschi entgegen, deren Muskeln sich krampfartig um seine Finger zusammenzogen. Seine Hände waren jetzt so lange so konzentriert bei der Sache, dass es Max durchaus schwerfiel, mit der einen die Spannung bei Nina zu halten, während Angie die andere packte und sie so führte, wie sie es jetzt brauchte. Doch es dauerte nicht lange, bis seine Konzentration sich auszahlte und auch Nina sich wie wild gegen seine Hand aufbäumte. Angie hatte sich mittlerweile neben ihm auf den Boden fallen lassen, sodass er Nina seine volle Aufmerksamkeit widmen konnte. Er beobachtete, wie seine feuchte Hand ihr Fötzchen bearbeitete und ihr blanker Venushügel gegen seinen Daumen klatschte, als sie kam.

«Mmmh. Sehr gut, Max. Sehr gut ...», keuchte sie atemlos und rieb sich dabei immer noch etwas an ihm. «Hattest du auch deinen Spaß, Angie?»

«Allerdings», murmelte Angie zufrieden und legte ihren Kopf mit geschlossenen Augen auf Max' Brust. «Ich könnte sofort einschlafen.»

Dieser Satz rief eine gewisse Besorgnis bei Max hervor. Sein

Schwanz war steinhart, und er wusste genau, dass er es nicht mehr lange aushielt. Was sollte er tun, wenn die Mädchen sich jetzt umdrehten und einschliefen? Es erschien ihm völlig abwegig, jetzt wichsen zu müssen, wo er doch zwei heiße Miezen neben sich liegen hatte.

Aber Nina schaute Angie empört an und gab ihr einen Klaps auf den Po. «Jetzt sei mal nicht so verdammt egoistisch. Was soll denn dann aus dem armen Max werden?»

Angie schlug die Augen wieder auf. «Oh, entschuldige, Max. Nur eine Minute, ja? Du hast das so toll gemacht, dass ich mich nur gerade völlig ausgelaugt fühle.»

Nina lachte. «Und ich hab's nie glauben wollen, wenn sie dich bei der Arbeit einen Wichser genannt haben.»

«Hey! Wer hat mich als Wichser bezeichnet?»

«Ich mach doch bloß Spaß, du Idiot!» Sie drehte sich um und gab ihm einen spielerischen Klaps auf den Arm. «Ich finde es nur einfach ein bisschen ungerecht, dass ich nicht dieselbe Behandlung wie Angie bekomme.»

Er lächelte sie an. «Und bekomme ich dafür auch dieselbe Gegenleistung?»

«Vielleicht bekommst du sogar was noch Besseres. Ich werde drüber nachdenken. Hol du uns in der Zeit noch was zu trinken. Ich verdurste.»

Max tappte in die Küche. Der kühle Kachelboden fühlte sich sehr angenehm an – obwohl er auch nicht zu sehr abkühlen wollte. Er konnte immer noch nicht glauben, was da passierte. Dies war definitiv der beste Abend seines Lebens.

Er goss einen Liter Orangensaft in einen Krug und stellte ihn zusammen mit drei Gläsern auf ein Tablett. Dann fiel ihm ein, dass er durchaus ein weiteres Bier trinken könnte, und entschloss sich nach ein paar Sekunden, auch noch die Wodkaflasche aus dem Eisfach zu nehmen und auch diese mit auf das Tablett zu stellen.

Du bist wirklich ein perfekter Gastgeber, Max, dachte er bei sich, als er mit dem vollbeladenen Tablett zurück ins Wohnzimmer eilte. Wollen wir nur hoffen, dass das auch entsprechend belohnt wird. Aber ich denke, davon kann man ausgehen …

«Jetzt fühl ich mich ganz schuldig», entfuhr es Nina, als Max außer Hörweite war. «Ich glaube, ich werde Andrew lieber nichts davon erzählen.»

«Konntest ihm nicht widerstehen, was?», neckte Angie sie.

«Ihm schon. Schließlich ist er nur ein Freund. Ich wollte nur unbedingt kommen. Aber ich musste ihm einfach befehlen, es uns zu besorgen. Und dann stellte ich mir vor, dass es mir nicht kommen würde und ich ihn dafür bestrafe», erklärte Nina und lehnte sich auf dem Sofa zurück.

«Bestrafen? Wie denn?»

«Na ja, ihn fesseln, stundenlang aufheizen, ihn betteln lassen, einfach schlafen gehen und ihn warten lassen – solche Sachen.»

Die beiden Frauen mussten lachen.

«Ich muss schon sagen, Nina, ich glaube, in dir steckt eine echte Domina.»

«Domina? So weit würde ich nun nicht gehen. Ich mag es nur einfach, Macht über jemanden zu haben», erwiderte Nina nachdenklich. «Auspeitschen möchte ich eigentlich niemanden. Aber der Gedanke, die Situation zu kontrollieren, hat was …»

«Klingt ja fast, als wolltest du Andrew nacheifern», bemerkte Angie sarkastisch.

«Das ist ja genau das Problem. Ich bin etwas unsicher, ob ich das mit Max nicht nur mache, um mich eigentlich an Andrew zu rächen. Oder ob ich wirklich gern diejenige bin, die das Kommando hat. Und wenn Letzteres der Fall ist, wie um alles in der Welt soll ich dann die Sache mit Andrew fortsetzen?»

Die dunkelhaarige Frau zuckte mit den Schultern. «Du bist

doch immer noch scharf auf Andrew. Wieso triffst du dich also nicht weiter mit ihm, hältst dir aber gleichzeitig jemanden, den du nebenher ein bisschen rumschubsen kannst?» Sie sah Nina verschmitzt an. «Zum Beispiel jemanden wie George. Der hat dir doch ein feuchtes Höschen beschert.»

«Frechheit! Das stimmt doch gar nicht!»

«Ach nein? Ich hab doch gesehen, wie du ihn angeschaut hast. Das kann man dir allerdings auch wirklich nicht übelnehmen. Sexy Stimme.»

«Wer? Ich?» Max betrat mit dem Tablett voller Gläser, Krüge und Flaschen den Raum. Er hielt es knapp über seinem immer noch harten Schwanz und sah aus wie die männliche Version eines Playboy-Häschens.

«Nein. Dein Freund George. Ich sagte gerade zu Nina, dass sie füreinander bestimmt sein könnten.»

«Halt die Klappe, Ange.» Nina goss sich einen Orangensaft ein und nahm einen tiefen Schluck. «Das tut gut. Ich möchte euch beide daran erinnern, dass ich – obwohl Max es mir gerade besorgt hat – eine sehr gute Beziehung am Laufen habe. Dies hier ist ein einmaliges Erlebnis.»

«Jammerschade!», sagte Max grinsend. «Das heißt hoffentlich, dass du ihn zu einem unvergesslichen Abend machen wirst.»

«Habe ich das nicht schon getan?» Nina zog die Augenbrauen hoch. «Du denkst wohl immer noch ganz egoistisch an deinen eigenen Abgang.»

Max griff nach einer Flasche Bier und nahm einen tiefen Schluck. «Das liegt bei dir», sagte er schlicht. «Für mich ist es immer noch verdammt surreal, nackt in meinem Wohnzimmer zu liegen, nachdem ich es euch beiden besorgt habe. Selbst wenn ihr euch jetzt anziehen und einfach verschwinden würdet, hätte ich keinen Grund, mich zu beklagen.»

«Ach, wie süß», sagte Angie. «Aber das würden wir doch niemals tun. Ich zumindest nicht. Und Nina hat das bestimmt auch nicht vor. Doch es könnte sein, dass sie dich ein bisschen betteln lässt.»

«Ich bin nicht zu stolz zum Betteln», erwiderte Max. Nina spürte erneut, wie das süße Gefühl der Macht sie durchströmte. Es gab nichts, was sie in den letzten Wochen mehr angemacht hatte.

«Keine Sorge, das wird nicht nötig sein. Außerdem scheint dein Schwanz dir das Betteln sowieso schon abzunehmen.»

Beide Frauen starrten auf Max' steifen Riemen.

«Ich glaube, auf dem Rücken liegend gefällst du mir wirklich am besten», erklärte Nina und drückte ihren Kollegen nach unten. «Mach die Augen zu.»

Sie musste die Anweisung kein zweites Mal geben.

Angie verdrehte mitfühlend die Augen, als Angie schließlich die eiskalte Wodkaflasche zur Hand nahm und sie dem ahnungslosen Max direkt auf den Schwanz drückte.

«O Gott!», keuchte er.

«Halt die Klappe, Max!», fuhr Nina ihn an. «Ich will nichts von dir hören, bis ich es dir erlaube.»

Sein harter Prügel schrumpfte unter dem frostigen Angriff sofort etwas in sich zusammen. Nina ließ die Flache auf und ab rollen und ergötzte sich daran, wie er seine Wangenmuskeln zusammenzog und draufbiss, um ja keinen Laut von sich zu geben. Noch bevor er sich an die Kälte gewöhnen konnte, ließ sie die Flasche weiter runter zu seinen Eiern gleiten, steckte sie zwischen seine Oberschenkel und fuhr damit über seinen Damm. Er schluckte so heftig mit seinen zusammengepressten Lippen, dass sein Adamsapfel regelrecht hüpfte.

«Ich glaube, es gefällt ihm, Ange. Hast du Lust auf einen Schluck Wodka?»

«Kommt drauf an», erwiderte die Freundin und hatte ganz offensichtlich verstanden, was Nina im Schilde führte. «Ich kann mein Glas nur nicht finden …»

«Vergiss dein Glas», sagte Nina und öffnete die Flasche. «Trink ihn doch hiervon.»

Mit diesen Worten goss sie ein paar Tropfen der klaren Flüssigkeit über Max' Schwanz, der immer noch nicht wieder ganz hart geworden war. Er zuckte leicht, als der kalte Wodka auf ihn tropfte – der Schock war wohl nicht ganz so groß wie der, den ihm die eiskalte Flasche bereitet hatte.

Angie beugte sich vor und leckte mit der Zunge den Wodka von seinem Riemen.

«Genug, Angie?»

«Nein. Bitte mehr.»

Dieses Mal schüttete Nina einen ganzen Schluck auf das Geschlecht ihres Freundes. Max hätte fast laut aufgestöhnt, konnte sich aber gerade noch rechtzeitig beherrschen. Mindestens ein Doppelter floss von seiner Eichel hin zu den Eiern und dann auf den Teppich.

«Keine Sorge, Max. Wodka hinterlässt keine Flecken», beruhigte sie ihn und gab Angie ein Zeichen, ihr Lecken fortzusetzen. Diesmal fing ihre Freundin bei seinem Sack an und arbeitete sich langsam zur Eichel hoch. Jetzt war Max auch endlich wieder steinhart. Am liebsten hätte Nina sich sofort selbst auf das geile, dicke Stück gesetzt, aber sie wusste, dass es ihr ebenso viel Freude bereiten würde, Angie dabei zuzuschauen. Nachdem sie es ihr befohlen hatte natürlich.

«Ich glaube, der Wodka ist bis in seinen Hintern geflossen, Ange. Nicht, dass ich dich dazu bringen wollte, sein Loch zu lecken.»

«Warum nicht», entgegnete Angie. «Ich war sowieso schon fast dabei. Es scheint ihm zu gefallen.»

«Ob er schon mal einen Schwanz in seinem Arsch gehabt hat?»

Max wollte gerade antworten, doch Angie legte ihm blitzschnell eine Hand auf den Mund.

«Braves Mädchen! Ich wette, bisher noch nicht. Meinst du, es würde ihm Spaß machen?»

Angies Zeigefinger umkreiste Max' Loch. «Er zittert ein bisschen. Könnte Lust sein, könnte aber auch Angst sein.»

Nina griff hinter sich und nahm ihre Tasche vom Sofa.

«Dreh dich um, Max. Ich will dich auf allen vieren haben. Und als Belohnung für deinen Gehorsam darfst du die Augen aufmachen und Angie anschauen.»

Nina glaubte kurz, dass Max sich jetzt widersetzen würde und das Spiel damit vorbei wäre. Der Gedanke, nichts dagegen unternehmen zu können, war ihr geradezu unerträglich. Dies war ihr erster Versuch mit diesem neuen Spiel, und es gefiel ihr über alle Maßen. Wenn sie jetzt aufhörte, würde sie sicher nie wieder die Kraft finden, es noch einmal zu probieren.

Doch Max drehte sich artig um und begab sich in die Hündchenstellung. Es war genau die Position, die sie so oft für Andrew hatte einnehmen müssen. Nur dass sie jetzt der Hintermann war, der die Fäden in der Hand hielt.

Angie ließ sich voll und ganz auf das Spiel ein und lehnte sich verführerisch nach hinten. Sie spreizte die Beine und lächelte Max auffordernd an. Er keuchte, und Nina gab ihm einen leichten Klaps auf den Po.

«Du hast immer noch zu schweigen! Ich werde dir schon sagen, wann du sprechen darfst.»

Als sie ihren neuen Vibrator mit allem Zubehör aus der Tasche zog, weiteten Angies Augen sich vor Erstaunen. Sorgfältig befestigte Nina den Aufsatz, der bei ihr selbst bisher noch nicht zum Einsatz gekommen war: ein dünner Gummifinger mit einer Länge von ungefähr zwölf Zentimetern.

Sie nahm etwas Gleitgel auf ihren Zeigefinger und schmierte Max' Arschloch großzügig damit ein. Danach ölte sie den Gummifinger mit dem Gleitmittel und stellte den Vibrator an.

Als Max das brummende Geräusch des Spielzeugs hörte,

grunzte er erschrocken. Es gelang Nina mühelos, den Aufsatz des Vibrators ein wenig in sein Loch zu schieben.

«Du hast jetzt ungefähr zwei Zentimeter in dir, Maxie. Wenn es dir nicht gefällt, darfst du jetzt etwas sagen. Wenn es dir gefällt, schau einfach weiter Angie an.»

Stille. Angie ließ ihre Hände nach unten wandern und teilte ihr schwarzes Schamhaardreieck, um ihren feuchten Schlitz zu zeigen. Dann leckte sie versaut an einem ihrer Finger und steckte ihn tief in ihre Möse. Nina sah zu, während sie den Vibrator mit pumpenden Bewegungen vorsichtig jedes Mal etwas tiefer hineinstieß.

«Fünf Zentimeter. Gefällt es ihm, Angie? Ist er immer noch hart?»

«Steinhart», antwortete Angie, die Finger immer noch in ihrer Fotze. «Dick und steif und direkt auf mich gerichtet. Kann ich ihn jetzt endlich haben, Nina?»

«Das muss ich mir noch überlegen. Acht Zentimeter, Max. Wenn du dich jetzt auf die Ellenbogen stützt, könntest du Angie ein bisschen mit dem Mund verwöhnen.»

Die Schnelligkeit seiner Bewegungen verriet, wie gern er Ninas Aufforderung nachkam. Angie hob ihr Becken etwas an, sodass ihre Muschi direkt vor seinem Mund war. Als er anfing, sie zu lecken, stöhnte sie vor Geilheit laut auf.

Nina stieß den Gummifinger unterdessen bis zum Anschlag in das Loch ihres Freundes. Rein und raus, immer wieder. Auch als sie die Vibrationsgeschwindigkeit erhöhte, protestierte Max nicht. Den flüssigen Bewegungen nach zu schließen, ging er ganz darin auf, es Angie gut zu besorgen.

Nina fickte ihn immer härter mit dem Vibrator. Einen grausamen Moment war sie sogar versucht, den Aufsatz abzunehmen und ihm das ganze Ding reinzustecken, doch das hätte das Spiel vielleicht verdorben. Sie hatte das Kommando, und das sollte auch so bleiben. Wenn sie zu grob vorging, würde Max das Spiel vielleicht abbrechen, und das wollte sie auf keinen Fall riskieren.

Während dieser Session wurde Nina klar, dass sie nicht nur die Macht genoss, sondern auch die Überlegung, wie weit sie wohl gehen konnte und wann sie aufhören musste. Diesen Aspekt ihrer Rolle hatte sie bisher nicht gesehen. Wie oft hatte Andrew das schon mit ihr getan? Wie oft war er bis an ihre Grenzen gegangen und hatte dabei jedes Mal gewusst, wann es genug war? Wann sie kurz davor war?

Sie zog den Gummifinger aus seinem Arsch und entfernte ihn von dem Vibrator. Dann stellte sie die Vibration auf die höchste Stufe und fuhr mit dem Spielzeug über Max' empfindlichen Damm. Als sie spürte, wie ein Schaudern durch seinen Körper ging, bearbeitete sie erst die Eier und schließlich auch seinen Schwanz mit dem brummenden Stab. Danach war ihre aufgeheizte Freundin an der Reihe. Nina wechselte so die Position, dass sie neben Max' Kopf und Angies Fotze kniete. Dort fuhr sie ganz sacht mit dem Vibrator über deren Venushügel.

«O Gott, Nina, wenn du das noch einmal machst, kommt es mir!», keuchte Angie heiser. «Ich bin fast so weit.»

«Dann hör jetzt auf, Max», sagte Nina und tippte ihm mit dem Vibrator auf die Schulter. «Nimm deinen Mund da weg.»

Max hob den Kopf. Seine Mundpartie war ganz feucht von Angies Säften. Nina nutzte die Gelegenheit und leckte mit der Zunge darüber. Max war zunächst ganz starr vor Schreck, reagierte dann aber blitzschnell und stieß seine Zunge in Ninas Mund. Schön, dachte Nina. Aber bitte nicht jetzt.

«Ich habe dir nicht erlaubt, mich zu küssen. Ich habe lediglich deinen Mund getrocknet», fuhr sie ihn streng an.

«Entschuldige», erwiderte Max, sah aber nicht gerade besonders reuevoll aus.

«Wer hat gesagt, dass du sprechen darfst?»

Er schloss den Mund.

«Die Musik ist aus. Stell was Sinnliches an. Aber nicht so laut. Und dann komm wieder hierher!»

Während Max seine CD-Sammlung durchforstete, ging Nina auf den Balkon und legte sich in die Hängematte. Nicht schlecht. Draußen war es dunkel, und es wirkte fast wie ein Film, in den beleuchteten Raum zu schauen. Genau das, was sie wollte.

Irgendwann ertönte ein Stück der M People aus den Lautsprechern.

«Noch ein bisschen leiser, Max. Und sag etwas. Ich will dich sprechen hören!»

«Ist es jetzt leise genug?»

«Ich kann dich nicht hören. Was hast du gesagt?»

Sie hatte ihn zwar verstanden, wollte aber ganz sichergehen. Max regelte die Lautstärke noch etwas weiter herunter, stellte den Bass ein und sah sie dann an.

«So müsste es jetzt aber gut sein.»

«Ja. Okay, Leute, ich will was sehen. Eine echte Sexshow. Fickt euch um den Verstand. Aber lasst euch Zeit. Ich will einen richtigen Live-Porno sehen. Und zwar keinen Stummfilm. Was haltet ihr davon?»

«Du bist echt verdammt komisch drauf », sagte Max, strahlte dabei aber. «Was meinst du, Angie?»

«Das wird aber auch Zeit! Du hast zwar einen schönen Mund und sehr geschickte Hände, aber ich will jetzt endlich diesen dicken, fetten Schwanz in meiner Möse haben!»

«So ist's gut. Redet weiter», wies Nina die beiden an und machte es sich auf der Hängematte bequem. «Aber vergesst nicht, dass ihr das nicht nur für euch, sondern auch für mich tut. Ich will auch kommen. Stellt euch einfach vor, ihr würdet tatsächlich in einem Porno mitspielen.»

Max kniete sich vor Angie hin. «Bist du bereit, Co-Star?»

«Und ob ich bereit bin», antwortete Angie und spreizte die Beine.

«Dann beam mich rauf, Scotty!», scherzte Max.

Nina stellte den Vibrator an. Als Max seinen Schwanz in Angies feuchtem Schlitz versenkte, lehnte sie sich in der Hängematte zurück, öffnete die Beine und steuerte auf den ersten Höhepunkt zu …

Selbst für einen echten Pornofilm hätte Nina sich kein besseres Paar aussuchen können. Der Kontrast des langen schwarzen Haares und der gebräunten Haut der Frau zu dem frischen blonden Look des Mannes mit seinem stämmigen Körper schuf ein perfektes Bild. Max' Erregung hatte sich mittlerweile so hochgeschaukelt, dass er nur ein paarmal fest zustoßen musste, um fast gleichzeitig mit Angie zu kommen. Ihr fortlaufender Kommentar für Nina war auch für ihn überaus anregend und zum Teil sicher auch dafür verantwortlich, dass seine Geilheit schon nach kurzer Zeit erneut aufflammte.

Nina selbst war fast in derselben Minute gekommen, in der sie den Vibrator angestellt hatte. Ihre Performance mit Max hatte sie mehr als bereit gemacht. Doch als ihr persönlicher Live-Porno eine Fortsetzung erfuhr, spürte Nina, dass auch ihr Durst noch nicht gestillt war.

Dieses Mal waren die beiden unermüdlich. Angie war eine ganze Zeit lang oben, bevor er sie schließlich von hinten nahm. Danach legte er ihre Beine auf seine Schultern, hob sie hoch und wanderte mit seinem Schwanz in ihrer Möse durch das Zimmer. Dabei hüpfte Angie wie besessen auf seinem Riemen auf und ab. Sie lutschten, fickten, fingerten und leckten. Nina sah die ganze Zeit zu und verwöhnte sich mit dem Vibrator, bis sie irgendwann genug hatte. Sie verstand jetzt, was Andrew an der Rolle des Voyeurs so aufregend fand.

Max war gerade zum zweiten Mal gekommen, als Nina wieder in den Raum trat.

«Tolle Show. Aber ich glaube, jetzt habe ich genug.»

«Ich auch», gähnte Angie. «Wie groß ist dein Bett, Max?»

«Oder schläfst du auf dem Sofa?», fügte Nina grinsend hinzu.

Max lachte. «Kingsize-Größe natürlich. War's denn gut für dich, Nina?»

«O ja. Du bist echt ein Hengst. Ich werde die Nachricht gleich Montag im Büro verbreiten.»

«Ich habe nichts dagegen.»

Nina stand über ihm und stellte einen Fuß auf seinen Bauch.

«Das werde ich natürlich nicht tun. Und du auch nicht. Wenn du jemals irgendwas hiervon bei der Arbeit erwähnst, wird dir das sehr, sehr leid tun.»

Er hob in gespielter Unterwerfung die Arme.

«Hey, das war nur ein Spaß! Natürlich werde ich nichts erzählen.»

Er setzte sich auf und küsste ihren Fuß.

«Ich schwöre es, Nina. Ich werde mir doch nicht die Chance versauen, diese Nummer zu wiederholen – auch wenn sie noch so gering ist.»

Nina lachte kurz auf. «Ich sagte doch, dass dies hier ein einmaliges Erlebnis sein wird. Versuch nicht, mich zu erpressen. Du wirst kein Wort darüber verlieren.»

«Das war doch kein Erpressungsversuch. Aber Angie und ich könnten uns doch wiedersehen – auch wenn du nicht dabei bist.»

Nina nickte. «Okay. Aber ich will jetzt ins Bett.»

«Ich auch!» Angie legte den Arm um die Freundin. «Wäre schön gewesen, wenn du ein bisschen mehr mitgemacht hättest. Könnten wir nicht vielleicht auch Andrew dazu überreden?»

Der Gedanke an Max und Andrew bei einem Vierer ließ Nina laut auflachen. «Wer von euch beiden Kerlen das wohl schrecklicher fände?», fragte sie Max.

Er schüttelte den Kopf. «Auf keinen Fall, Angie. Niemals.»

Max führte die beiden in sein Schlafzimmer. Nina war die Einzige, die noch etwas anhatte, und genierte sich trotz der gemeinsamen Erlebnisse etwas, ihren tiefgeschnittenen BH und das im Schritt offene Höschen auszuziehen. Und das, obwohl sie ohne diese Kleidungsstücke kaum mehr zeigen würde als mit. Kurz vorm Einschlafen kam ihr allerdings in den Sinn, dass es genau diese beiden Teile gewesen waren, die ihre Autorität unterstrichen und ihr die Sonderstellung verliehen hatten. Sie war die Lehrerin gewesen, nicht die Schülerin. Die Choreographin, nicht die Tänzerin. Die Regisseurin, nicht die Schauspielerin.

In ihrer Beziehung zu Andrew war sie hingegen immer die Puppe, die er mit mehr oder weniger unsichtbaren Fäden lenkte. Aber der heutige Abend hatte bewiesen, dass sie sich das Beste aus beiden Welten nehmen konnte. Aber ob das eine langfristige Option war? Vielleicht würde Andrew sie ja eines Tages auch mal die Fäden in die Hand nehmen lassen.

Und wenn nicht, war es auch egal. Sie war auch so glücklich mit ihm.

Aber jetzt war sie zu müde, um weiter darüber nachzudenken. Neben Angie eingekuschelt, gab sie sich ganz dem Schlaf hin.

Kapitel 10

Das war das Letzte, womit Nina auf ihrer Fahrt nach Hackney gerechnet hatte! Die drei wachten unglaublich spät zusammengeknäult in Max' Bett auf.

Einen kurzen, schrecklichen Augenblick dachte sie, ihr Gespiele wollte morgens dort weitermachen, wo sie gestern Abend aufgehört hatten. Doch der Mann war nicht dumm. Nach einer kurzen Dusche erklärte er, dass er keine Lust auf Frühstückmachen hätte und sie sich lieber anziehen und in ein Café gehen sollten.

«Ich glaube, für ein Frühstück habe ich nicht die passenden Sachen dabei», sagte Nina, nachdem sie geduscht hatte und bestürzt ihren Rock betrachtete. «Hast du eine Jeans, die ich mir leihen könnte, Max?», brüllte sie aus dem Schlafzimmer.

«Und ich brauche ein T-Shirt», bat Angie.

«Na toll», sagte der junge Mann und zog eine verwaschene Jeans und ein sorgfältig gefaltetes T-Shirt aus seinem Schrank. «Habt ihr beide das Ganze etwa nur eingefädelt, damit ihr meinen Kleiderschrank ausräumen könnt?»

«Eigentlich hatte ich eher vor, den Leuten bei der Arbeit zu erzählen, dass ich dir am Wochenende an die Wäsche gegangen bin», konterte Nina trocken.

«Schade, dass du nicht auch einen BH hast, den ich mir leihen könnte», sagte Angie. «Na ja, dann geh ich eben ohne.»

Nina zog sich die Jeans über. «Passt ganz gut. Ein bisschen

weit vielleicht. Aber es wird schon gehen. Max wird sicher enttäuscht sein, Ange. Wenn wir jetzt in unserem Aufzug von gestern Abend in sein Stammcafé gingen, würden all seine Kumpel wissen, dass er uns aufgerissen hat.»

Max zwinkerte. «Ja. Aber jetzt, wo ihr meine Klamotten tragt, werden sie rein gar nichts ahnen», sagte er ironisch. «Ich werde ihnen erzählen, dass ihr heute Morgen in Männerklamotten aus Clapham gekommen seid, um mit mir frühstücken zu gehen.»

«Du hast recht wie immer, du Klugscheißer», gab Nina zu. «Bin ich übrigens die Einzige, die einen Kater hat?»

«Ich wette, ich fühle mich noch viel schlimmer als du. Immerhin hast du keinen doppelten Wodka von Max' Schwanz gcleckt», brummte Angie. «Aber ich nehme an, Mr. Beck's fühlt sich bestens?»

Max grinste. «Bier ist auf jeden Fall bekömmlicher als Schnaps.»

«Eigentlich war es auch gar nicht der Wodka. Davon kriege ich nämlich nie einen Kater. Es war die Flasche, die wir vorm Ausgehen getrunken haben», erklärte Nina. «Entweder die oder das Gras.»

«Zu wenig Schlaf war es jedenfalls nicht», befand Max mit einem Blick auf seine Uhr. «Wenn wir uns nicht beeilen, wird aus dem Frühstück ein Mittagessen.»

«Nein! Ich will was fettig Fritiertes», jammerte Angie. «Mit viel Butter und jeder Menge Tee.»

«Ich will Rührei mit Schinken und viel Kaffee», quengelte Nina. «So ein Kater macht mir immer Riesenappetit.»

«Denk bloß an die Milchstraße», mahnte Angie lachend.

«Was soll das denn heißen?»

Auf dem Weg zum Café erklärten ihm die beiden Frauen, dass Ninas Tätowierung sich in eine Milchstraße verwandeln würde, wenn sie zu viel essen sollte. Die Truppe hielt bei einem Kiosk an und kaufte einige Samstagszeitungen. Doch im Café herrschte viel zu großer Lärm, um lesen zu können, also unterhielten sie sich einfach.

Nina war sehr erstaunt, dass die drei nach den Erlebnissen der vergangenen Nacht so unverkrampft miteinander umgehen konnten – fast als wäre nie etwas Sexuelles zwischen ihnen gewesen. Eigentlich war es genau so, als wäre sie nach der Arbeit noch etwas mit Max trinken gegangen und hätte auch Angie dazu eingeladen. Vielleicht gingen sie einfach nur wahrhaft erwachsen mit der Sache um, dachte die junge Frau bei sich. Peinlich war ihr die letzte Nacht jedenfalls nicht. Und den beiden anderen ging es bestimmt genauso.

Als Nina ihre Rühreier aß, entwickelte sie sogar einen gewissen Stolz auf ihre Performance. Gut, vielleicht hatte sie Andrew ein bisschen zu sehr imitiert, aber schließlich war es auch ihr erstes Mal gewesen. Beim nächsten Mal würde sie wahrscheinlich schon weitaus innovativer sein.

Welches nächste Mal?

«Mann, Kumpel, du siehst ja echt total fertig aus!»

Wie von Zauberhand hatte George bei Ninas Gedanken an das nächste Mal das Café betreten.

Und Max hatte recht – sein Freund sah tatsächlich extrem erschöpft aus. Er hatte dunkle Ringe unter den Augen, und sein Haar wirkte, als hätte er es mit einer Laubharke gekämmt.

«Zwölf Stunden durchgearbeitet und sechsunddreißig Stunden nicht geschlafen – was erwartest du?», erwiderte George. Obwohl er mit Max sprach, waren seine Augen doch auf Nina gerichtet. «Hi.»

«Ja, aber um die Fleischtöpfe von Soho zu streichen lässt sich wohl kaum als Arbeit bezeichnen, oder?»

George warf Max ein kurzes Lächeln zu. «Kein Kommentar. Und was habt ihr so getrieben, seit ich weg bin?»

Diesmal war es an Max, ihn anzulächeln – äußerst entspannt anzulächeln. «Wir haben einfach nur gechillt, Kumpel.»

George bestellte sich einen Becher Kaffee und einen Doughnut. «Prima. Erwartet bitte keine Konversation von mir. Ich habe die Nacht mit zwei Nutten verbracht. Eine davon grün und blau geprügelt. Und jemand anders wurde schwer zusammengeschlagen, weil er mich mit ihr zusammengebracht hat. Also Frühstück und dann ins Bett.» Er schüttete seinen Kaffee in sich hinein.

Stille am Tisch.

«Da ist es dir doch glatt gelungen, ein bisschen urbane Realität in unsere Fantasiewelt zu bringen», erklärte Nina mit brüchigem Lachen. «Ich glaube, es wird Zeit, dass wir zurück nach Clapham fahren.»

«Aber nicht meinetwegen», grummelte George mit vollem Mund. «Ich gehe jetzt nämlich wirklich gleich ins Bett.» Er lächelte Nina an. «Aber du darfst mich natürlich gern begleiten.»

Nina wurde tatsächlich rot. Wieso passierte das nur immer noch? Es war wirklich peinlich.

«Nach einer Nacht voller Schmutz und Gewalt erscheint mir der Gedanke an ein sauberes Bett mit einer bodenständigen, schönen Frau mehr als verlockend.» Sein Blick war immer noch auf sie gerichtet.

Nina zuckte zusammen. Andrew suchte gern die Gesellschaft von Huren. Und der einzige Mann, für den sie sich derzeit sonst noch ernsthaft interessierte, war dazu gezwungen.

Sie fragte sich, ob George sie wohl immer noch für bodenständig hielte, wenn er mehr über sie erfahren würde – ja vielleicht sogar von letzter Nacht. Ob Max ihm davon erzählen würde? Wenn es darum ging, mit ihren Eroberungen anzugeben, sollten Männer ja noch erheblich schlimmer als Frauen sein.

«Bisher habe ich Soho mit so etwas gar nicht in Verbindung gebracht», mischte Angie sich ein. «Ich meine, wenn man an

Prostituierte denkt, sieht man doch eher Straßenecken in der Provinz und brutale Zuhälter vor sich. Ich dachte immer, Soho wäre voller freischaffender Französinnen mit Pudeln und eigenen Wohnungen.»

George lachte bitter auf. «Da bist du aber auf dem Holzweg, Angie. Die Prostitution in London wird fast durchgängig von Zuhältern kontrolliert. Und zwar von denen, die sich ihre Mädchen aus Osteuropa holen. Seit es den Eisernen Vorhang nicht mehr gibt, blüht der Markt mit Mädchen aus früheren kommunistischen Staaten. Die Balkanstaaten sind die letzte große Quelle für Frauen. Besonders der Kosovo und Albanien. Einige von denen wissen sicher, was sie hier erwartet, und sie sind trotzdem froh, aus den Flüchtlingscamps rauszukommen. Aber den meisten wird immer noch erzählt, dass sie das Geld für ihre Flucht als Prostituierte abarbeiten müssen. Und soweit ich weiß, dauert das ewig. Eigentlich sind diese Frauen die reinsten Sklavinnen.»

Angie schüttelte entsetzt den Kopf.

«Gott, Nina, stell dir das mal vor. Es ist alles eine Frage des Schicksals. Ich meine, wir haben einfach nur Glück, dass wir nicht im Kosovo geboren wurden.»

Nina hatte zwar verstanden, was George da erzählte, doch es fiel ihr überaus schwer, solche Geschichten mit ihrer Weltsicht in Einklang zu bringen. Es ging einfach nicht in ihren Kopf, dass es sich auch bei den Frauen, die Andrew besuchte, durchaus um solche Sexsklavinnen handeln konnte. Und auch sie hatte für ihren Freund die Nutte gespielt. Was für eine Farce, wenn man es mit der brutalen Realität verglich!

«Und wieso werden all diese Mädchen nach London gebracht?», fragte Max. «Sind Londoner die besten Freier? Damit würde ja das viktorianische Stereotyp des verklemmten Engländers wieder aufleben.»

George schüttelte den Kopf. «Es ist nicht nur London, Mann,

sondern ganz Europa. Ganz besonders Deutschland und Holland. Diese Länder sind einfach näher dran, und man kann sie auf dem Landweg erreichen. Sie mit falschen oder gar keinen Papieren nach England einzuschmuggeln ist schon etwas schwieriger.»

Er stand auf. «Entschuldigt, aber ich muss schlafen. Nina, bist du ganz sicher, dass du nicht mitkommen willst?»

«Ganz sicher. Tut mir leid.»

«Kein Problem. Wir sehen uns dann später, Max? Im *Ark* vielleicht?»

«Klar, Mann. Schlaf gut.»

«Na, das war ja nicht gerade erheiternd», sagte Max, als sein Freund fort war. «Hat mir fast das Frühstück verdorben. Wie sieht's mit euch beiden aus?»

Nina machte Anstalten aufzustehen. «Ich glaube, ich will nach Hause.»

«Schade, dass wir unsere kleine Party beenden müssen. Wie wär's noch mit einem kleinen Rachenputzer? Ihr könnt Hackney unmöglich verlassen, ohne im *Bluebird* gewesen zu sein.»

Angie lachte. «Vielleicht sollten wir mitgehen, Neen. Dann können wir mit Fug und Recht behaupten, Hackney von vorne bis hinten kennengelernt zu haben, und brauchen nicht wiederzukommen.»

«Hey! Das kommt nicht in Frage! Es gibt noch tausend Gründe, warum ihr wiederkommen müsst. Besonders meine Wohnung!»

«War doch nur ein Scherz.» Angie lächelte Max strahlend an. «Was meinst du, Nina? Noch einen für den Weg?»

«Auf keinen Fall! Ich kann mittags noch nichts trinken. Aber trink du nur. Du kannst auch gerne noch ein bisschen hierbleiben und Max Gesellschaft leisten, Ange.»

«Ja, bleib doch noch», drängte Max mit ernstem Gesicht und legte Ninas Freundin eine Hand auf den Arm. «Wir können noch was trinken und dann in den Park gehen und einfach ein bisschen Zeitung lesen. Was hältst du davon?»

«Ja, lernt euch ruhig etwas besser kennen, ihr Turteltauben.» Nina erhob sich. «Ich brauche allerdings erst noch meinen Rock. Und dann fahre ich nach Hause, um diesen Kater auszukurieren.»

Eigentlich hätte sie das durchaus gern neben George im Bett liegend getan, verwarf diesen Gedanken aber sofort wieder. Wahrscheinlich war es dumm, ohne jeden weiteren Plan für das Wochenende nach Hause zu fahren, denn es wäre sicher schön gewesen, ein wenig im Park zu sitzen und sich später mit George im Pub zu treffen.

Doch Nina musste unbedingt wieder einen klaren Kopf bekommen. Schlafen und vielleicht schwimmen gehen. Ein Abend vor dem Fernseher und dann vielleicht zum Sonntagsbraten zu ihren Eltern. Tja, und dann war ja auch schon wieder Montag, und Andrew würde zurückkommen.

Sie fragte sich, was er in Rotterdam wohl gerade tat. Zweifellos sein ach so kostbares Schiff begutachten …

Nach Georges Erzählungen schien es auch in Rotterdam eine Menge Nutten zu geben. Es würde Andrew also sicher nicht schwerfallen, das Geschäftliche mit dem Angenehmen zu verbinden. Aber sie hatte sich schließlich auch allein ganz gut amüsiert.

Im Bus nach Hause versuchte die junge Frau, die Freuden der letzten Nacht mit den Erlebnissen zu vergleichen, die sie mit Andrew hatte.

Ihre unterwürfige Seite war ganz offensichtlich. Obwohl der Gedanke an Sex mit Costas sie damals geradezu anwiderte, war es doch überaus erregend für sie, ihm und Andrew zu Diensten gewesen zu sein. Und auch die Scham über die unfreiwillige Vorführung mit Beverley hatte sie irgendwie genossen.

Doch diese Empfindungen waren nichts im Vergleich zu dem herrlichen Machtgefühl, das sie beim Herumkommandieren von Max und Angie empfand. Leider handelte es sich bei den beiden gerade um die Menschen, mit denen sie niemals ficken wollte. Sie standen ihr zu nahe. Und Nina hatte nicht vor, eine großartige Freundschaft und eine überaus loyale Arbeitsbeziehung aufs Spiel zu setzen.

Angenommen, sie hätte wirklich einen Hang zur Dominanz – dann wäre es doch fantastisch, wenn Andrew ihr wenigstens ab und zu das Kommando überließe?!

Vielleicht würde sie ihn schon am Montag dazu überreden können. Und wenn nicht … Schließlich war es Andrew gewesen, der die Beziehung offen halten wollte. Sie könnte sich also vielleicht dann und wann mit George treffen. Bei ihm war schon nach zwei kurzen Begegnungen klar, dass er auf keinen Fall Andrews dominante Ader besaß. Und er musste eigentlich genug ausgebeutete Frauen gesehen haben, um ihn im Bett handzahm zu machen.

Es waren einfach zu viele Unwägbarkeiten, sagte Nina zu sich selbst, als sie an der Old Street Station aus dem Bus stieg. Außerdem befand sie sich für einen Samstag viel zu nahe am Büro. Sie verschwand also, so schnell es ging, in die U-Bahn und tauchte in ein friedliches Wochenende ab.

Es hatte sich als überaus verlockend erwiesen, sich ganz dem gemütlichen Landleben hinzugeben. Eigentlich hatte sie ja nur den Sonntagnachmittag bei ihren Eltern verbringen wollen. Doch es war nicht viel Überredungskunst vonnöten gewesen, um sie bis Montagmorgen dort festzuhalten.

Obwohl Hemel Hempstead nur eine kurze Zugfahrt entfernt war, fuhr Nina nur selten nach Hause. Doch wenn sie es tat, genoss sie die Aufforderung ihrer Mutter, sich zurückzulehnen und gar nichts zu tun, umso mehr. Das gute Wetter machte ihren Besuch besonders angenehm, und Nina verbrachte fast den gesamten Nachmittag im Garten.

Ihre Wohnung war zwar sehr schön, doch sich nach der Arbeit auch noch um einen eigenen Garten zu kümmern wäre ihr eindeutig zu viel gewesen. Alles in allem war es das perfekte Alternativprogramm zu Andrew, Max und George. Sie faulenzte mit der Sonntagszeitung auf einer Sonnenliege, während ihr Vater mit Gießen und Unkrautjäten beschäftigt war.

Als sie schließlich am Montagmorgen im Zug nach London saß, fragte Nina sich, ob es wegen Freitagabend wohl zu irgendwelchen peinlichen Momenten zwischen ihr und Max kommen würde. Eigentlich ging sie nicht davon aus. Aber die Gelegenheit, das herauszufinden, bekam sie gar nicht erst, denn Max war nicht im Büro.

Zunächst dachte Nina, dass er wahrscheinlich verschlafen hätte – vielleicht lag er sogar noch mit Angie im Bett. Doch die Zeit verging, und als sie immer noch nichts von ihm hörte, machte sie sich langsam Sorgen. Auch ans Telefon ging er nicht.

Am späten Vormittag kam Hal zu ihr, um über die nächste Buchprüfung zu sprechen, die sie schon seit einiger Zeit vorbereitete.

«Wird Max mich begleiten?», fragte sie vorsichtig.

«Natürlich. Aber er kommt erst morgen wieder.»

«Wo ist er denn? Ich habe mir schon Sorgen um ihn gemacht.»

«Er hat heute Morgen angerufen und gesagt, dass er irgendwas überprüfen müsste. Vielleicht kommt er auch heute Nachmittag nochmal rein.»

«Das hätte mir aber auch mal jemand sagen können», entfuhr es ihr ungehalten. «Ich hatte keine Ahnung, ob er sich nun einen Tag freigenommen hat oder vor einen Bus gelaufen ist.»

«Sag mal ganz ehrlich, Nina, hast du was mit Max laufen?»

«Laufen?! Du meinst, eine Affäre?» Nina wählte das Wort sehr vorsichtig.

«Ja, das meine ich mehr oder weniger. Ein paar der Jungs glauben, dass ihr beide euch ein bisschen zu nahe steht – wenn du weißt, was ich meine.»

Von wegen! Nina wusste gar nicht, worüber sie wütender sein sollte: dass sie Max' Drängen nachgegeben hatte oder dass sie es dann letztlich doch nicht mit ihm getrieben hatte.

So oder so, sie platzte fast vor Wut.

«Natürlich weiß ich, was du meinst. Aber du solltest eigentlich wissen, dass ich viel zu professionell bin, um eine Affäre mit Max anzufangen. Hinzu kommt, dass ‹ein paar der Jungs› vor gar nicht allzu langer Zeit auch das Gerücht verbreitet haben, ich wäre frigide oder eine Lesbe, nur weil ich nicht mit allen möglichen Leuten aus dem Büro rummache. Es würde mich nicht überraschen, wenn dieser Klatsch von denselben Idioten stammt! Und ich muss dir sagen, ich finde es ungeheuerlich, dass du mich nicht sofort verteidigt hast.»

«Hey!», unterbrach Hal sie. «Man wird ja wohl noch fragen dürfen. Ich weiß, dass du professionell bist. Man könnte es Max auch gar nicht übelnehmen, wenn er versuchen würde, mit dir was anzufangen. Aber sobald jemand so ein Gerücht in die Welt setzt, muss ich mich doch erkundigen. Das musst du verstehen.»

«Ja. Und jetzt, wo du weißt, was Sache ist, kannst du diesen Pennern ruhig sagen, dass sie mich in Ruhe lassen sollen. Tut mir leid», fügte sie hinzu.

Hal legte ihr eine Hand auf die Schulter. «Hey, nun beruhig dich mal. Du und Max, ihr seid ein tolles Team. Ich will nur einfach nicht, dass sich daran irgendwas ändert.»

Ja, ein ganz tolles Team, dachte sie wütend. So toll, dass er mir nicht mal gesagt hat, was er heute vorhat!

Wahrscheinlich hatte er es nur deswegen nicht erzählt, weil

es mit seinem lächerlichen Verdacht gegen Andrew zu tun hatte. Vielleicht war er ja sogar wieder in dessen Büro.

Von ihr aus konnte er sich seine Vermutungen sonst wohin schieben. Sie wollte nichts davon wissen. Nina musste sich um die nächste Buchprüfung kümmern und den heutigen Abend planen.

Schwarzes Leder, dachte sie und betrachtete dabei die Tabellenkalkulation auf dem Computerbildschirm. Sie war versucht, auf dem Nachhauseweg in irgendeinem Sexshop in Soho haltzumachen und ein paar Handschellen zu besorgen. Aber das könnte vielleicht doch etwas übertrieben sein.

Ein Seidenschal würde es auch tun. Nina würde ihn festbinden und ein bisschen quälen. Ob sie ihn wohl dazu bringen könnte, sie anzubetteln? In ihrer Fantasie hatte auch Max sie angefleht, und trotzdem hatte sie ihn nicht so weit gebracht. Aber bei ihm wäre es auch zu einfach gewesen – ganz im Gegensatz zu ihrem Freund. Allein der Gedanke an einen winselnden Andrew brachte sie schon in Fahrt. Sie musste sich eben einfach richtig ins Zeug legen. Das war alles.

Nina bewegte abwesend den Cursor auf dem Bildschirm und stellte sich vor, wie sie in schwarzes Leder gekleidet mit einer Peitsche in der Hand dastehen würde. Schwarze Handschuhe. Hochhackige Schuhe. Andrew ausgestreckt auf einem Tisch liegend und mit Seidenschals gefesselt. Immer noch in seinen grauen Shorts und Nina anflehend, sie ihm auszuziehen. Aber das würde sie nicht tun. Stattdessen würde die Beule seiner Erektion geradezu schmerzhaft gegen die Baumwolle seiner Shorts drücken.

Ihre kühlen schwarzen Lederhandschuhe, die seine heiße Haut mit Öl einrieben. Überall würde sie es verteilen, nur nicht auf seinem Schwanz. Sein ganzer Körper zitternd von ihren Berührungen. Sein ganzer Körper, nur nicht sein Schwanz. In ihrer Fantasie ließ Nina ihn betteln, sie endlich befriedigen zu dürfen. Irgendwann gab sie nach, zog ihr Höschen aus und ließ sich auf seinem Gesicht nieder. Dann befahl sie ihm, ihre Möse zu lecken. Schön langsam, damit sie auch lange etwas davon hatte. Es dauerte Ewigkeiten, bis es ihr kam, und sie wusste genau, dass er mit einer Belohnung rechnete. Schließlich würde sie seinen Schwanz irgendwann aus seinem Gefängnis befreien und sich von ihm durchficken lassen.

Nein! Den Teufel würde sie tun! Er konnte ruhig noch ein bisschen länger warten – jetzt, wo sie befriedigt war. Sie holte sich ein Bier aus dem Kühlschrank und trank es direkt aus der Flasche. Er hatte auch Durst, also tröpfelte sie ein wenig davon auf seinen Mund. Aber natürlich nicht genug, um den Durst auch nur im Ansatz zu löschen. Er sollte keinerlei Befriedigung erfahren.

Dann fragte sie sich laut, ob die Flasche wohl zu groß wäre, um in seinen Hintern zu passen. Vielleicht doch zu gefährlich, entschied sie. Für einen Arschfick wäre sicher der Vibrator am besten geeignet. Er überschüttete sie mit Schimpfwörtern. Sie schlug ihn. Nicht zu hart, aber mit einer gewissen Autorität. Er verstummte.

Als er ganz brav und ruhig war, zog sie seine Shorts bis zu den Knien herunter. Sein Schwanz sprang wütend heraus, und Nina befand, dass sie jetzt doch ein bisschen damit spielen wollte. Aber auf möglichst unpersönliche Weise. Sie setzte sich mit dem Rücken zu seinem Gesicht rittlings auf ihn, griff nach seiner harten Keule und fickte sich damit, als wäre er ein Dildo. Ihre Finger rieben hart an ihrem Kitzler – er sollte nicht vor ihr kommen und seine Erektion verlieren.

Nina kam nur einen kurzen Moment vor ihm zum Höhepunkt. Andrew spritzte noch immer stöhnend in das Kondom, als sie schon längst dabei war, von ihm runterzuklettern. Anders wäre es zwar auch schön gewesen, aber irgendwie hatte er sich seinen Orgasmus auch verdient. Wenn er sich nett bei ihr bedankte, würde sie sich später vielleicht sogar noch einmal erkenntlich zeigen.

Nina war kaum zu Hause und hatte die Seidenschals auf den Tisch gelegt, die sie im Vorbeigehen in einem Sockenladen gekauft hatte, da klingelte es auch schon an der Tür.

Kaum zu glauben, dass Andrew so früh dran war. Sie ging zur Gegensprechanlage. «Ja?», fragte sie mit scharfer Stimme.

«Hier ist Max. Kann ich raufkommen?»

«Was zum Teufel machst du denn hier?»

«Lass mich rein, verdammt, dann werde ich es dir schon sagen.»

Nina drückte kopfschüttelnd auf den Summer. Er wollte doch wohl nicht wirklich etwas Ernstes – jetzt, wo sie Hal gerade versichert hatte, dass nichts zwischen ihnen lief. War da etwa irgendwas mit Angie schiefgegangen? Und wieso konnte er vorher nicht anrufen? Er war noch nie in ihrer Wohnung gewesen, und Nina hatte nicht gedacht, dass er ihre Adresse kannte.

Als sie die Wohnungstür aufschloss, erschien Max auch schon auf der obersten Treppenstufe. Er sah aus, als käme er gerade von der Arbeit. Darauf ließ zumindest seine Kleidung schließen. Aber Nina wusste ja, dass dem nicht so war.

«Was zum Teufel treibst du da eigentlich für ein Spiel? Du erscheinst nicht bei der Arbeit. Sagst nur Hal Bescheid, mir aber nicht. Und dann tauchst du hier auf, wo ich gerade beschäftigt bin. Hal hat mich heute übrigens in die Zange genommen, ob wir es miteinander treiben.»

«Und was hast du gesagt? Dass du mir nur einen Vibrator in den Hintern geschoben hast?»

Nina musste laut lachen. «Die Sache war wirklich ziemlich heikel. Er fragte mich, ob wir was laufen hätten, und ich erwiderte die Frage ganz diplomatisch und erschütternd britisch mit einem ‹Hal, du meinst doch wohl nicht, dass wir eine Affäre haben?›. Was ich dann natürlich weit von mir wies.»

«Wie kommt er denn darauf, um Himmels willen?»

«Anscheinend haben ihn ein paar der Jungs draufgebracht.»

«Ja! Und ich glaube, wir wissen beide, um welche Jungs es sich handelt. Die Mistkerle werde ich mir vorknöpfen!», drohte Max aufgebracht.

«Wenn Hal dir nicht zuvorkommt. Am meisten ärgert mich, dass ich ganz bewusst nicht mit dir geschlafen habe, weil ich unsere gute Arbeitsbeziehung nicht gefährden wollte. Aber wenn sowieso das ganze Büro glaubt, dass wir etwas miteinander haben, hätte ich mich genauso gut zwischen dich und Angie werfen können.»

«Dazu ist es nie zu spät», sagte er lachend.

«Ja, ja, schon klar. Habt ihr euch denn Sonntagnachmittag noch gut amüsiert? Ist Angie überhaupt nach Hause gefahren?»

«Irgendwann musste ich sie rauswerfen, weil mein Schwanz schon wund war. Nein, ernsthaft – wir haben nur noch was getrunken, sind im Park spazieren gegangen und haben ein bisschen geschmust. Was Jungs und Mädchen eben so tun. Danach ist sie dann nach Hause gefahren.»

«Erst mal zumindest?!»

«Genau. Danke übrigens, dass du am Freitag gekommen bist. In jeder Hinsicht.»

«Halb so wild. Aber jetzt mal wieder zum Thema – was machst du hier?»

«Willst du mir nicht wenigstens einen Drink anbieten?»

«Aber nur einen kurzen. Andrew kommt um acht.»

Max schaute sie betreten an. «Okay. Aber ich muss dir dringend was erzählen. Und das wollte ich auf keinen Fall irgendwo in der Öffentlichkeit tun.»

Nina holte ihrem Besuch ein Bier aus dem Kühlschrank und

nahm sich nach kurzem Überlegen auch eins mit. Prompt musste sie an ihre Fantasie von eben denken.

«Was würdest du von einer Bierflasche in deinem Hintern halten, Max?»

«Nicht allzu viel», erwiderte er und nahm einen Schluck. Max saß auf einem der Esszimmerstühle und fummelte abwesend an einem der Seidenschals herum. «Schick. Willst du dir ein neues Image zulegen?»

«Nein. Die sollen als Handfesseln dienen. Wie findest du das?»

Ihr Kollege schaute überrascht auf und lachte dann. «Ich werde George mal fragen. Dem würde das bestimmt gefallen. Apropos – das ist auch einer der Gründe, weshalb ich hier bin.»

Nina setzte sich ihm gegenüber hin. «Wieso? Was ist denn los?»

Max seufzte. «Er ist da an einem Fall dran. Ich nehme an, du hast wohl schon geahnt, dass er beim Sittendezernat ist. Die Sache mit den Prostituierten … Ach verdammt, Nina, ich weiß gar nicht, wie ich es dir sagen soll. Dein Freund ist darin verwickelt. Und zwar ernsthaft verwickelt. Er holt diese Frauen aus Osteuropa. Und zwar nicht nur hierher nach London, sondern in alle möglichen anderen europäischen Städte. Unter anderem auch nach Rotterdam.»

Nina hatte das Gefühl, als hätte ihr jemand mitten in die Magengrube geschlagen. «Das ist doch lächerlich! Du willst mir doch wohl nicht wirklich erzählen, dass Andrew ein Zuhälter ist?!» Schon zum zweiten Mal an diesem Tag spürte sie einen unbändigen Zorn in sich aufsteigen.

«Er ist kein normaler Zuhälter. So einfach ist das nicht. Er bringt sie nur ins Land. Und zwar über Kontakte in Albanien, Serbien, dem Kosovo und allen möglichen anderen osteuropäischen Staaten. Er besorgt falsche Visa und organisiert die

Transporte. Und dann trennt er hier die Spreu vom Weizen – wenn du verstehst, was ich meine. Er arbeitet nicht allein. Sein verdammter Patenonkel hilft ihm dabei. Ich würde sogar sagen, dass er bei der ganzen Sache die Fäden in der Hand hält. Oh, und Madame Saphianos kennst du ja auch. Die hat ebenfalls damit zu tun. Ich glaube, sie ist für die praktische Seite zuständig. Jedenfalls ist sie ganz sicher nicht umsonst als ‹Madame› bekannt.»

Ninas Wut loderte immer stärker.

«Du verdammter Scheißkerl! Das erfindest du doch! Du konntest Andrew von Anfang an nicht leiden. Von dem Moment an, als wir das erste Mal sein Büro betraten. Ich wette, du hast George ohne jeden Beweis auf ihn angesetzt, und er hat dir diese absurden Vorwürfe abgekauft.»

Sie war zu wütend, um noch länger auf ihrem Stuhl sitzen zu bleiben, und stapfte aufgebracht durch das Zimmer.

«Was hast du denn für Beweise? Das Ganze ist doch nur eine dumme Verschwörungstheorie. Erzähl mir doch keinen Mist! Da findest du eine Rechnung, die nicht ganz in Ordnung ist, und schon ist von Geldwäsche die Rede. Und dann rennst du gleich zu deinem Bullenfreund!»

Max schüttelte den Kopf. «Nun hör mir doch mal zu, Nina. George war schon hinter Costas und Andrew her, bevor wir überhaupt wussten, dass wir die Bücher von Andrews Firma prüfen würden. Ich hatte ihm gegenüber nur zufällig erwähnt, dass wir bei der Arbeit mit einer Art Onassis zu tun hätten. Da ist er sofort hellhörig geworden und wollte wissen, um welche Firma es geht. Als ich es ihm sagte, riet er mir nur dazu, vorsichtig zu sein. Und zwar sehr vorsichtig.»

«Ach, du weißt ja nicht, wovon du da redest!»

«Oh, doch. Ich rede von Zuhältern, die ein Messer in den Bauch kriegen, und von Mädchen, die verprügelt werden. Mädchen, deren einziges Verbrechen darin besteht, sich bei irgendeinem Gauner falsche Papiere besorgt zu haben, um nach England kommen zu können. Sie unterscheiden sich gar nicht so sehr von dir, Nina. Es ist der reine Zufall der Geburt, dass sie mittellos sind und vielleicht in einem Flüchtlingslager leben.

Diese Mädchen glauben, aus einem beschissenen Leben flüchten zu können, und enden schließlich irgendwo eingesperrt in einem Zimmer, in dem sie es mit endlos vielen Freiern treiben müssen. Von dem Geld sehen sie nichts, sondern sie bekommen nur gesagt, dass damit ihre Schulden bezahlt werden.

Und ich rede hier auch von Informanten der Polizei, die einfach umgebracht werden. Mach die Augen auf, Nina! Es geht hier um schwere Verbrechen.»

Nina schluchzte hilflos. «Ich kann einfach nicht glauben, dass Andrew mit so etwas zu tun hat. Das kann nicht wahr sein!»

Max stand auf und legte den Arm um sie.

«Ich wünschte, es wäre so. Aber George hat mit Mädchen gesprochen, die ihn eindeutig als den Mittelsmann identifiziert haben. Eine von denen ist diejenige, die neulich Abend so zusammengeschlagen wurde.»

«Jetzt sag mir nicht, dass Andrew auch das getan hat!», schrie Nina. «Erzähl mir nicht, dass er Frauen schlägt!»

«Ssssch, nein», beruhigte er sie mit sanfter Stimme und nahm sie bei den Handgelenken. «Er übt keine aktive Gewalt aus. Aber er hat mit Leuten zu tun, die das für ihn tun. Beruhig dich», tröstete er sie erneut, als Nina ihren Tränen freien Lauf ließ. Sie spürte, wie Max seine Arme um sie legte und sie zärtlich hin- und herwiegte. «Ssssch, Nina. Es tut mir leid. Es tut mir wirklich leid.»

«Lüg doch nicht», brachte sie unter Tränen hervor, «es tut dir gar nicht leid. Du wolltest doch unbedingt beweisen, dass er Dreck am Stecken hat. Und ich wette, du bist jetzt überglücklich! Wenn es denn wirklich stimmt», fügte sie schniefend hinzu.

Max strich ihr übers Haar. «George sagt, dass es wahr ist. Ich wünschte bei Gott, es wäre nicht so. Denn was immer ich von ihm halte, ich finde es schrecklich, dich so aufgebracht zu sehen.»

«Aufgebracht?!» Nina wurde von einer erneuten Tränenattacke gepackt. Das war ein harmloses Wort, um ihren Zustand der Verzweiflung und Leere zu beschreiben.

Zum ersten Mal in ihrem Leben hatte sie gemeint, mit Andrew jemanden kennengelernt zu haben, in den sie sich hätte verlieben können. Und nun erzählte Max ihr, dass der Mann ein gemeiner Verbrecher wäre. Für Nina brach eine Welt zusammen.

«Das Geschäft wird anscheinend immer härter», fuhr ihr Kollege fort. «Die Albaner versuchen, die gesamte Branche zu übernehmen. Es könnte gefährlich werden.»

«Was willst du denn damit sagen? Soll er mir etwa leid tun?»

Max schnaufte verächtlich. «Das soll wohl ein Witz sein! Ich will dir nur zu verstehen geben, dass die Sache langsam außer Kontrolle gerät. Wer weiß, was passiert, wenn die einzelnen Prostituiertenringe anfangen, sich gegenseitig zu bekämpfen. Das wird kein freundschaftliches Aufteilen der Territorien! George meint, dort wird mit so harten Bandagen gekämpft, dass es sogar Tote geben könnte.»

Nina schluchzte leise vor sich hin. Sie hatte hämmernde Kopfschmerzen.

Sie konnte immer noch nicht recht glauben, dass Andrew in derartige Geschäfte verwickelt war. Aber langsam dämmerte ihr, dass es wohl so sein musste …

«Und was soll ich jetzt tun?», fragte sie mit matter Stimme.

Max sah sie mitleidig an. «Das liegt an dir. Ich kann ja nichts dagegen tun, wenn du dich weiterhin mit ihm treffen willst. Deswegen kündige ich dir nicht die Freundschaft.»

«Das meinte ich nicht. Willst du, dass ich helfe, ihm das Handwerk zu legen? Was soll ich tun?»

Er schüttelte den Kopf. «Man kann ihm nichts nachweisen. George konnte zwar eine der Frauen dazu bringen, ihn zu identifizieren, aber eine offizielle Aussage hat er nicht. Niemand sagt mehr etwas. Georges Kontaktmann liegt im Krankenhaus, nachdem er ein Messer zwischen die Rippen bekommen hat. Wenn's nach denen ginge, sollte er wahrscheinlich nicht mehr am Leben sein. Und Gott weiß, wie lange er noch durchhält. Sie haben lediglich ein paar Zuhälter wegen Einnahmen aus Prostitution drangekriegt. Aber Andrew kann man nichts beweisen.»

«Aber das ist ja lächerlich! Entweder er ist schuldig oder nicht. Und wenn ja, dann muss er auch bestraft werden!»

«Wenn es nur so einfach wäre», sagte Max mit sanfter Stimme, «aber so läuft es heutzutage nicht mehr, Nina. Die versuchen gerade, die albanische Polizei zu einer Zusammenarbeit zu bewegen, aber man kann sie nicht zwingen.

Menschenhandel bringt angeblich fünf Milliarden Pfund pro Jahr ein. Im Vergleich zum Drogenhandel ist das nicht viel. Aber trotzdem ist es immer noch ein Riesengeschäft, und deshalb wird die Branche auch von organisierten Banden regiert.»

«Wie Andrew und Costas.»

«Ja, und all den anderen. Die Globalisierung ist sicher nicht ganz unschuldig daran. Heutzutage ist es kein Problem, alles Mögliche über die Grenze zu schmuggeln – Drogen und Frauen.»

«Und was ist mit der Buchprüfung? Wird nicht wenigstens die ein paar Fragen aufwerfen?»

Max zuckte mit den Schultern. «Das habe ich ja heute gecheckt. Ich bin mit dem Sitten- und dem Betrugsdezernat meinen Bericht durchgegangen. Aber auch dort haben sich keine stichhaltigen Beweise gefunden – besonders nicht nachdem der Buchhalter alle Spuren verwischt hat. Fragwürdig sind die Bücher auf jeden Fall, aber eben nicht fragwürdig genug, um vor Gericht Bestand zu haben.»

«Sie werden also einfach weitermachen?»

Er trank sein Bier aus. «Nachdem sie von der Verhaftung der Zuhälter und der Messerstecherei gehört haben, werden sie wahrscheinlich erst mal ein wenig in der Versenkung verschwinden. Aber nach einer Weile tauchen sie garantiert wieder auf. Sie operieren nicht viel in diesem Land. Es ist also fast ausgeschlossen, sie zu kriegen.» Nina nickte müde. Sie sah auf ihre Uhr: zehn vor sieben.

«Ich glaube, du solltest jetzt besser gehen, Max.»

Den Blick, den er ihr zuwarf, konnte die erschöpfte Frau kaum ertragen. Er war eine Mischung aus Mitleid, Zärtlichkeit und Sorge.

«Bist du auch sicher, dass ich gehen soll? Ich mache mir Gedanken, wo du dich jetzt mit ihm triffst.»

«Du hast doch gesagt, dass er nicht gewalttätig ist.»

«Nein. Du musst es wissen … Wir sehen uns morgen.»

Er beugte sich vor und gab ihr einen zärtlichen Kuss auf die Wange. Nina schlang in einem plötzlichen Anflug von schrecklicher Einsamkeit die Arme um ihn und drückte ihn fest an sich. Er erwiderte ihre Umarmung.

«Geh jetzt, Max.» Sie musste sich vorbereiten und hatte nur noch eine Stunde Zeit, sich die Tränen vom Gesicht zu waschen und ihre Gedanken zu sortieren. Wenn Andrew um acht Uhr eintraf, würde sie einen Plan haben …

Kapitel 11

Ninas größter Wunsch war jetzt ein heißes Bad. Sie musste dringend mit einem Drink in einer Wolke von duftendem Schaum liegen und ihre Gedanken einer gründlichen Prüfung unterziehen.

Doch leider war es dafür zu warm und zu spät. Stattdessen nahm sie lieber eine lauwarme Dusche. Nachdem sie sich gründlich eingeseift und die Haare gewaschen hatte, ließ sie noch eine geraume Zeit das Wasser über ihren Körper laufen, während sie sich einige Fakten durch den Kopf gehen ließ.

Es waren vordergründig unschuldig wirkende Gedanken. Zum Beispiel die Tatsache, dass Andrew auf Prostituierte stand. Oder dass er den Strip-Club mit dem geheimnisvollen Zimmer im ersten Stock kannte. Seine Bekanntschaft mit Charles, der diese ganz besonderen Rasuren vornahm.

Dass er sie mit Costas geteilt hatte, der sich dann als sein ‹Patenonkel› herausstellte. Dass er sie und Beverley zusammen mit Ariadne beobachtet hatte – ein weiteres Mitglied seiner Ersatzfamilie.

Die ehemaligen russischen Balletttänzer, die jetzt als Stripper arbeiteten. Taten sie das aus freiem Willen? Wer wusste das schon? Eine Frau namens Katya …

Eigentlich bewiesen all diese Dinge nur, dass sein sexueller Geschmack düster, dekadent und quasi inzestuös war. Aber hatte nicht gerade auch das Nina erregt?

Wenn man diese Tatsachen allerdings dem gegenüberstellte, was sie gerade erfahren hatte, ergab sich ein ganz anderes Bild ihres Liebsten. Und zwar das Bild eines Sklavenhändlers, der bis zum Hals in Schleim und Schmutz, Korruption und Ausbeutung verwickelt war.

Nina zitterte unter dem kalten Wasser und stieg aus der Dusche.

Mr. Schleimer. Sehr gut, Max. Seine Instinkte waren weitaus besser gewesen als die ihren.

Es gab allerdings auch noch andere Dinge zu bedenken.

Sie hatte entdeckt, was es heißt, großartigen Sex zu haben. Sie hatten unglaublich viel Spaß zusammen gehabt. Und er war hinreißend. Und reich.

Aber woher kam das Geld? Ganz offensichtlich nicht nur aus der Reederei. Welchen Teil von seinem Penthouse hatte er mit ehrlich verdientem Geld bezahlt und welchen mit Menschenhandel?

Natürlich könnte sie auch einfach die Augen davor verschließen und keine Fragen stellen – so wie andere Gangsterbräute das auch taten.

Wenn er nur Banken ausrauben oder mit Drogen handeln würde, wäre das vielleicht auch möglich. Aber er handelte mit Frauen. Mit menschlichen Wesen! Konnte sie mit diesem Wissen wirklich leben und bei ihm bleiben?

Eines würde Nina jedenfalls mit Gewissheit tun – sich an ihren ursprünglichen Plan für den Abend halten. Zumindest bis zu einem gewissen Punkt. Es könnte schließlich der letzte Fick mit ihm sein. Und den wollte sie zu etwas ganz Besonderem machen.

Und wenn es wirklich der letzte war, dann wollte sie diesmal die absolute Kontrolle haben.

Nina föhnte ihr Haar mit gesenktem Kopf, um der Frisur mehr Volumen zu verleihen. Ganz plötzlich traten ihr wieder die Tränen in die Augen. Nach ihrem Weinanfall bei Max war sie geradezu erfrischt gewesen und hatte die Angelegenheit fast sachlich eingeschätzt. Doch das war nur ein flüchtiger Moment. Sie ließ den Tränen eine Zeit lang freien Lauf und trocknete sich dann das Gesicht. Heulen konnte sie nachher immer noch.

Nina zog das volle Programm mit Bodylotion und Parfüm durch. Dann schlüpfte sie in das schwarze Lederkostüm. Es war das erste Mal, dass sie die Sachen nach dem Anprobieren trug, und als sie in den Spiegel schaute, fühlte sie sich sofort besser. Ihre Haut war jetzt gebräunter als beim Kauf des Outfits, und es gefiel ihr, dass ziemlich viel davon zu sehen war.

Als Make-up wählte sie einen dunkelgrauen Lidschatten, der durch ein tiefschwarz geschminktes Unterlid betont wurde. Dazu kamen jede Menge Wimperntusche und roter Lippenstift. Je mehr Nina sich der Vollendung ihres Looks näherte, desto stärker und selbstbewusster fühlte sie sich. Sie zog kurz in Erwägung, schwarze Seidenstrümpfe anzuziehen, verwarf dieses Detail aber schnell als zu nuttig. Stattdessen fand sie nach einigem Suchen ihre schwarzen Winterstiefel im Schrank. Es waren zwar leider keine Stilettos, sie hatten aber einen kleinen Kitten-Heel-Absatz, der auch sehr sexy aussah. Den Abschluss bildeten ihre eleganten schwarzen Handschuhe aus feinem Stretchleder, die sie so hoch wie möglich zog.

Nach dieser Prozedur blieben Nina noch ein paar Minuten Zeit, um sich ein wenig Mut anzutrinken. Schade, dass sie keinen Wodka dahatte. Ein Siebzigprozentiger wäre genau das Richtige gewesen. Stattdessen musste sie sich mit vierzehnprozentigem Rioja begnügen, den sie sehr schnell runterstürzte und der seine Wirkung so ebenfalls nicht verfehlte. Andrew würde annehmen, dass dies heute Abend ihr erster Drink gewesen wäre, denn die Bierflaschen waren längst im Müll verschwunden.

Als Letztes legte sie die Seidenschals außer Reichweite auf

einen Stuhl, der unter dem Tisch stand, und legte eine Flasche Massageöl mit dem Aufdruck «entspannend» dazu. Dann klingelte es auch schon an der Tür.

«Oh, Mann! Was für eine Begrüßung!» Andrew musterte ihr Leder-Outfit genau, zog sie dann in seine Arme und küsste sie. «Du hast mir gefehlt.»

«Du mir auch. Hattest du eine gute Reise?»

«Ganz okay. Es war nett, so nah am Meer zu sein. In Rotterdam war es wesentlich kühler als in London.»

«Und wie ist das neue Schiff?»

«Alles bestens. Du hast eine neue Frisur. Sieht fantastisch aus. Aber willst du in dem Outfit wirklich ausgehen?»

Nina lachte und sah ihn dabei prüfend an. In seinen Augen stand Zuneigung geschrieben, und in seinem lächelnden Gesicht traten die altbekannten Falten zutage. Er trug ein cremefarbenes Hemd ohne Kragen, Khakihosen und sah damit eher aus wie ein erfolgreicher Geschäftsmann an seinem freien Tag – nicht wie ein hinterhältiger Menschenhändler.

«Als ich die Orte, an denen ich in letzter Zeit mit dir war, mal durchgegangen bin, erschien mir das am passendsten», erwiderte sie. «Aber wenn du vorhast, mich in einen ehrbaren Laden auszuführen, kann ich mich auch noch umziehen.»

Er grinste trocken. «Ich habe tatsächlich einen Tisch für neun Uhr im Mirabelle reserviert.»

In dieses Restaurant wollte Nina schon immer einmal gehen. Wieso jetzt?, dachte sie voller Wut.

«Wow! Aber erst mal musst du dein Willkommensgeschenk auspacken!»

Andrew zog eine Augenbraue hoch. «Apropos …» Er hob die schwarze Ledertasche an, die er beim Reinkommen auf den Fußboden gestellt hatte. «Hier ist ein bisschen Parfüm und holländischer Genever für dich drin.»

«Danke», sagte sie und nahm ihm die Tasche ab.

«Oh, und die Tasche ist auch ein Geschenk. Sie ist von Prada.»

«Nochmal danke.»

«Die Handschuhe sehen toll aus. Sehr sexy.»

Nina fuhr mit den Fingern ihrer linken Hand über seine vollen Lippen, über das Kinn hin zu seinem Hals.

«Fühlt sich gut an, was?»

«Mmmmh.»

«Wieso ziehst du dich nicht aus, dann kannst du sie am ganzen Körper spüren.»

Andrew knöpfte verschmitzt lächelnd sein Hemd auf, zog es aus und legte es über eine Stuhllehne. Nina sah ihm mit einer Hand in die Hüfte gestemmt zu, wie er den Reißverschluss seiner Hose öffnete und sie zusammen mit Schuhen und Socken ebenfalls auszog. Er trug einen engen weißen Calvin-Klein-Slip, in dem sein Schwanz bereits um Aufmerksamkeit zu betteln schien.

Nina ging langsam auf ihn zu und strich mit ihren Handschuhen über seine Brust. Das weiche Leder glitt geschmeidig über seinen schlanken, muskulösen Körper.

«Erinnerst du dich noch an unseren letzten Fick?», fragte sie ihn mit tiefer und leicht atemloser Stimme.

«Soll das ein Witz sein? Es war unglaublich. Wenn auch für dich ein bisschen unangenehmer.»

«Halb so wild. Aber ich möchte gern, dass du dich auf den Tisch setzt, so wie ich neulich auf deinem Schreibtisch gesessen habe.» Nina klopfte mit der Hand auf die Tischkante.

Er tat ein paar Schritte zurück, setzte sich auf den Tisch und lehnte sich auf seine Ellenbogen gestützt zurück.

«So?»

«Willst du nicht auch den Slip ausziehen?», fragte sie auffordernd. «Oder vielleicht sollte ich das lieber tun.»

Als sie ihm die weißen Shorts bis zu den Schenkeln runtergezogen hatte, sprang ihr sofort seine Erektion entgegen. Nina nahm das lange, harte Teil in die ledergehüllte Hand und begann, damit zu spielen.

«Leg dich ganz zurück», ordnete sie an – die Stimme immer noch tief und verführerisch. «Heb deinen Hintern ein bisschen an. So ist's gut. Ich dachte, dir würde nach der anstrengenden Reise vielleicht eine kleine Massage guttun», fuhr sie fort und nahm die Ölflasche zur Hand. «Mach einfach die Augen zu und entspann dich. Stell dir vor, du wärst in einem Massagesalon.» Nina nahm ein Kissen, legte es unter seinen Kopf und drückte ihn sanft hinunter.

Andrew gähnte und streckte sich. «Keine schlechte Idee. In Amsterdam habe ich mich auch massieren lassen. Aber das war nicht so toll.»

Nina goss ein wenig Öl auf ihre Handinnenfläche. Sie trug immer noch die Lederhandschuhe.

«Ich dachte, du wärst in Rotterdam gewesen?»

«Ja, aber wir sind für einen Tag auch nach Amsterdam gefahren.»

Die junge Frau verteilte das Öl in langsamen Kreisen auf seiner Brust. «Ich nehme nicht an, dass diese Massage gleichzeitig ein Besuch bei einer Prostituierten war, oder?»

Andrews Lippen verzogen sich zu einem Lächeln. «Soll ich dir davon erzählen?»

«Lieber nicht.» Sie nahm einen der Schals und ließ ihn sanft über seine Brust gleiten. «Wir hatten doch ausgemacht, dass ich dir von meinem Wochenende erzähle, wenn du zurückkommst.»

Sein Lächeln wurde breiter. Nina schlang den Schal um eins der Tischbeine und legte die beiden Enden sanft über sein Handgelenk. Dann nahm sie einen weiteren Schal und strich damit über seine Brust.

«Dann hast du was aufgerissen, oder? Wie kommst du drauf, dass ich etwas darüber hören will?»

Sie wiederholte die Prozedur mit dem anderen Schal. «Ich dachte, es würde dich vielleicht interessieren. Immerhin waren wir zu dritt.»

Andrew kicherte, und Nina verknotete mit entschlossenen Bewegungen erst den einen, dann auch den anderen Schal und fixierte ihn so auf dem Tisch. Er gab keinerlei Beschwerde von sich.

«Also, was ist passiert?»

Nina setzte ihre Massage an seinen Oberschenkeln fort und entlockte dem gefesselten Mann damit kleine, genießerische Seufzer. Gleichzeitig nahm sie einen dritten Schal zur Hand, ließ ihn langsam über sein Bein gleiten und legte ihn dann um seinen Knöchel.

«Also erst haben Angie und ich ein bisschen rumgemacht, dann musste sie sich für mich ausziehen, und danach hat Max es uns beiden gleichzeitig besorgt. Als krönenden Abschluss haben die beiden mir schließlich einen Fick vorgeführt.»

«Max!» Andrew versuchte, sich aufzusetzen, wurde aber von seinen Fesseln zurückgehalten. Genau in diesem Moment knotete sie den dritten Schal fest.

«Was zum Teufel machst du denn da? Mach die Dinger wieder los! Und was, verdammt nochmal, hast du mit Max getrieben?»

«Ich habe nur ein bisschen mit ihm gespielt», erwiderte sie mit sanfter Stimme und strich mit einer ihrer in schwarzem Leder steckenden Hände über seine Eier. «Ganz ruhig, Andrew. Wenn du weiter so rumzappelst, zerquetsche ich dir noch dein Gehänge.»

«Hör auf, mir zu drohen! Und nimm mir diese verdammten Fesseln ab! Das ist ja lächerlich!»

«Ach, ich weiß nicht», entgegnete Nina mit leisem Kichern.

«Ich finde es ganz nett so. Du hast doch sicher nichts dagegen, mal derjenige zu sein, der ein bisschen was einstecken muss?!»

Er starrte sie an. «Was hast du denn nun mit Max getrieben?»

«Ich hab ihn in den Arsch gefickt. Da hättest du bestimmt auch mal Lust drauf!»

«Ums Verrecken nicht!», fuhr er sie an.

«Aber mit mir hattest du das doch auch vor», sagte sie mit sachlicher Stimme. «Allzu viel kannst du jedenfalls nicht dagegen haben – dein Schwanz wird doch immer härter.»

Das stimmte tatsächlich. Andrews Organ sah aus, als würde es jeden Moment platzen. Nina nahm noch etwas mehr Öl und fuhr damit zärtlich über seinen Schaft. Er zitterte.

«Es macht dich an – ob es dir nun gefällt oder nicht», erklärte sie und setzte ihre streichenden Bewegungen fort. «Angie fand es schade, dass du nicht auch dabei warst. Ich wollte es nämlich mit keinem von den beiden so richtig tun.»

Aus Andrews Kehle drang ein ersticktes Keuchen. «Sagtest du nicht, dass er es euch beiden gleichzeitig besorgt hat?»

«Ja. Diese kleine Schwäche hat mir auch ein wenig zugesetzt. Aber es war ziemlich gut – besonders weil Angie und ich uns dabei die ganze Zeit geküsst haben.»

Als Nina spürte, wie seine Lendenmuskulatur unter ihrer Hand zu zittern begann, ließ sie sofort von seinem Schwanz ab.

«Ich dachte schon, du würdest kommen. Aber das wollen wir doch noch nicht.»

«Und wieso nicht?», fragte er aufgebracht.

«Weil ich ein bisschen Aufmerksamkeit brauche!», antwortete Nina gereizt. «Du kannst nämlich sehr egoistisch sein, Andrew.»

Sie öffnete den Reißverschluss ihrer Shorts, schälte sich aus ihnen heraus und bewegte sich auf seinen Kopf zu. Als er ihre rasierte Möse mit der Tätowierung darüber sah, senkte er unwillkürlich die Augenlider – ein Anblick, der Nina überaus zufrieden machte.

«Ja, es sieht toll aus, nicht?», sagte sie mit heiserer Stimme. «Ich glaube, es macht mich ein bisschen scharf, dich da so an den Tisch gefesselt zu sehen.»

Er verfolgte stumm, wie Nina einen Fuß auf einen Stuhl stellte und sich langsam einen Finger in ihre Möse schob.

«Mh, geil», kommentierte sie, ließ den Finger ein paarmal rein- und wieder rausgleiten, um ihn dann eingehend zu betrachten. «Ganz feucht.» Sie leckte den Finger ab.

«Ich sag dir was: Wenn du brav bist, werde ich dich losbinden.» Jetzt stellte Nina sich ganz auf den Stuhl und schaute auf ihn hinab.

«Du darfst mich lecken, bis es mir kommt. Und wenn du es so gut wie Max machst, binde ich dich los, und du darfst mich ficken.»

«Du verdammtes Miststück!», brüllte er, fuhr hoch, konnte sich aber nicht befreien. «Wie kannst du es wagen, du blöde Fotze!»

Ihre Hand schnellte hervor, und Nina schlug ihm, so fest sie konnte, zweimal mitten ins Gesicht. «Nenn mich nie wieder so!», fuhr sie ihn wütend an. «Und auch keine andere Frau!»

«Was ist denn bloß los mit dir? Das hat verdammt weh getan!», jammerte Andrew.

«Gut!», erwiderte sie, so ruhig sie konnte, obwohl ihr Herz wie verrückt raste – nicht nur vor Wut, sondern aus Angst vor ihrer eigenen Courage. «Das sollte es auch. Und jetzt will ich, dass du mir die Fotze leckst!»

«Ach, aber du darfst das Wort benutzen, was? Ich dachte ja eigentlich auch, dass du es gerne hörst», ergänzte er mit schmollender Stimme.

«Ich mag es, wenn du darüber redest. Aber es ist etwas völlig anderes, wenn du mich so nennst. Tu das niemals wieder!»

Nina ging langsam in die Knie und positionierte ihre Möse direkt über seinem Mund. Ihre Schienbeine ruhten auf seinen Unterarmen.

«Wirst du jetzt also tun, was ich dir sage? Haben wir uns verstanden?»

«Nur allzu gut. Wenn ich mich so gut mache wie dein kleiner Bürofreund, dann tätschelst du mir den Kopf.»

Nina lachte und ließ sich auf seinem Mund nieder.

«Immerhin darfst du mich danach ficken. Und das ist mehr, als ich ihm erlaubt habe.»

Andrews Zunge flitzte über ihren Kitzler. «O ja. Ich glaube, du kannst langsam fast so gut wie eine Frau lecken», sagte sie voller Sarkasmus. «Ich dachte übrigens, dir würde die Vorstellung ganz gut gefallen, dass ich Max mit deinem Vibrator in den Arsch gefickt habe.»

Sie spürte, wie seine Zunge ihre Bewegungen einstellte, so als müsste er vor Wut die Zähne zusammenbeißen. Amüsant.

«Nicht den ganzen Vibrator – nur den kleinen Fingeraufsatz. Es hat ihm übrigens sehr gut gefallen. Ich glaube, an so einem kleinen Ding hätte ich auch meinen Spaß. Aber ein ganzer Schwanz im Po wäre mir wohl zu viel. Besonders der von Max – der ist nämlich ziemlich dick.»

Bei dieser Bemerkung drang ein kleiner, erstickter Laut aus Andrews Kehle, aber er hörte trotzdem nicht auf, seine Zungenspitze in ihrer Möse zu versenken, um sie gleich darauf zu ihrer Rosette und wieder zurück wandern zu lassen. Nina hatte wirklich ihren Spaß.

«Aber eigentlich wollte ich dir ja berichten, dass ich jetzt weiß, warum du dich in der Rolle des Voyeurs so wohlfühlst. Ich saß an dem Abend nämlich auf dem Balkon in der Hängematte und sah den beiden von dort aus zu, wie sie es trieben.

Natürlich hatte ich meinen Vibrator dabei. Das Ganze war besser als jeder Pornofilm. Na ja, das glaube ich zumindest. Wir beide sind ja noch nicht dazu gekommen, uns einen anzuschauen.»

Andrews Zunge jagte mittlerweile köstliche kleine Stromschläge durch ihren Kitzler, die sich in ihrer ganzen Möse ausbreiteten. Jetzt würde es nicht mehr lange dauern.

«Eigentlich könntest du mir doch mal ein paar Videos mitbringen, oder? Ich fände es wirklich gut, ein bisschen was zum Gucken zu haben, wenn du fort bist. Und *du* kommst doch nun ganz bestimmt leicht an solche Filme.»

Nina spannte die Muskeln an und presste ihren Unterleib auf seinen Mund. Der Gedanke an Pornos brachte sie endgültig an den Rand. Andrew reagierte trotz seiner Fesselung auf ihre Bewegungen, machte seine Zungenspitze hart und leckte sie, so fest und intensiv er nur konnte. Es dauerte nicht mehr lange, und der Orgasmus überkam sie wie eine Flutwelle.

Es war das zweite Mal in ihrem Leben, dass Nina nach dem Höhepunkt weinen musste. Sie saß regungslos da, während die Muskeln ihrer Muschi auch noch den letzten Rest Befriedigung aus ihrem Orgasmus herauspressten. Die Tränen liefen ihr nur so übers Gesicht, und sie fühlte sich völlig allein. Als die Zuckungen nachließen, wischte die junge Frau sich kurz übers Gesicht und erhob sich dann langsam vom Gesicht ihres Lustdieners.

«Gut gemacht, Andrew. Mindestens so gut wie Max.»

«Vielen Dank. Heißt das, dass du mich jetzt losbindest? Meine Arme tun höllisch weh.»

Sie stellte sich wieder auf den Boden.

«So ist's besser. Ich muss allerdings feststellen, dass du eine Sache doch nicht ganz so gut gemacht hast wie Max.» Er warf ihr einen bösen Blick zu.

«Du genießt es einfach nicht so sehr wie er. Hab ich recht?

Du hasst es, gefesselt zu sein. Und du hasst es, wenn ich die Oberhand habe.»

«Was du nicht sagst. Dann hast du deinen kleinen Bürojungen also auch festgebunden.»

«Nein. Das musste ich gar nicht. Er ist meinen Anordnungen auch so überaus gern nachgekommen.»

«Tja, das ist eben der Unterschied zwischen einem Mann und einem Jungen.»

«Es gibt da nur ein Problem», fuhr Nina fort, «ich übernehme zur Abwechslung auch mal ganz gern das Kommando. Und wenn du das so gar nicht magst – wie soll es dann mit uns weitergehen?»

Andrew seufzte. «Bind mich los, dann können wir das besprechen.»

Sie lachte nur kurz auf. «Du wolltest doch all meine Fantasien wahr werden lassen, nicht wahr? Aber meinen Traum, mal einen Mann zu fesseln und ihm Befehle zu erteilen, hast du mir noch nicht erfüllt.»

«Ich bin doch hier.»

«Ja, aber wenn du gewusst hättest, was ich vorhabe, wärst du gar nicht erst gekommen. Was ist denn mit meiner Fantasie, in der ich dich betteln lasse?»

Er schnaubte verächtlich. «Die muss schon ohne mich stattfinden. Danke.»

«Genau. Es muss immer nach deiner Nase gehen, stimmt's?»

«Wieso sollte ich so tun, als ob es anders wäre?»

«Stimmt. Aber damit ist doch wohl bewiesen, dass du nur das tust, was dir in den Kram passt.»

«Überaus scharfsinnig. Könntest du mich jetzt losbinden?»

«Nein! Du wirst jetzt zur Abwechslung mal nicht das bekommen, was du willst.»

Nina ging vor ihm auf und ab. Andrew legte sich müde und genervt zurück.

«Jetzt mach dich doch nicht lächerlich, Kleine.»

«Du hast mich oft genug dazu gebracht, mich selbst lächerlich zu machen. Ich glaube, da kann ich es auch mal aus freien Stücken tun.»

Er zuckte mit den Schultern. «Wie du willst. Aber tu doch nicht so, als hättest du nicht jede Minute unserer kleinen Abenteuer genossen.»

«Oh, doch. Diese Nummer hier eingeschlossen. Aber die hat dir ja nun nicht so gefallen. Die Sache ist die, Andrew», fuhr sie fort, «seit ich von deinen schmutzigen Geschäften weiß, haben ‹unsere kleinen Abenteuer›, wie du es nennst, eine ganz andere Bedeutung für mich bekommen. Und zwar keine besonders gute.»

Sein Blick wurde totenstarr. «Was für schmutzige Geschäfte?»

«Deine Importgeschäfte, zum Beispiel.»

«Wovon redest du?»

«Wovon redest du?», äffte sie ihn nach. «Tu doch nicht so, Andrew. Ich weiß alles über deine Huren! Oder sollte ich Sexsklavinnen sagen?»

«Du meine Güte. Jetzt wirst du aber melodramatisch.»

«Was erwartest du denn, verdammt nochmal?», brüllte Nina ihn an und verlor endgültig die Kontrolle, um die sie sich so verzweifelt bemühte. «Was soll eine Frau denn tun, wenn sie erfährt, dass ihr Freund Mädchen gegen ihren Willen auf den Strich schickt? Du machst mich krank, du verfluchter Scheißkerl!

Muss ja verdammt witzig gewesen sein, mich in diesem Hotel zu deiner Hure zu machen, was? Du suchst sie aus, hab ich recht? Die Frauen, die du zur Prostitution zwingst – fickst du die erst alle einmal durch?

Und als du mich in den Strip-Club mitgenommen hast. Wie viele von den Frauen dort arbeiten für dich? Und die Fotos in deinem Schlafzimmer? Ich wette, die meisten von denen gehören zu deinem Harem!»

«Jetzt beruhig dich doch, Nina. So ist das wirklich nicht.»

«O nein. Natürlich nicht. Es ist alles einwandfrei und legal, nicht wahr?»

Andrew schüttelte ungeduldig den Kopf. «Das nicht. Aber ich schwöre dir, ich habe absolut nichts mehr mit den Frauen zu tun, wenn ich sie hergeschafft habe.»

«Du meinst, wenn du sie an Zuhälter verkauft hast.»

«Nein. Ich verkaufe niemanden. Wirklich. Es ist nur eine geschäftliche Vereinbarung.»

Nina zog sich einen Stuhl heran und ließ sich darauf nieder. Mit einem Mal war sie todmüde. Ihre Augen betrachteten nüchtern sein Gesicht – das Gesicht, das sie so liebgewonnen hatte. Max hatte immer den Schleimer in ihm gesehen. Was für eine Ironie, denn genau das war er tatsächlich. Doch so ganz begriff sie es immer noch nicht – für sie sah er immer noch wie der Mann aus, von dem sie geglaubt hatte, ihn lieben zu können.

«Du hast doch gesagt, dass du mich losbinden und dich dann von mir ficken lassen würdest», erinnerte er sie.

«Ja. Aber das sollte eigentlich geschehen, bevor ich dir erzählte, dass ich über deine Machenschaften Bescheid weiß.» Sie fühlte sich verloren. «Ich weiß nicht, was ich jetzt tun soll.»

«Dann bind mich doch erst mal los.»

Wieso nicht?, dachte sie und griff nach einem der Knoten, die sie in den Schal gemacht hatte. Andrews Zerren hatte ihn unglaublich eng werden lassen.

«Ich kann nicht», entfuhr es ihr plötzlich.

«Du wirst es aber müssen», erwiderte er mit düsterer Stimme.

Nina lachte spöttisch auf. «Keine voreiligen Drohungen. Ich meinte, dass ich sie nicht aufbekomme und deshalb aufschneiden muss.»

Mit der Küchenschere ging es ganz leicht. Drei kurze Schnitte, und Andrew saß aufrecht auf dem Tisch und massierte seine Handgelenke.

«Herrgott, du hast mich geschnitten.»

«Hab ich nicht. Du hast nur zu wild an den Fesseln gezerrt.»

«Und mein Gesicht brennt wie Feuer.»

Sie sah ihn genauer an. «Könnte sein, dass ich dir eine leichte Prellung verpasst habe.»

Er streckte seine Hand nach ihrem Gesicht aus, während sie ihn ansah. «Mist! Das habe ich wohl auch verdient. Ich war wirklich nicht ganz bei mir.»

«Ja.»

«Tut mir leid.»

Er strich über ihr Gesicht, und sie legte ihre Wange in seine Handfläche.

«Ich habe da so eine dunkle Ahnung, dass du mit mir Schluss machen wirst.»

«Du hast es erfasst.»

«Hör mal, jetzt überstürz bitte nichts. Denk doch mal nach. Du könntest dich damit arrangieren. Wirklich, Nina, man gewöhnt sich an alles.»

Er schwang seine Beine über den Tisch und stand auf. Dann zog er sie zu sich heran und küsste sie zärtlich auf ihre geschlossenen Lippen und die Wangen.

«Ich möchte so gern in dir sein», keuchte er. «Bitte, ich möchte dich ficken, Baby!»

«Nein!» Sie schubste ihn weg und starrte ihn ungläubig an. «Du musst den Verstand verloren haben. Wie kannst du glauben, dass ich jetzt noch mit dir schlafe?»

Andrew lächelte zynisch. «Wahrscheinlich aus demselben Grund, aus dem du dich eben von mir hast lecken lassen. Wo liegt denn da der Unterschied?»

«Oh, bitte. Du weißt genau, wo der Unterschied liegt. Das kannst du doch unmöglich genossen haben.»

«Das war also eine Bestrafung?» Er zog die Augenbrauen hoch. «Du hast herausgefunden, dass ich diese … diese Geschäfte betreibe, und wolltest mich bestrafen, weil ich so ein böser Junge war?»

Nina merkte voller Abscheu, dass er langsam sein inneres Gleichgewicht wiederfand. Andrew ging erneut auf sie zu, legte seine Arme um ihre Hüften und rieb seinen steifen Schwanz an ihr.

«Spürst du, wie ich dich begehre?», fragte er und fingerte an dem Reißverschluss ihres Ledertops herum. «Gott, du bist so sexy!»

«Ich sagte nein!»

Doch er ignorierte sie, ließ eine Hand nach unten wandern und stieß seine Finger in ihren noch immer feuchten Schlitz.

«Ich bin keins von deinen Flittchen», sagte sie voller Kälte. «Nein heißt nein. Und glaub ja nicht, dass ich hier mit dir eine Vergewaltigungsfantasie durchspiele.»

Er trat einen Schritt zurück und schaute sie wütend an. «Verdammt, Nina! Was immer du auch über mich zu wissen glaubst, du kannst mich doch nicht als totales Monster abstempeln.»

Die junge Frau schüttelte ungläubig den Kopf. War er wirklich erbost, oder tat er nur so?

«Willst du mich auf den Arm nehmen? Du glaubst doch wohl nicht ernsthaft, dass ich die Beziehung zu dir fortsetzen könnte, als wäre nichts gewesen? Wer weiß, wo du deine Finger sonst noch drin hast? Schutzgelderpressung, Körperverletzung – die Liste könnte lang sein.»

«Körperverletzung», schnaufte Andrew verächtlich. «Du musst grad reden! Für jemanden, der angeblich Angst vor mir hat, bist du eben ganz schön weit gegangen. Du hast mich gefesselt, mich rumkommandiert und mich geschlagen!»

«Okay», unterbrach sie ihn, «aber ich weiß erst seit zwei Stunden über deine schmutzigen Geschäfte Bescheid. Das Heulen und Zetern habe ich zwar bereits hinter mir, aber richtig begriffen habe ich es immer noch nicht. Also erwarte nicht von mir, dass ich so tue, als wäre nichts passiert.»

Nina setzte sich hin, zog die Stiefel aus und streifte die Shorts wieder über.

«Du ziehst dich jetzt besser an und verschwindest von hier.»

Andrew schloss die Augen und schüttelte den Kopf. «Bitte sag das nicht. Denk nochmal nach, Nina. Es könnte funktionieren. Ich meine, du bräuchtest doch auch nichts damit zu tun haben.»

«Du musst mich wohl für eine komplette Idiotin halten.»

Sie nahm ihr Weinglas und stürzte es in einem Zug hinunter. «Schon besser. Ich brauche mehr davon.»

«Ich nehme an, es hat keinen Sinn, auch um einen Schluck zu bitten?»

Nina zuckte mit den Schultern, ging in die Küche und kehrte mit der angefangenen Flasche und einem weiteren Glas zurück. Sie schenkte sich ein und stellte die Flasche mit dem zweiten Glas auf den Tisch.

«Bedien dich. Und vergiss nicht, deine Reservierung zum Abendessen zu canceln.»

Er seufzte. «Ach komm, ich weiß doch, wie gerne du ins *Mirabelle* möchtest. Bitte.» Er goss sich einen Schluck Wein ein und trank. «Ich finde, wir sollten noch ein bisschen darüber reden. Du kannst mich doch nicht rausschmeißen und einfach so Schluss machen.»

«Du hast recht, wir sollten reden. Vielleicht kannst du mich ja überzeugen, dass die Sache doch nicht so wild ist.»

Der Sarkasmus in ihrer Stimme ließ Andrew zusammenzucken.

«Du kannst dir ja schon mal was überlegen, während ich

mich umziehe. Irgendwie fühle ich mich in diesem Nutten-Outfit nicht mehr so richtig wohl.» Nina schloss die Schlafzimmertür hinter sich, zog die Ledersachen aus und schlüpfte in Jeans und T-Shirt. Das Bett sah überaus verlockend aus und rief ihr ins Bewusstsein, wie erledigt sie eigentlich war. Am liebsten wäre sie Andrew losgewesen, unter die Decke geschlüpft und hätte bis zum nächsten Morgen geschlafen.

Doch irgendetwas in ihr verlangte immer noch nach einer Erklärung – so lahm sie auch ausfallen würde. Außerdem verspürte sie das unbändige Bedürfnis, sich total zu betrinken.

«Die können mir gar nichts beweisen.» Sie hatten die angefangene Flasche Wein geleert und waren mittlerweile bei der zweiten angelangt.

«Ja, ich weiß.»

«Okay, du weißt also alles. Aber wie um alles in der Welt bist du dahintergekommen?»

Nina erzählte ihm in knappen Worten von Max' Freund beim Sittendezernat.

«Er glaubt, dass du vorsichtig sein musst. Die Albaner wollen dich rausdrängen und in London die Vorherrschaft übernehmen.»

Andrew sah sie mit amüsiertem Blick an. «Deine Besorgnis ist ja rührend.»

«Jetzt werd nicht sarkastisch. Mir ist völlig egal, was aus dir wird!»

Er nahm ihre Hand. «Entschuldige. Ich weiß deine Anteilnahme wirklich zu schätzen. Hör mal, Nina, du könntest dich wirklich daran gewöhnen. Denk mal drüber nach. So direkt habe ich eigentlich gar nicht damit zu tun.»

Nina seufzte. «Ich fasse mal zusammen: Du bringst diese Frauen ins Land und verkaufst sie hier an die Zuhälter, richtig?»

«Mehr oder weniger», antwortete er mit Unbehagen in der Stimme.

«Was denn nun? Mehr oder weniger?»

«Na gut, wir … wir verkaufen sie nicht, wir vermieten sie eher.»

«Ach, so wie man ein Auto vermietet?», erwiderte sie wütend. «Tut mir leid, Andrew, ich glaube wirklich nicht, dass ich mich daran gewöhnen könnte. Das ist doch wohl ein bisschen so, als würden große Zuhälter die kleinen versorgen, oder nicht?»

Er schwieg.

«Ich hatte dich für einen netten, anständigen Menschen gehalten. Und ich glaube irgendwie immer noch, dass du das auch bist. Du verdienst genug Geld mit der Reederei. Ich muss es wissen, denn ich habe ja deine Bücher geprüft. Erklär mir also bitte, wieso um alles in der Welt du in diese … diese Branche einsteigen musstest.»

«Hör auf, Nina», bat er mit leiser Stimme.

«Soll das ein Witz sein? Meinst du nicht, dass ich eine Erklärung verdient habe?»

Andrew packte eines ihrer Handgelenke. «Ich sagte, hör auf!», wiederholte er entschlossen.

Nina starrte ihn nur an und versuchte, ihren Arm zu befreien. Doch sein Griff wurde immer fester. So fest, dass es bereits wehtat.

«Steig aus, Andrew. Dann bleibe ich vielleicht bei dir. Und lass mein Handgelenk los. Vor ein paar Minuten hast du mir noch erklärt, dass du kein Verbrecher bist, und jetzt tust du mir weh.»

Er ließ sie los.

«Ich kann nicht aussteigen.»

«Wieso nicht?»

Er wich ihrem Blick aus.

«Wieso nicht?»

«Du weißt es doch. Du weißt, dass Costas der Boss ist. Es liegt nicht an mir.»

«Dann sag Costas, dass du aussteigen willst.»

«Herrgott, das ist nicht so einfach, wie du dir das vorstellst. Ich habe dir doch erzählt, dass ich in Costas' Schuld stehe.»

Nina schüttelte den Kopf. Sie glaubte ihm kein Wort.

«Du willst mir also allen Ernstes weismachen, dass du ihm auf die schiefe Bahn folgen musst, nur weil er sich in deiner Kindheit um dich gekümmert hat? Das ist doch lächerlich!»

«Für mich nicht. Er hat sich nicht nur um mich gekümmert, er hat sich auch um die Firma gekümmert, bis ich alt genug war. Und dann hat er mir alles beigebracht, was ich über das Reedereigeschäft wissen musste.»

«Und das war auch sehr nett von ihm. Aber nehmen wir mal an, dein Vater wäre nicht gestorben und du hättest das Geschäft von ihm übernommen – wenn *er* von dir verlangt hätte, in die Prostitution einzusteigen, hättest du dich dann auch verpflichtet gefühlt? Das kann ich mir nicht vorstellen.»

Andrew zappelte unruhig auf seinem Stuhl hin und her. «Sicher nicht. Aber was Costas für mich getan hat, macht ihn zu mehr als einem Vater.»

«Ja. Zu deinem verdammten Paten in der griechischen Mafia!»

Er lächelte freudlos. «Wenn du es so formulieren willst, ja. So könnte man es sagen.»

«Herrgott!»

Sie nahmen beide einen Schluck Wein und schwiegen einen Moment.

«Weißt du noch, als ich nach dem Tätowierstudio sagte, ich hätte mir ebenso gut ‹kein freier Wille› auf die Stirn tätowieren lassen können?»

«Ja?», sagte er vorsichtig.

«Das hätte wohl eher auf dich gepasst als auf mich, nicht wahr?»

Nina lächelte ihn über den Tisch hinweg an. Der Wein hatte sie ein wenig entspannt. Vielleicht aber auch, weil sie jetzt begriff, wieso er sie dominieren musste und ihr nicht die Oberhand überlassen konnte.

Sein Leben war fremdbestimmt – außer in den Beziehungen, die er zu Frauen hatte. Lediglich im Schlafzimmer konnte er die Frustration kompensieren, nichts weiter als Costas' Marionette zu sein.

«Okay. Du hast recht», gab er kleinlaut zu. «Es tut mir leid, aber ich kann nichts dagegen tun. Erst …», er sah sie durchdringend an, «erst wenn Costas stirbt. Du hast selbst gesagt, dass er der älteste Mann der Welt ist. Er kann schließlich nicht ewig leben.»

«Du schlägst also vor, dass ich mich so lange mit der Tatsache abfinde, dass mein Freund ein Zuhälter und Sklavenhändler ist, bis sein Patenonkel stirbt? Und danach wirst du das dann alles aufgeben und wieder ein ehrbarer Reeder sein?»

«Das könnte ich mir durchaus vorstellen.»

«Und wenn du in der Zwischenzeit von einer Albaner-Gang abgestochen wirst?»

«Höchst unwahrscheinlich. Uns ist allen klar, dass wir das Geschäft untereinander aufteilen müssen. Aber auch dann ist noch genug Profit für jeden drin.»

Nina schnaubte verächtlich. «Na, dann ist ja alles gut», sagte sie überzogen. «Aber es geht nicht nur um Costas, hab ich recht? Was würde Ariadne denn davon halten, wenn du aussteigen wolltest?»

«Ariadne wäre absolut begeistert. Und ich kann dir versichern, dass sie absolut in der Lage ist, das Geschäft allein zu leiten.»

«Das kann ich mir nicht vorstellen. Dazu bräuchte sie doch auf jeden Fall ein paar starke Männer hinter sich.»

«Nichts leichter als das. Die kann man sich kaufen», erwiderte er verächtlich. «Ariadne hat genau das, was man für diese Branche braucht: einen klugen Kopf und loyale Mitarbeiter.»

Er legte seine Hand auf die ihre.

«Ich schwöre dir, sobald Costas stirbt, steige ich aus. Ariadne kann alles haben.»

«Auf seinen Tod warten? Das ist doch krank, Andrew.»

«Ja, vielleicht. Aber denk mal drüber nach.»

«Auf keinen Fall.»

Nina trank ihr Glas leer. Langsam, aber sicher breiteten sich stechende Kopfschmerzen hinter ihrer Stirn aus.

«Jedes Mal, wenn du auf Geschäftsreise fährst, würde ich mich fragen, ob du nicht nach Albanien oder sonst wohin unterwegs bist, um weitere Frauen ins Land zu schleusen. Und jedes Mal, wenn wir Sex haben, würde ich an die Mädchen denken, die gerade ihren zehnten Freier ranlassen müssen.»

Sie spürte ein Zittern durch ihn hindurchgehen.

«Selbst wenn du schon morgen aussteigen würdest, die Vergangenheit kannst du nicht mehr ändern. Ich könnte mit dem, was du getan hast, einfach nicht leben. Und ich glaube, das ginge jeder Frau so.»

«Mag sein, dass es schwer zu akzeptieren ist – als ich von Costas' Geschäften erfuhr, ging es mir weiß Gott genauso. Aber ich habe mich trotzdem daran gewöhnt. Und du könntest das ganz sicher auch.»

Nina schüttelte den Kopf. «Nein. Vielleicht, wenn du mit Waffen oder Diamanten, ja selbst mit Drogen handeln würdest – und auch das bezweifle ich –, aber wir reden hier von menschlichen Wesen.»

Sie stand auf. «Ich denke, es gibt jetzt nichts mehr zu sagen.»

«Wenn du deine Meinung jemals änderst, Nina ... Ich weiß, dass ich so eine Frau wie dich nie wieder kennenlernen werde.»

«Ganz bestimmt», erwiderte sie mit einem leisen Lachen. «Und ich hoffe, dass du ihr von deinen Geschäften erzählst, bevor es ernst wird.»

«Ja, wenn du willst.»

«Ja. Hör zu, ich fühle mich einfach schrecklich. Also bitte geh jetzt.»

«Einfach so?»

«Einfach so.»

«Leb wohl, Andrew», sagte sie zum Abschied an der Tür, küsste einen ihrer Finger und führte ihn an seine wunderschönen Lippen. «Gib auf dich acht.»

«Darf ich dich mal anrufen?»

«Ja. Aber lass mir ein wenig Zeit, okay?»

Andrew gab ihr einen letzten, zärtlichen Kuss auf die Wange und ging langsam die Treppe hinunter.

Ob er noch einmal zurückschaute, wusste sie nicht. Nina schloss die Tür hinter ihm und ließ ihren Tränen freien Lauf.

Kapitel 12

Ninas Kopf fühlte sich an, als würde ein Boxkampf darin stattfinden, und ihr Mund schmeckte wie die Mülltonne eines Chinarestaurants. Böser Fehler, dachte sie bei sich und schaute auf den Wecker. Halb acht. Zeit, aufzustehen und zur Arbeit zu fahren. Wie auf Autopilot rollte Nina aus dem Bett und schleppte sich ins Badezimmer. Ihr Haar war klebrig vor Schweiß – und das lag nicht nur an der Hitze, sondern sicher auch am Alkohol.

Das Wasser aus der Dusche fühlte sich wie Nadelstiche auf ihrem Gesicht an. Wenn sie doch nur diesen Wodka nicht getrunken hätte!

Nachdem Andrew gegangen war, hatte Nina sich weinend auf dem Boden zusammengerollt. Dann hatte sie mit der Logik eines Menschen, der bereits völlig betrunken war, entschieden, sie müsste noch mehr trinken. Und diesmal keinen Wein, sondern etwas Richtiges. Sie musste trinken, um zu vergessen.

Also hatte Nina sich etwas kaltes Wasser ins Gesicht gespritzt und im Spirituosenladen um die Ecke einen halben Liter Wodka und vier Büchsen Red Bull geholt. Wie immer hatte sie ein paar Witzchen mit dem fröhlichen Iren hinter dem Verkaufstresen ausgetauscht und war noch ganz stolz gewesen, dass sie ganz normal mit ihm reden konnte.

Trinken, um zu vergessen – von wegen! Die junge Frau erinnerte sich noch genau, wie sie die Wodkaflasche geleert und sich geärgert hatte, dass es nur ein halber Liter war.

Wie blöd von mir, sagte sie sich jetzt im Badezimmer. Gerade neulich hatte sie noch gedacht, dass es genau die Mischung aus Wodka und Wein war, die ihr die schlimmsten Kater bescherte. Ihr war speiübel. Sie hätte bei Wein bleiben sollen.

Natürlich hatte sie nichts gegessen – nur viel geweint und alle traurigen Lieder gespielt, die sie finden konnte.

Sie nahm zwei Paracetamol. Schließlich ging das Leben trotzdem weiter, und sie musste zur Arbeit.

Gott sei Dank. Wie entsetzlich wäre es gewesen, jetzt mit all den Gedanken zu Hause rumzusitzen. Sie freute sich geradezu auf Max, der sie verstehen und nett zu ihr sein würde. Vielleicht könnte man in der Mittagspause in ein Restaurant gehen. Ein kleiner Imbiss und ein Drink würden sicher helfen, den Kater zu vertreiben.

Ninas Augen waren geschwollen. Also schmierte sie ein wenig kühles Gel auf ihre Unterlider und setzte eine Sonnenbrille auf. Auf dem Weg durch den Park fühlte sie sich noch ein wenig wackelig auf den Beinen, doch die kühle Morgenluft vertrieb ihre Übelkeit nach und nach.

Als Nina aus der U-Bahn stieg, stolperte sie fast über eine Bettlerin. Die Frau war ganz in Schwarz gekleidet und hielt ein Baby auf dem Arm. Nina zögerte nicht lange und leerte ihr Portemonnaie in die Handfläche der mitleiderregenden Gestalt.

«Danke», flüsterte die überraschte Bettlerin mit starkem Akzent.

Nina schüttelte nur den Kopf. «Das ist das Mindeste, was ich tun kann.»

«Alles okay?»

Max war ganz offensichtlich überrascht, Nina an ihrem Schreibtisch zu sehen, als er für seine Verhältnisse ungewöhnlich früh ins Büro kam. Sie nahm an, dass er ihretwegen so zeitig gekommen war, und spürte eine warme Gerührtheit in sich aufsteigen.

«Einigermaßen. Ich hab einen ziemlichen Kater.»

Er lächelte. «Das überrascht mich nicht. Wird's denn gehen?»

«Ja, ja.»

Er zuckte mit den Schultern und stellte seinen Rechner an. «Und wie läuft der neue Auftrag?»

«Ganz gut.»

«Ist immer noch ganz schön heiß, was?»

«Ja. Aber ich glaube, es zieht ein Sturm auf.»

«Glaub ich auch.»

Sie saßen schweigend beisammen. Max klickte hektisch auf seiner Maus herum.

«Ich hab mit ihm Schluss gemacht.»

«Oh, super. Äh, tut mir leid, meine ich.»

«Kannst du dich jetzt, wo du's weißt, ein bisschen besser auf deine Arbeit konzentrieren?»

Er grinste sie verlegen an. «Und du kommst wirklich klar?»

«Herrgott, Max, wie oft willst du mich das noch fragen?»

«Schon gut.»

Es vergingen kaum zwanzig Sekunden, da sprang er auf. «Wie wär's mit einem Kaffee?»

«Schwarz mit viel Zucker.»

«Okay.»

Nina schüttelte den Kopf, als Max den Raum verlassen hatte. Wieso war er nur so zappelig?

«Wir sollten ausgehen und feiern», schlug ihr Kollege vor, als er mit dem Kaffee zurückkam.

«Noch nicht», erwiderte sie und nahm einen Schluck von der süßen Flüssigkeit. «Gott, der schmeckt ja widerlich!»

«Zu viel Zucker? Soll ich ihn wegkippen und neuen machen?»

«Nein. Was hüpfst du hier eigentlich so hektisch rum, Max?»

Er lächelte. «Ach, ich bin nur ein bisschen aufgeregt. Ich habe gestern Abend bei Angie angerufen.»

Nina lachte. «Und?»

«Also zunächst mal hat sie sich große Sorgen um dich gemacht.»

«Aber du siehst ja jetzt, dass es mir gutgeht. Und sonst?»

«Wir gehen morgen Abend zusammen aus.»

«Toll!» Sie tätschelte seinen Arm. «Das freut mich wirklich.»

«Ja, ist das nicht toll?» Max setzte sich und schaute sie an. «Du bist doch nicht sauer, dass ich ihr von Mr. … von Andrew erzählt habe, oder?»

«Nein. Dann muss ich es wenigstens nicht mehr tun.»

«Gut.»

Der Buchprüfer wandte sich wieder dem Bildschirm zu und tippte irgendetwas auf der Tastatur.

«Wieso kommst du nicht auch mit?», fragte er plötzlich.

Nina seufzte. «Darum geht es also. Du willst, dass wir unseren Dreier wiederholen.»

«Nein!»

«Ich hab dir doch gesagt, dass das ein einmaliges Vergnügen war. Und ich fände es gut, wenn wir hier bei der Arbeit gar nicht darüber sprechen würden. Außerdem solltest du dich lieber in unseren derzeitigen Fall einarbeiten. Sonst wird dieser Auftrag nämlich ewig brauchen. Wir müssten uns die Firma jetzt langsam mal vor Ort ansehen.»

«Ja, das weiß ich doch alles. Aber wir wollen uns Iron Heel im *Artshare* angucken, und ich habe noch eine Karte übrig.»

Nina sah ihren Kollegen etwas verwirrt an. «Manchmal glaube ich, dass wir einfach nicht dieselbe Sprache sprechen, Max. Nein, ich glaube es nicht nur, ich weiß es. Ich habe nämlich nicht die geringste Ahnung, wovon du da redest.»

«Mann, du führst echt ein zurückgezogenes Leben, Nina.

Iron Heel ist eine Band. Eine Art Hip-Hop-Jazz-Crossover. Eine wirklich coole Combo. Alles Frauen, die Leder tragen. Wahnsinn.»

Das Lächeln, das noch eben zwischen ihren Mundwinkeln gespielt hatte, erfror. «Und wie kommst du darauf, dass mir das gefallen würde?»

«Weil das genau die Art Frauen ist, die einem Kerl gern mal den Arsch aufreißen», antwortete er lachend. «Und wie gesagt, ich habe noch eine Karte übrig.»

«Nehmt doch George mit», sagte sie unverbindlich.

«Der kommt sowieso schon mit. Er hat was für Frauen in schwarzem Leder übrig. Wir haben vier Karten.»

«Ich nehme an, dieser Laden ist in Hackney?»

«Zufälligerweise.»

«Und wieso hast du vier Karten besorgt?»

Max lächelte frech. «Ich habe zwei besorgt, weil ich hoffte, Angie würde mitkommen. Und George hat auch zwei gekauft, weil er mit mir gehen wollte. Also nix mit Verkuppeln.»

Nina zog die Augenbrauen hoch. «Hab ich denn gesagt, dass ich etwas dagegen hätte?»

«Wie sieht's also aus?»

«Ich werd drüber nachdenken.»

Nina scrollte über den Bildschirm, konnte sich aber nicht recht auf die Zahlen vor ihr konzentrieren. Immer wieder kam ihr Georges Gesicht dazwischen. Sie sah seine warmen braunen Augen und hörte seine tiefe Stimme mit dem schottischen Akzent. Er mag Frauen in schwarzem Leder. Die junge Frau rief sich in die Realität zurück. Schließlich hatte sie zu arbeiten.

«Und?», unterbrach Max erneut.

«Was und? Lässt du mich heute irgendwann nochmal arbeiten?»

«Klar. Nachdem du gesagt hast, dass du morgen mitkommst.»

Nina stellte sich hinter Max, wirbelte seinen Schreibtischstuhl herum und legte ihre Hände auf seine Schultern.

«Du hast ihm natürlich alles von unserem Dreier berichtet, hab ich recht?»

«Klar.»

«Oh.» Seine Ehrlichkeit verblüffte sie.

«Das hättest du doch so oder so angenommen – auch wenn ich es ihm nicht erzählt hätte. Also hab ich es einfach getan. Er war erst ein bisschen sauer auf mich, ist aber bereit, mir zu verzeihen. Aber nur, wenn du morgen mitkommst.»

«Und nach dem Konzert geht's dann sicher zu dir, nehme ich an?»

Max schüttelte den Kopf. «Nur wenn du willst. Es liegt an dir.»

«Ich habe das Sagen?»

«Auf jeden Fall.»

«In jeder Beziehung?» Ihre Stimme war schon etwas strenger.

Er nickte ernsthaft. «In jeder Beziehung. George weiß das auch.»

«Gibst du mir dein Wort darauf, Max?» Sie beugte sich dicht über ihn.

«Ja», keuchte ihr Kollege. «Nina, mein Schwanz wird steif. Bitte sag einfach, dass du morgen kommst, damit wir wenigstens ein bisschen arbeiten können.»

Nina richtete sich voller Befriedigung wieder auf.

«Ja, ich werde morgen kommen.»

Und das stand nun wirklich völlig außer Frage.

B 103/1

Foto: Mauritius

Erotische Romane bei rororo

Zart und hart – sexy, verführerisch, prickelnd

Kit Mason
Heiß und hemmungslos
Erotische Geschichten
3-499-23627-3

Susie Raymond
Spiel mit mir
Erotischer Roman
3-499-23673-7

Alison Tyler
Begehrliche Blicke
Erotischer Roman
3-499-23684-2

Vanessa Brent
Tanz der Sinne
Erotischer Roman
3-499-23693-1

Jasmine Archer
Auf die harte Tour
Erotischer Roman
3-499-23699-0

Sophie Danson
Die Auserwählten der Lust
Erotischer Roman
3-499-23710-5

Sophie Andresky
Tiefer
Erotische Verführungen
Freizügig, unverkrampft und leger drehen sich diese Texte um Sex, um nicht alltägliche Phantasien und die Freude daran, sich das zu nehmen, was man will.

3-499-23366-5

Weitere Informationen in der Rowohlt Revue oder unter www.rororo.de